戴建业精读
世说新语

戴建业 著

上海文艺出版社

果麦文化 出品

"何曾料到"与"未曾做到"
——写在九卷本"戴建业作品集"出版之前

三年前,我出过一套五卷本的作品系列,书肆上对这套书反响热烈,其中有些书很快便一印再印,连《澄明之境:陶渊明新论》这种学术专著也居于图书畅销榜前列。今年果麦文化联合上海文艺出版社,慨然为我推出九卷本的"戴建业作品集",它比我所有已出的著作,选文更严,校对更精,装帧更美。

时下人们常常嘲笑说,教授们的专著只有两个读者——责编和作者。我的学术著作竟然能成为畅销书,已让我大感意外;即将出版的这套"戴建业作品集",多家文化出版机构竞相争取版权,更让我喜出望外。

我的一生有点像坐过山车。

中学时期我最喜欢的是数学,在1973年那个特殊岁月,我高中母校夫子河中学竟然举办了一次数学竞赛,我在这场两千多名高中同学参与的竞赛中进入了前三名。一个荒唐机缘让我尝到了"当诗人"的"甜头",于是立下宏志要当一名诗人。1977年考上大学并如愿读中文系后,我才发现"当诗人"的念头纯属头脑发昏,自己的志趣既不在当诗人，自己的才能也当不了诗人。转到数学系的希望落空后，只好硬着头皮读完了中文系，毕业前又因一时心血来潮，误打误撞考上了唐宋文学方向的研究生。何曾料到，一个中学时代的"理科男"，如今却成了教古代文学的老先生，一辈子与古代诗歌有割不断的缘分。

从小我就调皮顽劣，说话总是口无遮拦，因"说话没个正经"，没少挨父母打骂。先父尤其觉得男孩应当沉稳庄重，"正言厉色"是他长期给我和弟弟做的"示范"表情，一见我嘻嘻哈哈地开玩笑就骂我"轻佻"。何曾料到这种说话方式，后来被我的学生和网友热捧为"幽默机智"。

我长期为不会讲普通话而苦恼，读大学和研究生时，我的方音一直是室友们的笑料，走上大学讲坛后因不会讲普通话，差点被校方转岗去"搞行政"。何曾料到，如今"戴建业口音"上了热搜榜，网上还不断出现"戴建业口音"模仿秀。

1985年元月，研究生毕业回到母校华中师范大学后，为了弄懂罗素的数理逻辑，我还去自学高等数学《集合论》。这本书让我彻底清醒，不是所有专业都能"从头再来"，三十而后再去读数学已无可能。年龄越大就越是明白自己的本分，从此便不再想入非非，又重新回到读研究生时的那种生活状态：每天早晨不是背古诗文便是背英文，早餐后不是上课就是读书作文，有时也翻译一点英文小品，这二十多年时光我过得充实而又平静。近十几年来外面的风声雨声使我常怀愤愤，从2011年至2013年底，在三年时间里我写了四百多篇文化随笔和社会评论，因此获得网易"2012年度十大博客（文化历史类）"称号。澳门大学教授施议对先生、《文艺研究》总编方宁先生，先后热心为我联系境外和境内出版社。当年写这些杂文随笔，只想发一点牢骚，说几句真话，何曾料到，这些文章在海内外产生了相当广泛的影响，博得"十大博客"的美名，并在学术论文论著之外，出版了系列杂文随笔集。

或许是命运的善意捉弄，或许是命运对我一向偏心，我的短处常常能"转劣为优"，兴之所至又往往能"歪打正着"，陷入困境更屡屡能"遇难成祥"。大学毕业三十周年时，我没日没夜地写下两万多字的长篇纪念文章，标题就叫《碰巧——大学毕业三十周年随感》。的确，我的一生处处都像在"碰巧"。也许是由于缺少人生的定力，我一生都在命运之舟上沉浮，从来都没有掌握过自己的命运，因而从不去做什么人生规划，觉得"人生规划"就是"人生鬼话"。

说完了我这个人，再来说说我这套作品。

这套"戴建业作品集"由三部分组成：六本学术专著和论文集，两本文学史论，一本文化社会随笔。除海外出版的随笔集未能收录，有些随笔杂文暂不便选录，已出版的少数随笔集版权尚未到期，另有一本随笔集刚签给了他家出版社，部分文献学笔记和半成品来不及整理，有些论文和随笔不太满意，有些学术论文尚未发表，业已发表的文章和出版的专著，只要不涉及版权纠纷，自己又不觉得过于丢脸，大都收进了这套作品集中。

每本书的缘起、特点与缺憾，在各书前的自序或书后的后记都有所交代，这里只谈谈自己对学术著述与随笔写作的期许。

就兴趣而言，我最喜欢六朝文学和唐宋诗词，教学上主要讲六朝文学与唐代文学，学术上用力最多的是六朝文学，至于老子的专著与庄子的论文，都是当年为了弄懂魏晋玄学的副产品，写文献学论文则是我带博士生以后的事情。文学研究不仅应面对作品，最后还应该落实到作品，离开了作品便"口说无凭"，哪怕说得再天花乱坠，也只是瞎说一气或言不及义。我在《澄明之境：陶渊明新论》初版后记中说过："古代文学研究的真正突破应当表现为：对伟大的作家、伟大的作品、重要的文学现象、著名的文学流派和社团，提供了比过去更全面的认识、更深刻的理解，并做出更周详的阐释、更缜密的论述。从伟大的作家身上不仅能见出我们民族文学艺术的承传，而且还可看到我们民族审美趣味的新变；他们不仅创造了永恒的艺术典范，而且表现了某一历史时期精神生活的主流，更体现了我们民族在那一历史时期对生命体验的深度。"虽心有所向，但力有未逮，研究伟大作家和伟大作品，既需要相应的才气，也需要相应的功力，可惜这两样我都不具备。

差可自慰的是，我能力不强但态度好，不管是一本论著还是一篇论文，我都希望能写出点新意，并尽力使新意言之成理，即使行文也切记柳子厚的告诫，决不出之以"怠心"和"昏气"，力求述学语言准确而又优美。

对于文化随笔和社会评论，我没有许多专家教授的那种"傲慢与偏见"。论文论著必须"一本正经"，而随笔杂文可以"不衫不履"；论文论著可以在官方那里"领到工分"，而随笔杂文却不算"科研成果"。因此，许多人从随笔杂文的"无用"，推断出随笔杂文"好写"。殊不知，写学术论文固然少不得才学识，写杂文随笔则除了才学识之外，"还"得有或"更"得有情与趣。仅仅从文章技巧来看，学术论文的章法几乎是"千篇一律"，随笔杂文的章法则要求篇篇出奇，只要有几篇章法上连续重复，读者马上就会掉头而去。

我试图把社会事件和文化事件视为一个文本，并从一个独特的文化视角进行审视，尽可能见人之所不曾见，言人之所未尝言。如几个月前北京大学校长林建华念错字引起网络风波，我连夜写下一万两千多字的长文《"鸿鹄之志"与网络狂欢——一个审视社会心理的窗口》，在见识的深度之外，还想追求点笔墨趣味。近几年我从没有中断过随笔杂文的写作，只是藏在抽屉里自娱自乐，倒不是因为胡说八道而害怕见人，恰是因文章水平偏低而羞于露脸，像上面这篇杂文仅给个别好友看过，没有收进任何一本随笔集里。

我一生都对自己的期望值不高，"何曾料到"最后结局是如此之好，而我对自己的文章倒是悬的较高，可我的水平又往往"未曾做到"。因此，我的人生使我惊喜连连，而我的文章却留下无穷遗憾。

自从我讲课的视频在网上广为流传以来，无论在路上还是在车上，无论是在武汉还是在外地，无论是男性还是女性，地不分南北，人不分老幼，总有粉丝要求与我合影留念。过去许多读者喜欢看我的文章，现在是许多粉丝喜欢听我讲课。其实，相比于在课堂上授课，我更喜欢在书斋中写作，我写的也许比我讲的更为有趣。

我赶上了互联网的好时代，让我的文章和声音传遍了大江南北；我遇上了许多好师友好同事，遇上了许多好同学好学生，遇上了许多好粉丝好网友，还遇上了许多文化出版界的好朋友，让我有良好的成长、学习和工作环境。我报答他们唯一的办法，是加倍地努力，加倍地认真，写出更多更好的作品，录下更多更好的课程，以不负师友，不负此生！

戴建业

2019年4月15日

剑桥铭邸枫雅居

目录

新版自序　　　　　　　　　　　　　001

导言　　　　　　　　　　　　　　004

第一章　　1. 两得其中　　　　　　021
高贵　　　2. 客主不交一言　　　　024
　　　　　3. 高僧养马　　　　　　028
　　　　　4. 真爱　　　　　　　　029
　　　　　5. 活法　　　　　　　　031
　　　　　6. 华王优劣　　　　　　033
　　　　　7. 大丈夫将终　　　　　035

第二章　　1. "宁作我"　　　　　037
自信　　　2. "咄咄怪事"　　　　041
　　　　　3. 天之自高　　　　　　044
　　　　　4. 旁若无人　　　　　　047

第三章　　1. 管宁割席　　　　　　052
刚正　　　2. "圣质如初"　　　　053
　　　　　3. 不卑不亢　　　　　　055
　　　　　4. 岂能长久？　　　　　057
　　　　　5. 憎不匿善　　　　　　059
　　　　　6. 郗公三反　　　　　　060

第四章 率真	1. 吃货	065
	2. 未能免俗	068
	3. 性急	070
	4. 待客之道	074
	5. 良箴	075
	6. 东床袒腹	078

第五章 旷达	1. 何必见戴？	083
	2. 人生贵得适意	086
	3. 祖财阮屐	089
	4. 智且达	090

第六章 雅量	1. 器度	096
	2. 新亭对泣	098
	3. 镇定自若	100
	4. 雅量与矫情	102
	5. 受宠若惊	103

第七章 清谈	1. 名士风流	108
	2. "旨不至"	110
	3. 咏瞩自若	113
	4. 佳物得在	115
	5. 神州陆沉	117

第八章 隽语	1. 小时了了	122
	2. 八面玲珑	124
	3. 巧舌如簧	126

	4. 胖与瘦	128
	5. 松柏之质与蒲柳之姿	131
	6. 南人与北人	133
	7. 善人与恶人	134
第九章	1. 乱世英雄	138
妙赏	2. 家有名士	140
	3. 最"养眼"的风景	143
	4. 处长亦胜人	146
	5. 何可一日无此君?	150
	6. 发现自我与发现自然	153
第十章	1. 年在桑榆	156
深情	2. 木犹如此	157
	3. 一往有深情	160
	4. 子敬首过	162
第十一章	1. 王敦击鼓	166
血性	2. 壮怀激烈	168
	3. 正气与霸气	170
	4. 何必谦让?	172
	5. 生气懔然	174
	6. 自励自新	177
	7. 兄弟道别	180
第十二章	1. 龙章凤质	183
风姿	2. 以貌取人	185

	3. 丘壑独存	187
	4. 看杀卫玠	191
第十三章 幽默	1. 出则为小草	197
	2. 晒书	200
	3. 夷甫无君辈客	203
	4. 谈者死，文者刑	206
	5. 尔汝歌	209
	6. 鼻目须发	212
第十四章 放诞	1. 刘伶病酒	217
	2. 人种不可失	220
	3. 付诸洪乔	223
	4. 吾若万里长江	226
第十五章 伤逝	1. 情之所钟	231
	2. 生孝与死孝	234
	3. 阮籍丧母	237
	4. 驴鸣送葬	239
	5. 人琴俱亡	243
	6. 情何能已已	245
第十六章 艺术	1. 兄弟异志	250
	2. 世情未尽	254
	3. 渐至佳境	257
	4. 颊益三毛	259
	5. 一丘一壑	262

| | 6. 传神写照 | 265 |
| | 7. 神解 | 267 |

第十七章 师道	1. 从师之道	271
	2. 礼遇书生	274
	3. "常自教儿"	275
	4. 儿女：父母的脸面？	278
	5. 车公求教	280

第十八章 名媛	1. 家娶才女	283
	2. 灵襟秀气	285
	3. 慈母仪范	287
	4. 巾帼英豪	289
	5. 聪慧	291
	6. 卿卿	293
	7. 夫妻舌战	297
	8. 夫妇戏谑	300
	9. 韩寿偷香	303

第十九章 机诈	1. 床头捉刀人	309
	2. 谋逆者挫气	311
	3. 望梅止渴	315
	4. 偷儿在此	317
	5. 温峤娶妇	319
	6. 韬晦	323

第二十章 世故	1. 座次与面子	328
	2. 岂以五男易一女？	330
	3. 谢公畜妓	332
	4. 向秀入洛	333
	5. "变色龙"	336
	6. 胸中柴棘	338
	7. 雅与俗	341
	8. 莫近禁脔	343

第二十一章 吝啬	1. 膏肓之疾	348
	2. 小气	351
	3. 刻薄	354
	4. 聚敛与疏财	356

第二十二章 奢侈	1. 交斩美人	361
	2. 斗富	364
	3. 身名俱泰	367
	4. 帝甚不平	371

初版后记		375

回到经典
——新版自序

记得在曹慕樊师门下读研究生时,曹老师给我和刘明华兄讲唐诗和文献学,都不是像现在这样讲"高屋建瓴"的概论,而是一首首地讲李白、杜甫和韩愈的诗,文献学讲向歆父子、汉志、隋志。他反复强调要熟读本专业的经典,用他形象的说法就是"屁股下要坐几本书"。他告诫我们说,学唐宋诗就要诵读李、杜、苏、黄,学唐宋文则要诵读韩、柳、欧阳、苏。他没有给我们上西方文论课,有一次闲谈时他对我说,只读教材恐怕不行,学西方理论先要熟读一家一派,进入这一家一派的理论框架才有所获——不管是诗歌、古文,还是文献学和理论,他老人家都强调我们必须面向原典,对几经转手的概论不太信任。

读研究生之前我虽酷爱读书,但大多是"随便翻翻"式的猎奇,读研究生后才从曹老师那儿学会了"开卷动笔"。曹老师曾多次对我们说,读文学作品第一印象非常重要。听说曹师是在教会学校上中小学,他两次告诫我要把阅读时的"the first impression"记下来,这样才能培养自己对作品的敏感。后来我才慢慢明白,读书要"读进去"才是好学生,教书要"讲进去"才算好先生。现在不少分析文学作品的论文,不是"结构紧凑""情景交融""意境优美",便是"张力""能指""所指",所用的术语虽有新旧之别,浮在作品的表面并无不同。

时下不少文学博士生,泛泛而谈时都天花乱坠,一面对作品便两眼茫然。几年前,一名牌大学博士来我们文学院求职,我和教研室同仁都对他印象很好，他的博士论文写的是明清杜甫接受史。面试时我随便问他主要读哪家的杜甫注本，开始他还支支吾吾顾左右而言他，几经老师们的追问，他只好诚实地对我们说："任何一家杜诗注都没有通读过。"自己没有通读过杜甫诗歌，却写出了古人杜甫诗歌接受史！这种学术胆量固然叫人钦佩，但这种研究方法却不敢恭维。十九世纪新康德主义者曾呼吁"回到康德去"，今天我们更有必要"回到经典去"。假如甩开了经典或只浮于经典表面，我们阐释经典就是挦扯经典，不是用花哨的新词装点门面，就是辗转稗贩前人的陈言，对经典言说得越多，离经典就可能越远。

　　当年要是像现在研究生这样写论文，曹老师肯定不会让我们得学位。当然，过去是否"读进去"了，现在是否"讲进去"了，我自己并没有半点自信，但我和明华兄大体都算是听话的学生。明华兄后来在中州古籍出版社出版的《杜诗修辞艺术》，就是他当年的硕士论文，是他熟读杜诗的结晶，这本薄册子至今还是杜诗语言研究方面极有分量的专著。反复细读经典已经成了我的读书习惯，眼前这本拙著就是我细读《世说新语》的产物。这本名著我读了二三十年，大概至少读了上十遍，余嘉锡先生《世说新语笺疏》（中华书局1983年版），现在好几处已经开始脱线了。过去我买到了心仪的好书都要包上封面，舍不得在书上写字画线，每有偶触之思便记在本子上。十几年前长江文艺出版社邀我编一本《世说新语选注》，由于规定交稿的时间太急，我又请汤江浩教授合注。这本选注分析的部分很多就是我平时读该书的笔记。

　　传统诗文评点，敏锐精当是其所长，凌乱琐碎则为其所短；西方现代新批评派倒是系统深入，但完全撇开作者和时代又失之偏颇。拙著试图兼采二者的某些优点，所用的方法是文本细读，所用的体裁是随笔小品。共选一百二十多篇名文，约占原著的十分之一，尽可能以优美机智的语言，来细品原文的微言妙趣。随笔小品要有识有趣，有识而无趣便失之沉闷，有趣而无识则流于浮泛。有所求不一定有所得，拙著也可能既无识又无趣，像一锅又焦煳又生硬的夹生饭。

  拙著2016年元月初版，在两年多的时间里连续重印了三次，出版不久《文艺评论》就发表了一万多字的长篇评论，而且还进入当当网畅销书榜。新版付梓之前我对全书又审读一遍，对初版文字做了订正和润色。

戴建业

2018年12月 定稿

剑桥铭邸枫雅居

导言

编于南朝宋的《世说新语》，一经成书便成了名著，流传不久便成了经典，南齐便有学者为之作注，后世几乎代代都有名家评点。它不仅是我国古今文人的"枕边秘宝"，甚至还是日本人千百年来的"最爱"，傅雷先生郑重告诫远在国外的儿子要精读《世说新语》(《傅雷家书》)，朱光潜先生也称《世说新语》伴随自己一生。

不过，《世说新语》一向是文人的清供雅品，很少向社会大众"敞开大门"。今天，我有幸能和大家一起细读这部杰作，领略魏晋的文采风流，感受名士的高雅飘逸，品味语言的机智隽永。

一、成书过程与体例特征

《南史》本传称《世说新语》为刘义庆"所著"，要了解此书的成书过程还得从此书的编著者说起——

刘义庆（403—444）为宋武帝刘裕二弟长沙景王刘道怜的次子，奉敕过继给武帝少弟临川烈武王刘道规为嗣，袭封临川王，历任尚书仆射、平西将军、荆州刺史等职。据说他自幼就聪颖过人，刘裕曾当面夸他"此我家丰城也"。相传"龙城""太阿"宝剑产于丰城，古人常以"丰城剑"比喻人中俊杰，可见刘裕对这个侄子是如何赏爱。刘裕称帝后他任皇帝近侍。宋文帝刘义隆即位，他同样为文帝所信任和器重，二十七岁就升任尚书左仆射，这是相当于副宰相的显职。不过，刘义庆并没有因此忘乎所以，他很早就体认到"世路艰难"。宋文帝为人一向猜忌残忍，又对宗室诸王和大臣深怀戒心，登基不久就大开杀戒，接连杀害了傅亮、徐羡之、谢晦等拥立功臣。刘义庆当然爱高官厚禄，但无疑更爱自己的脑袋，恰好元嘉八年"太白星犯右执法"，史称"义庆惧有灾祸"，以此为名"乞求外镇"。他所惧怕的"灾祸"是天灾更是人祸。他元嘉九年至十六年（30—37岁）出镇荆州，元嘉十六年调任江州刺史，第二年调任南兖州刺史，直至元嘉二十一年病逝于京邑（37—42岁）。

史称刘义庆"性简素，寡嗜欲，爱好文义，文词虽不多，然足为宗室之表"。所谓"宗室之表"，是指其才华学识为刘宋宗室的佼佼者。除《世说新语》外，《隋书·经籍志》和新旧《唐志》录其编著书目有二百六十多卷。他本人既高才饱学，又喜欢"招聚文学之士"。许多有"辞章之美"的文人学士如袁淑、陆展、何长瑜、鲍照等，或"请为卫军咨议参军"，或"引为佐史国臣"。

这些有欠完整的史料引出了两个疑案：一是《世说新语》编于何时？学术界对此至今还众说纷纭，有的说"可能撰于元嘉十年之前"，有的说当成书于刘义庆任江州刺史任之后。这两种说法都属推测之词，从二十多岁到四十一岁这段时间都有可能编成此书，一定要坐实在某年某月则未免武断。此书约编于元嘉九年出镇荆州之后，因为年纪太轻编此书尚嫌学养不足，身在京城他也不敢广招天下的文学名流。

近年来，学者开始考论它具体的编著年代。由于书中所记述的个别人物卒年下限在元嘉十三年至十八年之间（436—441），所以有人认为只能是刘义庆出任江州刺史及以后的岁月。这种推论也很难自圆其说，从书中个别人物卒年的下限，并不能推断该著的编书年限，编述这样的皇皇大著，绝不会是一时心血来潮，任江州刺史前就可能在着手编书，罢江州刺史以后也可能仍在统稿。总之，编书过程存在诸多可能性：既非成时一时，又非成于一地。

二是《世说新语》编于一人还是成于众手？刘义庆文才既"足为宗室之表"，而兴趣又"爱好文义"，无论是才学、爱好还是精力，都能独自编撰而不必假手他人。《南史·刘义庆传》称"所著《世说》十卷"，并没有说是出自幕府文士；此后的史志目录和私家目录中，《世说新语》的撰者都是刘义庆，到明清之际才开始出现杂音。明陆师道在何良俊《何氏语林》序中说，刘义庆当时"幕府多贤"，编《世说新语》"虽曰笔削自己，而检寻赞润，夫岂无人"？他认为《世说》全书最后"笔削"由义庆执笔，而检寻材料和润色文字之功则属幕府文人。幕府诸贤只是做一些初级工作，全书义例与"笔削"是义庆完成，这丝毫不影响该书著作权归属义庆。鲁迅在《中国小说史略》中更进一步推测该书"成于众手"，"《世说》文字，间或与裴、郭二家书所记相同，殆亦犹《幽明录》《宣验记》然，乃纂辑旧文，非由自造。《宋书》言义庆才词不多，而招聚文学之士，远近必至，则诸书或成于众手，亦未可知。"后来，他在《集外集·选本》中也说，"《世说新语》并没有说明是选的，好像刘义庆或他的门客所搜集"，其实它"是一部抄撮故书之作"。

"亦未可知""好像"云云，鲁迅先生不过提出自己的怀疑，时下学界却有人试图将这种"或然之词"证成"实然判断"，从《世说新语》没有统一的语言风格，书中时有前后重复、称谓不一、相互矛盾等问题，书中偶有句式和用词见于袁淑、何长瑜、鲍照诸人作品等角度，来论述该书"成于众手"（参见范子烨《世说新语研究》）。有的则竭力维护刘义庆的著作权，从《世说新语》具有统一的风格，袁淑、何长瑜、鲍照等人在义庆幕府或就职时间太短或与该书文风差异太大等角度，阐述该书只能"编于一人"（参见王能宪《世说新语研究》）。其实，这两种论证用心良苦却不得要领，都不能得出各自所要证明的结论。首先，《世说新语》无论是否具有统一风格都说明不了什么问题，因为该书"乃篡辑旧文，非由自造"，没有统一风格十分正常；该书主要记述魏晋名士清谈，这容易形成某种统一的时代风格，具有某种主导风格也合情合理。其次，极少数文句或用词习惯相同，并不能证明该书可能出自某人之手，因为刘宋与魏晋时代相接，与东晋更地域相重，出现相同的词汇和相近的句式不是很自然的吗？再次，某位幕僚就职时间不长，难道不能由其他幕僚接着干吗？最后，以文风相差太大来排除某人不可能参与编写，这种论证方法同样也不靠谱，"诗赋欲丽，铭诔尚实"，文体风格既不相同，作家语言自然会因体而异。今天，许多官场显宦和学界名流喜欢当主编，好让自己看起来有权有名又有"学"，其实他们多半"主"而不"编"——"主"归自己，"编"属他人。以今揣古，我倒是比较倾向鲁迅先生的猜测，但没有找到确凿证据之前还应"维持原判"——《世说新语》为刘义庆编撰。

再来看看该书的体例。鲁迅《中国小说史略》称它为"志人小说"，如今这已经成了学界定论。古代史志目录和私家目录，也大都把它列入诸子"小说类"。不过，此"小说"非彼"小说"。《汉书·艺文志》这样界定"小说"："小说家者流，盖出于稗官。街谈巷语，道听途说者之所造也。"鲁迅先生的"小说"是指一种文体形式，汉志的"小说"标准是界定其材料来源和内容特点。《世说新语》"杂采群书"，一千二百多条大多"言必有据"，有的出于稗官野史，有的采自传闻逸事，有的来于人物杂记，从刘孝标注的引文可以看到，该书每则差不多"无一字无来历"。该书中的许多内容还被正史《晋书》采用。历代目录学家把它视为"诸子"，刘孝标等注家则把它当成史书，不时用大量史料证明它的"失实"。可见，《世说新语》是一部古代意义上的"小说"，并不是一部虚构的文学创作。事实上，它是一部优美的历史笔记，与其说它是一种小说文体，还不如说它是一本小品随笔，吕叔湘先生就曾将它选入《笔记文选读》。

《隋书·经籍志》和新旧唐志都称《世说》而无"新语"，藏于日本的唐写本残卷题为《世说新书》。早在刘义庆之前，汉代刘向有《世说》一书，余嘉锡先生认为《世说新书》应为该著最早的书名，以示与向著《世说》的区别，《世说新语》这个书名见于唐初。

该书以类相从分为三十六门：德行、言语、政事、文学（以上为上卷）；方正、雅量、识鉴、赏誉、品藻、规箴、捷悟、夙惠、豪爽（以上为中卷）；容止、自新、企羡、伤逝、栖逸、贤媛、术解、巧艺、宠礼、任诞、简傲、排调、轻诋、假谲、黜免、俭啬、汰侈、忿狷、谗险、尤悔、纰漏、惑溺、仇隙（以上为下卷）。三十六门是按当时价值标准从高到低的顺序排列，上卷和中卷的十三门都是值得赞美的节操、品格、个性；下卷从"容止"到"巧艺"也具有肯定的伦理、社会、审美价值，从"宠礼"到"黜免"则偏于中性，编者有时似褒而实贬，有时似贬而实褒，有时只是好奇而无褒贬，从"俭啬"到"仇隙"虽多贬义，但少数地方仍难掩欣悦之情。总之，《世说新语》有是非而无说教，生动地描写了魏晋士人的品格、智慧、才情、个性乃至怪癖，是魏晋士人精神风貌的真实写照。

该书成书不久，宋末齐朝的敬胤就为之作注，梁代刘孝标注问世后，敬胤注就被取而代之。刘孝标《世说新语注》堪称"典赡精绝"，与裴松之《三国志注》、郦道元《水经注》、李善《文选注》并称"四大古注"。刘注引书约四百多家五百多种，或纠原文之谬，或申原文之意，或补原文之缺，或溯原文之源，使得注文与原文相互映衬，二者成了不可分割的有机整体。

现当代该书的重要注本有：杨勇《世说新语校笺》、余嘉锡《世说新语笺疏》、徐震堮《世说新语校笺》、龚斌《世说新语校释》。普及注本有中华书局和上海古籍出版社的《世说新语译注》。近一二十年来大陆和台湾地区，以及相邻的日本等地相继出版了多部相关的研究著作和教材。

二、魏晋风流与士人群像

《世说新语》主要记述东汉后期至东晋末年士人的言行逸闻，魏晋名士清谈的议题、清谈的形式、清谈的风习占了大量篇幅，以致陈寅恪先生称它为"一部清谈之全集"。当然这种说法未免夸张，名士清谈多见于《世说新语》，但《世说新语》并非全是名士清谈，它同时还刻画了魏晋士人俊美的容貌、优雅的举止、超旷的情怀、敏捷的才思，以及他们荒诞的行为、吝啬的个性、放纵的生活……真要感谢该书的编者刘义庆，要不是他招聚文士辅助搜集、整理、加工、润色这些片玉碎金零缣寸楮，我们今天就无缘一睹魏晋名士迷人的风采。他生活的那个年代，魏晋上流社会的精神生活不仅写在书中纸上，也流传于人们的口头，当时还健在的遗老宿臣或许还曾躬与其事，所以他搜集加工起来，既方便又可信。

魏晋是一个什么样的时代？为什么会涌现出那么多特立独行的

名士？

  东汉末年，统治者以自己种种残忍卑劣的行径，践踏了他们自己所宣扬的那些悦耳动听的名教。因而，随着东汉帝国大厦的瓦解，对儒学的信仰也逐渐动摇，儒学教条的名教日益暴露出虚伪苍白的面目，不佞之徒借仁义以行不义，窃国大盗借君臣之节以逞不臣之奸。人们突然发现，除了人自身的生生死死以外，过去一直恪守的儒家道德、操守、气节通通都是骗人的把戏。这样，很多人不再膜拜外在于人的气节、忠义、道德，只有内在于人的气质、才情、个性、风度才为大家所仰慕。于是，魏晋士人开始追寻一种新的理想人格——由从前主要是伦理的存在变为精神的个体，由寻求群体的认同变为追求个性的卓异，由希望成为群体的现世楷模变为渴望个体的精神超越。这种理想人格即人们所说的"魏晋风流"，它具体展现为玄心、洞见、妙赏、深情（冯友兰《论风流》），《世说新语》正是"魏晋风流"最形象逼真的剪影。

  书中的魏晋士人个个自我感觉良好，他们毫不掩饰地炫耀才华，爱才甚至远胜于敬德。曹操欣然领受"乱世英雄"之称，全不计较"治世奸贼"之诮。桓温与殷浩青年时齐名，二人彼此又互不买账，有一次桓问殷说："卿何如我？"殷断然答道："我与我周旋久，宁作我。"每人在才名上当仁不让，为了决出才气的高低优劣，他们经常通过论辩来进行"智力比赛"：

    许掾年少时，人以比王苟子，许大不平。时诸人士及於法师并在会稽西寺讲，王亦在焉。许意甚忿，便往西寺与王论理，共决优劣。苦相折挫，王遂大屈。许复执王理，王执许理，更相覆疏，王复屈……（《世说新语·文学》）

这一代人富于智也深于情。"嵇康与吕安善，每一相思，千里命驾"（《世说新语·简傲》），真是"情之所钟，正在我辈"。连一代枭雄桓温也生就一副温柔心肠。"桓公入蜀，至三峡中，部伍中有得猿子者，其母缘岸哀号，行百里不去，遂跳上船，至便即绝。破视其腹中，肠皆寸寸断。公闻之，怒，命黜其人。"（《世说新语·黜免》）任性不羁的阮籍，"当葬母，蒸一肥豚，饮酒二斗。然后临诀。直言'穷矣'！都得一号，因吐血，废顿良久"（《世说新语·任诞》）。人们摆脱了礼法的束缚和矫饰，自然便坦露出人性中纯真深挚的情怀。王伯舆登上江苏茅山，悲痛欲绝地哭喊"琅邪王伯舆，终当为情死""桓子野每闻清歌，辄唤'奈何'"（《世说新语·任诞》）。魏晋名士们喜便开心地大笑，悲则痛苦地大哭。大家知道，情与智通常是水火不容——情浓则智弱，多智便寡情，可在魏晋名士的精神结构中，情与智达到了绝妙的平衡，他们可谓情智兼胜的人格标本。

名士们把僵硬古板的名教扔在脑后，追求人格的独立和精神的自由，追求一种任性称情的生活。"阮籍嫂尝还家，籍见与别。或讥之。籍曰：'礼岂为我辈设也？'"（《世说新语·任诞》）决不为名利而扭曲自我，称心而言，循性而动，是他们所向往的生活方式，也是他们企慕的人生境界。"张季鹰纵任不拘，时人号为'江东步兵'，或谓之曰：'卿乃可纵适一时，独不为身后名邪？'答曰：'使我有身后名，不如即时一杯酒！'"（《世说新语·任诞》）因为有这种淡于名利的生活态度，他们才能活得那样洒脱，那样轻松。

在爱智、重才、深情之外，士人们同样也非常爱美。荀粲就公开声称："妇人德不足称，当以色为主。"（《世说新语·惑溺》）《世说新语》随处都可见到对飘逸风度的欣赏，对漂亮外表的赞叹：

时人目"夏侯太初朗朗如日月之入怀,李安国颓唐如玉山之将崩"。(《世说新语·容止》)

潘岳妙有姿容,好神情。少时挟弹出洛阳道,妇人遇者,莫不连手共萦之。左太冲绝丑,亦复效岳游遨,于是群妪齐共乱唾之,委顿而返。(《世说新语·容止》)

士人们向内发现了自我,必然导致他们向外发现自然。品藻人物与留连山水相辅相成,有时二者直接融为一体,仙境似的山水与神仙般的人物相映生辉,在这之前,几乎没有人对自然美有如此细腻深刻的体验:

王子敬云:"从山阴道上行,山川自相映发,使人应接不暇。若秋冬之际,尤难为怀。"(《世说新语·言语》)

顾长康从会稽还,人问山川之美,顾云:"千岩竞秀,万壑争流,草木蒙笼其上,若云兴霞蔚。"(《世说新语·言语》)

王司州至吴兴印渚中看,叹曰:"非唯使人情开涤,亦觉日月清朗。"(《世说新语·言语》)

只有优美高洁的心灵才可应接明丽澄净的山水,对自然的写实表现为对精神的写意,大自然中的林泉高致直接展现为名士们的潇洒出尘。

"魏晋风流"要经由魏晋士人来体现,因此,假如说《世说新语》

是"魏晋风流"的剪影,那么该书自然便是魏晋士人的群雕。《世说新语》及刘孝标记载的人物多达一千五百多个,魏晋豪门世家几乎无一遗漏,如以王导为代表的琅邪王氏——王衍、王敦、王羲之、王徽之、王献之等;以谢安为代表的陈郡谢氏——谢鲲、谢尚、谢玄、谢道韫等;还有太原王氏王湛、王述、王坦之等,龙亢桓氏桓温、桓玄;陈留阮氏阮籍、阮咸;高平郗氏郗鉴、郗愔、郗超,新野庾氏庾亮、庾冰、庾翼等等。另外,书中还有早慧的天才少年,有雄强刚烈的将军,有风姿绰约的名媛。明末作家王思任在《世说新语序》中说:"今古风流,惟有晋代。至读其正史,板质冗木,如工作瀛洲学士图,面面肥皙,虽略具老少,而神情意态,十八人不甚分别。前宋刘义庆撰《世说新语》,专罗晋事,而映带汉、魏间十数人,门户自开,科条另定……小摘短拈,冷提忙点,每奏一语,几欲起王、谢、桓、刘诸人之骨,一一呵活眼前,而毫无追憾者。"正是由于《世说新语》的形象描绘,许多魏晋人物至今还是人们的精神偶像,甚至还让日本文化精英为之神魂颠倒,近代日本作家大沼枕山曾说:"一种风流吾最爱,六朝人物晚唐诗。"诗中的"六朝人物"主要指魏晋名士。

三、风趣与风韵

《世说新语》具有历久弥新的艺术魅力,其风趣与风韵尤其使人回味无穷。这里的"风趣"是指它那幽默诙谐、机智俏皮的趣味,而"风韵"则是指其优雅脱俗的风采和含蓄隽永的韵致。

该书中的人物多为魏晋名士,所记的内容又多为名士清谈,它的语言自然也深受清谈影响。首先,它常以简约的语言曲传玄远幽深的旨意,让名士们"披襟解带"称叹不已;其次,清谈常使用当时流行的口语和俗语,但谈出来的话语又须清雅脱俗,这使得名士们要讲究声调的抑扬和修辞的技巧,他们清谈时的"精微名理",必须出之以语言的"奇藻辞气";最后,清谈是一种或明或暗的才智较量,名士们为了在论辩中驳倒对手,不得不苦心磨炼自己的机锋,以敏捷的才思和机巧的语言取胜。因而,《世说新语》的语言,不管是含蓄隽永,还是简约清丽,抑或机智俏皮,无一不是谈言微中,妙语解颐。

清谈辩论当然应讲究思理的缜密,可到了后来人们似乎更看重语言的机趣,因而关键不是要以理服人,倒更在乎因言而"厌心":

支道林、许掾诸人共在会稽王斋头。支为法师,许为都讲。支通一义,四坐莫不厌心。许送一难,众人莫不抃舞。但共嗟咏二家之美,不辩其理之所在。(《世说新语·文学》)

王逸少作会稽,初至,支道林在焉。孙兴公谓王曰:"支道林拔新领异,胸怀所及,乃自佳,卿欲见不?"王本自有一往隽气,殊自轻之。后孙与支共载往王许,王都领域,不与交言。须臾支退,后正值王当行,车已在门。支语王曰:"君未可去,贫道与君小语。"因论庄子《逍遥游》。支作数千言,才藻新奇,花烂映发。王遂披襟解带,留连不能已。(《世说新语·文学》)

这两则小品表明,时至东晋,清谈已经从一种哲学运思,变成了一种语言游戏,谈吐机敏比思维严谨更能赢得满堂喝彩。"许送一难""支通一义",让在场"众人莫不抃舞",表面上看,是在为许与支的思辨手舞足蹈,可实际上他们虽"但共嗟咏二家之美",却并"不辩其理之所在"——"莫不厌心"和"莫不抃舞"的"众人",其实只是"观众"而非"听众"。后一则小品中,使王逸少"留连不能已"的,与其说是支道林思致的"拔新领异",还不如说是"支作数千言"的"才藻新奇"。

这种取向容易使清谈从求真导向讨巧,"晋武帝始登阼,探策得一。王者世数,系此多少。帝既不说,群臣失色,莫能有言者。侍中裴楷进曰:'臣闻天得一以清,地得一以宁,侯王得一以为天下贞。'帝说,群臣叹服。"(《世说新语·言语》)"天得一以清,地得一以宁,侯王得一以为天下贞",这三句来于《老子》第三十九章。可《老子》中的"得一"是指得道,晋武帝"探策得一"只是个数量词,裴楷何曾不明白此"一"非彼"一",但他更明白只有通过概念的混淆与挪移,才能让"不说"的皇帝回嗔作喜。武帝"探策得一"让"群臣失色",将武帝的"得一"偷换成《老子》的"得一"便让"群臣叹服"。再看《世说新语·言语》篇另一则小品:"陶公疾笃,都无献替之言,朝士以为恨。仁祖闻之曰:'时无竖刁,故不贻陶公话言。'时贤以为德音。"陶侃病笃时没有留下一句献可替否之言,可能是"病笃"后头脑已不清醒,可能是早就知道"说了等于没说",也可能是对朝政的极度失望。其中任何一种原因都不能拿上台面——或者有污死者,或者有损朝廷,因而只可意会不可明言。还是以"辩悟绝伦"著称的谢尚乖巧,他把陶公没留下政治遗言解释成"时无竖刁"——陶侃深知朝中没有奸臣,自然用不着"献替之言"。那时连三岁小儿也学会了这种机敏:

晋明帝数岁，坐元帝膝上。有人从长安来，元帝问洛下消息，潸然流涕。明帝问何以致泣？具以东渡意告之。因问明帝："汝意谓长安何如日远？"答曰："日远。不闻人从日边来，居然可知。"元帝异之。明日集群臣宴会，告以此意，更重问之。乃答曰："日近。"元帝失色，曰："尔何故异昨日之言邪？"答曰："举目见日，不见长安。"（《世说新语·夙惠》）

既能把"远"说"近"，又能把"近"说"远"，人们全不追问言说是否荒谬，只是在意诡辩是否聪明。只要能把遗憾说成圆满，把凶兆变成了吉祥，把噩耗转成了佳音，你就会使别人"叹服"——无所谓对错，只在乎机巧。这样，清谈很多时候成了戏谑调侃，名士们借此相互斗机锋、斗才学、斗敏捷、斗思辨，以此表现自己的才华、学识与幽默："王、刘每不重蔡公。二人尝诣蔡语，良久，乃问蔡曰：'公自言何如夷甫？'答曰：'身不如夷甫。'王刘相目而笑曰：'公何处不如？'答曰：'夷甫无君辈客。'"（《世说新语·排调》）这篇小品中两问两答的对话，酷似一段让人捧腹的相声，机锋峻峭而又回味无穷。

生活的方方面面都可能成为他们的笑料，有时他们拿别人的外貌开玩笑，"康僧渊目深而鼻高，王丞相每调之。僧渊曰：'鼻者面之山，目者面之渊。山不高则不灵，渊不深则不清。'"（《世说新语·排调》）有时拿各人的姓氏开玩笑，"诸葛令、王丞相共争姓族先后，王曰：'何不言葛、王，而云王、葛？'令曰：'譬言驴马，不言马驴，驴宁胜马邪？'"（《世说新语·排调》）有时拿各人的籍贯开玩笑，"习凿齿、孙兴公未相识，同在桓公坐。桓语孙'可与习参军共语。'孙云：'"蠢尔蛮荆",敢与大邦为雠?'习云:'"薄伐猃狁",至于太原。'"(《世说新语·排调》)习凿齿是楚人,所以孙兴公用《诗经·采芑》原话嘲弄他是"蠢尔蛮荆";孙兴公是太原人,所以习凿齿同样引用《诗经·六月》中的典故,回敬他当年周朝攻打猃狁至于太原。他们有时嘲讽别人,如本书中那篇《出则为小草》;有时则是自嘲,"郝隆七月七日出日中仰卧。人问其故?答曰:'我晒书。'"(《世说新语·排调》)只知嘲人而不敢自嘲,就不可能有真正的幽默。幽默的最高形态恰恰就在于自嘲,自嘲又恰恰需要自省和自信,我们偏偏又缺乏深刻的自省,骨子里更缺乏真正的自信,因而,我们今天只有油滑贫嘴而没有机智幽默。

《世说新语》的幽默风趣让人惬心快意,它那含蓄隽永的韵味同样让人留恋不已。《世说新语》表现魏晋士人的精神风貌,不是通过理论的概括,也不是通过整体的描述,而是通过具体历史人物的一言一行一颦一笑来描绘栩栩如生的人物形象,再通过众多的形象来凸显一代名士的风神。作者只是"实录"主人公的三言两语,便使所写的人物神情毕肖。"顾悦与简文同年,而发早白。简文曰:'卿何以先白?'对曰:'蒲柳之姿,望秋而落;松柏之质,经霜弥茂。'"(《世说新语·言语》)简文帝的矜持虚伪,顾悦的乖巧逢迎,经这一问一答就跃然纸上。作者从不站出来发表议论,常用"皮里春秋"的手法来月旦人物,表面上对各方都无所臧否,骨子里对每人都有所褒贬,如《管宁割席》《庾公不卖凶马》《谢安与诸人泛海》等,作者于不偏不倚的叙述中,不露声色地表达了抑扬臧否的态度,笔调含蓄隽永。

明王世贞称《世说新语》"或造微于单词,或征巧于只行"(《世说新语补》序)。该书中的小品大多不过数行,有时甚至只有一句,但读来如食橄榄回味无穷。"庾公尝入佛图,见卧佛,曰:'此子疲于津梁。'于时以为名言。"(《世说新语·言语》)"庾子嵩作《意赋》成,从子文康见,问曰:'若有意邪?非赋之所尽;若无意邪?复何所赋?'答曰:'正在有意无意之间。'"(《世说新语·文学》)"王长史道江道群:'人可应有,乃不必有;人可应无,己必无。'"(《世说新语·赏誉》)这三则小品谈佛、论文、品人,无一不语简而义丰,片言以居胜。

魏晋名士都有极高的文化修养,差不多个个都长于辞令,庾亮所谓"太真终日无鄙言"虽为调侃,但道出了这个群体的实情。余嘉锡先生在《世说新语笺疏》中说:"晋、宋人清谈,不惟善言名理,其音响轻重疾徐,皆自有一种风韵。"哪怕是突然之间的仓促应对,名士们同样一张口便咳唾成珠:

  王武子、孙子荆各言其土地人物之美。王云:"其地坦而平,其水淡而清,其人廉且贞。"孙云:"其山嶵巍以嵯峨,其水㳷渫而扬波,其人磊砢而英多。"(《世说新语·言语》)

  李弘度常叹不被遇。殷扬州知其家贫,问:"君能屈志百里不?"李答曰:"《北门》之叹,久已上闻;穷猿奔林,岂暇择木!"遂授剡县。(《世说新语·言语》)

  道壹道人好整饰音辞,从都下还东山,经吴中。已而会雪下,未甚寒。诸道人问在道所经。壹公曰:"风霜固所不论,乃先集其惨澹;郊邑正自飘瞥,林岫便已皓然。"(《世说新语·言语》)

句型或排比或对偶，音调或悠扬或铿锵，这是清谈也是诗语，是小品文也是散文诗。"好整饰音辞"的岂只一个道壹道人，整个魏晋名士都注重谈吐的风雅。晚明小品文作家王思任称道《世说新语》说："本一俗语，经之即文；本一浅语，经之即蓄；本一嫩语，经之即辣。盖其牙室利灵，笔颠老秀，得晋人之意于言前，而因得晋人之言于舌外，此小史中之徐夫人也。"（《世说新语序》）

　　由于生活中常常囊中羞涩，捞钱成了我们大家梦寐以求的目的，柴米油盐耗尽人们的大部分精力。如今我们的精神越来越荒芜、浅薄，只一味地渴望那种俗气的幸福，只去寻求那种粗野的刺激，多亏了刘义庆留下一本《世说新语》，让我们能见识什么叫超然脱俗，什么叫高洁优雅，什么叫潇洒飘逸……

第一章
高贵

魏晋是一个门阀制度社会，政治经济代表的是贵族利益，文化艺术表现的是贵族的审美情趣。

半个多世纪以来，"贵族"在大陆汉语辞典中是个绝对的贬义词，它与腐朽、没落、奢侈、剥削、自私甚至弱智连在一起，以致我们一听到贵族就满脸鄙夷。神州大地上彻底消灭了贵族，自然也完全丢掉了贵族精神，因而，只有贪婪的权贵，只有地位的显贵，却没有品格的高尚，没有灵魂的高贵。

这里选的六篇小品从不同层面诠释了贵族精神：首先，作为贵族必须具有高度的主人意识——既然自己是国家的主人，就要以国家的兴亡为己任，所以他们处处以"国士"自期，也希望别人以"国士"相许。侍中孔坦临终之前，司空庾冰看望他时"为之流涕"，可孔坦不仅毫不领情，反而大为不满。他认为"大丈夫将终"时，庾冰应该向他询问"安国守家之术"，"乃作儿女子相问"是没有把他看作"大丈夫"，没有把他视为"国士"。《晋书·卞壸传》载，苏峻之难时朝廷军队一泻千里，卞壸带领大军护卫京城，自己及两个儿子身先士卒，朝臣都劝他要备好良马准备逃生，他回答说如果国家亡了要"良马何用"，最后自己及儿子全部战死沙场。孔坦和卞壸用自己的生命演绎了"贵族精神"：生命将终之时，国难当头之际，与自己的国家和民族共存亡。如今我们这里少数贪官，只有特权而无担当，只有贪婪却无责任，于是便出现了"领导先飞""领导先走""领导先用""领导先拿"……其次，贵族必须具有深厚的悲悯情怀，无私地爱自己的同胞，甚至爱身边的动物，如庾亮不卖凶马、支遁放鹤。再次，贵族必须具有宽容的精神和博大的胸怀，如下面《两得其中》中的裴楷不强人同己。最后，作为贵族当然必须具有高度的文化修养，具有敏锐的艺术感受，具有高雅的气质风度，如最后一篇《主客不交一言》中，子野与子猷的高贵，主要不是由于出身于官宦世家，出身于书香门第，而是由于他们的精神修养，由于他们的文化品位。

1. 两得其中

> 阮步兵丧母，裴令公往吊之。阮方醉，散发坐床，箕踞不哭。裴至，下席于地。哭，吊喭毕便去。或问裴："凡吊，主人哭，客乃为礼。阮既不哭，君何为哭？"裴曰："阮方外之人，故不崇礼制；我辈俗中人，故以仪轨自居。"时人叹为两得其中。
>
> ——《世说新语·任诞》

由于事事不守礼法，又由于常常白眼看人，有人把阮籍当作"麻烦制造者"，他自然成了礼法之士的眼中钉。因居母丧期间照旧饮酒食肉,"以礼自持"的何曾要求司马昭将他"流之海外,以正风教"。可正是这个"至孝"的何曾,为人"外宽内忌",附权奸而害忠良,"正衣冠"而极"豪奢",他死后博士秦秀上表请谥"缪丑"。秦秀还引经据典地阐述谥"缪丑"的"法理依据":"谨按《谥法》,'名与实爽曰缪,怙乱肆行曰丑',宜谥'缪丑公'。"读《晋书·何曾传》时,我不知不觉就想到了死去的军中大贪徐才厚,徐才厚称"自己最大的'缺点'就是清廉",他把自己的政治对手都整成了"贪官"。说句实话,我觉得徐才厚比何曾更有幽默感。

言归正传。也不是所有"行止有节"的人都想置阮籍于死地,"非礼"与"崇礼"不一定要"你死我活",这两种人也可能"各得其所"。这篇小品不仅给我们许多做人的启示,也间接地揭示了此后社会思潮的变化。

文中的"裴令公"就是大名鼎鼎的裴楷,他曾官至中书令。裴楷与阮籍私交的深浅不得而知,但他不仅与王戎齐名,物论以为"裴楷清通,王戎简要",还与王戎相互欣赏。他称"王安丰(戎)眼烂烂如岩下电",王戎说"见裴令公精明朗然,笼盖人上,非凡识也。若死而可作,当与之同归"。他们显然是在相互抬轿,而不是在相互拆台。山涛也对裴楷赞不绝口,估计裴楷对山涛也评价很高。王戎和山涛都是竹林七贤中人,想必裴楷与阮籍也过从甚密。阮籍丧母后裴楷连忙前去吊唁,碰上阮籍刚喝醉酒,正披头散发在坐榻上伸足而坐,也没有哭,"箕踞"就是他坐的样子像簸箕,是一种随意傲慢的坐姿。见裴楷来,他从坐榻上下到地上来。裴楷倒是一进门就哭,吊唁礼毕就转身离去。有人不解地问裴楷说:"吊丧通行的礼节是,凡去吊丧要等主人哭后,客人才回礼而哭。阮籍既然没有哭,您干吗要先哭呢?"裴楷十分通达地说:"阮籍是世俗之外的人,所以不必尊崇礼制;我们是世俗中人,所以应该依礼节行事。"当时的人非常赞赏裴楷这种态度,认为裴楷和阮籍"两得其中"。所谓"两得其中"是指两个人都不过激,两个人都表现得很得体。

翻翻嵇康和阮籍等人的诗文,你就不难知道,魏晋之际名教与自然的冲突异常激烈,其中既有思想观念的差异,更有政治立场的分歧。何曾请求晋文王将阮籍流放海外,其实是企图借礼法之名来进行政治清洗。而崇尚自然任性放纵者,对礼法之士的虚伪卑劣也极其鄙夷,如《大人先生传》中,阮籍对礼法之士"服有常色,貌有常则,言有常度,行有常式"的嘲笑;《酒德颂》中,刘伶对缙绅先生"怒目切齿,陈说礼法"的戏弄,无一不辛辣而又尖刻。嵇康提出"越名教而任自然"的命题,更公开声称"非汤武而薄周孔",《与山巨源绝交书》简直就是嬉笑怒骂,间接声明与司马氏集团势不两立。

随着司马氏集团篡位尘埃落定,"越名教而任自然"的政治隐义涣然冰释,名教与自然的对立逐渐变成名教与自然的合一。裴楷以方内与方外来区分崇礼与非礼,"时人叹为两得其中",开始泯灭二者政治态度的不同取向。稍后王澄、胡毋辅之等人裸体放纵,已经不同于嵇康任达以对抗,也有别于阮籍借酒以逃避,不过是以放纵为"通达",所以乐广当时就曾讥笑他们:"名教中自有乐地,何为乃尔也?"言下之意是说,你们不就是要追求快乐吗?在名教中也能找到你们这些快乐呵,何必要做得这么夸张呢?东晋名士更是儒道兼综,孔庄并重,名教与自然在社会上不再形成冲突,在他们内心深处也不再构成紧张,如东晋名臣庾亮一方面"性好《庄》《老》",另一方面又"动由礼节"。

这篇小品还教给我们如何为人处世。《世说新语》中多次说到"裴楷清通",《晋书》本传又称"楷性宽厚","清通"是指他为人清明通达,

"宽厚"是说他待人宽容厚道。"清明通达"使他能换位思考，禀性"宽厚"又使他能包容异己。阮籍居丧醉酒他不以为非，客来后不哭他不以为侮，他依旧谨守吊丧礼仪——自己"哭"后"便去"。还在别人面前为阮籍缓颊：阮为方外之人可以"不崇礼制"，我们这些世俗中人应"以仪轨自居"。既不屈己从人，也不强人同己；既坚守自己的行为准则，又尊重别人的生活方式——裴楷这样的人谁不愿和他交朋友呢？难怪王戎说假如裴楷能死而复生，我一定要与他为伍了。

每个人都有不同的个性特征，不同的价值取向，不同的为人方式，哪怕情人或夫妻之间，也可能志不同或道不合。那些总想"改造"对方的夫妻，结局往往不再是夫妻；那些总想使人从己的朋友，最后往往都成了路人或仇人。假如我们能有起码的宽容厚道，尊重别人不同的思想和行为方式，社会、单位和家庭就将减少许多矛盾；假如我们能以新奇的眼光，来欣赏别人异样的思想行为方式，我们就将获得许多新的快乐，赢得许多新的朋友。想想看，一对夫妻要是出门都"齐步走"，那模样该是多么滑稽！

2. 客主不交一言

王子猷出都，尚在渚下。旧闻桓子野善吹笛，而不相识。遇桓于岸上过，王在船中，客有识之者云："是桓子野。"王便令人与相闻云："闻君善吹笛，试为我一奏。"桓时已贵显，素闻王名，即便回下车，踞胡床，为作三调。弄毕，便上车去。客主不交一言。

——《世说新语·任诞》

这篇小品中的两位主人翁，既是雅士，也是奇士。

先说他们"雅"在何方。王子猷（徽之）是王羲之公子，他本人也是著名书法家、鉴赏家、清谈家和大名士。他自幼跟随父亲学书有成，黄伯思在《东观余论》中说："王氏凝、操、徽、涣之四子书，与子敬书俱传，皆得家范，而体各不同。凝之得其韵，操之得其体，徽之得其势，涣之得其貌，献之得其源。"可见，他的书法成就后世早有定评。他对人物、山水和植物都有妙赏，随意评点无不咳唾成珠，虽无成篇评论文章传世，但《世说新语》为我们留下了许多屑玉碎金。他和那个时代大多数贵游子弟一样谈锋很健，出语机智而又尖刻。至于"名士"之目，他那种家世，他那份才气，不想做大名士都很困难。文中那位吹笛者桓子野（桓伊小字子野），是东晋著名军事家、音乐家和大名士。据说，他有一支蔡邕传下来的柯亭笛，常常一个人独自吹奏，是我国音乐史上的"笛圣"。

再说他们"奇"在何处。桓子野每闻清歌辄唤"奈何"，一肚皮温柔心肠，满脑子感伤情调，然而却是一位军事天才，在"淝水之战"等历次大战中，以辉煌的战绩拜将封侯。王子猷则是才气、傲气、豪气、雅气、痴气兼而有之，他的行藏出处和接人待物都异于常人，如做桓冲的骑兵参军，竟然不知自己任职"何署"；如吊胞弟子敬之丧，琴不成调而喊"人琴俱亡"；如雪夜访戴，"造门不前而返"；又如本文中他请桓子野为自己演奏完毕，最后"客主不交一言"——

王子猷奉命赴京都，泊舟于建康东南的青溪渚码头。他先前就听说桓子野吹笛妙绝一世，可惜他们两人从未相识，自然无缘品味子野美妙的笛声。这天碰巧桓子野驾车从江岸边经过，客人中又刚好有认识子野的人，对子猷说此人就是子野。子猷马上派人到岸上向子野传话："久闻您善于吹奏笛子，可否为我吹奏一曲？"桓子野此时已经身居要津地位显贵，他同样也久闻王子猷的大名，听说是王子猷邀请，随即转身下车，坐在江边的交椅上，为子猷一连吹奏了三支曲子。一演奏完毕便上车离去。自始至终，他们二人不曾说一句话。

这是一篇古今描写音乐演奏的奇文，看起来似乎是写音乐演奏，但只交代邀者与奏者，没有半句写演奏效果，也没有一字谈听者感受，因而读来没有"嘈嘈切切错杂弹，大珠小珠落玉盘"的美感，没有"女娲炼石补天处，石破天惊逗秋雨"的想象，也没有"曲终人不见，江上数峰青"的回味。更奇的还在于此文未入该书《巧艺》篇，编者却将它放在书中《任诞》篇。吹笛子算什么"任诞"呢？原来作者并不关注吹奏技巧和水平，而聚焦于邀者和奏者的态度，文章以"客主不交一言"点题，更以"客主不交一言"出彩。

王子猷和桓子野都为一时显贵，也都为一时名士。子猷既"旧闻子野"，子野也"素闻王名"，可在桓应邀为王吹完笛子之后，王没有一言感谢客套，桓没有一言敷衍寒暄。奏者完事后立马走人，邀者听完后也毫无留意。从世俗礼节上看，因他们二人都有点任性不羁，以致吹笛这种雅事也变得"荒诞不经"。

王子猷"旧闻桓子野善吹笛"，偶遇桓子野很想听他吹奏，王自己又不愿亲自出面，而只是"令人与相闻"，这一做法的潜台词是：只在乎子野吹出的笛声，但不在意子野这个吹笛人。邀请别人还要讲贵公子的派头，对于另一个同样已致身通显的要人来说，的确显得十分简傲和轻慢。想听"笛圣"吹笛是人之常情，如此傲慢的邀请则属"不情之请"。桓子野"素闻王名"，王子猷托人邀请吹笛，一个喜欢吹笛，一个愿意听笛，所以子野当即为他吹奏三支曲子。天才如子野当然十分识趣，人家只想听笛就只是吹笛，人家不想结交我便走人。我们有幸见识了这两个东晋显贵，一个如何摆架子，一个如何讲身份。

不过，从世俗的人情礼节上讲，他们似乎都有点无礼和寡情，但从更高的精神层面来看，他们未尝不是真正的知音。前人说"人之相知，贵相知心"。子猷妙在赏音，子野长于吹笛，所以当子猷邀其吹奏，子野便为他连吹三曲。这样，子野可谓尽心，子猷肯定尽兴，他们相互的默契和欣赏全在悠扬的笛声中。当子野三曲"弄毕"之际，子猷还陶醉在婉转的笛声之中，他不及一言而子野已经远去，待子猷回过神来的时候，唯有笛声还在耳边回响，还在江面回荡……此时此刻，子猷来不及说声赞美，子野也用不着听到赞美。对于像他们这样感情丰富且感受细腻的名士来说，语言纯属多余，而且"一说便俗"。

为了进行比较，我们不妨再来看看子猷另一次赏竹的遭遇——

> 王子猷尝行过吴中，见一士大夫家，极有好竹。主已知子猷当往，乃洒扫施设，在听事坐相待。王肩舆径造竹下，讽啸良久。主已失望，犹冀还当通，遂直欲出门。主人大不堪，便令左右闭门不听出……（《世说新语·简傲》）

大家知道子猷向有竹癖，自称生活中"不可一日无此君"，经行吴中见士大夫园子里竹子极好，子猷岂能不一睹为快？主人也料其必定"当往"，所以特地洒扫庭除置备酒宴，在大厅中恭候贵客的光临。可子猷并不先上门拜望主人，而是乘轿子径直来到竹林下"讽啸良久"，主人对此已经有点失望，但仍希望他稍后会来通问，哪知他赏竹后又径直出门，这时主人觉得大为不堪，觉得自尊心受到了羞辱，于是让手下紧闭大门不让子猷出去。吴中这位士大夫的门第和境界，与子猷都不在同一层面，子猷到家赏竹让他脸上有光，到家赏竹却不通问主人又让他颜面尽失，所以最后才会愤而挡驾。子猷意在竹下讽咏，主人则只在意脸面，前者极富高情雅韵，后者则有点附庸风雅，他们即使把臂言欢也难心心相印。

再看看子猷与子野，子猷希望赏音而子野倾情吹笛；子猷无须一言而子野不以为侮，他们在理智和精神的层面上算是棋逢对手，对他们而言真可谓"礼岂为我辈设哉也"？难怪他们的关系不着痕迹，难怪他们的交往不沾不滞，难怪千百年后杜牧还在念叨"月明更想桓伊在"，苏轼还在寻问"谁作桓伊三弄"……

3. 高僧养马

> 支道林常养数匹马。或言"道人畜马不韵"。支曰："贫道重其神骏。"
>
> ——《世说新语·言语》

世上人与物各种各样的联系中，最本质的联系不外乎两种——或实用，或审美。所以，人对事物的态度也相应一分为二——或从实用的角度进行衡量盘算，或从审美角度来鉴赏批评。譬如名犬和肥猪，实用主义者可能更爱猪，崇尚美的人可能更爱犬。即使对同一对象，这两种人也可能各有侧重，将军和战士爱马，是爱马能在战时驰骋疆场，使部队发挥更大的战斗力，看重它"所向无空阔，真堪托死生"的效用，而本文中的和尚支道林喜欢养马，则完全是"重其神骏"——喜欢它那骏逸超凡的神采。这里还得补充交代一下，文中的支道林即支遁，字道林（约314—366），东晋高僧，般若学派"即色宗"的主要代表。道人是僧人的旧称，魏晋间佛学初兴的时候，和尚尚无僧称而称为道人。

　　一个和尚养马很容易招致别人的不解甚至误解，觉得僧人养马终不是一件雅事，这是由于我们通常都将马当作实用的动物，不是用它来拉车就是用它来作战，很少对它进行审美观赏。到唐代才出现许多画马名家和咏马诗人，如画家曹霸笔下的马"一洗万古凡马空"（杜甫《丹青引赠曹将军霸》），其弟子韩幹画的马或"骧首奋鬣，顿足长鸣"，或"隅目耸耳，丰臆细尾"（苏轼《韩幹画马赞》），又如诗圣杜甫有几十首咏马诗，从早年歌颂马"骁腾有如此，万里可横行"的雄健，到晚年《病马》中同情马"尘中老尽力，岁晚病伤心"的驯良，这表明此时人们不只是使用马也懂得欣赏马。

　　不过，支道林可能是较早——即使不是最早——喜欢并欣赏马的人士。魏晋士人由于鄙弃世俗的功利目的，他们的为人处世往往显得超尘脱俗，常以审美的态度来应世观物，不仅美化了平凡的事物，也诗化了琐屑的人生。比起支道林来，我们势利得可怕，俗气得可恶。试想，谁愿意为了欣赏马的"神骏"而养马数匹呢，又有谁能欣赏并品味出马的"神骏"呢？

4. 真爱

　　支公好鹤，住剡东岇山，有人遗其双鹤，少时翅长欲飞。支意惜之，乃铩其翮。鹤轩翥不复能飞，乃反顾翅，垂头视之，如有懊丧意。林曰："既有凌霄之姿，何肯为人作耳目近玩?"养令翮成,置使飞去。

——《世说新语·言语》

　　《庄子》有一则寓言说:海边有一个人喜欢鸥,每天早晨去海边与鸥嬉戏,鸥在他身边围聚数百只之多。后来他父亲对他说:"我听说鸥乐于与你游戏,你到海边捉几只来让我玩玩。"第二天他再到海边时,鸥只在空中翔舞而不下来。鸥与海边人之所以前亲后疏,是因为海边人先以鸥为友,与它们平等亲切地游戏,而后却想捕获并占有它们,把它们作为玩弄取乐的对象。海边人对鸥的前后态度似乎都出于喜爱,但前后的喜爱却有本质的差异。

　　支道林起先好鹤,正好"有人遗其双鹤"——刚好有人赠了一对鹤给他。哪知没有养多久,双鹤翅长就想飞走。眼看自己喜爱的宝贝即将离己而去,他出于留恋和喜爱把它们的翅膀剪断了。铩羽后的双鹤振举双翅却不能奋飞,反顾自己剪断的翅膀垂头懊丧。鹤这种可怜哀戚的神态引起了支公的同情,他深深地自责和反问道:双鹤既然有展翅云霄的本领,怎么会甘于给人当观赏的玩物呢?如此认识导致如下结局:"养令翮成,置使飞去。"细心调养让双鹤翅膀长好后,就放开让它们飞走了。

　　小品写了支道林好鹤、养鹤、剪鹤、放鹤的全过程,表现了他体贴仁厚的爱心,同时也告诉人们什么才是真爱。支公开始由于爱鹤而养鹤,由于养鹤而剪鹤,这样就形成爱的悖论:因为喜爱它,所以残害它,喜爱最终滑向了残忍。后来又由于爱鹤而放鹤,鹤得以展翅云霄,支公的爱也跃入了新境界。支公自己向往精神的自由,推己及物以让鹤实现"凌霄"之志。他原先对鹤的爱与占有纠缠在一起,使这种爱显得狭隘自私;后来爱鹤却不企图占有鹤,他的爱才变得博大深厚。

由此我想到社会上许多父母对子女的爱，夫妻对自己另一半的爱，情侣对自己情人的爱，他们的挚爱往往导致独占，因为太爱他们，所以要占有他们，这种爱把自己所爱的对象当作自己的"私有财产"。爱如果与占有联系在一起，那就不是爱对象而是爱自己。

爱他绝不是占有他，更不是限制他，而是让他自由地发展，让他过自己理想的生活——看了这则小品，你明白什么才是真爱吗？

5. 活法

> 庾公乘马有的卢，或语令卖去。庾云："卖之必有买者，即当害其主。宁可不安己而移于他人哉？昔孙叔敖杀两头蛇以为后人，古之美谈，效之，不亦达乎？"
>
> ——《世说新语·德行》

世上的人虽然种种色色，生活的态度虽然千奇百怪，但人的"活法"本质上不外乎两种：要么高尚，要么卑鄙。宁可我负天下人，不可天下人负我，是一种活法；为了让他人活命，宁可自己献身，是另一种活法。为了煮熟自己一个鸡蛋，不惜烧掉别人一栋楼房，是一种活法；只要民族能够兴旺发达，自己宁可承受苦难，是另一种活法。

本文围绕到底卖不卖凶马的卢这一事件，揭示了人性的高尚与卑劣，形象展示了人世两种不同的"活法"。

"皇亲国戚"现在基本是个贬义词，一提到"皇亲国戚"，人们无不咬牙切齿，就像一看到"官二代"三字就极度厌恶一样。不过，万事都不可一概而论，这则小品中的"庾公"就立身很正。庾公即东晋名臣庾亮，他的妹妹是明帝皇后，他自己历仕元帝、明帝、成帝三朝，曾以外戚身份与王导共同辅政，《晋书》本传称他为人渊雅有德量。《相马经》说，白额入口至牙齿的马叫的卢，的卢是一种性子很烈的凶马，主人乘它会丧身疆场，仆人乘它会客死他乡，是谁骑它谁就遭殃的"丧门星"。不巧庾亮就有一匹的卢，这位重臣的命自然比小民的命值钱，于是，他身边那些"好心"的亲故、"聪明"的谋士和"机智"的小人，都纷纷向他献计献策：赶快把这匹凶马卖给别人，赶走自己可能遭遇的厄运。既然这种凶马谁骑谁丧命，那谁要是花钱买它不就等于花钱买死？明明知道买这种马会是一种什么结局，还要尽快把它卖给别人，岂不是明目张胆地谋财害命？为什么没有人叫他把凶马杀掉呢？"聪明"人当然不会犯这种"可怕"的错误，杀了凶马会使自己蒙受经济损失，只要自己钱袋能够装满，哪管别人会命丧黄泉？

庾公没有听从他人的劝告，他的想法十分朴实简单："卖掉它必定会有买主，它将会害死新的主人，怎么能因为有害于己，便转而嫁祸于人呢？"他接着还给身边的人举例说："春秋时孙叔敖杀两头蛇以为后人，在古代被传为美谈，我今天仿效他的做法，不也算是通情达理吗？"庾亮提到的这位孙叔敖是春秋时楚国人。据贾谊《新书》记载，孙叔敖小时候曾在路上看见一条两头蛇，立即把它打死埋进土里，回家后哭着对母亲说："有人告诉我，看见两头蛇的人必死无疑，我今天就不幸看到了。"母亲问他蛇现在在哪里，他说自己怕后来人也看到它，遭遇同样的不幸，便把它打死埋到了土里。母亲听后安慰他说："你积善德，必有好报，不必担忧。"庾亮说的道理简单明了，劝他卖凶马的人又岂不知道？孙叔敖打两头蛇的故事既是美谈，劝他卖凶马的人自然也会听到，问题的症结就在这儿。知道卖凶马结果可怕还是要卖，这是一种态度，一种活法；知道卖凶马结果可怕就不再嫁祸于人，这是另一种态度，另一种活法。

今天有很多人，认定卖凶马那种活法"高明"，不卖凶马这种活法"愚蠢"，所以今天到处充斥着毒姜、毒蒜、毒肉、毒鱼、毒奶、毒米、毒菜、毒药、毒蛋、毒水……当我们大家都认为自己这种活法非常"高明"的时候，事实上我们大家都活得非常"愚蠢"。

庾公手下那些谋士可能不这样看，估计庾公本人会同意我这种看法。

朋友，你觉得哪种活法"高明"呢？

6. 华王优劣

> 华歆、王朗俱乘船避难，有一人欲依附，歆辄难之。朗曰："幸尚宽，何为不可？"后贼追至，王欲舍所携人。歆曰："本所以疑，正为此耳。既已纳其自托，宁可以急相弃邪？"遂携拯如初。世以此定华、王之优劣。
>
> ——《世说新语·德行》

魏晋之际人物月旦之风特甚，其时的士人往往饰容止而盛言谈，通过小廉曲谨以邀时誉。华歆和王朗都是汉末魏初的名士，二人在改朝换代时都是"识时务"的"俊杰"，在疾风骤雨中都是随风转舵的高手，都从汉朝的"忠臣"摇身一变就成了魏国的"元老"，华歆入魏官至太尉，王朗仕魏官至司徒。他们无耻地卖身投靠并无二样，但在矫情伪饰方面华歆比王朗技高一筹。《世说新语·德行》篇载，"华歆遇子弟甚整,虽闲室之内,严若朝典",对待自己的子侄晚辈也十分严谨端庄,即使在自己家里也像上朝一样严肃。华歆这些"行为艺术"不仅赢得了社会的掌声,连王朗也对他有样学样:"王朗每以识度推华歆。歆蜡日尝集子侄燕饮,王亦学之。有人向张华说此事,张曰:'王之学华,皆是形骸之外,去之所以更远。'"倒是阮籍眼光敏锐,看不惯华歆之流矫揉造作的丑态,他在《咏怀》之六十七首中揭露他们的伪善面目:"洪生资制度,被服正有常。尊卑设次序,事物齐纪纲。容饰整颜色,磬折执圭璋。堂上置玄酒,室中盛稻粱。外厉贞素谈,户内灭芬芳。放口从衷出,复说道义方。委曲周旋仪,姿态愁我肠。"华歆和王朗都以彬彬有礼的外表掩饰着肮脏的灵魂,他们每个人的为官之道各有不同,但本质上没有什么两样,都是见"高名"就争,见"重利"就抢,至亲好友也各怀鬼胎,亲人骨肉也彼此反目,"委曲周旋仪,姿态愁我肠",谁见了他们这幅虚伪的丑态能不恶心?

本文记述华、王乘船避难途中,有一人请求他们搭救,几次要求都被华歆拒绝,王朗则一开始就同意他上船一块逃走:"正好船舱中还有空位置,叫他上船有什么不行呢?"华歆在他人有难时不肯援手相救,落难人几次恳求都被他挡回,看起来王朗比他似乎要宽厚仗义得多。"歆辄难之"四字给人的印象简直糟透了。

遇难者上船不久,后面贼兵很快就追了上来,见此情景,王朗想尽快甩掉自己刚才同意上船的搭乘者,此时华歆却不同意甩他:"起先我不同意他搭乘,正是考虑到后面可能有追兵,现在既已让他上了船,我们就不能急而相弃。"于是,还像开始一样携带他,搭救他,做好事算是做到了头。社会以此判定了华、王的优劣。

为什么仅凭这件小事就能定二人优劣呢?

当不需要自己付出代价时,一般人都会显得慷慨仁慈,但一旦有损自己的利益时，许多人就可能表现得冷漠甚至冷酷。把自己餐后的残茶剩饭施舍给乞丐，算不上什么仁爱之举，将自己仅有的面包让给饥肠辘辘的孤寡残疾，那才算是真正富有同情心。至此，人们又推翻了早先形成的印象：其实华歆比王朗不仅更有先见之明，也更为无私仗义。

通过一件小事来定人品的优劣，使人想起"见微知著"那句名言，故事很富于戏剧性，行文更是跌宕起伏。

7. 大丈夫将终

> 孔君平疾笃，庾司空为会稽，省之。相问讯甚至，为之流涕。庾既下床，孔慨然曰："大丈夫将终，不问安国宁家之术，乃作儿女子相问！"庾闻，回谢之，请其话言。
> ——《世说新语·方正》

一个男人是不是伟男子或大丈夫，主要不是看他是否魁梧高大，也不是看他是否孔武有力，而是看他是否有博大的胸怀，是否有远大的志向，是否有出类拔萃的才能，更要看他是否以民族国家为己任，是否具有某种全人类的关怀。法国拿破仑长不满五尺而心雄万夫，我国抗日战争中许多将军身材瘦小却气吞山河。

文中的孔君平名坦，历任太子舍人、尚书郎、扬州别驾、侍中等职。庾司空即庾冰，司空是他曾做的官职。孔、庾二人都是东晋重臣。"为会稽"是指庾冰做吴郡、会稽内史。孔坦病危的时候，政坛上众望所归的庾冰前往探视，对他的病情十分关切，对他的问候更殷勤备至,以至于因他病重而"为之流涕"。没想到,孔坦的重病虽使庾冰伤心落泪,庾冰的眼泪却没有使孔坦感到安慰温暖,相反,孔坦还觉得自己被轻视和冷落。等庾冰刚一下坐榻转身离去,他就慨然叹道:"大丈夫将终,不问安国宁家之术,乃作儿女子相问。"原来他是责怪庾冰没有把他当作国士,没有把他当作大丈夫,否则,当国士离开人世之际,首先被问及的应当是治国安邦之策,经纶济世之方,不该像乡间野老死前那样,只是哭哭啼啼地送点"心灵鸡汤"。

庾冰听到这番话后,连忙回来道歉,并谦恭地倾听他的治国金言。

孔坦以统一国家和再造中华为己任,以"方直雅望"为时辈所称,不以个人生死进退为怀,临终时还致书庾冰之兄庾亮说:"使九服式序,四海一统,封京观于中原,反紫极于华壤,是宿昔之所味咏,慷慨之本诚矣。今中道而毙,岂不惜哉!若死而有灵,潜听风烈。"这封临终遗书使人想起陆游的临终诗:"死去元知万事空,但悲不见九州同。王师北定中原日,家祭无忘告乃翁。"

孔坦的一生,活得磊落坦荡,死得崇高悲壮。中华民族之所以能作为一个文明古国屹立于世界,正是因为有孔坦这些以国为怀的民族脊梁。

这篇文章非常形象地告诉我们:什么人才算真正的大丈夫,什么人才是真正的贵族。

第二章
自信

魏晋士人喜欢和别人比才情，玩个性，斗机智，拼漂亮，好像个个都自我感觉良好，甚至外貌"绝丑"的左思，也想在容貌上与"妙有姿容"的潘岳一赌高低。"潘岳妙有姿容，好神情。少时挟弹出洛阳道，妇人遇者，莫不连手共萦之。左太冲绝丑，亦复效岳游遨，于是群妪齐共乱唾之，委顿而返。"估计是平时镜子照得太少，左思这才在京城洛阳大出洋相。任何人要是不知轻重，出名就可能变成出丑。

过分的自信必定变为狂妄的自负，狂妄的自负必定变为病态的自恋。不过，魏晋名士虽然三者兼而有之，但他们大多数人留给我们的是美丽的身影——"宁作我"的自信让人肃然起敬，"天之自高"的狂妄也确有资本，即使王濛的自恋也并不过分。

1."宁作我"

桓公少与殷侯齐名，常有竞心。桓问殷："卿何如我？"

殷云:"我与我周旋久,宁作我。"

——《世说新语·品藻》

文中的"桓公"即桓温,"殷侯"即殷浩,此处"公"与"侯"属泛指,意在凸显他们二人地位的尊贵。

东晋名士刘惔曾这样描述桓温:"鬓如反猬皮,眉如紫石棱,自是孙仲谋、司马宣王一流人。"桓温好像也默认了刘惔的"写真",他本人一直以当世司马懿自许。很难想象鬓毛像反猬皮有多可怕,眉毛像紫石棱有多凶狠。《晋书》本传称"桓温挺雄豪之逸气,韫文武之奇才"。的确,他的能量很大,他的野心更大。有一次他对身边的人说:我这辈子要是寂寂无闻,连景帝和文帝也将嘲笑我。晋景帝司马师和文帝司马昭兄弟是篡夺曹魏政权的权奸,桓温公开扬言要步他们的后尘,吓得他左右心腹大气都不敢出。他多次向人们亮明自己人生观的底牌:纵不能流芳百世,也要遗臭万年!加之他身为晋明帝司马绍的驸马,一举灭蜀和三次北伐的卓著功勋,更加之他蓄谋已久的不臣之心,所以他晚年独揽朝政,总兵马之权,居形胜之地,着手"废帝以立威"——废晋帝司马奕为海西县公,立相王司马昱为简文帝,谢安见到他也诚惶诚恐地行君臣跪拜之礼。

但有一个人从不怕他。

这个人就是殷浩。

《晋书》说桓温"以雄豪自许",时论对殷浩则以宰辅相期。当时的社会舆论,殷浩差不多被捧为国家"救星"。《世说新语》载,"殷渊源在墓所几十年,于时朝野以拟管、葛",人们以殷浩出不出仕来"卜江左兴亡"。会稽王司马昱也对殷浩说:"足下去就即是时之废兴,时之废兴则家国不异。"好像殷浩要是不肯出山,太阳从此就不会在东晋升起。

不是江左需要殷浩来振兴，而是桓温需要有个殷浩来抗衡。

灭掉西蜀成汉政权之后，桓温的威望和势力震慑朝野，晋朝廷时时感到虎狼在侧。就社会声望来看，只有殷浩可以制衡桓温。东晋君臣都意识到，手中压制桓温唯一的好牌，就是拼命来抬举殷浩。这无形中加深了他们二人的敌意，致使他们从互相轻视变成彼此敌视，从棋逢对手变成冤家对头。

于是，就有了这篇小品中二人的对话——

桓温与殷浩年轻时齐名，他们一直就互不买账，一直暗中互竞短长。有一次桓温问殷浩说："你觉得自己比我怎么样？"殷浩巧妙地回答说："我与我相处得很久了，我还是宁肯做我自己。"

"我与我周旋久，宁作我。"话说得真是太绝了！殷浩一生没有桓温驰骋疆场的豪气，但桓温一辈子也说不出这样的名言。桓问"卿何如我"，殷答"宁作我"，问者的嚣张写在脸上，答者则骨子里充满自信。

"宁作我！"三字是一种低调的豪言，也是一种内敛的自信，更表现了一种成熟的人性。

殷浩没有回避桓温挑衅性的问话，但又没有正面反击说"我比你强"，而是说："我与我相处的时间最久，我还是觉得我非常棒，我还是宁肯做我自己。""宁作我"说得非常谦和礼貌，他当面充分肯定了自我，又没有贬损对手桓温。他没有半点自我吹嘘的得意忘形，没有丝毫浮夸的狂妄气焰，以一种低调内敛的语气表达一种内在的豪情和底气。

之所以说"宁作我"表现了一种成熟的人性，是因为它不是幼稚的情绪化自恋，也不是匹夫匹妇争吵时的赌气，这三个字是建立在

"知人"与"自知"之上的。《老子》说"知人者智，自知者明"，"宁作我"表明殷浩既"智"且"明"。作为桓温政坛上的对手，殷浩对桓温无疑有充分的认知。桓温是能把江左弄得天翻地覆的枭雄，哪怕谢安在他面前也是战战兢兢。殷浩敢与他分庭抗礼，桓温自然也把殷浩视为劲敌，应该说他们二人都"知己知彼"。一旦放弃政治偏见的时候，桓温对殷浩同样十分欣赏，他曾对自己的心腹郗超说："阿源有德有言，向使作令仆，足以仪刑百揆。朝廷用违其才耳。"因殷浩字渊源，阿源是比较亲昵的称呼。以殷浩这样高妙的"思致安处"，"我与我周旋久"这么长的时间，他当然完成了"认识你自己"。表面上看，"我与我周旋久，宁作我"并不涉及对手，但"宁作我"是比较之后的选择，它隐含的语意是：如果只能在你与我之间二选一，那我宁可选择做我自己。后来辛弃疾说"宁作我，岂其卿"，要算是英雄识英雄，这位词人能与殷浩"心心相印"。

跳出殷、桓二人的"竞心"，"宁作我"教给我们要如何做人。

今天由于媒体的发达，各种各样的"偶像"便层出不穷，年轻人追逐自己偶像精疲力竭。他们不仅衣着要偶像那种款式，说话要偶像那种腔调，办事要偶像那种做派，甚至整容也要整成偶像那种嘴巴、鼻子、眼皮……他们与殷浩"宁作我"相反，在偶像崇拜中完全失去了自我，宁可做别人也不愿做自我，他们成了自己偶像的复制品。

有些年轻人是不懂得"宁作我"，有些成年人则是不敢"宁作我"。为了得到上级的表扬，为了得到朋友的肯定，为了得到他人的喜爱，我们去扮演一个好职工，一个好同事，一个好丈夫，一个好妻子，一个好……我们一直在"演"社会指定的角色，但从来没有真正做一回自己。我们只是社会舞台上的"戏子"，从来就不是生活中的真人，所以我们只在意自己的"社会形象"，害怕让自己露出"原形"。我们不想认识自我，也不敢袒露自我，当然也不会接受自我，更不敢像殷浩那样"宁作我"。

"宁作我"需要对自己充分的自信，需要对别人高度的坦诚，还需要自己内在的坚定性。

想当年，嵇康"师心遣论"，阮籍"使气命诗"，陶潜"守拙"归隐，谢安从容破敌，桓温志在问鼎，殷浩"以长胜人"……他们活出了真情真气真我真人，他们看上去有款有型有情有韵。

2. "咄咄怪事"

> 殷中军被废，在信安，终日恒书空作字。扬州吏民寻义逐之，窃视，唯作"咄咄怪事"四字而已。
>
> ——《世说新语·黜免》

永和三年（347），桓温灭掉西蜀成汉政权后名声大振，加之他当时正镇守荆州，扼住了东晋的咽喉，因而这位枭雄让朝廷如芒在背。另一位正在丹阳祖先墓所隐居的殷浩，那时的声誉同样如日中天。《世说新语·赏誉》载，"殷渊源在墓所几十年，于时朝野以拟管、葛，起不起，以卜江左兴亡"。朝野都把他比为管仲和诸葛亮，以他的出处来"卜江左兴亡"。于是，他便被正在辅政的会稽王司马昱当作抗衡桓温的棋子，数次恳请殷浩出来主持朝政。永和五年（349），后赵皇帝石虎一死，北方便开始大乱，桓温立即上书请求北伐。朝廷怕桓温因此进一步坐大，对他的请求久久置之不理。次年以殷浩为中军将军、都督五州军事，永和七年殷浩受命率军攻打洛阳、许昌，永和九年殷浩兵败许昌。桓温见北伐连年吃败仗,趁机上表弹劾殷浩。朝廷不得已将他废为庶人,并流放东阳郡信安县安置。

几年之间,殷浩从王朝"救星"变成了朝廷"废人",从人生的顶峰跌入人生的谷底。于是,就有了这则小品描述的故事——

话说中军将军殷浩被废为庶民后,被朝廷流放到东阳郡信安,他在这里整天都对空写字。当年做扬州刺史时他有不少崇拜者,这些仰慕他的官吏和平民追随他来到信安。见他天天对空写字,他们好奇地偷偷观察,发现原来殷浩只写"咄咄怪事"四字而已。

殷浩流放地东阳郡信安,治所在今浙江省衢州市衢江区。《晋书》本传称他"识度清远",弱冠之年便名满天下,尚未出仕就已经众望所归。由于多年来一直是众星捧月,他自己当然更觉得"我辈岂是蓬蒿人"。哪曾想出师北伐屡战屡败,几年之间他从人生"无限风光"的顶峰,坠入暗无天日的深谷!命运的转折实在太急、太陡、太大,在如此沉重的打击面前,很多人都会精神崩溃,我们能想象殷浩承受着多大的心灵煎熬:朝野都指望他来扭转危局,他同样认为自己无所不能,结果在战场上却是百无一能,在仕途上更是一蹶不振。作为当事人,殷浩无疑会百思不得其解,把悲剧归结为命运的捉弄,所以只是困惑惊诧地感叹:"咄咄怪事!""咄咄"是表示诧异惊叹的感叹词。"咄咄怪事"现在成了常用成语,表达对不合常理或不可理解怪事的诧异之情。

当年诸葛亮六出祁山连连失败,他不是同样哀叹"谋事在人,成事在天"吗?诸葛亮出师无功而返,回朝后仍是受人尊敬的丞相,殷浩败后则从宰辅废为庶人,所以他只能痛苦地书空"咄咄怪事"。在那种环境和心境中,他怎么能冷静反思悲剧产生的深层原因呢?

他唯一能想明白的就是自己被司马昱卖了,自己一生成了他的工具和玩偶，一旦玩腻了就被给他甩了。《世说新语·黜免》篇载："殷中军废后，恨简文曰：'上人著百尺楼上，儋梯将去。'"他废黜后怨恨简文帝司马昱说："把我送到百尺高楼上面之后，立马又把梯子给撤走。"文中的"儋"字通"担"字。司马昱即后来的简文帝，当时辅佐年幼的穆帝司马聃，事实上是他在独揽朝政。他开始时要利用殷浩制衡桓温，把殷浩推上了权力的顶峰，当殷浩北伐失利后被桓温弹劾时，他又不愿意站出来为殷浩承担责任。殷浩要是胜了他占头功，殷浩败了他毫发无损。

刘孝标注引《续晋阳秋》说："浩虽废黜，夷神委命，雅咏不辍，虽家人不见其有流放之戚。外生韩伯始随至徙所，周年还都。浩素爱之，送至水侧，乃咏曹颜远诗曰：'富贵他人合，贫贱亲戚离。'因泣下。"史书记载"其悲见于外者，唯此一事而已"。"富贵他人合，贫贱亲戚离"，他被废为庶人后体认到了世态的炎凉，在自己喜爱的外甥面前泣下沾襟。但他平时能镇定自持，仍然"夷神委命"，照样"雅咏不辍"，即使家人也听不到他唉声叹气，所以孝标怀疑"咄咄怪事"云云的真实性，"书空、去梯之言，未必皆实也"。

从人生的大喜堕入人生的大悲，对空书"咄咄怪事"即便不是历史的真实，也符合殷浩性格及境遇的真实。这里我们倒想追问一下：殷浩兵败许昌算不算"咄咄怪事"？

谁都知道"胜败乃兵家常事"，他麾下的部队又是临时纠合，谢尚部下的叛将又临阵倒戈，在这种情况下谁都可能一败涂地，何况殷浩此前只在纸上谈兵。"人各有所长"的另一面，就是"人各有所短"。《晋书》本传说他"夷旷有余，经纶不足。舍长任短，功亏名辱"，史家对他优缺点的评价冷静客观。殷浩误以为在清谈席上善于唇枪舌剑，在战场上必定也勇于冲锋陷阵。《三国志》称诸葛亮"应变将略，非其所长"，这句话移来评殷浩更为贴切。要么殷浩不清楚自己的所长与所短，要么殷浩不懂得如何扬长避短，他领兵北伐本身就是一个错误，大败而逃实属正常，凯旋就有点反常——殷浩同意这个说法吗？

3. 天之自高

> 王长史与刘真长别后相见，王谓刘曰："卿更长进。"答曰："此若天之自高耳。"
>
> ——《世说新语·言语》

文中的主角"刘真长"即刘惔，另一位"王长史"即王濛，濛曾官至司徒左长史。刘惔为当朝驸马，王濛为前朝国丈，他们二人同为东晋外戚，同为东晋显贵兼名士，所以时人总将他们二人并称为"王刘"或"刘王"。《晋书·王濛传》说："时人以惔方荀奉倩，濛比袁曜卿，凡称风流者，举濛、惔为宗焉。"

人们喜欢把他们一起并称，自然也喜欢拿他们一起比较。《世说新语·品藻》篇载，谢安对王濛孙子王恭说："刘尹亦奇自知，然不言胜长史。"也许真的佩服王濛，也许只想拉拢王恭，谢安是在转弯抹角地称赞王濛的才气。如果对王恭面诋他的祖父，则有失自己宰相的身份，不说几句对王濛的恭维话，又不能拉近与王恭的感情，所以，表面上他对刘惔、王濛优劣完全不掺杂半点个人意见，只是"非常客观"地叙述一件历史事实：刘惔这样狂傲的天下名士，虽然对自己的才华十分自负，但他从未说自己胜过王濛，可见王濛的才情"牛"到什么程度！这句话说得委婉巧妙极了，既不直接就刘、王的短长进行品评，又能让王恭感觉到自己对他祖父的赞美；既能让王恭为祖父骄傲，又不让王恭觉得难为情。谢安的"雅量"固然不俗，他的说话技巧更为高明。

不管高明还是笨拙，委婉还是直率，比较的目的就是要分出个高下优劣，一分出高下优劣就容易伤害双方感情，所以两人并称弄不好就成了两人敌对。与其他并称者彼此拆台不同，他们二人倒是一直相互推许。《世说新语·赏誉》篇载，刘惔不仅觉得王濛姿容优雅，还常常赞叹他性情通达而又自然有节。有一次王濛酒酣起舞，刘惔说王濛那天的风度一点也不亚于向秀。王濛认为"刘尹知我，胜我自知"。他还曾对支道林夸奖刘惔说：刘真长的才高学富恰如"金玉满堂"。《晋书》说他们二人情同手足，王濛下葬那天刘惔将王喜欢的犀柄麈尾放在棺中，恸哭昏厥了好长时间。

他们既然亲于兄弟，说话就没有任何顾忌。该文记述了他们二人这样一则对话——

有一天王、刘别后重逢，王濛表扬刘惔说："老兄好像又有点长进了。"刘惔"大言不惭"地回答说："不是我有什么进步，天本来就很高嘛。"

刘惔所谓"天之自高"语出《庄子·田子方》："夫水之于汋也，无为而才自然矣。至人之于德也，不修而物不能离焉，若天之自高，地之自厚，日月之自明，夫何修焉。"庄子原话的意思是说，水流之有波澜，是自然无为而形成的；同样，至人之有道德，正如天自然就高，地自然就厚，日月自然就明一样，哪还用得着人为修养呢？庄子所谓"天之自高"，是形容至人无为而德高；刘惔以"天之自高"答王濛"卿更长进"，是强调才华来自天生。"长进"须有人为努力，"天高"

则是自然而成。

王濛是想夸奖朋友的刻苦勤奋，刘惔则是吹嘘自己天生聪明。

孔夫子把人分成了四个层次："生而知之者，上也；学而知之者，次也；困而学之，又其次也；困而不学，民斯为下矣。"王濛夸他"卿更长进"，无形中把刘惔定位"学而知之"的层次上。刘惔称自己是"天之自高"，是坚信自己属于"生而知之"的人。

在"人的觉醒"这一精神氛围中，魏晋士人特别看重个人才智，他们常以高才夸人，也常以高才自炫。刘惔一向对自己的才华"感觉良好"，同辈们对他既以清谈之宗相许，他自己也以清谈之宗自居，怎么甘心做"第二流人物"呢？《世说新语·品藻》篇中另一小品文能加深我们对刘惔的理解。"桓大司马下都，问真长曰：'闻会稽王语奇进，尔邪？'刘曰：'极进，然故是第二流中人耳！'桓曰：'第一流复是谁？'刘曰：'正是我辈耳！'"

"第一流人物""正是我辈"！那"我辈"无疑就是"生而知之"了，"我辈"的杰出也如"天之自高"，怎么还要靠学习来求"长进"呢？

清人李慈铭对此大加指责，说"人虽狂甚，无敢以天自比者"。表面上看李氏的批评不无道理，再狂的人也没狂到以天自比，可细读原文又觉得他说的似是而非。刘惔不过是暗用庄典，像天之自高和地之自厚一样，自己的聪明才智来自天生，不是"学而知之"的努力结晶。再说，这是他们哥儿俩的闲聊，千万不能对他们的谈话过于拘泥。类似的对话在今天的兄弟们之间也很常见，譬如一哥儿说："老弟，你这件 T 恤衫配上你这身条，今天看起来好帅呀！"另一个马上回答说："我生来就帅，有什么办法！"当年王濛与刘惔对话，如果一个人说"卿更长进"，另一个回答"天生聪明"，那么这场对话就太无聊也太无趣，刘惔那句"此若天之自高耳"，这个典故用得十分俏皮，也很符合他的身份，而且还有几分幽默，倒是李慈铭本人太不解风情。

4. 旁若无人

> 王子敬自会稽经吴，闻顾辟疆有名园，先不识主人，径往其家。值顾方集宾友酣燕，而王游历既毕，指麾好恶，旁若无人。顾勃然不堪曰："傲主人，非礼也；以贵骄人，非道也。失此二者，不足齿之伧耳。"便驱其左右出门。王独在舆上，回转顾望，左右移时不至。然后令送著门外，怡然不屑。
>
> ——《世说新语·简傲》

王献之（字子敬）与其父王羲之书法齐名，后世常将他们并称"二王"，其书法是人们公认的"无上神品"，一直为历代书家所仰慕仿效，其出身是东晋最显赫的豪门，他的门第和他的书法一样高不可及。

既生于高门又富有高才，这很容易让别人觉得他高不可攀，也容易让他觉得自己高人一等。通过这篇小品，我们来见识见识王献之高人一等的优越感——

王子敬从自己会稽庄园里外出途经吴郡，听说顾辟疆有一座很有名的园林。他原先与主人并不相识，就径直到他家去了。恰好碰上顾辟疆正在宴请宾客，朋友们在一起开怀畅饮。而王子敬参观游览完毕之后，便毫无顾忌地对园林的优劣指指点点，旁若无人。顾辟疆气愤得忍无可忍，他十分恼怒地对王子敬说："在主人面前倨傲轻慢，是极其无礼；以身份高贵而盛气凌人，是非常无道。无礼而又无道的人，就是为人不齿的粗野伧父。"说完，便叫人把他身边随从全都赶出门去。王献之独自一个人坐在轿子上四面顾盼，等了很长时间也不见随从们来侍候。顾辟疆看到这种傲慢自负的样子，马上命人把他送到了门外，可王照样还是一脸怡然自得不屑一顾的神态。

这篇文章置于《世说新语·简傲》中，全文的中心就是表现王献之待人接物如何"简傲"。所谓"简傲"就是于人轻蔑无礼，于己倨傲自矜。文中有几个关键点值得注意：王献之听说吴郡"顾辟疆有名园"，他根本不与主人打招呼，就径直到别人家里赏园林，已经无礼之甚；主人正在宴请宾客，他对别人的园林放肆地说短论长，好像旁边没有人一样，完全没有把主人放在眼里；被园子主人大声指责后，王献之还在轿子里"顾望"园林，对"不足齿之伧父"这样的唾骂也充耳不闻。赞美既不会让他高兴，咒骂也不会让人扫兴，因为在王献之眼里顾辟疆这样的"下人"，无论说什么都不值得他上心；直到主人把他的随从赶出了门外，又把他本人遣送出门，他还是一副"怡然不屑"的神情。这就不仅仅是"旁若无人"，简直就视主人为无物，这种"怡然不屑"比鲁迅所谓"连眼珠也不转过去"更要轻蔑百倍，"高人一等"远远不足以形容他门第和才气的优越感。

王子敬从小就养成等级观念，在他这种世胄看来，士庶之分就像天壤之别，《世说新语·方正》篇载："王子敬数岁时，尝看诸门生樗蒲。见有胜负，因曰：'南风不竞。'门生辈轻其小儿，乃曰：'此郎亦管中窥豹，时见一斑。'子敬瞋目曰：'远惭荀奉倩，近愧刘真长！'遂拂衣而去。"樗蒲是晋人常玩的一种游戏，子敬小时偶然观看家用人玩樗蒲，发表意见后被用人调侃，他马上就怒目而视说："远惭荀奉倩，近愧刘真长！"没有半点小孩的纯朴天真，而是满脑袋门第优越感。六朝的"门生"并非王家学生，而是曲附于王家的义从侍者。

荀奉倩即三国时期思想家荀粲，他生前以"不与常人交接"出名，"不与常人交接"其实就是不与下等人往来。刘真长即东晋名士刘惔，他更是狂妄地宣称"小人都不可与作缘"。"刘真长、王仲祖共行，日旰未食。有相识小人贻其餐，肴案甚盛，真长辞焉。仲祖曰：'聊以充虚，何苦辞？'真长曰：'小人都不可与作缘。'"刘惔有一次与好友王濛出行，很晚了还没能吃上饭，一位相识的百姓好心地给他们送来晚餐，还特地备办了丰盛的菜肴，刘惔宁可饿肚子也不吃百姓饭菜，王濛劝他说："聊以充饥，何苦推辞？"刘惔毫不掩饰地说："凡是百姓小民，统统都不能打交道。"王子敬看下人游戏已是降低了身份，被下人调笑更是奇耻大辱，所以他以荀粲、刘惔为愧。

随着贵族后代日益腐朽无能，寒门庶族子弟的处事能力，逐渐远远超过世家纨绔子弟，东晋士庶的鸿沟也越来越深。表面上看似乎贵族地位越来越高，实际上是这些纨绔子弟越来越强烈地发现，要想保住自己的社会特权，只得以深沟高垒的方法来凸显其血统高贵，因此，他们通过以贵骄人来掩饰自己的焦虑心怯。我们来看看《世说新语·方正》中另一则小品：

> 王脩龄尝在东山甚贫乏。陶胡奴为乌程令，送一船米遗之，却不肯取。直答语"王脩龄若饥，自当就谢仁祖索食，不须陶胡奴米"。

一个落魄贵族还如此傲慢，拒绝接受寒门官吏送来的一船米，在今人看来真是匪夷所思！人们可能有所不知，正因为他已经落魄，所以他才更加傲慢；越是身价受到威胁，他才更要显示自己的身价。上升期的贵族对下人反而相对"随和"，没落时期的贵族在寒门面前更要拿架子耍派头。

王子敬这位世家子弟和大书法家，其地位当然是无可争辩的贵族，但精神深处某个角落又是庸人；他的艺术成就证明了他的才气，他对待寒门的态度又暴露了他的俗气。

第三章
刚正

《世说新语》中的《德行》和《方正》两门，记述了许多刚强正直的君子，他们对上绝无媚态，对下绝无骄容；处世从不知道媚俗讨巧，论人更没有半点阿谀奉承——

一旦发现朋友华歆艳羡富贵权势，管宁马上与之割席，还断然告诉对方"子非吾友也"，这就是古代所谓"君子不交非类"；和峤在晋武帝面前不愿违心地恭维太子，"圣质如初"表现了大臣的铮铮风骨；宰相王导对晋明帝历数当朝开国皇帝窃国的种种阴谋、血腥，揭露了统治者残忍卑劣的本性；郗超与谢玄私交"不善"，但在国难当头之际力荐谢玄，表现了为人的公正和胸襟的坦荡；卞壸论郗鉴"体中三反"，直率地品评身边的同僚，既需要智慧更需要勇气。

环顾一下我们的四周，听到的莫非谀辞闹曲，看到的全是溜须拍马，今天到哪里去找魏晋那些刚烈正直的君子？

1. 管宁割席

> 管宁、华歆共园中锄菜，见地有片金，管挥锄与瓦石不异，华捉而掷去之。又尝同席读书，有乘轩冕过门者，宁读书如故，歆废书出看。宁割席分坐，曰："子非吾友也。"
>
> ——《世说新语·德行》

狐狸总是藏不住自己的尾巴。人虽然比狐狸要狡猾万倍，更比狐狸善于隐瞒伪装，但伪君子永远成不了君子。在公开场合那些冠冕堂皇的议论，在大会上那些慷慨激昂的演讲，甚至在情人耳边那些甜言蜜语，都可能是自欺和欺人。听贪官讲廉政，听嫖客讲爱情，听裸官讲爱国，都是今天最有喜感的艺术享受。语言可以把自己显露出来，也可以把自己隐藏起来，不然，怎么会出现"口蜜腹剑""口是心非"这类成语呢？对"言为心声"千万不要太信以为真，金元好问早就识破"心画心声总失真，文章宁复见为人"的秘密。西方哲人说"语言是存在的家园"，可我们古人一直对语言存有戒心，《论语·公冶长》便记有孔夫子"听其言而观其行"的教诲。评价一个人不能只听他如何说，关键还要看他是如何做。

这则小品通过无意识行为和下意识动作，来揭示人的品行个性和精神境界——不是通过"听"来论其优劣，而是经由"看"来定其高卑。

管宁和华歆二人是小时好友。管宁汉末避难辽东，历经魏武帝、文帝、明帝三朝，一直以聚徒讲学为生，终生不仕。华歆汉末为尚书令，入魏后依附曹氏父子官至太尉。管、华在菜园锄菜时，他们同时看见一块金子。面对同一块金子他们有完全不同的反应："管挥锄与瓦石不异"，华则"捉而掷去之"。"捉而掷去之"这两个连续的动作，写出了华歆复杂的心理过程——"捉"是见到金子一刹那的下意识行为，表明他急于想占有金子的心情，不经意间暴露了他对金钱的贪婪，但当他一意识到自己露出丑态后，马上就装出一副对金钱的鄙夷之色，将"片金"轻蔑地"掷去之"。一"捉"一"掷"是从无意识的表露到有意识的掩饰，作者从其行为变化细腻地刻画了他的心理变化，并由此揭示了他人格的卑微和境界的低下。

第二件"小事"是管、华同在一张座席上读书，正好有一乘坐"豪车"的达官贵人从门前路过，这一次管宁又读书如故，目不斜视，而华歆却一脸艳羡，立即废书出观。

从这两件事就能"看"清华歆的为人。管宁当即割断座上的席子，与华分席而坐，并不留情面地对华歆说："你不是我的朋友。"

作者通过两人对两事的不同反应，生动地表现了他们对金钱和权势的不同价值取向，并于各自的行为描写中表达了作者的褒贬态度。观察得细致入微，表达更曲折委婉，用语尤其隽永含蓄，看起来作者是在随意挥洒，而文章其实是在用心经营。

2. "圣质如初"

> 和峤为武帝所亲重，语峤曰："东宫顷似更成进，卿试往看。"还，问"何如"？答云："皇太子圣质如初。"
>
> ——《世说新语·方正》

晋武帝司马炎所立的太子司马衷是个窝囊废，朝廷上下人人都心知肚明，大臣们无不忧虑晋朝的未来，武帝对这个宝贝儿子的能力也并不看好。有一次他把东宫官属全召集来，拿出一些国家大事让太子裁决，这位未来的皇帝一问三不知，贾妃让太子左右的人代他回答，这才没让太子大出洋相。

暗地里谁都知道太子是个笨蛋，可那些专以奉承拍马起家的大臣们，公开场合却一直恭维太子"聪明英断"，只有和峤对晋武帝说："皇太子有淳古之风，而季世多伪，恐不了陛下家事。"和峤字长舆，历任尚书、太子少保等职，对钱财虽悭吝小气，对皇帝却刚直不阿，所以皇帝一直很信任他。所谓"淳古之风"只是"愚蠢"的一种委婉说法。司马炎听和峤回答后默然不语。俗话说，老婆是别人的漂亮，儿子是自己的聪明，谁喜欢人家说自己的儿子愚蠢呢？更何况是富有四海的天子！

不久，晋武帝对和峤、荀勖说："太子近来好像有些长进，你们到东宫试一试虚实。"武帝这句话是在暗示直得不能再直的和峤：别再对太子评头品足说三道四，我的儿子怎么会是个蠢货呢？一向善于揣摩人主旨意并喜欢逢迎的荀勖回报武帝说："太子德更进茂，明识弘断，不同于初，有如明诏。"和峤还是那个不懂转弯的死脑筋，他向武帝回报的结果正好相反："皇太子圣质如初。"用通俗直白的话来说就是："皇太子还和从前一样蠢。"可以想见武帝听后的心情。晋武帝时荀勖为中书监，和峤为中书令，按惯例监、令同车出进，但耿直的和峤鄙薄佞媚的荀勖，公车一来和峤便登车扬长而去，荀勖只好再找公车上下班，监、令分车上朝自和、荀始。

这位蠢太子即帝位后，西晋就开始由治变乱，由盛转衰，他最大的政绩就是加速了西晋的灭亡，连以给皇帝贴金为能事的正史也不得不给他"抹黑"："及居大位，政出群下，纲纪大坏，货赂公行，谗邪得志。"听说天下百姓成批饿死的时候，这位"有淳古之风"的晋惠帝说："百姓真傻，没有米饭吃，干吗不去吃肉粥呢？"惠帝晚年还得意地责问和峤说："卿昔谓不了家事，今日定云何？"和峤的回答真让人哭笑不得："臣昔事先帝，曾有斯言，言之不效，国之福也。"

这里给大家讲一个发生在当今的段子：有个官二代学生，成绩在班上长期倒数第一，打架耍赖又总是名列前茅，学校校长对该生的班主任说："这名同学一直表现'突出'，期末评语不能写得让他家长扫兴。"既不想拍马屁，也不想惹麻烦，班主任便在期末总结一栏中写道："该生成绩一直稳定，动手能力尤强。"

从昔日的"圣质如初"，到今天的"成绩稳定"，我们民族的确能"持之以恒"。

3. 不卑不亢

> 司马景王东征，取上党李喜，以为从事中郎。因问喜曰："昔先公辟君不就，今孤召君，何为来？"喜对曰："先公以礼见待，故得以礼进退；明公以法见绳，喜畏法而至耳。"
>
> ——《世说新语·言语》

历史上削尖脑袋往官场钻者并不少见，从被庄子讽刺舐痔吮脓之徒，到晋朝潘岳"望尘而拜"，再到唐代郭霸为魏元忠品尿献媚，大可写一部求官丑态史。

竟然有人做官全因被迫！这则小品可能让无数读者困惑。

魏晋之际士族个体的自觉，使许多人遗弃世事而宅心玄远。由于频繁改朝换代导致血腥政治清洗，阮籍"但恐须臾间，魂气随风飘，终生履薄冰,谁知我心焦"的诗句,表达了当时士林普遍的焦虑,这使他们更加珍视个人生命和人格的价值。逃避政治,高蹈远引,成为不少士人的人生取向,除非是出于无奈或被迫,通常不愿意涉足官场这个是非之地。晋初,朝廷屡下征聘的诏书,李密铁心辞不就职,以致到"郡县逼迫,急于星火"的程度,才逼出了他那封打动历代读者的《陈情表》。《晋书·刘毅传》载:"文帝辟毅为相国掾,辞疾,积年不就,时人谓毅忠于魏氏,而帝以其顾望,将加重辟,毅惧,应命。"李喜对景王问反映了部分魏晋士人的心曲。

司马景王指司马懿之子司马师,师死后谥景王。高贵乡公正元二年(255),镇东将军毋丘俭、扬州刺史文钦举兵谋反,司马师统率大军征讨,文中"东征"就是指这次战事。上党在今山西长治、壶关一带。司马师东征时"取"李喜为从事中郎,"取"要诉诸武力,"辟"则讲求礼节,所以,"辟"可以推辞,"取"只得应命。不愿就其父之邀,却出任其子之命,这引发了景王司马师的好奇,他大惑不解地问李喜道:"过去先父辟你为官你不就,现在我取你为什么又来了呢?"干吗不吃敬酒吃罚酒呢?李喜的回答直截了当:你父亲以礼待我,我也以礼决定进退;而你以法来强制我,我当然只好畏法就职。

李喜不想卑鄙地求官,也不想无谓地去送死,他对景王的答语真是漂亮极了:既不狂放无礼,也不阿谀奉承,正好在不卑不亢之间。

环顾今天为了一个处长或副处长,几十个教授争得头破血流,再回头仰望这则小品中的李喜,我还有什么可说的呢?

4.岂能长久?

> 王导、温峤俱见明帝,帝问温前世所以得天下之由。温未答顷,王曰:"温峤年少未谙,臣为陛下陈之。"王乃具叙宣王创业之始,诛夷名族,宠树同己,及文王之末高贵乡公事。明帝闻之,覆面著床曰:"若如公言,祚安得长!"
>
> ——《世说新语·尤悔》

"晋祚安得长"这句话,不是发自晋朝"阶级敌人"的恶毒诅咒,而是出自晋明帝司马绍的深切担忧。司马绍是东晋第二任皇帝,他享国的时间比晋祚更短——在龙椅上仅仅坐了四年,寿命仅仅二十七岁。

刚即位不久,明帝就诏见王导和温峤,这两位是东晋开国元勋,也算是他自己的顾命大臣。现在难以确知当时的谈话背景,也不知道是由于什么原因,明帝向温峤问起自己祖辈如何打下晋朝江山。很可能就像现在学习历史一样,是想通过重温先辈"光辉的创业历程",一方面让自己和臣下珍惜"今天来之不易的幸福生活",一方面给自己的皇位找到合法性理由,也让自己在皇位上找到自信。这个二十出头的小家伙登基时,东晋王朝臣强主弱,政权已是风雨飘摇。手握重兵的王敦早就看上他这个位置,他天性就不喜欢称"臣"而喜欢称"朕"。这位有不臣之心的大臣,是明帝和东晋士族的心头大患。他此时特别需要心理支撑,尤其是他想确证晋朝得天下是"天命所归",自己才是"真命天子",任何觊觎皇位的逆子叛臣,到头来都不可能得逞。

还没有等温峤开口,王导就抢着接过了话头:"温峤年轻不熟悉我朝的建国史，还是让我来为皇帝陈述这些陈年旧事。"于是，王导开始口述晋朝的"建国大业"，他从晋朝事实上的开国皇帝司马懿讲起，讲他如何趁曹家孤儿寡母，乘人之危突然发动"高平陵政变"，将曹爽、何晏等魏氏宗室和忠臣一网打尽。《晋书·宣帝纪》载，司马懿在这次政变中"大行杀戮，诛曹爽之际，支党皆夷及三族，男女无少长，姑姊妹女子之适人者皆杀之，既而竟迁魏鼎云"。高平陵之变使天下"名士减半"（《三国志·魏书·王凌传》注引《汉晋春秋》），司马师、司马昭兄弟进一步剿灭异己，拥护曹魏政权而不与司马氏合作的名士，如夏侯玄、毋丘俭、诸葛诞和嵇康等，几年后又先后掉了脑袋。司马昭后期更明目张胆地弑高贵乡公曹髦，"司马昭之心，路人所知也"。从开始篡皇位到后来保皇位，晋王朝一直伴随着阴谋、残忍、血腥、虚伪……不忠、不义、不仁、不善，就是明帝"前世所以得天下之由"。

看了晋朝"所以得天下之由"，谁还会相信什么善恶报应和历史公正？

明帝听了祖辈的"光辉历程"和"英明决断"，掩面伏在坐榻上心虚地说："若是像公所说的这样，我晋室皇位怎么能长久呢？"

又岂止是晋朝不可能长久，哪个用武力抢来的政权能够长久？

这篇文章有诸多耐人寻味之处：一、皇帝怎么会不知道先人是如何龙袍加身？他为什么要在此时问"所以得天下之由"？二、皇帝明明是问温峤，王导为什么要抢着回答？三、王导为什么要当面揭明帝先人的老底？

当时复杂的政治背景无从猜测，不过可以肯定的是，只有王导这样的重臣才敢如此"放肆"，也只有王导这样的忠臣才愿如此直言。

5. 憎不匿善

郗超与谢玄不善。苻坚将问晋鼎,既已狼噬梁、岐,又虎视淮阴矣。于时朝议遣玄北讨,人间颇有异同之论。唯超曰:"是必济事。吾昔尝与共在桓宣武府,见使才皆尽,虽履屐之间,亦得其任。以此推之,容必能立勋。"元功既举,时人咸叹超之先觉,又重其不以爱憎匿善。

——《世说新语·识鉴》

郗超与谢玄都出身于东晋显贵豪门,又都以其出群才华和迷人个性见称士林。郗超既卓荦不羁又妙善玄言,谢玄同样举止不凡且语惊四座。他们曾经同在桓温幕下任职,不幸的是,一个鸡笼里容不下两只叫鸡公,二人很有点像油和水,放在一块却合不到一块。

不过,他们两人的"不善"并没有发展成"交恶",彼此都在交际场合不失君子风度,更难能可贵的是,郗超在国难当头的时刻抛弃私人恩怨,客观地肯定和举荐与自己有隙的对手。

"苻坚将问晋鼎,既已狼噬梁、岐,又虎视淮阴矣。"苻坚是十六国时期前秦皇帝,建元十九年(383)率七十万大军攻晋,"问晋鼎"表明来者不善,"既……又……"说明军情如火。只有雄才才能扭转战局。朝廷决议派谢玄北上讨敌,社会上对此议论纷纷,很多人不看好谢玄的军事才能,"唯超曰"三字写只有郗超独排众议,公开赞成朝廷的决定:"是必济事。吾昔尝与共在桓宣武府,见使才皆尽,虽履屐之间,亦得其任。以此推之,容必能立勋。""是必济事"以斩绝的语气断定谢玄必然成功,接着再根据自己的亲身经历,告诉大家谢玄有识人之明,大小事情都能用人得当,能把合适的人放在适当的位置上，能让自己的部下都人尽其才，以此推论谢玄"必能立勋"。在短短几句话中，郗超连续用了两个"必"字打消人们对谢玄才能的疑虑。《晋书·谢玄传》载，苻坚强敌压境之际，谢安举侄子谢玄应敌，"中书郎郗超虽素与玄不善，闻而叹曰：'安违众举亲，明也；玄必不负举，才也'"。

人与人之间在感情上或有好恶，在关系上或有亲疏，郗超与谢玄二人气味不投是人之常情，关键是不要为个人好恶所惑，要能"爱而知其恶，憎而知其善"，对所亲者要能知其短，对所疏者要能识其长，并能对各自的优缺点作出公正的评价。现实中常有些人顺我者昌，逆我者亡，好之者无一不善，恶之者则一无是处，由感情上的不相亲善，变成了人事上的不能相容。

郗超能做到"不以爱憎匿善"，是由于他能去好恶之私，存是非之公。这需要识人的能力，更需要容人的胸怀。

6. 郗公三反

卞望之云："郗公体中有三反：方于事上，好下佞己，一反；治身清贞，大修计校，二反；自好读书，憎人学问，三反。"

——《世说新语·品藻》

《大学》第九章说，人们对自己所爱的人往往过分偏爱，对自己所轻贱厌恶的人往往过分轻贱厌恶，对自己敬畏的人往往过分敬畏，对自己同情的人往往过分同情，对自己鄙视怠慢的人往往过分鄙视怠慢，"故好而知其恶，恶而知其美者，天下鲜矣"。大家对自己喜欢的人总觉得无一不好，对自己讨厌的人总感到无处不糟，喜欢他却知道他的缺点，讨厌他而能看出他的优点，这样的人在世上并不多见。

并不多见并不等于完全绝迹。

卞望之对郗鉴的品评，堪称"好而知其恶，恶而知其美"的典范。

卞望之名壸，出身于官宦世家，祖父卞统曾做琅邪内史，父亲卞粹兄弟六人"并登宰府"，人称"卞氏六龙"。他本人为东晋重臣和书法家，曾两次出任尚书令，苏峻之乱中他和两个儿子战死。卞壸立朝刚正不阿，以匡风正俗为己任，在朝廷上严肃批评丞相王导"亏法从私，无大臣之节"，弹奏御史中丞钟雅"不遵王典"。《世说新语·赏誉》篇载："王丞相云：'刁玄亮之察察，戴若思之岩岩，卞望之之峰距。'"王导认为东晋名臣中，刁玄亮明察，戴若思严峻，卞望之刚烈。"峰距"形容山岳竦峙高峻的样子。连高僧对他也敬畏三分，"高坐道人于丞相坐，恒偃卧其侧。见卞令，肃然改容云：'彼是礼法人'"。高坐道人在丞相王导身边也常仰面而卧，但一见到卞壸就一脸严肃正襟危坐。

被卞壸品藻的"郗公"即郗鉴，东晋名将、名臣和名书法家，历任中书侍郎、安西将军、车骑将军、司空等职，明帝逝世时他与王导、卞壸等人一同受遗诏辅佐晋成帝，他是同代人眼中的"一代名器"。

卞壸与郗鉴同为名臣，同为名书法家，他们既属同僚更兼有同好。这种关系要么结为死党，因而相互吹捧；要么成为死敌，于是相互拆台。可卞壸与郗鉴既非死党亦非死敌，他们之间是相互欣赏也相互批评的诤友。卞壸对郗鉴知之甚深，对他的评价也客观理性——

卞壶说郗鉴身上存在着"三反"的现象，也就是有三种矛盾对立的品性：一方面对上侍奉君主方正原则，另一方面对下却喜欢听他们阿谀奉承，一反；一方面修身廉洁正派，另一方面又大肆计较利害得失，二反；一方面自己爱好读书学习，另一方面却忌恨别人有学问，三反。

郗鉴身上存在着的这"三反"，倒不是说他为人虚伪卑劣，也许他还没有意识到身上的"三反"，这说明人性本身就非常纠结矛盾。以"一反"为例吧，"方于事上"反映他为人刚正，不喜欢对上司吹牛拍马，却"好下佞己"，喜欢听下级对自己吹牛拍马。这是什么原因呢？人们可能要说郗鉴"方于事上"是"装"，按理说自己既然不喜欢奉承别人的人，自然也应不喜欢别人奉承自己。其实，郗鉴身上的这种矛盾很容易理解，但凡有一点骨气的人谁愿意去奉承别人？可一个正常人谁不喜欢听别人的表扬恭维？想想看，谁乐意在别人面前低三下四？谁不乐意别人在自己面前赞美讴歌？《大学》要求"所恶于上，毋以使下，所恶于下，毋以事上"，可有几个能够做到这样呢？"好下佞己"不过是人性的软弱。第"二反"是理性与感性的冲突，从个人修养上他要求自己廉洁正派，但个人情感上又摆不脱利害得失，道德上厌恶的东西，情感上又很喜欢，这大概也属于"人之常情"。第"三反"则属于个人兴趣和个人胸襟的矛盾，自己的兴趣喜欢读书，但郗公胸襟有点狭窄，所以他害怕别人读书，心胸狭隘者能包容比自己差的人，但不能接纳比自己强的人。

能看出"郗公体中有三反"，卞壶印证了老子所谓"知人者智"；敢说出郗公体中"三反"，则表现了卞壶自身的正直与勇气。对自己身边亲朋的优缺点，我们往往不是看不出来，就是不敢将它们说出来。不能看出来是不智,不敢说出来是不刚。

有个老兄曾慨叹说,要能交到卞壶这样的朋友,那真是人生的福气。可要真遇上卞壶这样的朋友,说不定你觉得特别晦气——谁敢担保你体中没有"三反"呢?

第四章
率真

罗友跑到别人家里赖吃白羊肉,是不是有点让人丢脸?阮咸用竹竿挂出"大布犊鼻裈"的恶作剧,是不是有点搞笑?王蓝田吃鸡蛋时"性急"的神态,是不是让你喷饭?王右军东床袒腹的模样,能不能让你称叹?

在礼教之士眼中,这些举止全都背礼伤教;可在魏晋名士们看来,这样做才能"渐近自然"。

阮籍曾对名教之士极尽挖苦讽刺,说他们"容饰整颜色"的造作让人反感,"外厉贞素谈"(《咏怀》)的伪善更让人恶心,所以嵇康提出"越名教而任自然"(《释私论》)的口号。礼教的规范使人日渐远离动物性,同时,礼教的束缚又使人越来越异化为非人。"循性而动"无须矫饰,率性而为坦露本真,魏晋名士们的率真就是有意要与礼教"对着干"。

陶渊明曾多次沉痛地说"举世少复真","真风告逝,大伪斯兴",也曾深深地喟叹"久在樊笼里,复得返自然"。在老庄哲学和魏晋玄学中,"真"与"自然"是同一概念——"真"的就是"自然"的,"自然"

的也就是"真"的。因而，就像回归自然一样，率真不只是魏晋士人推崇的行为方式，也是他们强烈的形而上冲动。

1. 吃货

> 罗友作荆州从事，桓宣武为王车骑集别。友进，坐良久，辞出。宣武曰："卿向欲咨事，何以便去？"答曰："友闻白羊肉美，一生未曾得吃，故冒求前耳。无事可咨。今已饱，不复须驻。"了无惭色。
>
> ——《世说新语·任诞》

虽然孔老夫子说过"饮食男女，人之大欲存焉"，《孟子》中也说"食色，性也"，可"食"与"色"既是"人之大欲"，同样也是人之"大忌"——大家总以"好学""好礼"来恭维人，谁愿意被别人说成"好吃""好色"呢？

"学"与"礼"都非人的本性，所以必须"劝学"和"崇礼"，没有劝勉和推崇的助力，没有利益或名誉的激励，大概没有多少人喜欢艰苦的学习和刻板的礼义。古人早就知道"困然后学，学以致荣；计而后习，好而习成"。"学"与"礼"都违反人的本性，违反了自己的本性还能爱好它，所以值得大加表彰。"食"与"色"是人的本能，越是压抑就越是"好吃""好色"，"偷吃""偷窥"乃至强奸，通常都是人们过分"饥渴"所致。"性饥渴"与"口饥渴"同样让人难以忍受，食与性两方面长期过度的饥渴，不是伤身就是丧命。"食""色"既是"人之大欲"，人们对它们就有极强的占有欲，屯集食品和包养二奶都是多占或强占。这方面不仅不需要任何鼓励,就是不断劝说、警告和惩治,还是有人难免贪食和贪色。人们把贪食者蔑称为"饕餮",把贪色者贬斥为"色鬼"。饕餮是传说中一种凶恶贪婪的怪兽,鬼更是大家又害怕又讨厌的阴魂。

人之所恶偏大肆颂扬,人之所欲却压抑贬斥,这种与人性"对着干"的文化,很容易造成全社会的道德虚伪,色鬼装得像是坐怀不乱的圣人,吃货在人前也得假装斯文君子。

这里和大家介绍一位率真的吃货罗友,他贪吃从来不扭扭捏捏——贪得既很爽快,吃得也很痛快。罗友是湖北襄阳人,此公胃口实在太好了,从小对所有美食就来者不拒。可家中无钱,自己又无权,他为自己解馋的高招是蹭饭。小时候,一听说哪里有祭祀活动,他就跑到那里去讨祭品吃。有一次得知有家人祭神,他去得太早人家还没有开门,主人出门迎神发现了他,问他为什么一大早就待在这儿,他说打听到你家要祭神,不过是想来求一顿饭吃而已。于是,他藏身在主人家门后,等天亮后饱吃一餐抹抹嘴便心满意足地离开,脸上没有半点羞愧之色。

常言道"江山易老,本性难移",罗友做官后仍旧贪吃,贪吃的方法还是蹭饭,只是蹭饭的对象稍有变化——小时蹭乡邻的饭,做官后蹭上司的饭。桓温做荆州刺史时引荐他为荆州从事,这篇小品就是记述他任从事期间蹭饭的趣事。桓温有一次为王导三公子王洽饯别,陪客中本来没有邀请罗友。罗友听说上司请客便不招自来,借故说有公事要请示桓温,在宴席上坐了很长时间后,又一言不发便转身告辞。桓温问他说:"你刚才还说有公事要问,怎么就这样走了呢?"罗友从实回答道:"听说白羊肉味道鲜美,有生以来从未尝过,有人告诉我说,您宴席上备有这道佳肴,便找个由头前来讨吃。原本没有公事要请示您，现在已经吃饱了，用不着再在您这儿待下去。"说罢便转身离去，和以往一样脸上依旧没有半点羞惭。

桓温对他蹭饭的方式大不以为然，曾直言劝这位下属说："想食也得讲究一下身份，怎么能像你现在这个样子呢？"罗友对上司的劝告"傲然不屑"："就公乞食，今乃可得，明日已复无。"言下之意是说在您这儿乞食，瞅着什么时候有就什么时候来，今天不吃明天可能就没有这道菜了——吃饭还讲究什么派头？

他以家贫乞食，也"以家贫乞禄"。桓温起初只欣赏他的才华学问，但觉得他过于放纵荒诞，不是当官治民的那种料子，口头上虽应允了他，却又迟迟没有任用他。有次府上有一下属被举荐到一州郡任职，桓温特地设宴为他送行，罗友故意很晚才来赴宴，桓温询问迟到缘由，罗友一脸委屈地说："小民自小就好吃，昨天接到大人的请帖，我一大早便出门赴宴，不料半路上遇到一鬼挖苦我说：'我只见你送别人做官，怎么不见别人送你做官？'开始我大为恐怖，后来又非常惭愧，于是我反复琢磨鬼的话，不知不觉犯下迟到之罪。"这回反而弄得桓温满面羞惭，不久便推荐他去做襄阳太守。

做了荆州从事还到别人家里乞食的确失格，可当时士人却认为"罗友有大韵"，所谓"大韵"就是极有格调风度。罗友的"大韵"来自何处呢？他嘴馋则去乞食，遇上美食便快意大嚼，酒足饭饱便马上告退，从不找任何借口，更不装什么清高。苏轼在《书李简夫诗集后》说："陶渊明欲仕则仕，不以求之为嫌；欲隐则隐，不以去之为高，饥则扣门而乞食，饱则鸡黍以延客。古今贤之，贵其真也。"这则评语移来评罗友也大体合适，他的"大韵"就在于其适性任情，在于其坦然率真。

2. 未能免俗

阮仲容步兵居道南，诸阮居道北。北阮皆富，南阮贫。七月七日，北阮盛晒衣，皆纱罗锦绮。仲容以竿挂大布犊鼻裈于中庭。人或怪之，答曰："未能免俗，聊复尔耳。"

——《世说新语·任诞》

"视金钱如粪土"这种豪言壮语，"说起来"比"做起来"要容易得多。"世人都晓神仙好，只有金银忘不了"，曹雪芹倒是道出了实情。钱不仅决定你物质生活的丰俭，还决定你社会地位的高低，甚至决定你个人心情的好坏。"有钱能使鬼推磨"，古今中外少有例外。晋朝鲁褒在《钱神论》中诅咒金钱说："钱之所在，危可使安，死可使活；钱之所去，贵可使贱，生可使杀。是故忿诤辩讼，非钱不胜；孤弱幽滞，非钱不拔；怨仇嫌恨，非钱不解；令问笑谈，非钱不发。"读读莎士比亚的《雅典的泰门》就知道，钱在文艺复兴时期的欧洲，比一千多年前的魏晋更加管用，它能"使黑的变成白的，丑的变成美的，错的变成对的"。

鲁褒和莎士比亚所痛骂的这种情况，后世似乎越来越变本加厉。俗话说"自古衙门朝南开，有理无钱莫进来"。即使在今天，钱不一定是万能的，但没有钱肯定是万万不能的。

"人穷气短，马瘦毛长"是社会生活的真实写照。"一掷千金"的豪爽，"捉襟见肘"的窘迫，连蠢驴也能看出谁更有气派。

不过，任何通例总有例外。今天我们来见识一位人穷气不短的名士。

文中的阮仲容就是竹林七贤之一阮咸，"步兵"是指阮咸叔叔阮籍，他曾出任过步兵校尉。据史载，阮籍这个家庭世代崇儒，只有阮籍、阮咸叔侄这一脉弃儒崇道，看重个人精神的自由，而不太在乎世俗的利禄，这样家道就慢慢衰落下来。阮咸和叔父阮籍在道南住，其他诸阮都住在道北。道北的那些阮家都很阔绰富有，道南的阮家大多家境贫寒。古代民俗七月七日那天，家家都要晒衣服、书籍以防虫蛀。道北阮家晒出来的都是绫罗绸缎，一家比一家的衣服华贵，这哪是在晒衣，分明是在炫富。道南的阮咸看到道北诸阮竞相晒衣比富，他便用竹竿挂一条像犊鼻一样的短裤，人们见了觉得又搞笑又奇怪，问他为什么要晒这条犊鼻短裤丢人现眼，阮咸满不在乎地说："七月七日既然都得晒衣，我家既未能免俗，那就晒晒这条犊鼻短裤应景吧。"

《论语·子罕》记孔子的话说："衣敝缊袍，与衣狐貉者立而不耻者，其由也与？"孔子很少表扬他的学生子路，这次称赞子路穿破旧衣服，站在穿名牌的人旁边而不觉羞耻。对人不以衣着分贵贱，于己也不以衣着论高低，像子路这样的人的确十分难得。可子路毕竟是一条莽汉，孔子一直责备他勇敢而无礼，他穿破衣站在穿名牌者中间毫无耻色，多半可能是他粗豪勇敢的个性使然，不见得是他有多么超脱。

阮咸是著名音乐家，可不是子路那种粗人，他在道北诸阮家晒衣比富时挂出犊鼻短裤，可不是因为他无知者无畏。这位"一醉累月轻王侯"的名士，已臻于"视金钱如粪土"的境界。我们不妨想象一下道北与道南晒衣的场面——

道北阮家陈列着五颜六色的"纱罗锦绮"，像在搞名贵衣服展览似的一字排开，让观者目迷五色啧啧称奇，而道南阮咸家在旧竹竿上，挂出一条破犊鼻短裤，贫富反差是如此强烈，这场面看上去要多滑稽有多滑稽。

我们知道，七月七日晒衣只是当时的民间风俗，并不是晋朝的皇家法律，法律必须强制执行，民俗则悉听尊便——阮咸可以晒也可以不晒衣服。说实话，他那条破犊鼻短裤没有晒的必要，这种粗麻布织品不晒也不至于生虫，他故意用竹竿挂出破旧的犊鼻短裤，是以一种恶作剧的方式，嘲讽道北诸阮家摆阔炫富的丑陋观念。在红红绿绿的绫罗锦绣中，迎风招展的粗麻布犊鼻短裤丝毫也不显得寒酸，反倒是耀眼的绫罗锦绣显得那样珠光宝气，俗不可耐。

是什么原因让阮咸不怕"丢丑"呢？主要是阮咸在人生境界上远高于时辈，他摆脱了贫富之累和穷达之忧，所以敢于戏弄道北富有的阮家，让那些热衷炫富的家伙在精神上显得极其寒碜。

假如没有精神上的超越，谁敢在锦绣绸缎之中挂出"大布犊鼻裈"？谁还会有"未能免俗，聊复尔耳"这种人生的幽默？

3. 性急

> 王蓝田性急。尝食鸡子，以箸刺之，不得，便大怒，举以掷地。鸡子于地圆转未止，仍下地以屐齿蹍之，又不得。瞋甚，复于地取内口中，啮破即吐之。王右军闻而大笑曰："使安期有此性，犹当无一豪可论，况蓝田邪？"
>
> ——《世说新语·忿狷》

文中的"王蓝田"即王述，出身于魏晋豪门太原王氏，袭父爵蓝田侯，官至散骑常侍、尚书令，地位和声望都让人仰视。曾祖父、祖父、父亲及其子王坦之，也都是魏晋"一流人物"，父亲王承（字安期）被誉为"中朝名士第一"，王坦之（字文度）与谢安、郗超齐名，东晋有谣谚说:"盛德绝伦郗嘉宾,江东独步王文度。"

可是,以魏晋品藻人物的价值标准衡量,王蓝田兴许还够不上一个"雅士"。

魏晋士人以从容不迫为雅量,以恬淡豁达为超旷,以不露喜怒为修养。即使用上最先进的显微镜,你在王蓝田身上也找不到这三条。

单说修养吧。要叫王蓝田做到喜怒不形于色,那你除非让他彻底断气。这篇小品就是描写他易于发火的急性子,堪称一篇通过细节刻画人物性格的杰作。作者只用五十多个字,就把王蓝田的"性急"写得活灵活现。

一起笔就交代全文的主旨:"王蓝田性急。"一个人性急会表现在生活的各个方面,表现一个人性急也可以从很多方面着手,作者只选择吃鸡蛋这一日常琐事展开——

有一次王述吃鸡子——现在叫鸡蛋,他用筷子去叉鸡蛋,一下没叉着,马上就大发脾气。如果是用一只筷子,"刺"鸡蛋是指戳或叉鸡蛋,如果是用一双筷子则是指夹鸡蛋。我们吃煮鸡蛋的时候,通常是用手拿起来剥蛋壳,用一只筷子扎鸡蛋容易滚,用一双筷子夹鸡蛋也容易滑。王蓝田"刺"一回鸡蛋"不得","便大怒",因这一点小事马上就大发脾气,说明他性子非常暴躁,暴躁的人没有一点耐心,稍不如意就会火冒三丈。"举以掷地"四个字写了两个细节:先把鸡蛋高高"举"起来,然后再死劲扔下去,是想把鸡蛋砸得粉碎,可见他对"不听话"的鸡蛋多么"痛恨"。哪想到鸡蛋煮得有点"老",摔到地上后不仅没有碎,还在地面旋转不止,好像在向王蓝田示威,于是他下地用木屐齿去"碾"鸡蛋。"仍"是"乃"的通假字,"碾"字表示"踩""踏"后还要搓揉几下,看来他与鸡蛋已经"不共戴天"。哪知"碾"鸡蛋"又不得",于是新仇又加上旧恨。为什么木屐齿没"碾"着鸡蛋呢?木屐

071

就是一种以木做底的鞋子，木屐齿就是木底的鞋跟，木屐分有齿和无齿，即有鞋跟和没鞋跟。魏晋人穿的木屐大多有齿，而且是有前齿与后齿，也就是有前后跟，鞋底前后跟中间自然就是空的。王蓝田以木屐齿去"碾"鸡蛋，鸡蛋正好滚到木底前后齿中间，所以才"碾"不着鸡蛋。没有"碾"到鸡蛋他的火气更大了——"瞋甚"，"瞋"是发火时怒目圆睁的样子。看着这枚鸡蛋他不禁怒火中烧，为了发泄胸中的怒气，只好从地上拿起鸡蛋放入口中，使劲把鸡蛋嚼碎，嚼碎后立即吐出来。文中的"内"通"纳"字，此处是指王蓝田把鸡蛋放进自己口里。

　　作者通过细节描写主人公的心理，并进而刻画他急躁火暴的性格，展现了极其高明的艺术技巧：每前一细节是后一细节的"因"，后一细节则是前一细节的"果"，就文章结构而言层层递进，就性格刻画来说又入情入理。如，"刺"没有刺着，于是便"举以掷地"；可"掷"又没有掷破，于是便"以屐齿碾之"；可"碾"又没有碾成，于是便放进口中"啮破"，主人公的情绪也从"大怒"变成"瞋甚"。盘中煮熟的这枚鸡蛋，已经不再是他用餐的食物，而成了他眼中"狡猾"的"敌人"。此时他对鸡蛋已恨得咬牙切齿，最后从地上拣起鸡蛋放进口中嚼碎，不是要咽下鸡蛋填饱肚子，而是"啮破即吐之"，一解心头之恨。另外，作者巧妙地运用动词来生动描写一系列的动作，如"刺""举""掷""蹍""啮""吐"，用"大怒""瞋甚"表现神态的变化，读来如闻其声，如见其人。

　　文章结尾引用了王羲之对这一事件的评价："王右军闻而大笑曰：'使安期有此性，犹当无一豪可论，况蓝田邪？'"王右军听到这件事以后大笑道："即使王安期有这样急躁的坏脾气，也没有一丝一毫值得称道的，更何况等而下之的王蓝田呢？""一豪"就是"一毫"的意思。王安期是西晋享誉士林的大名士，王羲之自然不敢公开不敬，对于同辈人王蓝田则不妨借此贬损。我们对王羲之的话要大打折扣，首先，太原王氏和琅邪王氏是魏晋两个显赫的家族，这两个王氏既都人才辈出，又都各据要津，所以两王难免暗暗较劲。其次，王右军与王蓝田极不投缘，所以右军看蓝田总不顺眼，《世说新语·仇隙》载：

> 王右军素轻蓝田。蓝田晚节论誉转重，右军尤不平。蓝田于会稽丁艰，停山阴治丧。右军代为郡，屡言出吊，连日不果。后诣门自通，主人既哭，不前而去，以陵辱之。于是彼此嫌隙大构。后蓝田临扬州，右军尚在郡。初得消息，遣一参军诣朝廷，求分会稽为越州，使人受意失旨，大为时贤所笑。蓝田密令从事数其郡诸不法，以先有隙，令自为其宜。右军遂称疾去郡，以愤慨致终。

右军的书法极尽其潇洒高雅，但与蓝田相处却显得狭隘庸俗；蓝田虽然脾气急躁火暴，但对人对事却十分大度。王蓝田吃鸡蛋气急败坏当然不足为训，但也不是王右军说的那么不堪——他吃鸡蛋那个样子，尽管可笑，但不可厌。我觉得王蓝田吃鸡蛋的行为，比当代喜剧演员王景愚表演的小品《吃鸡》，更加逼真，更加自然，也更加具有喜剧性。

谢安对王蓝田屡屡称赏备至，他认为王蓝田"掇皮皆真"(《世说新语·赏誉》)，剥掉王蓝田的皮全都刚直率真。晋简文帝对王蓝田也有类似的评价："才既不长，于荣利又不淡；直以真率少许，便足对人多多许。"(《世说新语·赏誉》)的确，王蓝田也许算不上雅士，也许还够不上能臣，但他无疑是一位真人。

你欣赏故作清高的"雅"，还是喜欢剖肝露胆的"真"？

4. 待客之道

过江初，拜官，舆饰供馔。羊曼拜丹阳尹，客来早者，并得佳设。日晏渐罄，不复及精，随客早晚，不问贵贱。羊固拜临海，竟日皆美供，虽晚至，亦获盛馔。时论以固之丰华，不如曼之真率。

——《世说新语·雅量》

谁都免不了要到别人家做客，做客的人谁都有这样的经验：最怕主人虚情假意，饭菜极尽其精美，态度极尽其殷勤，招待极尽其周到，但客人自己却感到极不自在，站也不是，坐也不是，留下来自己觉得勉强，一走了之又怕得罪主人。上自己挚友家做客的感受就大不一样：朋友家有什么大家就吃什么，不需要格外忙乎张罗；心里想什么嘴上就说什么，用不着绞尽脑汁敷衍应付；兴起而往，兴尽而归，不必察看主人的脸色和心情。在朋友家与在自己家没有任何两样，彼此都脱略形迹，大家都用不着客气。节假日上这样的朋友家做客，能真正体验到友情的珍贵，感受到人际的温暖，品味出生活的醇香。

东晋初年政权还在草创阶段，朝廷接二连三任命了大批朝官和地方官，按当时的风俗受命者要款待前来道贺的人。这时羊曼拜丹阳尹，羊固拜临海太守，时人将他们并称"二羊"。不过二羊并不是亲兄弟，羊曼泰山南城（今山东费县）人，历任黄门侍郎、尚书吏部郎、丹阳尹等职。羊固是泰山（今山东泰安市）人，以善草书和行书闻名于当世，历任黄门侍郎、临海太守等职。先来羊曼家道贺的人能吃到丰盛的宴席，几天后好食物被吃空了，后来的客人不问贵贱都待之以粗茶淡饭。拜官后羊固整日都为道贺者提供美食，不论迟来早到都可大饱口福。"佳设"就是精美的食品。

羊固比羊曼更细心周到,也更舍得掏腰包,想不到"时论以固之丰华,不如曼之真率"。羊固为什么吃力不讨好呢?关键是他的大方和精心是"做"出来的,从早到晚,从先到后,他的宴席都同样丰盛精美,人们在大快朵颐时多少有点不自在,因为客人感到主人在"存心"待客,说白了,就是没有把客人当作"自己人"。羊曼则恰好相反,他一方面对道贺者由衷感激,家里有什么就让客人吃什么,另一方面对客人是那样随便、自然和真率,让客人有一种宾至如归的亲切与温暖。

待客之道和为人之道一样,最重要的不是食物的丰盛,而是对人态度的真诚。

5. 良箴

> 陆玩拜司空,有人诣之,索美酒,得,便自起,泻著梁柱间地,祝曰:"当今乏才,以尔为柱石之用,莫倾人栋梁。"玩笑曰:"戢卿良箴。"
>
> ——《世说新语·规箴》

今天如果某人加官晋爵,家中定然是贺客盈门,人们不是称颂晋升者功高才大,就是祝愿他今后前程远大。这些不绝于耳的赞美和祝愿中,有的是真心为他"弹冠相庆",有的可能是为了巴结逢迎,有的不过是恭维敷衍,不管哪种情况都在情理之中,绝不会有谁冒冒失失地跑去说:如此低能却爬上如此高位,你老兄这次意外升官,要么是走了后门，要么是走了狗屎运。即使那些喜欢嫉妒眼红的小人，眼看别人飞黄腾达也会假惺惺为他感到"高兴"，除非货真价实的"二百五"，或者是患上严重的"神经病"，否则，在人家大喜的时刻断然不会去"大煞风景"。

也许我们古人有点死心眼，这种煞风景的事情就发生在东晋。

话说东晋一代名臣王导、郗鉴、庾亮相继谢世，朝野都有一种天崩地陷的忧惧，陆玩很快凭自己的德操和声望官拜侍中、司空。司空在东晋官衔一品，就是我们俗话所说的"位极人臣"。对于陆玩本人来说是登上了权力的顶峰，对于普通士人和百姓来说更是高山仰止。当他和家人正沉浸在成功的喜悦中时，不承想来了一位道贺的客人，一进门便向他索要美酒，拿到酒后自己并不开怀畅饮，而是把酒倾洒在房子梁柱旁的地上，一边对着梁柱祷告说："当今之世缺乏良才，把你当作柱石来用，可不要倾覆了人家的栋梁。"这哪里是来给陆玩贺喜，简直就是存心来给他难堪。这番表面对屋梁的祷告中，隐含了一种"世无英雄，遂使竖子成名"的狂傲和轻视。没料到陆玩不仅不以为侮，反而感激地笑着对客人说："我一定会记着你的金玉良言。"据《晋书·陆玩传》记载，陆玩说完后对在座的众宾客一声长叹："朝廷以我为三公，实在是由于天下无人。"东晋"三公"是指太尉、司徒、司空。当时物论以为陆玩道出了实情。

陆玩的门第虽然不能比肩北来的王、谢，但陆家向来是江南望族，明帝病危，其兄陆晔与王导、庾亮、郗鉴等同为御榻前的顾命大臣，即使是权倾一时的王导也要让他三分。史载王导过江后想对陆玩示好，当面请求与陆玩结为儿女亲家，陆玩对此还毫不领情，当面委婉拒绝了王导的美意。他在给王导的短札中还敢调侃王导是北方来的"伧鬼"。到王导那儿请示公事，他也不是事事遵循王导旨意，别人问他为什么不执行王导指示，他说"王公位尊，小民位卑，临时不知所言，过后觉得不妥"。同辈称陆玩为人谦逊而有雅量，从他对王导的态度来看，他温和之中又不乏刚强，对任何人都不会轻易弯躬屈膝。

陆玩其品节足为世范，其才能足堪调度，其器量又能让人归附，最终成为众望所归的一代名臣，谁能说陆玩才劣呢？有的人才华外露，有的人比较内秀，有的人非常敏捷，有的人比较深沉，每种才能都各有其长短利弊，能用其长则中人也能成就大业，只用其短则天才也将一事无成。陆玩自称无才只是表现了他谦逊的一面，要是他接到朝廷诏命立即"仰天大笑出门去"，真的像李白那样得意忘形，在那风雨飘摇的东晋如何做得了宰辅呢？"知人者智，自知者明"，陆玩达到了老子所谓"明"的境界。比起那些一直自命不凡而又埋怨怀才不遇的家伙，谦逊沉潜的陆玩不是更有智慧吗？

为什么认为陆玩出任司空是朝廷的无奈之举，连陆玩自己也说这是朝中无人呢？难道他对自己也没有一点自信？了解一下东晋政治生态就不难知道，那时北方士族占据了权力中心，江南士族基本上都在敲边鼓，陆玩能位至三公算是破天荒了。权力的支柱不是"才"而是"势"，没有势力当然就没有底气。正是因为"有"江南士族的背景和势力，他才敢在王导面前不卑不亢；也正是因为他"只有"江南士族的背景和势力，他才在北方士族唱主角的政治舞台上不得不低调做人。声称"以我为三公，是天下为无人"，用通俗的话说就是"山中无老虎猴子称大王"，这表明即使登上显位他也不敢张狂。千万不要把他这句话过于当真，他放低姿态未尝不是以退为进，要想跳起，必先蹲下，是政客们常用的把戏。

这篇小品通过陆玩家中会客的一个场面，表现了魏晋士人精神风貌的一个侧面。能到陆司空家祝贺他荣升的那位客人,无疑不是我们这些升斗小民。到宰辅家贺喜却又索酒奠梁,还要告诫司空"莫倾人栋梁",既不顾自己为客之道,也不顾主人的颜面之尊,真是狂放到了撒野的程度。余嘉锡先生对此大不以为然,说这是魏晋士人"狂诞之积习"。不过,大家还记得阮籍那句"礼岂为我辈设哉也"的名言吧?魏晋士人喜欢称心而言,任性而为,他们讨厌周旋客套,反感世故矫情,客人"狂诞"中流露出的"真率",比虚情假意的恭维捧场不是可爱得多吗?

客人的狂诞让人惊奇,主人的态度更让人意外。客人祷告无异于使酒骂座,主人却把他的"撒野"视为"良箴"。陆玩并不觉得客人是在羞辱自己,反而把他的话当作善意的规劝。权倾一时但不以势压人,名高一代而不以名骄人,文中率真的客人很可爱,大度的主人更可敬。

文章平平道来但波澜迭起,刚拜司空便有客道贺,谁曾料到客人却以酒浇地,而且还要警告主人不要倾人家栋梁;人们以为主人可能大为光火,没想到他却把客人的狂傲视为好意,还把他的祷告视为"良箴"——这在艺术上是典型的"平中见奇"。

6. 东床袒腹

郗太傅在京口,遣门生与王丞相书,求女婿。丞相语郗信:"君往东厢,任意选之。"门生归,白郗曰:"王家诸郎,亦皆可嘉,闻来觅婿,咸自矜持,唯有一郎在东床上袒腹卧,如不闻。"郗公云:"正此好。"访之,乃是逸少,因嫁女与焉。

——《世说新语·雅量》

郗太傅（鉴）与王丞相（导）两家都是东晋豪门，郗、王二人又同处当朝权力的核心，在魏晋那个门阀等级森严的时代，郗、王二家的子女联姻可谓"门当户对"，所以任职京口的郗太傅遣门生向王导"求女婿"。王丞相也很随便坦然，叫郗太傅的门生往东厢"任意选之"。魏晋的门生不一定就是主人的弟子，大多是投靠世家大族的门客。"厢"指正房前面两边的房屋，正房一般都坐北朝南，厢房通常便为东西两向。

听说郗家叫门生来"求女婿"，这下可忙坏了"王家诸郎"，个个都精心地修饰自己，不仅抖出自己平时最喜欢的衣冠，而且在仪态上也作了大幅度"调整"：尽可能地庄重而不呆板，随便又不轻浮，言行举止都优雅得体，尽可能显出大家豪门"范儿"。想不到郗太傅那位门生也眼明心细，王家子弟一举一动都看在眼里，回家后向郗太傅一一禀报："王家诸郎亦皆可嘉。闻来觅婿，咸自矜持。""矜持"一词道尽了诸儿郎为了成为郗家快婿故作庄重、拘谨种种不自然状。门生接下来又向郗太傅说："唯有一郎在东床上坦腹卧，如不闻。"与诸郎形成鲜明对照的是，当兄弟们精心打扮自己的时候，此郎竟然袒露着肚子仰卧东床，完全像没听说过郗家选婿这回事似的。如此不雅，如此放肆，如此任性，此郎在这场选婿中必定落选无疑。想不到郗公听说后不仅没有皱眉，反而高兴地一拍手说："正此好！"郗太傅在世俗眼中也未免太草率了，还不知道此郎的姓名、个性、学业，甚至还没有见到此郎模样，只因为在选婿时袒腹仰卧就选为女婿，谁没有自己的肚子呢，袒露肚子算什么本事呀？太傅一言九鼎，女儿的终身大事就这么定了。定了女婿人选再去访女婿的姓名，原来袒腹者"乃是逸少"，即那位后来冠绝古今的书圣王羲之。

故事极富戏剧性。最不雅观的袒腹者却是最为高雅艺术的创造者。

其实这一戏剧性的偶然中也包含着必然。王家其他"诸郎"在选婿时，不仅用衣冠遮住了自己的身体——掩盖了自己生理上的"真我"，而且用诸般"矜持"之状遮住了自己精神上的"真我"。他们都用世俗的意识、举止将自己层层包裹起来，已经失去了生命的真性，尽管穿戴入时，尽管谈吐文雅，但不可能有惊世骇俗的精神创造。

王羲之在郗家"觅婿"时袒腹东床，袒露出了他身心的本然形态，展露了他个体的性情之真，生理上的自然坦露和精神上的真率洒脱，正表明他的内在生命没有被世俗所掩埋、阉割和窒息。他草书"如龙跳天门，虎卧凤阁"的劲健笔力不正是来自他生命的勃发旺盛么？他行书"飘若浮云，矫若惊龙"的气韵不正是来自他精神的洒脱飘逸么？

当时袒腹东床的逸少是块璞玉浑金，为女选婿的郗太傅也有识珠慧眼。单凭他主动向王丞相"求女婿"一事，就可以看出他本人也讨厌世俗礼节，一个大家闺秀还愁没有采花者？养着女儿还低头向人家"求女婿"？"求女婿"本身就是向世俗的挑战。郗太傅肯定也认同阮籍"礼岂为我辈设哉也"那句名言。

真是物以类聚，人以群分，女婿固不凡，泰山也不俗。

作者笔致空灵跳脱，"君往东厢任意选之"一句后，径直便写"门生归"。从禀报郗太傅的话中见出门生选婿观察之仔细，如果一五一十详写他如何选婿，那真是佛头着粪，死板乏味。以"诸郎"的"咸自矜持"，衬托逸少的袒腹真率，反衬手法的运用也恰到好处。郗公"正此好"三字让人忍俊不禁，文字有一种不动声色的冷幽默。文中郗公写信求婿，王丞相表态同意，门生东厢挑选，然后回去禀报，接着郗公拍板，每一个人都忙得不亦乐乎，而真正的主角逸少始终没有露面。逸少人无须露面，其形象却活灵活现，这种

"背面傅粉"技巧之高明令人叫绝。只用一百来个文字，居然写了那么多人物，那么曲折的情节，那么多转折顿宕，如此高明的艺术手腕你能不服吗？

这则小品堪称艺术极品。

第五章
旷达

"旷"的本意是"明","达"的本意是"通"。"旷达"就是洞明世事透悟人生之后,所崭露出来的一种豁达的生活态度,一种洒脱的人生境界。旷达的人不以俗务萦心,不以功名累己,任兴而行毫无功利,率性而言绝无机心,他们将晦暗的人生引入澄明,使俗气沉闷的生活充满诗性。

因为明白"未知一生当著几量屐",阮遥集才"神色闲畅";因为强调"人生贵得适意尔"、留恋家乡菰菜羹、鲈鱼脍,张翰"遂命驾便归";因为摆脱了世俗的羁绊,王子猷才会"乘兴而行,兴尽而返"……无欲、无念、不沾、不滞,他们活得那样潇洒、轻松、超然。

连杜牧也不无羡慕地说:"大抵南朝皆旷达,可怜东晋最风流。""旷达风流"的人生,谁不神往?谁不企慕?

1. 何必见戴？

> 王子猷居山阴，夜大雪，眠觉，开室，命酌酒，四望皎然。因起彷徨，咏左思《招隐》诗，忽忆戴安道。时戴在剡，即便夜乘小船就之。经宿方至，造门不前而返。人问其故，王曰："吾本乘兴而行，兴尽而返，何必见戴？"
>
> ——《世说新语·任诞》

不管是孔夫子的"益者三友，损者三友"，还是刘峻《广绝交论》中"势交""贿交""谈交""穷交""量交"等"五交"，都是讲理性的算计而非朋友的交情。刘峻的"五交"本质上不是"交友"而只算"交易"，是用金钱或权势来进行"情感投资"，以便当下或将来获得更高的回报。即便是孔子的"益者三友"——"友直，友谅，友多闻"，也仍然是通过与人交往让自己获益——或提高修养，或改正错误，或扩展见闻。"益三友"与"五交"的差别，只在于后者是得到世俗的利益，前者是得到精神的升华。二者表面上虽然在论"交"谈"友"，实际上交友的目的全是为了自己的好处——对自己有好处的就算是"益友"，对自己有害处的就划归"损友"。中国人很少那种"莫逆于心"的纯洁友情，大家交友不过是为了好在这个世上"混得开"，所谓"在家靠父母，出外靠朋友""多个朋友多条道，多个敌人多堵墙"。刘峻"五交"的势利一目了然，所以人们一直暗暗地这么干，但谁也不会明目张胆地这么说；而孔夫子交友之道隐含的世故有点转弯抹角，两千多年来没有被人识破，"益三友损三友"至今还是大家的处世格言。

连交个朋友也要掂量掂量，到底是让自己受"损"还是获"益"，一切都要放在利益的天平上称一称，所有行为都必须获得收益，久而久之，大家都习惯了"谋而后动"，很少人懂得"兴之所致"。

这种"活法"不累才怪！

杜牧在《润州》诗中说："大抵南朝皆旷达，可怜东晋最风流。"诗中的"旷达""风流"是互文，这两种特点共属南朝与东晋。东晋的"旷达"与"风流"，包括东晋士人倜傥潇洒的仪表风度，卓异出众的智慧才华，任性而为的生活态度，无拘无束的生活方式。这篇小品以一个士人雪夜访友的细节，为后世生动地勾勒了东晋士人"旷达风流"的侧影——

文中王子猷即王徽之，书圣王羲之第五子，他的门第既显赫高贵，个人才气又卓越不群。在"世胄蹑高位"的魏晋，王子猷无须钻营也可荣登高位，不必奋斗也能坐致富贵，《晋书》本传说他"不综府事"，从不以世事萦心，为人洒脱不羁，放旷任性。《世说新语·简傲》篇载："王子猷作桓车骑参军。桓谓王曰：'卿在府久，比当相料理。'初不答，直高视，以手版拄颊云：'西山朝来，致有爽气。'"对顶头上司关于府事的询问，仍是一副傲然不屑的神态，全然不在乎个人仕途的升降沉浮，这种迈往之气，这种简傲之仪，看上去酷似飘然远举的神仙。

有一年冬天，王子猷辞官待在山阴的家里。山阴就是今天浙江绍兴，用他父亲《兰亭集序》中的话说，"此地有崇山峻岭，茂林修竹，又有清流激湍，映带左右"，王家的大庄园就建在这儿。夜里忽然大雪飞扬，他半夜一觉醒来，连忙开门赏雪，并命家童酌酒。只见夜空中雪花飘飘洒洒，四望一片晶莹皎然。皎洁的大地，清亮的美酒，澄明的心境，真个是"表里俱澄澈"。他情不自禁地起身，一边来回踱步，一边吟起左思《招隐诗》："杖策招隐士，荒途横古今。白雪停阴冈，丹葩曜阳林……"因眼前白雪联想到有"白雪停阴冈"的《隐士诗》，又因《隐士诗》想到了正隐居剡溪的画家戴安道。子猷忽地一时兴起，当即乘上小船前往访戴。剡县位于山阴东北面，剡溪在曹娥江上游，由山阴的曹娥江溯江而上，到戴安道隐居地有百来里行程。小船抵达戴安道门前时，已是第二天凌晨。叫人大感意外的是，冒着鹅毛大雪，顶着刺骨寒风，乘一夜小舟，好不容易才到戴的门前，他竟然没有叩门造访，马上又调转船头打道回府。有人大为不解地问他是何缘故，他只简简单单地回答说："我原本是乘兴而行，现在则是兴尽而返，为什么非要见戴安道呢？"

是呵，为什么非要见戴安道呢？

"兴"是这篇小品之骨：王子猷见夜雪而起"兴"，因"兴"而开门赏雪，因"兴"而命童酌酒，因"兴"而雪夜吟诗，因"兴"而连夜访戴，又因"兴尽""不前而返"。"兴"是这一系列行为的动因，没有"兴"就没有王子猷这一连串活动，当然也就没有这篇迷人的小品。

那么，什么是王子猷所说的"兴"呢？

"兴"是因特定情景而产生的一种飘忽的思绪，一种飘逸的兴致，它来无踪去无影，恰似"羚羊挂角无迹可求"，用司空图的话来说，"遇之匪深，即之愈稀，脱有形似，握手已违"。"兴"近似于纯感性的意识流，即王勃所谓"逸兴遄飞"，或李白所谓"俱怀逸兴壮思飞"。它可能忽然而起，也可能戛然而止，它全不着痕迹，因而不可事前逆料，也不可人为控制。

今天我们不管干什么事情，都要经过周密的成本计算，和某人亲热不是因为情趣相投，而是此人对我有用；与某人关系疏远不是因为此人讨厌，而是由于特殊原因必须保持距离。哪怕是恋爱结婚也要斤斤计较，有的婚前还要搞财产公证，以免日后离婚产生财产纠纷——准备结婚的同时，又在准备离婚。今天开公司和开商店更近于欺诈，只要能掏空你口袋中的钞票，可以昧着良心不择手段。如今，"兴之所致"是任性的代名词,是一种非理性的冲动,是必须克服的"幼稚病"。幼儿园的儿童也变得非常"老练",从小就知道把目光盯着权和钱,因为这是衡量成功与失败的唯一标准。几年前,广州某小学一年级一个女生"畅谈理想",她说自己最大的愿望就是做贪官,因为她妈妈告诉她贪官都既有权又有钱。人们起初是只用智而不用情,后来变成只有智而没有情,最后对所有人都冷酷无情。我们没有任何兴致,没有任何激情,我们心灵的泉水越来越枯竭,我们的精神越来越荒芜,我们的人生越来越庸俗……

　　王子猷雪夜乘舟访戴,事前并无任何安排,来时是"乘兴而行";到了戴的门前却不造访,回去是"兴尽而返"。无论是来还是返,他都无所利念无何目的。无利念而愉悦,无目的而合目的,这不正是一种审美的人生吗?"乘兴而行,兴尽而返",王子猷摆脱了所有世俗的羁绊,"乘兴而行"不是求官,"兴尽而返"也不是逐利。他适性任情循兴而动,雪夜开室"四望皎然","兴"起便连夜乘舟前往,他使枯燥的日常生活充满美感,他给晦暗的人生带来诗情。在他"兴尽而返"的一刹那,王子猷的人生晶莹剔透,一尘不染。

2. 人生贵得适意

　　张季鹰辟齐王东曹掾,在洛,见秋风起,因思吴中菰菜羹、鲈鱼脍,曰:"人生贵得适意尔,何能羁宦数千里以要名爵!"遂命驾便归。俄而齐王败,时人皆谓为见机。

——《世说新语·识鉴》

张翰（字季鹰）是西晋文学家，被齐王司马冏辟为东曹掾，他辞职归乡不久齐王被杀，时人都认为张翰辞职是他有先见之明，在司马冏最得势的时候预料到了将要来临的悲惨结局，因而这则小品在《世说新语》中归入《识鉴》一门。刘孝标还注引《文士传》以为佐证："翰谓同郡顾荣曰：'天下纷纷未已，夫有四海之名者，求退良难。吾本山林间人，无望于时久矣。子善以明防前，以智虑后。'"但就本文而论，张翰辞职不是由于他在政治上能"以智虑后"，而是他在人生价值取向上能以适意为贵，这一人生态度在魏晋士人中很有代表性。

文章一开始就说"张季鹰辟齐王东曹掾"，开门见山地交代他已经释褐出仕，接下来说："在洛见秋风起，因思吴中菰菜羹、鲈鱼脍。"菰菜羹、鲈鱼脍是江浙一带的风味小吃，菰菜羹就是把菰菜切碎后蒸成糊状的一道素菜，鲈鱼脍是将鲈鱼肉切得很薄再爆炒的一道荤菜。大概是菰菜要到秋天才入食，鲈鱼也是到秋天最肥美，张翰是今江苏苏州人，一见秋风就想起故乡的这两种小吃。古代没有飞机和高速列车，中原洛阳不可能让他享受这份口福，因此他便大发起感慨来，"人生贵得适意尔，何能羁宦数千里以要名爵"！"羁宦"就是在外地做官，"要"的意思是求取，"名爵"指名声和官爵。离家千里做官于异地，求的全是一些蜗角虚名和蝇头小利，到头来连自己喜欢的家乡菜也吃不到。人生最可贵的就是适意，而吃不到自己喜欢的风味菜就不适意，既然如此，还要那些名爵有什么用呢？这促成了张翰做出重大的人生抉择——"遂命驾便归"。

小品后面这几句的文意和笔调都有点滑稽，"命……便……"句式写出了过程的迅速，以此表现张翰辞官态度的决绝。可在外人看来张翰的选择过于轻率，菰菜羹和鲈鱼脍再好吃，不也就是两道地方小菜嘛，与洛阳的京官相比孰轻孰重傻子也分得清。一个大丈夫为了吃到故乡这两种小菜，竟然辞掉京官卷起铺盖回老家，这简直比小孩还要任性可笑。

然而，在张翰看来这一点也不滑稽可笑，他丢了乌纱帽却又重新找回了自我。张翰生当魏晋"人的自觉"的时代，人自身成了最高目的，为了功名利禄而委屈自己，而扭曲自己，而丧失自己，是地地道道舍本逐末的荒唐行为，这种人生选择才最为可笑。陶渊明后来也曾说"宁固穷以济意，不委曲而累己"，人生最大的幸福就是适意称情，按照自己的本性选择自己的生活方式。张翰喜欢吃故乡的菰菜羹、鲈鱼脍，"遂命驾便归"，正是为了让自己能"适意"地生活，而"适意"不正是人生最大的快乐吗？《世说新语·任诞》还有一篇写张翰的小品文：

> 张季鹰纵任不拘，时人号为"江东步兵"。或谓之曰："卿乃可纵适一时，独不为身后名邪？"答曰："使我有身后名，不如即时一杯酒！"

为了虚无缥缈的身后美名，牺牲眼前实实在在的幸福，这种人生愚蠢而又虚伪。张翰的选择没有任何外在目的，就是能让自己过得称心适意，率性而行，称情而动，便是他渴求的存在方式。

如今，我们早已忘记了人自身就是目的，习惯把自己作为实现某一目的的手段，所以从来没有奢望要过得"称心适意"，从来没有品尝过真正的人生乐趣，难怪大家的心田都是那样枯涩干燥，所以大家都喊"活得很累"，因为我们从来没有为自己活过。回头看看我们先人活得这样轻松潇洒，真叫人嫉妒。

3. 祖财阮屐

祖士少好财，阮遥集好屐，并恒自经营。同是一累，而未判其得失。人有诣祖，见料视财物，客至，屏当未尽，余两小簏箸背后，倾身障之，意未能平。或有诣阮，见自吹火蜡屐，因叹曰："未知一生当箸几量屐？"神色闲畅。于是胜负始分。

——《世说新语·雅量》

庄子认为不依赖于外物才有自由，逍遥游的前提就是无待——不依赖于外，有待就不可能实现逍遥游。然而人的生存离不开外物，生活中哪少得了柴米油盐？获取和积累钱财是生存的必要手段。可是，久而久之生存手段却成了生存目的，人们获取和攒聚钱财原本为了生存，逐渐蜕变为生存就是为了获取和攒聚钱财，人由物的主人沦为物的奴隶，古人把这叫作"累于物"或"役于物"。

东晋的两位名士名臣中，祖士少爱钱财，阮遥集爱木屐，二人对自己的嗜好之物都苦心经营。表面上看，他们的嗜好都成了他们生活的累赘，人们一时辨不出二人的高下优劣。一次有人到祖士少家，恰好遇上他正在清点财物，客人进门他还没有收拾停当，剩下两个竹箱子放在背后，他连忙侧过身子去挡住它们，还牵肠挂肚地放心不下，那模样真尴尬可笑极了。另一位老兄到阮遥集家串门，见他用火给木屐涂蜡，一边涂蜡一边感叹地说："不知道我这一辈子能穿几双木屐呵！"那神态别提有多安闲有多舒畅。于是，两人精神境界的高下立见分晓。顺便说一下，古人把屐履之类的东西称为"量"，我们今天把鞋子称"双"，屐就是底下有齿的木鞋。

祖士少对钱财之爱表现为一种贪婪的占有欲，偷偷摸摸地查点财物的模样活像一个守财奴，看见客人还侧身挡住来不及收拾的财物，自己的东西不愿与人分享，甚至看也不让别人看见，显得那般猥琐、狭隘、自私。除了占有外别无人生乐趣，他生命的存在已经降到了物的层次。

阮遥集的情况则大不相同。他亲自吹火熔蜡涂抹木屐，是因为他觉得一生穿不了几量屐，酷爱木屐是因为热爱生命，深于情却不为情所困，嗜于物但不为物所累，为人处世完全不沾不滞，显出主人心灵的旷达、潇洒和超然。他之爱物不是把自己降到物的水平，而是把自己精神提升到更高的存在，对木屐的把玩其实是对生命的审美。

祖士少和阮遥集虽然都有待于物，但阮只是"物物"，而祖则"物于物"。

4. 智且达

苏峻乱，诸庾逃散。庾冰时为吴郡，单身奔亡。民吏皆去，唯郡卒独以小船载冰出钱塘口，篷篨覆之。时峻赏募觅冰，属所在搜检甚急。卒舍船市渚，因饮酒醉，还，舞棹向船曰："何处觅庾吴郡，此中便是！"冰大惶怖，然不敢动。监司见船小装狭，谓卒狂醉，都不复疑。自送过浙江，寄山阴魏家，得免。后事平，冰欲报卒，适其所愿。卒曰："自出厮下，不愿名器。少苦执鞭，恒患不得快饮酒，使其酒足余年，毕矣。无所复须。"冰为起大舍，市奴婢，使门内有百斛酒，终其身。时谓此卒非唯有智，且亦达生。

——《世说新语·任诞》

　　这篇小品写的是一次"美丽"的误读，一次"温暖"的移情。

　　话说晋成帝咸和二年（327），历阳内史苏峻纠集镇西将军祖约，以讨伐庾亮为名起兵进攻京城，次年攻破京城建康，执掌朝政。事件的起因是：苏峻因平定王敦叛乱居功自傲，加速扩张势力拥兵自重，越来越不受朝廷节制。当时执政庾亮几次征诏苏峻，并颁布优抚诏征苏峻为大司农，加散骑常侍，位特进，令其弟苏逸代他领兵。苏峻认为这是以升官的方式剥夺他的兵权，受到幕僚怂恿决心联合祖约起兵反叛。开始，叛军进展极其顺利，苏峻在建康大败庾亮统领朝廷的军队，庾亮率诸兄弟溃散南逃。

　　庾亮大弟庾冰时为吴郡内史，郡治在今天的苏州市，他不得不只身仓皇奔逃。郡内百姓和身边属下全都逃走了，无奈之下庾冰只得唤郡府中一个听差小卒，让他一人用小船把自己送出钱塘江口。小船顶上没有遮盖，只好用江浙叫"篷篠"的芦苇粗席掩着庾冰。苏峻得知庾冰大致方位后，重金悬赏手下捉拿他，叛军四处盘查得非常严。小卒还没清醒地意识到处境有多危险，居然丢下庾冰一人，自己到小洲上买东西，一直喝得酩酊大醉才摇摇晃晃地回来，还挥舞船桨指着小船说："到哪里去找庾大人，船里面就是！"芦席下的庾冰听后大为恐慌，但又一动也不敢动。那些检查关卡的叛军士兵，见那么狭窄的小船，哪能装下一个大人，只当是小卒喝多了发酒疯，谁都没怀疑船中真的有人。渡过浙江之后，庾冰寄居在山阴的一个魏姓人家，最终躲过了这番灭顶之灾。等平定苏峻叛乱后不久，庾冰想报答小卒的救命之恩，让小卒尽管提出自己最大的愿望，自己要尽一切可能来满足他。小卒回禀道:"小人出身低贱,没想过要做官扬名,从小就苦于听别人使唤,一直遗憾不能痛痛快快地喝酒。假如让我后半生能把酒喝个够,这一生也算是没有白活,再也没有其他什么需求了。"庾冰便为他盖了一栋大宅院,还为他买几个奴婢,为他家中贮备了上百斛美酒,小卒实现了自己"酒足余年"的夙愿,快快活活地了此一生。时人都认为这个小卒不仅很有智谋,而且也通达人生的真谛。

鲁迅先生将《世说新语》称为志人小说,这篇小品的确像一篇微型小说。首先,它的情节曲折完整。"苏峻乱,诸庾逃散"为故事缘起,庾冰"单身奔亡,民吏皆去"为故事高潮做铺垫,"唯郡卒"三字突出郡卒在救庾冰脱险中的重要作用。"小船载冰"和"篷籧覆之",写尽了庾冰出逃的仓皇之状;"峻赏募觅冰,属所在搜检甚急",可见当时形势的险恶。小卒醉后胡言"何处觅庾吴郡,此中便是",一下子把故事推向了高潮,读者的心也快提到喉咙了,当事人庾冰更是魂飞魄散,正在这命悬一线的当口,大家都以为凶多吉少,却不料峰回路转,检查关卡的叛卒"都不复疑"。故事的情节险象环生,文章的章法跌宕起伏。像中国古代大多数小说一样,故事最后有一个大团圆的美满结局。小品结尾以"非唯有智,且亦达生"点题,起到了片言居要而又警策醒目的作用。其次,文章善于制造紧张氛围。如写庾冰"单身奔亡",写他在小船上"篷籧覆之",又如写郡卒醉后胡言,读这篇小品好像看恐怖电影一样大气也不敢出。最后,这篇小品对主人公"郡卒"形象的刻画也十分生动。如写郡卒嗜酒如命的癖好,即使在那样紧张的情况下,他在中途仍然要"饮酒醉还","舞棹向船曰"以动作写醉态十分传神,这也为下文"使其酒足余年毕矣"留下了伏笔。

最后两句"时谓此卒非唯有智,且亦达生",既是点题,也是误读,更是移情。当时的人认为"此卒有智",这一判断似乎大可商榷。当

"吏民皆去"时此卒不去,可以说他忠于职守,但看不出他多有智谋。"以小船载冰出钱塘口",而且以"籧篨覆之",后来正是由于"监司见船小装狭"才救了庾冰一命,这并不是此卒因为胆大心细有意为之,很可能是仓促之中只能找到小船和籧篨,事后的结局是歪打正着,活该庾冰福大命大。途中醉酒后的胡言乱语,更活脱脱一条莽汉醉鬼的形象。至于他冒着生命危险护送庾冰,看不出是在进行人生的赌博和投资,为了日后庾冰的"涌泉之报",他好像根本没有想到庾冰报恩,更没有向庾冰索要"高价"。这一系列行为只能说他"有胆",还看不出是他"有智"。此卒一次冒险而终生享福,是特殊时刻一连串的机缘凑巧,绝非他思而后动的理智设计。

如果说"此卒有智"是魏晋士人对郡卒的误读,那么"且亦达生"则纯属移情。不同的时代,不同的阶层,各有自己完全不同的幸福憧憬。二十世纪初期,中国人对共产主义生活的描绘是"楼上楼下,电灯电话";从记事起一直到"文化大革命"结束,我觉得最大的幸福就是香喷喷白米饭吃到肚儿圆;现在农村那些大龄男性青年,他们最大的幸福恐怕是找到老婆;护送庾冰的郡卒是一个酒徒,"酒足余年"就是他人生的最高理想,也是他人生的最大幸福。在他看来,官职爵禄不就是为了能痛快饮酒吗?自己要是能痛快饮酒,那还要官职爵禄有什么用呢?这位郡卒"不愿名器",并不是他要摆脱高官厚禄之累,去实现"无官一身轻"的自在逍遥,是他从没有尝过"权力的滋味",他哪里知道有了"名器"还愁没有美酒?魏晋那些"平流进取,坐致公卿"的贵族,"名器"对他们来说比"衣来伸手"还要简单,所以他们把"不愿名器"视为通达,把"酒足余年"看成潇洒。这样,他们"以君子之心度小人之腹",郡卒就成了他们实现人生理想的楷模。另外,魏晋之际儒家名教成了人们唾弃和嘲讽的对象,名士们酗酒、裸体、放纵,不过是"非汤武而薄周孔"的"行为艺术"。他们的人生理想不再是立德立功立言,适性任情才是他们渴望的生活方式,于是,《世说新语》出现了许多对酒鬼的礼赞:"张季鹰纵任不拘,时人号为'江东步兵'。或谓之曰:'卿乃可纵适一时,独不为身后名邪?'答曰:'使我有身后名,不如即时一杯酒!'""毕茂世云:'一手持蟹螯,一手持酒杯,拍浮酒池中,便足了一生。'"不仅张季鹰和毕茂世的人生理想与郡卒极其相近,连伟大诗人陶渊明临死前也说:"但恨在世时,饮酒不得足。"郡卒不也说"恒患不得快饮酒"吗?郡卒和陶渊明的人生遗憾何其相似!不过,这种相近或相似都是表面的,郡卒希望"酒足余年"只满足自己的口腹之欲,名士们则是通过转换一种生活方式,来实现自己更本真更"自然"的精神追求。这恰如山村中的农舍与大观园中的"稻香村",形相近而实相远。从前很多乡下农民天天吃红薯和野菜,当下不少大款也开着"奔驰"跑到郊外去吃农家野菜,前者是不得不以野菜填饱肚子,后者是吃点野菜换换口味,要是因此认为中国农民全是美食家,那可真要让人笑掉大牙。

第六章
雅量

魏晋士人赞赏博大的胸襟、宽宏的气量、豁达的气度和高雅的韵致,《世说新语》还专设《雅量》一门。大家公认唯有"风流宰相"谢安众美兼备,既有"雅人深致",又有宽宏气量,书中用了大量笔墨描写谢安的"雅量"。

所谓"雅量",除了上面四个本质性规定以外,还应包括如下特征:面临突然变故时处变不惊,遭遇重大险境时临危不乱,任何时候都显得包容、宽裕、镇定、平和。

我们通过一篇小品来看看"雅量"的本质特征。《世说新语·雅量》篇载:"桓公伏甲设馔,广延朝士,因此欲诛谢安、王坦之。王甚遽,问谢曰:'当作何计?'谢神意不变,谓文度曰:'晋阼存亡,在此一行。'相与俱前。王之恐状,转见于色。谢之宽容,愈表于貌。望阶趋席,方作洛生咏,讽'浩浩洪流'。桓惮其旷远,乃趣解兵。王、谢旧齐名,于此始判优劣。"桓温设的"鸿门宴"上,王坦之的"恐状,转见于色",谢安的"宽容,愈表于貌",王、谢两人的神态形成鲜明对比。谢安"作洛生咏"的优雅,"讽'浩浩洪流'"的气概,"其量足以镇安朝野"。只想着个人的安危，王坦之怎么不心怀恐惧？心系"晋祚存亡"，谢安才如此坦然。死生尚且无变于己，得失更不足以动其心，这样才会有从容的气度和宏大的气量。可见，雅量是一种气质个性，更是一种精神境界。

1. 器度

> 郭林宗至汝南，造袁奉高，车不停轨，鸾不辍轭；诣黄叔度，乃弥日信宿。人问其故，林宗曰："叔度汪汪如万顷之陂，澄之不清，扰之不浊，其器深广，难测量也。"
>
> ——《世说新语·德行》

鲁迅先生在《忆刘半农君》中将陈独秀、胡适和刘半农三人做过一次有趣的比较，他说假如将韬略比作一间武器仓库，陈独秀在武库外竖一面大旗，旗上写道"内皆武器，来者小心"，但库房却是大门洞开，里面有几支枪几把刀一目了然，别人根本用不着提防；胡适的库房门是紧闭着的，门上还贴了一张纸条说"内无武器，请勿疑虑"，使见者难知虚实；刘半农则让人不觉得他有"武库"，他就像一条清澈见底的小溪，一眼就能见出他的深浅来。陈、胡叫人佩服，而半农则让人亲近。

这则小品中袁奉高和黄叔度的为人也是截然不同：一个清浅，一个深广。

郭林宗即东汉末年享誉士林的郭泰，博通经典，妙善言谈，名臣李元礼曾说"吾见士多矣，无如林宗者也"。郭死后为他写碑铭的著名作家蔡邕说:"吾为人作铭,未尝不有惭容,唯为郭有道碑颂无愧耳。"郭林宗先后拜访的袁奉高(名阆)和黄叔度(名宪),他们二人既是同乡,又同为当世名士。郭林宗拜访袁奉高时,车子还没有在路边停稳,马嚼子上挂的鸾铃还在撞轭作响,他就起身告辞了主人。他到黄叔度家拜访的时候,却在黄家里一连住了两日两夜。是郭与袁话不投机,还是与黄更加投缘?文章先有意制造悬念,用"人问其故"四字卖关子。

我们来听听郭林宗的解释:"黄叔度的为人就像那汪洋浩瀚的万顷湖水,澄也澄不清,搅也搅不浊,他的胸襟器度渊深博大,实在难以测量呵!"原来是黄叔度的器度宽宏,只有与他长期接触才能粗识深浅。那么袁奉高的为人呢?文章又让读者自己去推测。从郭林宗拜访他时间的仓促短暂,大致能猜出只有两种可能:要么是郭对袁印象不好,要么是袁氏了无机心。郭林宗在另外场合对袁氏多有好评,这就排除了第一种可能性,袁氏为人没有什么城府,可从郭林宗对他的评价得到印证:"奉高之器,譬诸泛滥,虽清易挹也。"郭林宗到底是喜欢城府深的黄叔度,还是喜欢城府浅的袁奉高呢?从与黄、袁相处的久暂来看,他似乎更喜欢黄叔度,从他在别处推崇袁氏的言论看,他也同样敬重和喜欢袁奉高。

就这篇文章本身而论,作者是在赞美黄叔度"其器深广",胸襟"汪汪如万顷之陂",这种人才是国家的宏材伟器。文中虽说到"澄之不清,扰之不浊",但"清"与"浊"并非关注的重心。"量"隶属才能,"清"归于德性。曹操不是公开"求"那些"盗嫂受金"的才智之士吗?《世说新语》专设《雅量》门,魏晋士人似乎将"量"置于"清"之上——器量狭小虽清何益?器量深广虽浊何妨?

就今天的价值观判断,"量"与"清"未可轩轾。心地透明的人能给人以信任感，与之相处觉得可靠而又亲切，但又往往失之浅露幼稚；城府深沉的人处事稳重老练，而且容易成就大业，但这种人用理智把自己裹得严严实实，人家对他们莫测高深，因而自然也就对他们敬而远之，只觉其可畏而不觉其可爱。黄叔度和袁奉高代表了两种不同的性格类型，真可谓尺有所短而寸有所长，他们有差异但无优劣。

东汉末年士族已经出现人性的自觉，士人的个性日益鲜明，情感也日益丰富，本文正好透露了这一时代信息。

2. 新亭对泣

过江诸人，每至美日，辄相邀新亭，藉卉饮宴。周侯中坐而叹曰："风景不殊，正自有山河之异！"皆相视流泪。唯王丞相愀然变色曰："当共戮力王室，克复神州，何至作楚囚相对？"

——《世说新语·言语》

西晋末年，西北游牧民族趁晋朝八王之乱，陆续进入中原建立非汉族政权，中原士大夫相率南渡长江避难，琅邪王司马睿这时过江在建业（今天南京）建立东晋王朝。"过江诸人"就是指这些东晋王朝中的南渡士族，也就是史家所谓"南渡衣冠"。"新亭"即今天南京市南边的劳劳亭，东晋初，从北方南渡的名士常于风清日丽的时候在此聚会。

本文就是描写在一次聚会上，王导与周颛诸人面对同一风景各自不同的情感反应。

周颛环顾四周美丽的风物，溶溶的春光，大有"国破山河在，城春草木深"之慨，凄凉地感叹道："风景不殊，正自有山河之异！"春天风景倒是没有什么异样，只是家国山河完全不同，不久前还是在黄河边的洛阳赏春，现在却跑到了长江边的建业聚会。一句话就流露了周颛心中隐藏的创痛，表现了这位风流自赏士人的感伤多情。座中名士们听了也都相对嘘唏，由此可见朝廷上下弥漫着悲观凄切的气氛。

东晋以前，长江流域的文化经济落后于中原，汉族士人南渡都属于万般无奈，很多士人过江时潸然泪下，《世说新语·言语》载："卫洗马（玠）初欲渡江，形神惨悴，语左右云：'见此芒芒，不觉百端交集。苟未免有情，亦复谁能遣此！'"从发达的地区跑到落后地方，谁没有卫玠这种忧愁呢？

王导是当时国家的中流砥柱，也是当时名士心目中的主心骨。《晋书》本传载："桓彝初过江，见朝廷微弱，谓周颛曰：'我以中州多故，来此欲求全活，而寡弱如此，将何以济？'忧惧不乐。往见导，极谈世事，还，谓颛曰：'向见管夷吾，无复忧矣。'"管夷吾即有"春秋第一相"美誉的管仲，他辅佐齐桓公称霸诸侯。桓彝将王导视为当世的管仲，可见王导在当时士大夫心中的分量。王导这时要是跟着周颛一块以泪洗面，那整个国家更会人心惶惶。听了周颛的感慨，看到大家的悲伤，王导马上把脸一沉，厉声厉色地对大家说："当共戮力王室，克复神州，何至作楚囚相对？"在这国运艰难的时刻，应当齐心合力报效刚刚建立的朝廷，鼓起收复中原失地的勇气，怎么能像囚徒似的相对垂泪一筹莫展呢？"楚囚"本指春秋时被俘到晋国的楚国人钟仪，后用来泛指被囚禁的人，这里比喻处境窘迫又无计可施的东晋士族。

只用"愀然变色"四字写其神态，只用短短三句对话写其内心，一个老辣政治家的形象便跃然纸上——遇事不滥用感情，处世则沉稳刚毅。

作者以对比的手法刻画人物，把不同的性格和形象衬托得格外鲜明，的确是文章高手。

3. 镇定自若

谢太傅盘桓东山时，与孙兴公诸人泛海戏。风起浪涌，孙、王诸人色并遽，便唱使还。太傅神情方王，吟啸不言。舟人以公貌闲意说，犹去不止。既风转急，浪猛，诸人皆喧动不坐。公徐云："如此，将无归？"众人即承响而回。于是审其量，足以镇安朝野。

——《世说新语·雅量》

谢安是一位让无数人倾倒的政治家，既风流儒雅又稳健老练，既有潇洒迷人的个性又有令人惊叹的功业，是东晋中期政坛上的中流砥柱。他在朝主政时，"强敌寇境，边书续至，梁、益不守，樊、邓陷没，安每镇以和靖，御以长策"。其实，他不仅能在棘手的军国大事上"镇以和靖"，即使平时游赏时同样也能镇定自持。

本文通过一次泛海游玩活动，运用行动和语言，通过烘托和点染，生动地描写了谢安作为一名政治家沉着镇定的气质、处变不惊的胆量和凝聚群雄的大家风度。

与谢安一起泛海的是当时文艺、学术、宗教界名流，"孙兴公诸人"包括书法家王羲之、文学家孙绰、玄学家许询、高僧支道林等。要是在一个风和日丽的日子，纵一叶扁舟于蓝色的大海，或谈玄论道，或品诗论文，或扣舷长啸，的确有说不尽的风雅。可是，天公偏不与这群名流雅士作美，他们刚刚船入海中就"风起云涌"，小舟在咆哮的海面上左颠右簸，孙绰、王羲之等人脸色陡变，一齐高叫赶快掉转船。文中的"色"指神色或脸色，"遽"指惊慌的样子。作者先写足天气的风云突变，以及"孙、王诸人"在突变中的慌乱，再托出谢安此刻的神态反应，"太傅神情方王，吟啸不言"。"王"通"旺"字，"方王"句是说谢安正在兴头上，在洪波涌起的海涛中悠然吟啸不语，神态是那样陶醉、专注。平时谈笑风生而此时乱作一团的"诸公"都把眼光投向了谢太傅，只见他"貌闲意说（通'悦'），犹去不止"。在波浪掀天的大海他胜似闲庭信步，岂止没有回头的意思，还让小舟不停地向海中划去。

前面只是天刚变脸时的一幕，更严峻的考验还在后头。"既而风转急，浪猛。"眼看有葬身海底的危险，"诸人"有点魂不附体，这时他们"皆喧动不坐"——命都快要保不住了，还坐得安稳么？谢安自然也意识到了处境的危险，他不可能拿性命开玩笑，如果这时还要让船"犹去不止"，那就不是沉着而是莽撞了——作者比我们更善于把握这个"度"。不过，即使意识到了处境的险恶，他还是那样从容冷静："公徐云：'如此，将无归？'""将无"是魏晋人的口语，表示委婉商量的语气。他用徐缓的语调对大家说："现在这种情况，我看还是回去吧？"谢安此时成了"诸人"的核心和依靠，一听到他说"将无归"，"众人"好像死里逃生似的长吁了一口气，立即"承响而回"。

文章最后两句是画龙点睛之笔："于是审其量，足以镇安朝野。"一个在生死关头犹能从容不迫的人，一个在风急浪涌的海面犹能镇定自若的人，在未来政治旋涡之中，在强敌压境的危急时刻，一定能成为国家稳定的磐石，成为朝野仰赖的重心。

4. 雅量与矫情

> 谢公与人围棋，俄而谢玄淮上信至，看书竟，默然无言，徐向局。客问淮上利害，答曰："小儿辈大破贼。"意色举止，不异于常。
>
> ——《世说新语·雅量》

谢安四十多岁才出山为官，不过，他还栖迟衡门高卧东山时就有"公辅之望"，世家大族都焦急地期待他出仕，社会上早就流传着"安石不出，将如苍生何"的美谈。果然，谢安不负众望，出仕后军政上都有不凡的建树。

东晋太元八年（383），前秦苻坚总兵百万南下入侵，晋前方"诸将败退相继"。敌军次于淮淝，京城建康一片震恐，朝廷急忙加谢安征讨大都督，国家存亡全系于一人。面对虎视眈眈的压境强敌，谢安夷然无半点恐惧之色，还召集亲朋观看自己与侄谢玄下棋。他的棋艺本来劣于侄子，但此时谢玄由于忧心国事却败在叔父手下。一局刚罢，谢安即以谢玄为前锋迎战苻坚。

这则小品是说前方鏖战方酣之际，总指挥谢安在京城下围棋，"俄而谢玄淮上信至"。谢安"看书竟，默然无言，徐向局"。古人所说的"信"是指送信人，"书"才是指现在所说的"信"，"徐向局"就是慢慢转向棋局。这几句刻画谢安沉着的个性可谓力透纸背。在军情如火的当儿还有心思与人围棋，已显出他的从容不迫，淮上大军前锋送来了军情报告，看后竟然"默然无言"，照样接着与对手下棋，可见他的沉着冷静。旁边观棋的看客按捺不住问"淮上利害"，他只是轻描淡写地说"小儿辈大破贼"，似乎这是一次不足挂齿的小战役，胜败都无关大局。你看他"意色举止，不异于常"，敌寇方张之时他毫无惧色，强敌溃败之后又全无喜容，时时都不失镇定自若的大将风度，难怪时人都那么仰慕其"高量"了。

谢安的沉着不仅仅来于他的气质个性，还来于他对敌我形势的清醒认识，战前不为强敌的嚣张气焰所吓倒，战时又进行周密安排和巧妙布阵，战后胜利已在预料之中，所以战前慎重却不惊恐，战后得意却不忘形。

这次战争决定着国家存亡，谢安何曾不知道它的重要性呢？胜利结局肯定给他带来了无穷的快慰和欣喜，这是他作为政治家和军事家成功的顶峰，"淝水之战"至今还是以弱胜强的辉煌战例。《晋书·谢安传》载，棋局刚终，谢安"还内，过户限，心喜甚，不觉履齿之折，其矫情镇物如此"。这几句话写出了他对胜利的本能反应。他当着众人的面为什么不让喜悦形诸脸色，不让高兴诉诸语言呢？一个政治家必须用理智克制自己的情感，让自己的言行都在理性的规约之下，不使自己成为情感冲动的奴隶，否则，忧则大哭，喜则大笑，怎么能在关键时刻"镇安朝野"呢？

史家对谢安"矫情镇物"颇有微词，古今政治家有几个不"矫情"的呢？有些政客还无情可"矫"，有些政客还是作秀高手，有些政客更是善于伪装的衣冠禽兽。相比之下，谢安要算是智高情重的杰出政治家。

5. 受宠若惊

孝武在西堂会，伏滔预坐。还，下车呼其儿，语之曰："百人高会,临坐未得他语,先问:'伏滔何在?在此不?'此故未易得。为人作父如此,何如?"

——《世说新语·宠礼》

如果你没有见过受宠若惊的情景,就来细读这篇小品;如果你不能体会受宠若惊的心境,也来细读这篇小品。

文中的伏滔(约317—396)字玄度,生卒年不详,主要活动于晋元帝建武初年至孝武帝太元末年。他从小就以才学闻名,州里举秀才和辟别驾都不就,后出任大司马桓温参军。桓将军对他十分赏识,每次宴集都让他陪同,后来还因在桓温平寿阳中有功而封侯。桓温死后伏滔又深得孝武帝司马曜的器重,朝廷重大集会还是少不了他。

一次孝武帝在宫殿西厢大会群臣,伏滔也在应诏之列。刚一散会,伏滔便匆匆驾车回家,刚一到家,便急急忙忙跳下车来,急切地把儿子叫到身边对他说:"今天西堂百人的重臣大会上,皇上才坐下什么话都未说,一开口就问身边侍臣说:'伏滔在哪儿?他来了没有?'能被君主如此宠爱,这实在是太难得了!做父亲能做到这个份上,怎么样?"

伏滔被皇帝眷顾后的神情意态,只用寥寥五十多字的短文,便勾画得如闻其声,如见其人。"还,下车呼其儿",两个短句写了伏滔集会后做的三件事——急忙回家,急忙下车,急忙呼儿,表现了伏滔按捺不住的喜悦;"百人高会"是他向儿子渲染集会的盛况,以场面的盛大和隆重,凸显自己受宠的隆恩;"先问:'伏滔何在?在此不?'"转述皇帝集会时的问话,为的是表明自己在皇帝心目中的地位何等重要;"此故未易得"五字,则表现他自己对皇帝恩宠是何等看重;"为人作父如此,何如?"更是在儿子面前炫耀自己受宠后的得意。从这段谈话中，不难想象他在儿子面前是如何绘声绘色，如何手舞足蹈，也不难想象听到皇帝问到自己时，他内心是如何激动狂喜；更不难想象他回家路上，想与家人分享受宠喜讯是如何急不可耐！

作者并没有直接写伏滔如何受宠若惊，也没有直接描写他受宠后的心境，而是通过他匆匆回家的细节，通过他对小儿的言谈，来表现人物的个性与心理，来让读者想象人物的口吻和神态。作者更没有站出来直接进行褒贬，只是描述人物的行为和语言，读者自然就会心生好恶。只用短短几行文字，人物就刻画得声情并茂，作者完全不动声色，文章却力透纸背。

文章中伏滔在小儿面前的模样，即使不是小人得志，也多少有点小器易盈，相信谁见了都会觉得他恶心。不就是被皇帝随口问了几句吗？何至如此得意忘形？"才学"是那样高深，为人又是这样卑微，反差之大使人跌破眼镜。《正淮》上下篇对天下大势的审视，对国家治理得失的剖析，表现了国士的胸襟和见识，而这则小品中受宠若惊的样子，又活脱脱地流露出一副妾妇心态——得宠便骄，失宠则怨。

不过，综观伏滔个人的一生，他绝不是屈节求荣的小人；纵观中国古今的书生，像伏滔这样的读书人比比皆是。即使笑傲王侯的伟大诗人李白，有时也以与侯王交往为荣："昔在长安醉花柳，五侯七贵同杯酒。气岸遥凌豪士前，风流肯落他人后？夫子红颜我少年，章台走马著金鞭。文章献纳麒麟殿，歌舞淹留玳瑁筵。"(《流夜郎赠辛判官》)接到皇帝诏书后他比伏滔更加得意忘形："仰天大笑出门去，我辈岂是蓬蒿人。"(《南陵别儿童入京》)哪怕是另一位博大深沉的诗人杜甫，照样把皇帝的赏识当作莫大的荣耀："忆献三赋蓬莱宫，自怪一日声辉赫。集贤学士如堵墙，观我落笔中书堂。往时文采动人主，今日饥寒弃路旁。"(《莫相疑行》)三大礼赋被唐玄宗欣赏这件事，杜甫在诗中不知自吹了多少遍，他在老来写的《壮游》中还忘不了再自夸一番："曳裾置醴地，奏赋入明光。天子废食召，群公会轩裳。"

虽说儒家高扬"足乎己而无待于外"，道家强调"举世誉之而不加劝，举世非之而不加沮"，这些主张当然都非常之好，但它们的调子又都唱得非常之高，完全"无待于外"的只有"神人"，希望得到别人肯定赞誉属人之常情，更别说希望得到皇帝赞誉了，也许那些反社会和反皇权的人例外，他们把社会的肯定和皇帝的褒奖视为耻辱。

李白得到皇帝的诏书就仰天大笑，后人一直把这当作笑谈或美谈，伏滔受宠于皇帝而欣喜若狂，为什么人们反而觉得俗不可耐呢？李白的得意忘形中有几分坦荡和率真，伏滔在儿子面前的骄矜之色未免失态。李白俗得如此坦然，所以人们感觉他不俗，伏滔当众藏藏掖掖，在儿子面前又自命不凡，所以他"一说便俗"。

第七章
清谈

清谈之于魏晋恰如诗歌之于唐朝，为一代精英兴趣之所在，也为一代名士才智之所钟。

春秋战国而后，魏晋玄学是我国古代又一座思想高峰。虽然在思想的广度上不如春秋战国，但在思辨的纯粹和深度上却有过前人。就儒道两家而言，原儒对于形而上的问题一向采取低调回避的态度："子贡曰：'夫子之文章，可得而闻，夫子之言性与天道，不可得而闻也。'"（《论语·公冶长》）对现实政治、伦理、礼教等问题的过分热情，使他们对"性"与"天道"——人与宇宙的终极依据，缺乏钩深致远的纯学术旨趣。道家创始人老、庄虽然提出了"有无"问题，但从《老子》第四十二章"道生一，一生二，二生三，三生万物"来看，道家之"有无"更多还是指宇宙生成论，比较成熟的存在本体论则形成于魏晋，正如王弼所说的那样，至魏晋玄学才"示物于极者也"（王弼《论语释疑》）。魏晋的有无之辨、言意之争、声无哀乐等，论及的都是极端抽象玄远的哲理，这一历史时期，既出现了王弼、嵇康这样的思想大家，也涌现了一大批清谈名流。

清谈是魏晋名士精神生活的主要形式，名士们对清谈乐此不疲，《世说新语·文学》篇载，大名士卫玠还因"清谈"而死。"卫玠始度江，见王大将军。因夜坐，大将军命谢幼舆。玠见谢，甚说之，都不复顾王，遂达旦微言。王永夕不得豫。玠体素羸，恒为母所禁。尔夕忽极，于此病笃，遂不起。"名士们经虚涉旷的思力，瞬间悟道的直觉，一语破的的辩才，敏捷机智的应对，在清谈中表现得淋漓尽致——

1. 名士风流

> 诸名士共至洛水戏。还，乐令问王夷甫曰："今日戏乐乎？"王曰："裴仆射善谈名理，混混有雅致；张茂先论《史》《汉》，靡靡可听；我与王安丰说延陵、子房，亦超超玄著。"
>
> ——《世说新语·言语》

这则小品通过名士在洛水游乐，生动地展现了魏晋士族精神生活的一个侧影，印证了顾炎武《日知录》中的名言——"名士风流，盛于洛下"。

参加这次洛水戏乐的"名士"，包括王衍、王戎、乐广、裴頠、张华，他们全是西晋的社会名流和政坛的显要，其中每个人都享高位，有盛名，善清谈。这些名士们处处都要讲究派头与品位，谈话要风趣优雅，思维要敏捷活跃，精神要超脱玄远，哪怕是娱乐游玩也不能稍涉鄙俗。

洛水就是流经当时京城洛阳的洛河。为了品味这篇小品的神韵，我们还得依次介绍一下文中的出场人物。乐广是著名的玄学家和学者，历官中书侍郎、太子中庶子、河南尹、尚书令等职，人称"乐令"。史家说乐广为政无为而治，在任时见不出什么政绩，离职后人们才怀念他的遗爱。他最为人称道的是善清谈，"每以约言析理，以厌人之心"。《晋书》本传说"广与王衍俱宅心事外，名重于时。故天下言风流者，谓王、乐为称首焉"，但王衍谦称自己不如乐广，"我与乐令谈，未尝不觉我言为烦"。文中的王夷甫即名声更盛的王衍，衍居高位而善玄言，为西晋玄学清谈的代表人物。这位老兄外表清澈俊朗，风姿安详冲雅，思绪敏捷严密，又加之辩才无碍，他从兄竹林七贤之一的王戎认为，王衍在当世无与其匹。在思想上王衍能包容异己，他本人虽然属于玄学中的贵无派，另一名士裴頠是崇有派代表，还常与他辩论交锋，但这从来没有影响王衍对裴頠才华的推崇和欣赏。他的才华、风韵和神情，使他为士林所钦慕和赞赏，有人说"夷甫处众中，如珠玉在瓦石间"。常与乐广、王衍一块清谈的张华，是西晋著名藏书家、博物学家、文学家，其诗因"儿女情多，风云气少"为人所讥，但他学问的"博物洽闻，世无与比"，有《博物志》和明人辑本《张司空集》传世。王安丰指王戎，以平吴功封安丰侯。小品中谈及的延陵、子房分别指吴国贵族季札和刘邦谋士张良。

  王衍与乐广集会游乐的主要内容就是清谈，也只有清谈才呈现出魏晋风度的魅力与光彩。洛水的这次游乐让大家都无比开心，清谈时裴頠辨名析理深入毫芒，滔滔不绝而又缜密透辟；张华论《史记》《汉书》的异同优劣，也是口若悬河娓娓动听；王衍与从兄王戎聊季札、张良，发言吐词同样玄远超妙。从这篇小品可以看到：名士们"今日之戏乐乎"之所"乐"，无关贪钱也不涉猎艳，纯粹是一种智力的交锋和精神的愉悦；名士们之所"戏"就是清谈，清谈的话题相当广泛，包括玄学但不全是玄学。由于大家常言"玄学清谈",这使得人们也常将玄学与清谈"混为一谈"。其实,玄学是魏晋名士们所探究的一种学术思想,清谈则是魏晋名士们热衷的精神生活方式。一方面,清谈虽然谈及玄学,但又不仅只谈"玄",玄学既非清谈的唯一话题,更非清谈的主要宗旨;另一方面,玄学固然可以在清谈中展开,但只有在论文论著中才能深入。

参加"洛水戏"的成员,既是哲学家、清谈家、博物学家、学者,也是太尉、仆射、尚书令,他们都是社会名士兼国家重臣,因而不仅影响一代士风,更左右着国家命运。可他们以政事为累赘,以亲政为鄙俗,把那些烦琐的公务交给下僚,把使枪弄刀的战事交给武夫,自己只在理念世界中抽象,只在想象世界中遨游,只在精神世界里栖息,远望像一群不食人间烟火的神仙。

可惜,他们的风雅与虚浮相随相伴,发展了谈话的艺术和思辨的技巧,却丧失了国土,弄丢了政权。王衍生前享有盛名,身后遭人唾骂,有人指责他误尽天下苍生,其实,他最后也"误了卿卿性命"——开始以风雅自命,结果却大煞风景。

不过,王衍个人的悲剧,并非玄学清谈本身的悲剧。王衍的错误全在于,他以国家宰辅的身份,扮演清谈领袖的角色,就像扮老生的演员跑上台去演花旦一样,演得越卖劲就显得越可笑。

2."旨不至"

客问乐令"旨不至"者,乐亦不复剖析文句,直以麈尾柄确几曰:"至不?"客曰:"至。"乐因又举麈尾曰:"若至者,那得去?"于是客乃悟服。乐辞约而旨达,皆此类。

——《世说新语·文学》

文中的"乐令"就是乐广,他在西晋曾官至尚书令。《晋书·乐广传》中有关他生平行止的记载,除了微妙玄奥的清谈,便是不值一谈的琐事。一生没干过一件能拿得上台面的政事,生前身后却赢得了士庶的好评,史书称他不管在哪个地方,在职时好像没有什么功绩,去职后却被人们深切怀念。看来,做人倒很擅长,做事却非所长。

当然,他最擅长的拿手戏还是清谈。《世说新语·文学》篇载,卫瓘任尚书令的时候,一次偶然看见乐广与洛阳名士谈论义理,他十分惊奇地感叹道:自从何晏、王弼、嵇康等人死后,我一直担心精微的玄言将会消亡,没想到今天又能在这里听到它!于是,他便让子弟们登门拜访乐广,并把乐广誉为"人之水镜也,见之若披云雾睹青天"。把他称为人群中的一面镜子,看见他就像拨开云雾见青天一样,这种赞美简直把乐广神化了。史称卫瓘为人"明识清允",见识高明而又处事允当,不仅文才武略一直为后人钦仰,他同时还是我国著名的书法家,书法行家说卫字"笔力惊绝"。以他一人之下万人之上的地位,以他的明断卓识和盖世才华,卫瓘断不至于像今天那些糊涂蛋随随便便就成了别人的"粉丝",乐广要是没有过人之处,他怎么可能如此推崇乐广呢?

对乐广推崇备至的还不只卫瓘一人。王衍与乐广在西晋同为清谈领袖,"天下言风流者,谓王、乐为称首"。可王衍人前人后总谦称自愧不如,《世说新语·赏誉》篇载:"王夷甫自叹:'我与乐令谈,未尝不觉我言为烦。'"《晋书·王衍传》说衍"风姿详雅""言辞清辨",像他这样的清谈领袖还能当众放低身段,承认与乐广一起谈玄时,总觉得自己像是在说废话，我们能想象乐广清谈是何等简洁机敏。王衍这里其实涉及魏晋清谈的两种风格：简约与丰赡。简约者辞约而旨远，丰赡者雄辩而辞丽。乐广与王衍就分属两种不同的谈风。《晋阳秋》也有类似的记载，"乐广善以约言厌人心"，他清谈时善于以简约的语言，让人们获得一种精神享受，对于他所不知道的议题则"默如也"。

这则小品就是"乐广善以约言厌人心"的生动表现。

一天，客人问乐广"旨不至"是什么意思，乐广没有冗长琐碎地分析文辞字句，如什么叫"旨"，什么算"至"，为什么"旨不至"，如此等等，只用麈尾敲击了一下几案说："至不？"用现在白话来说就是"到了吗"？"至"字面上就是"到"的意思。客人眼见麈尾敲到了桌子，自然就爽快地回答说"至"——"到了"。乐广于是又从几案上举起麈尾说："若'至'者，那得去？"如果到了止境还怎么向前发展呢？这下客人才领悟了"旨不至"，对乐广也佩服得五体投地。乐广平时谈话也像这样"辞约而旨达"。

"旨不至"三字，不难认却很难懂。这三字来于《庄子·天下》篇："指不至，至不绝。"这两句并非庄子自己的话，是他作为谬论来复述惠施的论点。"指不至"的内涵迄无定论，"指"或理解为"指认"，或理解为"指称"，我倾向于后一种理解。作为对事物的指称，"指"就是"旨"——事物的概念，"指不至"也就是"旨不至"。它的意思是说任何一个事物的名称或概念，都只能不断穷尽而又永远不能穷尽该事物的本质，"不能穷尽"就是"旨不至"，"不断穷尽"就是"至不绝"。《列子·仲尼》篇中公孙龙弟子也说"有指不至，有物不穷"，意思与"指不至，至不绝"相近。这两句是探讨"名"与"实"的关系，也是现代结构主义所谓"能指"与"所指"的关系，即一个事物的概念与它所指事物的关系。对逻辑思辨有兴趣的朋友，不妨进一步读读《公孙龙子》中的《指物论》,弄明白"物莫非指而指非指"这种绕口令似的逻辑命题。要是再这样啰里啰唆地解释下去,我就是在和大家说绕口令了。

乐广可不像我那么笨,绕来绕去地用语言解释语言,他将极其抽象的逻辑命题,化为极其形象的行为动作。把麈尾敲击一下桌面,是"至"还是"不至"呢?它既"至"而又不全"至"——如果完全"不至",怎么可能敲到桌面?如果完全已"至",又怎么再向前发展?

乐广虽不是禅宗大德高僧,他谈风却酷似禅宗大德高僧。如《云门文偃禅师语录》中有一段师徒的对话:人问"如何是佛法大意"?师答"春来草自青"。表面上看,这一问一答真叫人摸不着头脑,但这是文偃对"佛法"最有诗意的阐释。乐广"直以麈尾柄确几"的神态真潇洒极了,说者既以物释理,听者能观物而会理,前者不时暗藏机锋,听者时时须有慧心,这是智者之间智慧的碰撞,是他们之间心灵的沟通,也是我们读者的精神盛宴。

轻轻一个动作,简短的两句话,当年乐广就让"客人""悟服",今天我却像是在课堂上读教案,连自己也觉得"我言为烦",读者怕是更要喊"烦"了。

3. 咏瞩自若

羊绥第二子孚,少有俊才,与谢益寿相好,尝早往谢许,未食。俄而王齐、王睹来。既先不相识,王向席有不悦色,欲使羊去。羊了不眄,唯脚委几上,咏瞩自若。谢与王叙寒温数语毕,还与羊谈赏,王方悟其奇,乃合共语。须臾食下,二王都不得餐，唯属羊不暇。羊不大应对之，而盛进食，食毕便退。遂苦相留，羊义不住，直云："向者不得从命，中国尚虚。"二王是孝伯两弟。

——《世说新语·雅量》

也许是长期看教科书的结果，我们总以为魏晋士族多是些纨绔子弟，能拿出来炫耀的只有门第，能够镇得住人的只有爵位，他们本人都是一些不辨菽麦不知春秋的笨伯。其实，魏晋士族固然看重门第，但更倾倒个人的气质、风度和才情，对那些辞藻新奇的文才、析理精湛的辩才、老练冷静的干才、气宇恢宏的大才，和那些风流倜傥的美男子，不论出身贵贱和地位高低，士族子弟对他们都会由衷地景仰和欣羡，愿意屈尊甚至俯就与他们交往。东晋支道林和许询，一为僧人，一为隐士，凭他们的才气结交天子，友于王侯。古人还不像今人这样俗不可耐，只懂得对官和钱磕头。

这则小品中的主人公羊孚，他父亲羊绥只是个中书侍郎，羊孚本人也只是个太尉参军，出身既不高贵，权势也不显赫，他以自己的"俊才""与谢益寿相好"。益寿是谢混的小字。谢混何许人也？谢安之孙，当朝驸马。一天，羊孚早饭未吃便来到谢家，不久王熙、王爽也来了。二王与羊孚"既不相识，王向席有不悦色，欲使羊去"。二王这两小子怎敢如此无礼，无端要赶走谢混家的客人？原来他们兄弟二人是定皇后的弟弟，炙手可热的皇亲国戚，王熙又尚鄱阳公主，也是当朝驸马爷。羊孚何曾不明白二王有逐客之意，但对趾高气扬的二王兄弟他偏不买账，"羊了不眄，唯脚委几上，咏瞩自若"。"了不眄"符合鲁迅先生所谓最高的轻蔑——"连眼珠也不转过去看他一眼"。"了不"意思是"一点也不"，"眄"即斜着眼看的样子。见二王这般不友善，他索性放肆地把脚放在茶几上，还旁若无人地独个儿"咏瞩"起来。主人谢混对他的态度更有意思，并没有因为羊孚地位不高而有丝毫怠慢，反而对他礼敬有加，"谢与王叙寒温数语毕，还与羊谈赏"。对二王的到来，谢混只是礼节性地寒暄了"数语"，便马上转过来"与羊谈赏"。"谈赏"就是我们常说的"清谈"。听到羊孚谈吐后二"王方悟其奇，乃合共语"。可见，二王虽然傲慢自负，但不是唯官是敬的势利鬼，一旦发现羊孚是个奇才，便收起国舅和驸马的臭架子与羊"共语"。到进餐的时候，"二王都不得餐，唯属羊不暇"。二王由刚进门时对羊公然的蔑视，到现在对羊由衷的敬佩，表明这些贵族子弟爱智重才，非常傲气但并不俗气。

现在轮到羊孚拿架子了，"羊不大应对之，而盛进食，食毕便退"。开始是二王不愿与羊应付，现在是"羊不大应对之"。见羊孚放下碗就要走人，二王苦相挽留，羊孚临走回敬二王说："刚才你们想赶我走，我不从命，是因为肚子空着，现在肚子饱了，想留我也没门。""中国尚虚"指肚子空着。魏晋人以腹心比中国，以四肢比四夷。"中国尚虚"照应前文的"未食"。

在魏晋，只要你真的才高八斗，只要你的确身怀绝技，哪怕出身蓬门荜户，哪怕是一介布衣，你照样会在皇宫受到礼遇，你照样可以"一醉累月轻王侯"。不像今天，无官的天才还要给当官的蠢才赔笑脸。

4.佳物得在

庾法畅造庾太尉，握麈尾至佳。公曰："此至佳，那得在?"法畅曰:"廉者不求,贪者不与,故得在耳。"

——《世说新语·言语》

这篇小品不是直接写清谈,而是写名士们清谈时的饰物——麈尾。

俗话说,高枝先折,大木先伐,甘泉先竭。美人很容易惹祸,佳物也容易招灾,因为美人总免不了有大批追求者,佳物也会让人垂涎三尺。康德老先生说审美是一种超功利的静观,可现实中人们对美却不像他说的那般超然——每个人都想把美人和佳物据为己有,正因为爱她(它)才想要她(它),所以,家有美人难免招蜂惹蝶,家藏佳物常常引来梁上君子,好东西引来许多乞求者更是人之常情。

《世说新语》载,王恭一块漂亮的坐簟很快就换了主人。"王恭从会稽还,王大看之。见其坐六尺簟,因语恭:'卿东来,故应有此物,可以一领及我。'恭无言。大去后,即举所坐者送之。既无余席,便坐荐上。后大闻之甚惊,曰:'吾本谓卿多,故求耳。'对曰:'丈人不悉恭,恭作人无长物。'"王大、王恭都是当时有头有脸的人物,前者"有名当世",后者为"风流标望",这等人物尚且向人公开讨一块六尺坐簟,那些手头真的别无"长物"的百姓更可想而知了。

我们再来看看本文中"佳物"的下场。

现代读者肯定不识麈尾,它是魏晋名士清谈时手执的一种拂子。麈是一种似鹿而大的动物,麈尾便是用麈的尾巴制成。庾法畅其人不详,余嘉锡先生认为当是"康法畅"之误。《高僧传》卷四载康法畅"亦有才思,善为往复,著《人物始义论》等。畅常执麈尾行。每值名宾,辄清谈尽日。庾元规谓畅曰:'此麈尾何以常在?'"庾公即东晋名臣庾亮。

文中庾法畅手中那支"至佳"的麈尾看来是"在劫难逃"了。坐簟毕竟与臀部相关,与日常实用纠缠得太紧,外形再美也难于免俗,而麈尾则是魏晋名士高雅飘逸的象征，清谈者身着宽袖长袍，手挥麈尾，口吐玄言，在人们心目中它一直与高远玄妙连在一起。一支妙不可言的麈尾自然是名士们梦寐以求的宝贝，而庾法畅一直握在手中，居然没有被王大之流要去，无怪乎庾太尉见此感到十分惊奇了："此至佳，那得在？""至佳"的意思是"好得不得了"。这么好的麈尾怎么在手中保得住呢？

庾法畅的回答真是妙极了："廉者不求，贪者不与，故得在耳。"译成现在的白话意思是说：廉洁的人对它不贪求，贪求它的人我不给予，因而得以一直在我手中。"至佳"的麈尾谁个都爱，但"廉者不求"，所以不会得罪廉者；求者必贪，贪者得罪了也不足惜。庾法畅在《人物始义论》中自称"悟锐有神，才辞通辩"，看来他的确悟性敏捷，不然，这位出世高僧怎会如此通达世中人情？

这则小品记言简约隽永，读来回味无穷。

5. 神州陆沉

  桓公入洛，过淮泗，践北境，与诸僚属登平乘楼，眺瞩中原，慨然曰："遂使神州陆沉，百年丘墟，王夷甫诸人不得不负其责！"袁虎率尔对曰："运自有废兴，岂必诸人之过？"桓公懔然作色，顾谓四坐曰："诸君颇闻刘景升不？有大牛重千斤，啖刍豆十倍于常牛，负重致远，曾不若一羸牸。魏武入荆州，烹以飨士卒，于时莫不称快。"意以况袁。四座既骇，袁亦失色。

——《世说新语·轻诋》

"永嘉之乱"渡江南逃，一直是东晋士人心中的巨痛，人们一提到"山陵夷毁"便泪流满面，《世说新语·语言》称，"卫洗马初欲渡江，形神惨悴"，"寄人国土"连晋元帝也心有不安。每个人都在痛定思痛，追究"山河残破，社稷焚灭"的原因。有些人认为祸根在于清谈，名士们练就了嘴上的功夫，却丢掉了济世的能力，玄言终日更致使纲纪毁坏，在士林扇起浮华怠惰之风。他们骂正始"何王之罪，深于桀纣"，又把"洛阳之陷"归咎于王衍谈玄，羊祜所谓"乱天下者，必此子也"，不可能是羊祜的事先预判，倒更像他人的事后聪明。而在另一部分人心中，西晋覆灭与清谈毫无关系，"正始之音"简直美如天乐，王衍一直是他们的精神偶像。东晋君臣大多都"托意玄珠"，王导、谢安等人是朝廷宰辅，同时也是清谈领袖，《世说新语》载："王丞相过江左，止道声无哀乐、养生、言尽意，三理而已。然宛转关生，无所不入。"流风所及，老成持重的郗鉴也经不住诱惑，跟着名士们一道说空谈玄，而且还自我感觉良好："郗太尉晚节好谈，既雅非所经，而甚矜之。"（《世说新语·规箴》）

那些立志收复中原的名将，如陶侃、桓温、庾翼等人，大多都瞧不起那些只会耍嘴皮子的名士，认为误国害人是名士们唯一的本事。我们来听听桓温的高见——

晋穆帝永和十二年（356）桓温率师北伐，在伊水大败羌族首领姚襄，终于收复了故都洛阳。渡过淮河、泗水，达到北部地区以后，和众僚登上大船船楼，桓温眺望中原无限感慨地说："最终使得神州陆沉，百年来首善之区洛阳变成荒丘废墟，王夷甫这些清谈误国的家伙罪责难逃！"他的参军袁虎不假思索地反驳说："国运本来就有兴衰废立，怎么一定就是这些人的过错呢？"桓温听后脸色马上阴沉下来，严肃地对四座的人说："各位大概都听说过刘景升的一些事情吧？他有一头大牛重达千斤，吃起草料来是常牛的十倍，载重远行却不如一头瘦弱的母牛。魏武帝曹操讨平荆州时，把它宰了犒劳将士，当时无人不拍手称快。"这话的意思是用大牛来比袁虎，在座的人都很惊骇，袁虎更吓得脸色大变。

原文中的"神州"即中国，此处指中原地区。"陆沉"字面上的意思是无水而沉，此处指中原地区沦陷。王夷甫即西晋重臣和名士王衍，他出身于魏晋高门琅邪王氏，竹林七贤王戎的从弟。王衍天生一副好皮囊，神情清明秀朗，风姿文雅安详，短小丑陋的王戎和他走在一起很有喜剧效果。小时候去看望山涛，山涛看着他远远离去的背影感叹道："不知是哪位有福妇人，生出如此漂亮的儿子！"由于他思维缜密敏捷，谈吐又从容机智，谈玄时手中白玉柄麈尾与手臂一样润洁，加之一心企求玄远高逸的境界，口中从不说一个"钱"字，王衍看去酷似一尘不染的神仙。王戎情不自禁地赞叹道："太尉（王衍官衔）神姿高彻，如瑶林琼树，自然是风尘外物。"他的从弟王敦南渡多年还常称赞王衍说："处众人中，似珠玉在瓦石间。"东晋大画家顾恺之在王衍画像赞辞中说，他品格如青山耸峙，壁立千仞。

可史家对他盖棺论定时，对他个人品格和政治才能评价很低。他身居显要而一无所为，只一心为自己和家庭利益狡兔三窟，直到成为匈奴首领石勒的俘虏，他还把自己的责任推得一干二净，为了苟且偷生还力劝石勒称帝，石勒对他厌恶鄙视至极后才送他归西。人之将死其言也善，王衍死前才有点后悔："呜呼！吾曹虽不如古人，向若不祖尚浮虚，戮力以匡天下，犹可不至今日。"

在东晋的名将和名臣中，庾翼对王衍的评价最为中肯："王夷甫，先朝风流士也，然吾薄其立名非真，而始终莫取。若以道非虞夏，自当超然独往，而不能谋始，大合声誉，极致名位，正当抑扬名教，以静乱源。而乃高谈《庄》《老》，说空终日，虽云谈道，实长华竞。及其末年，人望犹存，思安惧乱，寄命推务。而甫自申述，徇小好名，既身囚胡虏，弃言非所。"(《致殷浩书》)庾翼说王衍虽是前朝风流人物，但我从来就鄙薄他追逐虚名的行为。假如觉得当代不是尧舜盛世，那就一开始应该超然物外不问世事，然而王衍却谋取权力热衷名望；既然名位显赫就应该有所担当，努力光大名教，全心致力于社会安定，而此时的王衍高谈老庄，谈玄终日，最终自己身囚胡虏，国家四分五裂。

可见，"遂使神州陆沉，百年丘墟，王夷甫诸人不得不负其责！"绝非桓温一人的私言，而是许多人的共识。王衍其时身居宰辅之职，山河破碎他负有不可推卸的责任。

不过，别将王衍误国与清谈误国混为一谈。作为朝廷宰辅，王衍的职责理当尽心理政，而他为了虚名终日谈玄，只能指责王衍个人没有尽职，不能泛指所有清谈误事。我和桓温、庾翼一样讨厌王衍，但我同时又高度肯定清谈。清谈作为民族精英的一种精神生活形式，丰富了士人的精神生活，拓展了民族的精神向度，提高了民族的抽象思维能力。以王弼、嵇康为代表的玄学家们经虚涉旷，使哲学思辨达到了空前未有的深度，所以后人将"魏晋玄学"作为魏晋文化创造的标志。

桓温、庾翼只是贬斥王衍的为人与为政，王右军、谢太傅则讨论清谈与兴亡——

> 王右军与谢太傅共登冶城。谢悠然远想，有高世之志。王谓谢曰："夏禹勤王，手足胼胝；文王旰食，日不暇给。今四郊多垒，宜人人自效，而虚谈废务，浮文妨要，恐非当

今所宜。"谢答曰："秦任商鞅，二世而亡，岂清言致患邪？"（《世说新语·言语》）

王衍、王导都酷嗜清谈，他们的侄子王羲之反对清谈，伯侄所处环境并无多大改变，兴趣的转移可能是各人气质不同，更与王谢谈话的特定语境有关。谢安多次拒绝朝廷征召，决意要悠然避世高卧东山，王羲之则力劝谢安出来为国效命，所以王羲之厌恶虚谈而崇尚实干，谢安则认为清谈与兴亡毫不相干。

西晋亡后人们归结为"清谈误国"，赵宋亡后人们又痛骂"理学误国"。清人嘲笑宋儒把人教成了"弱人""病人""废人"，颜习斋曾愤激地说："宋元来儒者却习成妇女态，甚可羞。'无事袖手谈心性，临危一死报君王'，即为上品。"

列夫·托尔斯泰有句名言："幸福的家庭都是相似的，不幸的家庭各有各的不幸。"国家情况更为复杂，兴盛的原因固然不同，灭亡的原因尤其有别，只从某种文化生活或艺术嗜好来找某朝兴亡的原因，可能掩盖了各朝各代兴亡的深层动因。如果魏晋是"清谈误国"，宋代是"理学误国"，那么，是否可以说汉代是"辞赋误国"，唐代是"诗歌误国"，明清是"小说误国"呢？

第八章

隽语

魏晋名士的清谈，不仅追求义理的"新异"，也很重视词藻的"新奇"，而且还讲究语调的"顿挫"。在《世说新语序》中，晚明王季重称道该书的语言说："本一俗语，经之即文；本一浅语，经之即蓄；本一嫩语，经之即辣。盖其牙室利灵，笔颠老秀，得晋人之意于言前，而因得晋人之言于舌外。"

读《世说新语》，如行山阴道上，名言隽语让人应接不暇。通过对小品文的细读，但愿读者能尝鼎一脔而口齿留香……

1. 小时了了

孔文举年十岁，随父到洛。时李元礼有盛名，为司隶校尉。诣门者皆俊才清称及中表亲戚乃通。文举至门，谓吏曰："我是李府君亲。"既通，前坐。元礼问曰："君与仆有何亲？"对曰："昔先君仲尼与君先人伯阳有师资之尊，是仆与君奕世为通好也。"元礼及宾客莫不奇之。太中大夫陈韪后至，人以其语语之，韪曰："小时了了，大未必佳。"文举曰："想君小时，必当了了。"韪大踧踖。

——《世说新语·言语》

"三岁知老"是古人的经验之谈。孔融小时出语敏捷机智，老来文章照样嬉笑怒骂，语有锋棱。先说一件他晚年与曹操书信往还的趣事。曹操在官渡之战打败袁绍后，将袁绍儿媳甄氏赐给儿子曹丕，孔融一得知此事便马上给曹操写信："武王伐纣，以妲己赐周公。"曹操一时没有悟出他语中带刺，连忙问他典出何处，孔融回答说："以今度之，想当然耳。"轻蔑愤激之情出之以调侃嘲戏之语，一世之雄曹操当时肯定也被弄得"大踧踖"。

这则小品通过李膺、陈韪、孔融三人的对话，来表现孔融小时的聪明才智。

文章先说"李元礼（膺）有盛名"，现在的官儿又是"司隶校尉"，一般人别想和他套近乎，与他交往的要么是有清雅声誉的"俊才"，要么是他的中表亲戚，不是亲戚、名人、才俊，你连他家的门也别想进。古称父亲姐妹的儿子为外兄弟，母亲兄弟姐妹的儿子为内兄弟，外为表，内为中，这两类亲戚合称"中表兄弟"。

世人常说"一入侯门深似海"，李膺家甚至连门都不得其入，看看孔融这个十岁的小子如何进得了这扇侯门。他径至李膺门前对守门小吏说："我是李府君亲。"斩绝的口气和大模大样的神态，使得善于察言观色的黠吏不敢挡驾。闯过了守门吏这一关，前面还有更严峻的挑战。是不是"李府君亲"可以蒙过守门人，难道还能蒙得过李府君本人？果不其然，一见到这个乳臭未干的小子，李膺就断然否定自己与他有任何亲戚关系:"君与仆有何亲?"由于孔融是孔子第二十四世孙子,他马上回答说:"我祖上仲尼曾向您祖上伯阳拜师求教,我们两家累世是通家之好呵。"春秋时老子姓李,名耳,字"伯阳",传说孔子曾向老子请教过有关"礼"的知识,这样老子与孔子便有师生关系,汉魏一直称师友为"通家"。听到孔融这一回答,李膺和众宾客惊奇得无言以对。

文章最精彩的部分还是孔融与陈韪的反唇相讥。听大家都在夸奖孔融聪明,后到的陈韪不以为然地说:"小时候了了,成人后未必佳。""了了"形容人的聪明伶俐。孔融立即迎上去说:"想您小时,必定了了。"孔融利用陈韪的荒谬逻辑,给了陈韪一个不大不小的难堪。陈由孔融的现在谬测孔融的将来,孔融则由陈的现在推断陈的过去。孔融"大未必佳"是想当然,而陈"大未必佳"是已成事实。文中的"踧踖"是指一种局促不安的样子,听到孔融这样的讥讽,陈韪要不"大踧踖"才怪哩。

与门吏、李膺的对话,让人看到了孔融小时的机智胆量;与陈韪的交锋,让我们领略了什么是"唇枪舌剑"。

2. 八面玲珑

> 晋武帝每饷山涛恒少。谢太傅以问子弟,车骑答曰:"当由欲者不多,而使与者忘少。"
>
> ——《世说新语·言语》

山涛(字巨源)为曹魏时"竹林七贤"之一,嵇康《与山巨源绝交书》中把他骂得狗血淋头。因与司马懿有亲戚之旧，在司马氏与曹氏争权的过程中，他或明或暗地站在司马氏一边。晋武帝司马炎篡魏称帝后，山涛历任吏部尚书等显职。他在魏晋之际享有盛誉，当时大名士王戎把他誉为"璞玉浑金"。史称他居官清廉俭朴，死后只有"旧第屋十间"。

晋武帝一方面给他封以高官，一方面又仅给他赐以薄禄，封官之高与赏赐之薄形成极大的反差。"天意从来高难问"，这引起晋朝官员们的浓厚兴趣，大家纷纷猜测个中原因。一天，东晋一代重臣谢安（死后赠太傅）就此事"以问子弟"：何以"晋武帝每饷山涛恒少"？"饷"就是赠予或赏赐。对谢安这个问题有多种可能的答案——

或者是由于晋武帝为人悭吝，封高官不过下道诏书，"打个白条"，好让山涛去搜刮百姓以自肥，而自己则不必破费财物，赏厚礼却不得不自掏腰包。

或者是晋武帝老谋深算，在各大臣之间玩弄权力平衡，使居高官者得薄赏，处卑职者享重赐，让朝中所有大臣都欢天喜地地为他效忠卖命。

或者是山涛任职期间政绩不佳，尸位素餐，身居高位而不办大事，"饷山涛恒少"是晋武帝对他的一种委婉批评，是年轻皇帝对这位元老重臣虚与敷衍。

但是，以上三种答案都会给回答者带来麻烦，要么犯当朝皇帝祖宗之讳，要么刺伤前朝重臣，那么，怎样解释"晋武帝每饷山涛恒少"这一事实，既能歌颂皇恩又能抬高重臣呢？

谢安众多子弟都无言以对。

谢安侄子谢玄当时在座。谢玄在淝水之战中功勋卓著，死后追赠车骑将军。他生前以"善微言"著称于世，此处所谓"善微言"是指清谈时言辞敏捷，辨名析理语言精深微妙，通俗地讲就是很会说话。果然名不虚传，只有谢玄回答得最为得体："当由欲者不多，而使与者忘少。"这句话的意思是说，大概是山涛的欲望本就不多，使晋武帝并不觉得赏赐很少。

这一回答既恭维了山涛为人恬淡寡欲，为官廉洁不贪，又美化了晋武帝的宽宏仁厚，成人之美，一语颂扬了两人。你见过这么会说话的人吗？这就是我们常说的八面玲珑，"快刀切豆腐——两面光"，一句话能照顾到方方面面。

如此会说话的人在官场上一定左右逢源，不仅他叔叔谢安器重他，当朝皇帝倚重他，假如他生活在西晋初年，晋武帝也同样会重用他，山涛更会极力举荐他。假如他生活在今天，不是商场上左右逢源的老总，就肯定是政界平步青云的显要。

官场上必须圆融老到，升官与降职，走运或倒霉，可能就是"一句话的事"；商场上必须说话周到，巧舌可能让你财源滚滚，笨嘴可能让你血本无归。在这样的社会环境中，不八面玲珑行吗？

3. 巧舌如簧

　　晋武帝始登阼，探策得"一"。王者世数，系此多少。帝既不说，群臣失色，莫能有言者。侍中裴楷进曰："臣闻天得'一'以清，地得'一'以宁，侯王得'一'以为天下贞。"帝说，群臣叹服。

——《世说新语·言语》

这则小品没有通常所说的"思想内容",只是表现了魏晋名士那种奉承逢迎的本领,那种随机应变的能力,那种伶俐轻巧的口才。他们能把圆的说成方,将曲的描绘成直,在任何场合都不会出现僵局,在任何时候都能讨得主子的欢心。

文中的"阼"是大堂前东西的台阶,登阼指皇帝登基。晋武帝司马炎是晋朝的开国皇帝,登基那天抽签只抽到一个"一"字,按当时说法,"王者世数,系此多少",他司马氏能做多少世代皇帝就看这次抽签的数目,而他抽到的只是一个不吉利的"一",这岂不是说晋朝司马氏的天下要一世而亡吗?一下子所有人都被惊呆,全场的气氛完全凝固,"帝既不说,群臣失色,莫能有言者"。

如何才能让皇帝龙颜大悦?如何才能消除大家心头的狐疑?

问题的关键是怎样解释这个"一"字。把"一"说成只做一世皇帝既然没有任何根据,把"一"说成司马氏将在皇位上一直坐下去不也同样可行吗?我们来听听裴楷是怎么打破僵局的:"臣闻天得'一'以清,地得'一'以宁,侯王得'一'以为天下贞。"这几句译成白话是说:我听说天得到"一"便清明,地得到"一"便安宁,侯王得到"一"便做天下的首领。"贞"通"正",清代学者在此处将它释为首领。只轻轻几句话,就把凶兆说成了吉祥,把噩耗转成了佳音,这种本领岂止让晋朝"群臣叹服",就是今天的读者也不得不五体投地。

裴楷这几句来于《老子》三十九章:"昔之得'一'者:天得一以清,地得一以宁,神得一以灵,谷得一以盈,万物得一以生,侯王得一以为天下贞。"他将老子原文中的"一"等同于晋武帝抽签所得的"一",老子所谓"得一"是指得道,晋武帝所抽得的"一"只是个数量词,裴楷何曾不明白此"一"非彼"一",他更明白只有混淆和挪移才能让皇帝回嗔作喜。

裴楷字叔则，官至中书令，是西晋开国的一代名臣，为政宽宏清通，为人更与物无忤，每次朝廷发生内讧他都能化险为夷。他还是西晋一代名士，以善谈《老子》和《周易》名世，更以气质风度颠倒众生。《世说新语·容止》篇载："裴令公有俊容仪，脱冠冕，粗服乱头皆好，时人以为'玉人'。见者曰：'见裴叔则，如玉山上行，光映照人。'"

像裴楷这样的"玉人"也要凭自己如簧巧舌才能生存，那些地位低下和人格卑污的人，更要凭自己的荃才小慧在主子面前谄媚邀宠。《世说新语·言语》中另一则小品，同样也表现了士人的乖巧卑微。"桓玄既篡位，后御床微陷，群臣失色。侍中殷仲文进曰：'当由圣德渊重，厚地所以不能载。'时人善之。"拍马真是拍到家了，时人居然还赞赏殷仲文拍马的水平，当时的社会氛围真叫人无语。

4. 胖与瘦

> 庾公造周伯仁，伯仁曰："君何所欣说而忽肥？"庾曰："君复何所忧惨而忽瘦？"伯仁曰："吾无所忧，直是清虚日来，滓秽日去耳。"
>
> ——《世说新语·言语》

这则小品记录了两位显贵名士的一次闲谈。庾公就是东晋当朝国舅庾亮，官拜司徒、录尚书事、开府仪同三司。此公情文兼胜而又仪态优雅，《晋书》本传称"亮美姿容，善谈论，性好老庄，风格峻整，动由礼节，情韵都雅"，他死后何充十分惋惜地说："埋玉树于土中，使人情何能已。"与庾亮对话的是享有重名的周顗，他风神的秀朗和谈吐的敏捷,在时辈眼中酷似西晋乐广。

他们两人这次谈的不是深奥的玄学,不是高雅的艺术,不是美丽的山水,也不是严肃的政治,而是谈彼此的胖瘦。庾亮一天去拜访周𫖮,周𫖮一见庾亮就半是调侃半是关心地问:"君何所欣说而忽肥?""欣说"即欣悦。这句话用今天的口语就是说:"老兄,您这段时间遇上了什么喜事,忽然变得这么富态?"善于戏谑的庾亮也马上反唇相讥:"老弟,您这段日子遇上了什么伤心事,突然变得这么瘦——风都快能吹起来了?"

庾亮不回答"何以忽肥"的难题,反而逼着周𫖮交代他"何以忽瘦"的变化。不管周𫖮是承认自己"忽瘦"的事实,还是啰唆地解释何以"忽瘦"的原因,这场寒暄都将沉闷无聊,了无趣味。

周𫖮谈锋机智果然名不虚传,庾亮的话音刚落,他马上就回答说:"吾无所忧,直是清虚日来,滓秽日去耳。"周𫖮口绽莲花,话题立即峰回路转,身体胖瘦的闲谈在他的口中也不落半点尘俗,平庸无奇的聊天在他那里也变得玄妙新奇。"吾无所忧"回答庾亮问话的上半句——"何所忧惨","直是清虚日来,滓秽日去耳"回答庾亮问话的下半句——"忽瘦"。你不是问我因何消瘦吗?既不关病酒也无关忧愁,只是由于我身心日渐清净、空明和澄澈,身心的渣滓、污秽、挂虑日渐消除。他于俗中觅雅,于凡处见奇,肥瘦这个本属于生理学的问题,突然转换成了一个心灵超越的哲学问题。一方面解释了自己"何以忽瘦"的原因——是因为"清虚日来",另一方面又暗示了对方"何以忽肥"的秘密——他心中的滓秽未去,所以才使自己身体肥胖不堪。回答自己"忽瘦"是明言,回击对方"忽肥"是影射,明提暗讽,一箭双雕。

刘孝标注引邓粲《晋纪》说,周𫖮不仅"仪容弘伟",还"善于俯仰应答",其"精神足以荫映数人"。我们再来领略一下周𫖮"俯仰应答"的风采——

> 周仆射雍容好仪形,诣王公,初下车,隐数人,王公含笑看之。既坐,傲然啸咏。王公曰:"卿欲希嵇、阮邪?"答曰:"何敢近舍明公,远希嵇、阮!"(《世说新语·言语》)

周𫖮既仪表伟岸又举止优雅,一下车就被众人搀扶拥簇,一落座就"傲然啸咏",那神情气韵笼盖了在场宾客。丞相王导笑着对他说:"卿欲希嵇、阮邪?"王导的问话语义多歧:可以理解为对周𫖮这种风度的欣赏——"你真酷似当年的嵇、阮",也可以理解为对他这种做派的暗讽——"你还想模仿嵇、阮吗"?嵇、阮是两晋名士们的偶像,《世说新语·言语》载:"王丞相过江左,止道声无哀乐、养生、言尽意,三理而已。然宛转关生,无所不入。""三理"中前两理来于嵇康,可见,王导本人同样"欲希嵇、阮"。不管对王导问话作正面还是负面理解,表面上都是在恭维周𫖮。周𫖮应如何回答丞相呢?要是否认自己"欲希嵇、阮",那么,一是他明显在当众撒谎——名士们谁不"欲希嵇、阮"呢?二是他当面否认丞相的问话,那就等于说丞相无识人之明,肯定把谈话的氛围弄得很僵。要是周𫖮承认自己是"欲希嵇、阮",那么,一是显得他十分狂妄,"欲希嵇、阮"只能做不能说的,谁敢公开说自己想做当世的"嵇、阮"?二是冷落和轻视了丞相,这无异于说眼下没有学习的榜样,所以才去仿效前朝的楷模。对丞相之问,否认既不可,承认又不能,如何是好呢?且看周𫖮怎样应对:"何敢近舍明公,远希嵇、阮!"大意是说:我哪敢舍弃眼前的明公,去效仿遥远的嵇、阮呢?这一回答真是妙不可言：一是接过了丞相"欲希嵇、阮邪"的话头，又用不着正面否认或承认；二是"何敢近舍明公"这两句话，好像是朋友之间当面开的玩笑，又好像是在称赞王导是嵇、阮的当代传人，谁能分清他是在开玩笑还是在说真的？二者都在似有若无之间，丞相受到了奉承，自己又没有失身份；三是周自己有意放低身段，他从下车到落座都是大家注目的中心，此时低调表明他不愿反客为主，更不愿抢了丞相的风头，无论是清谈还是在政坛，周顗都能恰到好处地把握分寸。这是周顗听到丞相问话后，脱口而出的"俯仰应对"，仓促之间能把话说得如此幽默圆润，如此周全得体，他言谈应对的敏捷机锋真让人拍案叫绝。

可惜，我们无缘亲自参与魏晋士人意趣横生的清谈，只能从《世说新语》书本上"聆听"精英们机智的对答，雅致的诙谐，风趣的调笑……

5. 松柏之质与蒲柳之姿

> 顾悦与简文同年，而发早白。简文曰："卿何以先白？"
> 对曰："蒲柳之姿，望秋而落；松柏之质，经霜弥茂。"
>
> ——《世说新语·言语》

顾悦一名悦之，官至尚书左丞，是东晋大画家顾恺之之父。恺之的人物画妙绝千古，文章辞赋同样粲然可观。他曾写过一篇《筝赋》，还感觉良好地对友人说："吾赋之比嵇康《琴赋》，不赏者必以后出相遗，深识者亦当以高奇见贵。"顾恺之对其文其画都很自负，当然也有自负的本钱，世传恺之有三绝——才绝、画绝、痴绝，顾恺之本意可能还要加上"文绝"。顾悦虽没有其子那样的盖世之才，但也绝非庸俗的等闲之辈。顾恺之因为长期沉潜于艺术，经常被同辈调侃捉弄，有时痴得又可笑又可爱；顾悦则在交际场合左右逢源，言谈应对八面玲珑——父子都有其过人之处。文中的另一位主角晋简文帝司马昱，在位两年（371—372）便病逝。

且看顾悦与简文帝的一次对话。

晋简文帝正好与顾悦同岁，史书称简文帝既有风度仪表，又善于修饰保养，而顾悦一方面在仕途上几经颠簸，另一方面又不自雕饰，所以人到中年，简文帝仍然发无二毛，顾悦则已鬓发斑白。一直在深宫养尊处优的皇帝大惑不解地问顾悦说："卿何以先白？"用现在的白话来说就是：你既然与我同年而生，头发怎么会先我而白呢？要是让顾悦那位痴儿子恺之来回答，他一定要一五一十地禀报皇帝：自己的工作比陛下辛苦，自己的生活没有陛下清闲，自己的餐桌上没有陛下丰盛，因而自己的头发自然就比陛下早白，等等，肯定会有污圣听触怒龙颜。

狡黠的顾悦回答得真是乖巧到了家："蒲柳之姿，望秋而落；松柏之质，经霜犹茂。"以入秋便凋谢的蒲柳（水杨）比喻自己衰弱的体质，以四季常青的松柏比喻皇帝的龙体，新颖、生动而又贴切，这种奉承拍马可谓别出心裁。

随口而答的语言竟然如此典雅优美，对偶竟然如此整饬精工，音调竟然如此铿锵悦耳，可见顾悦思维之敏捷，口齿之伶俐，不仅使当场的简文帝听了"称善久之"，谁听了都由衷折服。

6. 南人与北人

> 褚季野语孙安国云："北人学问，渊综广博。"孙答曰："南人学问，清通简要。"支道林闻之，曰："圣贤固所忘言，自中人以还，北人看书，如显处视月；南人学问，如牖中窥日。"
>
> ——《世说新语·文学》

我国自古以来素称"地大物博"，现在看来，说自己"物博"实属"穷人夸富"，说中国"地大"倒是名副其实。所谓"地大"并不仅仅具有地理学的意义，还隐含着东西南北不同的民俗与民情、不同的心理与性格——如北方人的粗犷，南方人的文雅；北方人的豪爽，南方人的细腻；关东大汉自不同于绍兴师爷，塞北姑娘也有别于江南妹子。文学风格上的差异也非常明显，中古时期北朝民歌质朴雄豪，南朝民歌轻盈婉转："天苍苍，野茫茫，风吹草低见牛羊。"南朝民歌哪来如此恢宏大气？"低头弄莲子，莲子青如水。置莲怀袖中，莲心彻底红"，北朝民歌又何曾有这般温婉清丽？

那么，在学问上南北有什么区别呢？往大处说，容易流于空泛而不着边际；往小处说，又可能"一叶障目，不见泰山"——要准确地说出南北学问的差异还真非易事，要说得形象更是"难于上青天"，要做到既能准确概括又能形象生动，那不是"神仙"就是"上帝"了。

东汉以后文人就喜欢神侃南人与北人的异同，就个人狭窄的阅读范围所及，最为正统权威的评论要数《隋书·文学传序》："彼此好尚，互有异同：江左宫商发越，贵于清绮；河朔词义贞刚，重乎气质。"最为生动有趣的要数《世说新语·文学》中的这一条："褚季野语孙安国云：'北人学问，渊综广博。'孙答曰：'南人学问，清通简要。'支道林闻之曰：'圣贤固所忘言。自中人以还，北人看书，如显处视月；南人学问，如牖中窥日。'"

在后面这则生动有趣的清谈中，褚、孙二人是东晋名士，支道林则属东晋高僧。褚季野深得谢安器重，谢常称"褚季野虽不言，而四时之气亦备"。褚所说的"北人学问，渊综广博"，以四个字高度概括北人学问的特点，其人其言都有"简贵之风"。孙氏随口应答的"南人学问，清通简要"，对南人学问特点的归纳也同样准确凝练。

不过，褚、孙二人的评论虽说简练但稍嫌笼统，准确却失之抽象，只有支道林的评论才让人拍案叫绝："北人看书，如显处视月；南人学问，如牖中窥日。"这位高僧用最常见的生活现象，把南北学人高深枯燥而又难以捉摸的学问特点，说得一清二楚而又趣味横生。"显处视月"形容北人学问博而不精，其优点是眼界开阔，其不足是所见模糊；"牖中窥日"是指南人学问精而不博，见深识远是其所长，视野太窄是其所短——北人学问广博，南人学问精深。

难怪人称支道林吐辞"才藻新奇，花烂映发"了，果然名不虚传！把那么复杂的问题讲得那么明白，把那么抽象的问题说得那么有趣，支道林真是"神"了！我虽无才，但还识趣，自看过高僧这寥寥十六字的评论后，我从此就不敢胡诌南人与北人的异同，"眼前有景道不得，崔颢题诗在上头"。

7. 善人与恶人

殷中军问："自然无心于禀受，何以正善人少，恶人多？"

134

诸人莫有言者。刘尹答曰:"譬如写水著地,正自纵横流漫,略无正方圆者。"一时绝叹,以为名通。

——《世说新语·文学》

殷中军就是东晋清谈名家殷浩,刘尹就是辩才无碍的刘惔,因他曾官至丹阳尹常被称为刘尹。"略无"和"正自"是当时的口语,分别是"全无"和"只是"的意思。殷浩遇上了刘惔可以说是"棋逢对手",他们时常在一起相互戏谑调侃,在舌战中逞雄辩斗机锋。

"性本善"还是"性本恶"这个问题,在中国历代文人学者中打了几千年官司。有的认为人性本善,有的宣称人性本恶,谁也不能说服谁。"性善"或"性恶"隐含着另一个同样复杂的问题:万物的存在形态是自然而然的,还是受其他意志支配的?素有辩才之称的殷浩又向朋友挑起了这个难题:宇宙的万事万物的发展变化都是自然而然,无心接受其他外力的影响,为什么正直的善人少,奸邪的恶人多?大家一时都被问傻了眼,没有一个能对得上来。刘惔应声回答说:"譬如泻水着地,只是纵横四处流淌,绝对没有正方形或正圆形的。"人之生于世也像水之泄于地,难得形成正而且直的人。在座的人听他这么一说无不称叹,都认为这是至理名言。

不过,这句"名言"未必道出了"至理",语言的俏皮未必能保证内容的正确。水是一种自然存在物,人则首先是一种"社会动物",因而,水泻于地不同于人生于世,水泻于地没有正方形或正圆形,是自然属性决定的,世上的善人少恶人多,根源在于人生活的时代风气与社会环境。不仅社会环境和教育造就了善人或恶人,而且善恶本身也只有放在特定的社会中才能做出评价,在这个社会环境中的善,可能是另一个社会中的恶,这个人眼中的善人,可能是另一个人眼中的恶人。抽象地谈论性善性恶，既不会被证实也不会被证伪，既没有社会意义也没有理论价值。这些容易被现代人接受的东西，一千多年前的古人也许很难理解。

东晋名士的清谈只关注才辩的纵横，不太在乎道理的对错。有一次裴遐与郭象论难，"闻其言者，知与不知，无不叹服"。另一次支道林与许询论辩，观者"但共嗟咏二家之美，不辩其理之所在"——人们爱美胜过爱真。这则小品中，人们"一时绝叹"的比喻，也是赞赏才辩的敏捷和语言的微妙。

后来诗人鲍照《拟行路难》中说："泻水至平地，各自东西南北流；人生亦有命，安能行叹复坐愁？"这个比喻可能受到刘惔的影响，但比刘惔的比喻更加贴切。

第九章
妙赏

对景物细腻微妙的审美感受，对人物准确精微的品藻鉴赏，就是我们这里所说的"妙赏"。除《识鉴》《赏誉》《品藻》等专门写"妙赏"外，《世说新语》许多章节都记述了名士们之间的"妙赏"。

离开了名士们的"妙赏"，"魏晋风度"就残缺不全；而离开了名士们情感的丰富和直觉的敏锐，"妙赏"就完全不可能产生。

这一章前几篇小品是品人：乔玄识曹操于寒微之际，"乱世之英雄，治世之奸贼"已成历史名言；王济赞叔于未显之时，"山涛以下，魏舒以上"已是对王湛的定论；郭奕对羊祜一见倾心，觉得人才是世间最美的"风景"；"非以长胜人，处长亦胜人"，王濛对殷浩的品评意味隽永。后两篇小品是品物，魏晋名士向内发现了自我，才能向外发现自然。王子猷痴情于竹，王子敬畅怀于山川，不只是寄情于审美对象，而且忘情于审美对象。行于山阴道上，啸咏于庭竹之前，自然是精妙的审美鉴赏，又何尝不是诗意的人生？

1. 乱世英雄

> 曹公少时见乔玄，玄谓曰："天下方乱，群雄虎争，拨而理之，非君乎？然君实乱世之英雄，治世之奸贼。恨吾老矣，不见君富贵，当以子孙相累。"
>
> ——《世说新语·识鉴》

东汉末年，主荒政谬，国家的命运操纵于阉寺，一般士大夫羞与他们为伍，于是出现了"匹夫抗愤，处士横议"的局面。"清议"是当时士人干政的主要手段，原先的人物品藻也因此具有新的社会意义，虽然难免士人之间的相互标榜，但对腐败的政治具有激浊扬清的作用：政府对官员的升降不得不顾忌"清议"的压力，多少要听听社会清流的权威意见。人物品藻左右着一个人的政治前途，有名者步青云，无闻者委沟壑。一些未得到社会承认的士子盼望获得品藻名流的正面评价。曹操在得势之前就曾请许劭、乔玄品题。本文就是乔玄品评曹操的记载。

乔玄是汉末著名政治家，史称他"严明有才略"，以"长于知人"著称于世。且看乔玄如何评价曹操——

首先他认为曹操有能力承担拨乱反正这一巨大的历史使命："天下方乱，群雄虎争，拨而理之，非君乎？"董卓之乱使国家四分五裂，连年战火使生灵涂炭，国家必须统一，百姓渴望和平，民族要求强盛，而这一历史的要求此时只有通过曹操才能实现，曹操是未来整顿乾坤的人物，乔玄这几句话赋予曹操以使命感和历史感。

接下来，乔玄的话又来了一个大转弯："然君实乱世之英雄，治世之奸贼。""然"是古汉语中常用的转折连词，其意义相当于今天的

"然而""可是"等。称曹操是"治世之奸贼",是说曹操有才而无德。乱世四海无主,群雄混战,曹操的才能足以力挫群雄统一全国;治世则天下共尊一国之君,曹操的德性又不甘久居人下,最后将成为搅得四海沸腾君无宁日的乱臣贼子。

按儒家的价值观念来衡量,乔玄对曹操似褒而实贬。儒家把"德"置于至高无上的地位,说曹操无德等于完全否定了他。但是,汉魏之际人们的价值观念发生了深刻的变化,由传统的重德轻才变为重才轻德,荀粲甚至公然说"女子当以色为主,德不足称"。曹操本人在几次求贤令中,也公开求聘"不仁不孝"的才智之士。因为动乱的时局呼唤力挽狂澜的英雄,历史所急需且举世所仰望的,不是仁孝谦恭却百无一能的君子,而是横刀立马平定天下的豪杰。汉末才俊之士蜂起,大家都想问鼎天下,人人都以英雄自居,王粲还专门为此写了一部《汉末英雄传》。此时还出现了讨论英雄特性和识别英雄方法的理论著作,刘劭在《人物志·英雄》篇中说:"夫草之精秀者为英,兽之特群者为雄,故人之文武茂异,取名于此。是故聪明秀出谓之英,胆力过人谓之雄。"

乔玄称曹操是"乱世之英雄",当时正处于乱世,这不就是说曹操是当世英雄吗?当时根本不是什么治世,说曹操是"治世之奸贼",等于什么也没有说。如此说来,乔玄这次对曹操的品题是寓褒于贬。

《三国志·武帝纪》注引《魏书》说,曹操听到乔玄的品题后大喜,显然他不在乎僵硬空洞的道德批评,而看重能扭转乾坤的超人才智,他坚信自己能挽狂澜于既倒。假如我们不将历史道德化的话,曹操的确是一位推动历史前进的英雄。雄才大略和文治武功,在三国时代无与伦比。另外,曹操不仅有才,而且有趣。

2. 家有名士

　　王汝南既除所生服，遂停墓所。兄子济每来拜墓，略不过叔，叔亦不候。济脱时过，止寒温而已。后聊试问近事，答对甚有音辞，出济意外，济极惋愕，仍与语，转造清微。济先略无子侄之敬，既闻其言，不觉懔然，心形俱肃。遂留共语，弥日累夜。济虽隽爽，自视缺然，乃喟然叹曰："家有名士，三十年而不知！"

　　济去，叔送至门。济从骑有一马，绝难乘，少能骑者。济聊问叔："好骑乘不？"曰："亦好尔。"济又使骑难乘马，叔姿形既妙，回策如萦，名骑无以过之。济益叹其难测，非复一事。

　　既还，浑问济："何以暂行累日？"济曰："始得一叔。"浑问其故，济具叹述如此。浑曰："何如我？"济曰："济以上人。"武帝每见济，辄以湛调之曰："卿家痴叔死未？"济常无以答。既而得叔，后武帝又问如前，济曰："臣叔不痴。"称其实美。帝曰："谁比？"济曰："山涛以下，魏舒以上。"于是显名。年二十八，始宦。

——《世说新语·赏誉》

　　自东汉末王泽及其子王昶以下，山西太原王氏久居显贵膏腴之地，整个六朝人物挺秀，冠冕相望，正如古代一副门联所说的那样："诗书传家久，衣冠继世长。"

　　这则小品中的王汝南即王湛，魏司空王昶之子，晋司徒王浑之弟，仕晋历官太子洗马、尚书郎、太子中庶子、汝南内史等职。其人身长七尺八寸，龙颡大鼻，器量恢宏，史称"有公辅之望"。由于为人冲淡简素，他年轻时志在隐遁，在人前常沉默寡言，母亲逝世后便结庐墓旁，不愿与世人应酬交往，连他的"兄弟宗族皆以为痴"。

他兄长浑有一个儿子叫王济，风姿俊爽而又勇力过人，既会盘马弯弓，又善谈玄论《易》。有显赫的官二代背景，加上出众的才情，王济自然是"气盖一世"，根本没有把那位"痴叔"王湛放在眼里。他每次来祭扫祖母坟墓时，从不去拜望在墓旁守孝的叔叔，王湛也不等候这位不可一世的侄儿，即便偶尔过去问候一下，也不过随便寒暄敷衍几句。文章开始极意写王济对叔父的无礼轻慢，为后文埋下伏笔。

后来有一次王济试探问了叔叔一些时事，没有想到王湛回答得极有文采，大出王济的意料之外，济一时惊愕不已。于是和他讨论一些抽象深奥的话题，清谈渐渐进入精微玄妙的境地。原先王济也以为王湛很痴，在这位"痴叔"面前没有半点子侄的恭敬，听了王湛这番清言妙论，才对叔叔陡生敬畏之心，不知不觉从内心到仪表都肃然恭敬。于是便留在庐中清谈，叔侄竟日累夜一连谈了几天。王济虽然才识风度高迈不群，面对叔叔却感到自愧不如，由衷地喟然长叹道："家中藏有一代名流，竟然三十年来没有被发现！"

王济离去，叔叔送至门口，王济的随从有一匹极难驾驭的烈马，很少人敢去骑它。王济随意问王湛说："叔叔喜欢骑马不？"王湛也随口应说"还喜欢吧"。王济使人牵来烈马让叔叔试骑，只见叔叔纵身上马，"姿形既妙，回策如萦"。作者用优美的语言形容王湛骑姿的漂亮潇洒，策马挥鞭的娴熟自如，马鞭在他手中像回环萦绕的带子一样美丽，就是当世骑手名家也很难超过他。王济本人也是骑驭的行家里手，可比起叔叔来真是小巫见大巫。叔叔清谈的才识既让他惊讶，现在叔叔的骑术又让他折服，王湛过人之才绝非一技，王济越来越感到叔叔深不可测。

回到家中王济欣喜地对父亲说:"我刚刚寻得了一位叔叔!"王浑问叔叔比自己如何?王济委婉地对父亲说:"是我王济以上的人物。"父问"何如我",子答"济以上人",岂敢当面说叔叔远胜父亲,只能说叔叔远胜自己。言下之意,父不如己,己不如叔。

晋武帝每次见到王济,总要拿他叔叔来调侃一番:"你家那个傻叔死了没?"王济次次都被问得羞愧难言,既"得一叔"之后,皇帝又拿他叔叔说事,这次王济很有底气地禀报武帝说:"臣叔不痴。"并向皇帝赞叹叔叔的过人才德,晋武帝因而问他说:"他能和谁相比?"王济自豪地回答说:"山涛以下,魏舒以上。"山涛、魏舒何许人也?山涛是晋朝开国元勋,位至太子少傅、司徒,山涛死后魏舒领司徒,二人在西晋德高望重,都是一人之下万人之上的人物。王济在皇帝面前称叔叔才智在"魏舒以上",可见侄子现在对叔父如何高山仰止!作者为了烘托主角,用笔层层铺垫。

《周易·系辞下》提出过一条识人标准:"吉人之辞寡,躁人之辞多。"我们常把叽叽喳喳当作思维敏捷,将深藏不露视为反应迟钝,因此,我们不是把野鸡错当凤凰,就是把珠玉误作瓦砾。在今天这个快节奏的社会里,开朗外向的人容易脱颖而出,他们的优点容易被人看到,深藏不露的内向性格常常吃亏,人们有时甚至把内向说成精神障碍。其实,性格的外向和内向各有所长,也各有所短:外向者敏于应对,内向者长于深思;外向者容易流于轻浮,内向者容易失之拘谨。俗话说"金子总要发光",事实上很多"金子"终生埋没。要不是王济偶然与叔叔交谈,王湛可能一直"痴"到逝世。"世有伯乐,然后有千里马。千里马常有,而伯乐不常有",韩愈的名言对古今都有警醒意义。当然,有才能的人也不能长期"衣锦夜行",今天这个时代如此浮躁，没有多少人有闲心思来当伯乐，一定要学会推销自我，像王湛那样"不与世交"，你也许一辈子就没有机会。要知道，王湛最后能够冲出来是由于他是官二代，晋武帝不是一直念叨王济这个"傻叔"吗？

3. 最"养眼"的风景

> 羊公还洛，郭奕为野王令。羊至界，遣人要之。郭便自往。既见，叹曰："羊叔子何必减郭太业！"复往羊许，小悉还，又叹曰："羊叔子去人远矣！"羊既去，郭送之弥日，一举数百里，遂以出境免官。复叹曰："羊叔子何必减颜子！"
>
> ——《世说新语·赏誉》

有些人听起来名声震耳，一交谈就叫人兴味索然；有些人暂时虽默默无闻，一见面就让人彼此倾心。前一种人浪得虚名，一经接触就知道他"不过如此"，后一种人深藏不露，了解越多就越对他佩服得五体投地——这则小品中令郭奕三见三叹的羊祜，无疑就属于后一种人。

先来交代一下郭奕（字太业）。郭生于太原曲阳（今山西省太原市）的"累世旧族"，三国时大名鼎鼎魏将郭淮之侄。史称奕"少有重名"，仕晋历任雍州刺史、鹰扬将军、尚书等职，当世很多朝臣都出其门下，生前山涛称赞他"高简有雅量"，死后朝廷赐谥曰"简"，诏令中称"奕忠毅清直，立德不渝"。

再来看看羊祜（字叔子）。羊祜是泰山平阳（今山东新泰）人，出身于汉魏时期的名门望族，祖父羊续汉末任南阳太守，父亲羊衜则在曹魏时期任上党太守，母亲是汉末名儒蔡邕的女儿，姐姐羊徽瑜是司马师继室，史称"景献皇后"。他小时就为长辈所看重，认为将来"必建大功于天下"，后成为一代著名的战略家、政治家、军事家，曹魏时期历任中书侍郎、秘书监、从事中郎等职，仕晋历任尚书左仆射、车骑将军、镇南将军，死后追赠"太傅"。晚年都督荆州诸军事期间，积极发展当地的经济，注重与民休养生息，一方面与吴国修好，一方面"缮甲训卒，广为戎备"，暗中为攻打吴国做准备，灭吴之日满朝文武欢聚庆贺的时候，晋武帝捧杯流泪说："此羊太傅之功也！"他许多利民措施让百姓受惠，死后襄阳为他修了羊公碑，后来又称为"堕泪碑"，唐代诗人孟浩然有诗赞颂说："羊公碑尚在，读罢泪沾襟。"陆游《水调歌头》更称"叔子独千载，名与汉江流"。

这则小品写郭奕与羊祜三次会面，通过郭奕之口来表现羊祜的才能与人品。作者的手法特别高明，要塑造的主角一直没有"出场"，全由第三者的赞叹来表现他的形象。古人把这种写法叫作"背面傅粉"。

郭奕做野王（今河南省沁阳市）令时，有一次羊祜回到洛阳，正好要途经野王县。等羊一到野王县界，郭奕便派人把他留下，郭本人随后前往迎接。"要"此处是拦截、遮留的意思。两人一见面，郭奕就忍不住脱口赞叹道："这羊叔子哪里不如我郭太业！"史称羊祜博学多才，又长于论辩，身长七尺三寸，风姿俊朗。郭可能是被羊的风采和谈吐迷住了，刚见面就对羊交口称赞。接着郭又前往羊的住处拜访，对羊祜的才情、气度、志向和眼界有了更深的了解，没过多久回来又赞叹道："羊叔子可不是一般的常人，比我郭太业强多了！"等羊祜要离开野王县时，郭奕对他已经依依不舍了，送了他一整天还舍不得回来，一下子送到几百里开外，还因为擅自离开自己的辖境而被免官。羊祜一生不愿"委质事人"，立身刚正廉洁，自奉清俭朴素，禄俸所资不是赡给亲族，就是赏给了军士，他死后家无余财。羊祜安贫乐道和笃重朴实的儒者风范，可能给郭太业留下了深刻的印象，郭一回到家就赞叹道："羊叔子哪里不如颜渊！"汉以后祭孔时一直以颜渊配享孔子，颜后世尊为"复圣"，郭奕把羊祜称为当世的颜渊，他对羊的推崇真可谓无以复加了。

郭奕三次见羊祜的三次赞叹，对羊祜的评价一次比一次高，羊祜在我们心目中的形象固然越来越高大，郭奕本人给人的印象也越来越好。他们相识的时候，羊祜还没有任何政绩，自然也没有什么政声，郭仅仅三次见面就能识其胸中丘壑，一方面说明羊祜的确胸罗万象，另一方面也表明郭奕有知人之明。郭奕的确是一位智者，只有英雄才能识英雄。

认识别人要智慧，赞美别人要雅量。心胸狭窄的人发现别人超过自己，很快会心生妒忌，甚至可能去贬低他人来抬高自己。郭奕第一次见到羊祜时，只说"这羊叔子哪里不如我郭太业"，还觉得他们二人可能旗鼓相当，第二次见面后他就承认"羊叔子比我郭太业强多了"。像郭奕这样的名士，公开承认己不如人，这需要一种坦荡的襟怀，需要一种面对真相的勇气，也需要一种对自己的自信。郭奕是一位智者，同时也是一位君子。

人是万物的灵长，是上帝最美的造化，我们常常旅游世界各地去看风景，却对自己身边"人"这道最美的风景视而不见。如果学会了认识人，欣赏人，赞美人，你的同学、同事、同乡、朋友、师长、亲人，可能都是"养眼"的风景，他们不仅能让你身心愉悦，还能让你灵魂净化，让你增才广智。俗话说"小人眼中无圣人"，不要总是盯着别人脸上的黑痣，要像郭奕那样发现别人出群的才华，发现别人高尚的品德，发现别人迷人的个性，你越能发现别人的长处，别人就对你越有"好处"。

4. 处长亦胜人

王仲祖称殷渊源："非以长胜人，处长亦胜人。"

——《世说新语·赏誉》

这两句话听起来像是绕口令，可细想后便发现它意味隽永。

王仲祖即东晋名士王濛，殷渊源即东晋名臣殷浩。王濛被士林奉为风雅典范，而殷浩的出处更被视为决定东晋兴亡。

殷浩生前人们对他好评如潮。《世说新语·识鉴》载："王仲祖、谢仁祖、刘真长俱至丹阳墓所省殷扬州，殊有确然之志。既反，王、谢相谓曰：'渊源不起，当如苍生何？'深为忧叹。"这段话的意思是说，有一天，王濛、谢尚、刘惔三人一起去看望殷浩，殷当时隐居在丹阳他祖先的墓所。他们交谈中发现殷隐居的意志十分坚定。回来后，王与谢相互议论说："殷渊源要是不肯出仕，天下苍生可怎么办呵！"他们说着说着都深深叹了口气。称"殷扬州"是因殷曾任扬州刺史。把天下兴亡寄于殷浩一身，可见名士们是如何推崇殷浩了。《世说新语》中另一则小品，也让我们看到时人是如何仰慕殷浩："王司州先为庾公记室参军，后取殷浩为长史。始到，庾公欲遣王使下都。王自启求住曰：'下官希见盛德，渊源始至，犹贪与少日周旋。'"庾亮先聘王修龄做记室参军，后来又录用殷浩为长史。殷浩刚一到任，庾公就派遣王出使京都。王亲自启禀请求庾亮说:"下官很少见到盛德贤人,很遗憾殷渊源一到我就要离开,自己还贪恋与他亲近几日。"

殷浩死后其故旧顾悦之称道说:"殷浩识理淹长,风流雅胜,声盖当时。"史家也说"殷浩清徽雅量,众议攸归"。这类评语在《世说新语》中随处可见,"识理淹长"的清谈家固然很多,有"清徽雅量"的名士也不少,这一切并非殷浩所独擅,何况殷浩的门第在东晋也算不上高贵,是什么原因使殷浩有如此大的魅力呢?

王濛间接地提出了另一种解释:"殷渊源非以长胜人,处长亦胜人。"殷浩非但以自己的长处胜过别人,他对待自己长处的态度也胜过别人。

不管殷浩是不是具备这个优点,"以长胜人,处长亦胜人",这两句话不仅说得俏皮,而且充满了人生的智慧。

俗话说"尺有所短,寸有所长",谁没有自己的一点点长处呀?数学不好的人可能会写作文,不会写作文的人可能会讲话,不会写又不会讲的人可能会跑步。

人人都会有自己的"长处",但不是人人都会"处长"。别看"长处"与"处长"只是字面颠倒,它们对每个人来说可是大有文章。

西方哲人说"认识你自己",东方智者说"自知者明",可悲的是人好像很难认识自己,我们往往只看到别人脸黑,却不愿承认自己长得也像乌鸦;我们总不满足于自己的地位和财富,却很少人不满意自己的才华,所以我们对别人总含讥带讽,对处境总牢骚满腹,老是觉得自己生不逢时,觉得自己怀才不遇。

在我们社会里,能"以长胜人"的比比皆是,能"处长亦胜人"则十分罕见。舞文弄墨的文人讥讽将军是赳赳武夫,驰骋疆场的将军嘲笑文人为胆怯懦夫。有财的瞧不起有才的,有才的又瞧不起有力的——大家喜欢以己之长轻人之短。小时候我们村里有一个庄稼把式，种田的十八般手艺无一不精。邻居一个兄弟田里活儿样样都笨，年年都"种豆南山下"，年年都是"草盛豆苗稀"。那个庄稼把式从心里蔑视这位邻居，还常常拿他种的水稻和棉花开涮。粉碎"四人帮"后恢复高考，这位不会种田的兄弟就考入名校，接着被哈佛大学录取攻读博士，现在是美国一名牌大学教授，而嘲笑他的那个庄稼把式还在我们村里种庄稼。

如今家庭和学校教育中，家长和老师比较注重培养小孩的"长处"，而相对忽略了教育小孩"处长"的态度。许多人稍有一技之长，或者还仅是一知半解，马上就觉得老子天下第一。一个小城市的足球前锋，刚刚小有名气便忘乎所以，看看他那不可一世的神态，好像他不是在踢足球而是在踢地球，在队友面前惯于颐指气使，最后因没有团队精神而被开除出队。

"处长"大体上包括两个方面：一方面是如何正确认识自己的长处和短处。这一点非常重要，它涉及自己求学和职业选择，无论求学还是择业，除了要知道自己"喜欢"干什么，还要明白"能够"干什么，而且还得了解社会将"需要"什么，然后再在自己的兴趣、能力和需要之间找到契合点。这三者之中，"能够干什么"就是自己的长处。不能识其所长就不能用其所长，对人对己都是如此。另一方面是如何表现自己的长处，如何发挥自己的长处。平时大家常说"金子总是要发光的"，可埋在地下的金子发光谁也看不到，虽然千百年后也许有一天金子被挖掘出来，可是，且不说等千年以后，即使是等几十年以后，人生也很难闪闪发光了。金子过一万年还是金子，志士过几十年就成了老朽，所以杜甫急不可耐地说"自谓颇挺出，立登要路津"。因此，是金子就要摆在显眼的地方，让人们能看到闪闪金光；有长处就要表现出来，让别人能发现你的长处，使你的长处能服务于社会，使你自己能成就壮丽的人生。那么如何表现自己的长处呢？这可是一门奥妙无穷的学问，既要把自己的长处"表现出来"，又不能让人家觉得你喜欢"表现自己"，这真是做人的"高难度动作"。在一个商品充斥物产丰饶的时代，好产品配上好广告，它才能成为畅销商品，同样，在一个教育普及人才辈出的时代，我们都要学会如何"推销自我"，向别人展示自己的才能，让别人了解自己的长处，这样才能找到理想的职位，才能真正实现自我。要充分展示自己的长处，又不能显得锋芒毕露，怎样拿捏二者之间的度，是我们一生的功课。要如何发挥自己的长处呢？《论语·先进》篇载，孔夫子有一天对他的学生说："居则曰：'不吾知也。'如或知尔，则何以哉？"孔子对身边的几个学生说，你们平日常说"人家不了解我呀"，假若人家了解你们，并且准备重用你们，你们打算怎么干呢？向人家展示自己的长处，让人家了解自己的长处是第一步，当别人给你提供了舞台，如何发挥自己的长处是第二步，这也是小品文中"处长"的应有之义。

《晋阳秋》说"浩善以通和接物"，殷浩待人接物通达而又谦和，用今天的话来说，就是从来不在人们面前"耍大牌"，有"长处"但不以自己的"长处"骄人，所以王濛说他"处长亦胜人"。还没有出仕就已在社会上声名鹊起，"咸谓教义由其兴替，社稷俟以安危"，可以说他善于展示自己的"长处"。可是，史家又说他"及其入处国钧，未有嘉谋善政，出总戎律，唯闻蹙国丧师"，等他身居要津以后，治国拿不出良方，带兵又老吃败仗，这样说来殷浩还不善于扬长避短。

仅会"以长胜人"，还只是成功的一半；懂得"处长亦胜人"，才会有辉煌的人生。

5. 何可一日无此君？

> 王子猷尝暂寄人空宅住，便令种竹。或问："暂住何烦尔？"王啸咏良久，直指竹曰："何可一日无此君？"
>
> ——《世说新语·任诞》

竹子在先秦人眼中就十分高洁，《庄子·秋水》篇说神鸟凤凰，非梧桐不栖，非竹实不食，这就好比今天富人只吃橄榄油，而穷人则吃地沟油一样。三国竹林七贤以后，竹子又积淀了某种萧疏超旷的文化内涵。古代文人对树木花草各有所爱，如孔子称道松柏坚贞耐寒，屈原赞颂橘树"独立不迁"，陶渊明喜欢"采菊东篱"，后来有人向往牡丹的富贵，也有人倾心梅花的高洁，这则小品文中的主人公王子猷独爱竹。我国最早最有名的竹痴，无疑非东晋这位大名士莫属，其次才数得上宋代名画家文同，及清代那位名画家郑板桥。

前人对树木花草的赞美，往往是从道德伦理的角度"比德"，就是在这些植物身上发现了类似人类的某些可贵品德。或者反过来说，就是希望人们具有却又少有的美好品德，恰好在一些植物身上找到了。如孔子所谓"岁寒，然后知松柏之后凋也"，屈原所谓"后皇嘉树""秉德无私"。人们把松、竹、梅称为"岁寒三友"，也是着眼于它们共有的贞坚品格。直到白居易《养竹记》还是歌颂竹子的"品节操守"："竹似贤，何哉？竹本固，固以树德，君子见其本，则思善建不拔者。竹性直，直以立身，君子见其性，则思中立不倚者。竹心空，空以体道，君子见其心，则思应用虚受者。竹节贞，贞以立志，君子见其节，则思砥砺名行夷险一致者。夫如是，故君子人多树为庭实焉。"只因禀有"君子"的"本""性""心""节"，君子这才会在庭院中栽种竹子。文学史上咏竹诗文多不胜数，如唐代诗人张九龄《和黄门卢侍御咏竹》的"高节人相重，虚心世所知"，又如宋代徐庭筠《咏竹》的"未出土时先有节，到凌云处仍虚心"等等，这些咏竹名句多是赞赏竹子的"高节"和"虚心"。

王子猷痴情于竹子，自然也有对竹子气节品格的倾慕，但更有对竹子的一种审美陶醉。讴歌竹子品性节操，对竹子更多的还是"敬"，对竹子本身的审美陶醉，才会对竹子产生由衷的"爱"。只是"敬"可能"敬而远之"，有了"爱"才须臾分离不得。

这不，王子猷暂时借住在别人的空宅院里，马上便命人种上竹子。文中"寄"表明院子非他所有，"暂"表明他不会住很长时间，"便"写出了王子猷种竹的急切心情。这两句话无一字虚设，用现在文学术语来说，就是用词简洁而又传神。王子猷的做法让人大惑不解："不过在这里短期暂住，何必多此一举呢？"的确，且不说种竹子麻烦费钱，种上竹子又观赏不了几天，这么几天少了竹子，难道还活不下去？再说花那么多精力物力种上竹子，最后还不是留给了房子的主人？

王子猷可并不这么想，你看他在刚种的竹子边"啸咏良久"。这里顺便要解释一下"啸咏"，它又称"长啸""吟啸"或"啸歌"。啸的方法是气激于舌端，发口而音清，动唇便成曲。啸在六朝人看来是一种放旷、自得、沉醉的神态，六朝名士通常都善啸，他们认为在"华林修竹之下"最宜啸咏。王子猷在竹子旁边啸咏很长时间，说明他完全被新栽的修竹所陶醉。他指着竹子对旁人说："何可一日无此君！"哪能一天都见不着这位老兄呢？他指着竹子不说"此竹"而说"此君"，这句话显露了王子猷的幽默，更包含着王子猷的痴情，竹子不只是他的审美对象，更像是他的友人甚至情人，所以与竹子难舍难分。《世说新语》中还有一则王子猷"竹痴"的描写：

> 王子猷尝行过吴中，见一士大夫家极有好竹。主已知子猷当往，乃洒扫施设，在听事坐相待。王肩舆径造竹下，讽啸良久。主已失望，犹冀还当通。遂直欲出门。主人大不堪，便令左右闭门，不听出。王更以此赏主人，乃留坐，尽欢而去。(《世说新语·简傲》)

借住人家宅院马上要种竹，外出路过人家门口也进门赏竹，竹子俨然是他最亲密的伴侣，成了他精神生活的一部分。吴中一家有"好竹"的士大夫听说他要路过此地，便断定"子猷当往"，可见他爱竹早已闻名遐迩。知道王子猷这位贵人要来，主人还特地为他洒扫庭除准备酒食，一直待在客厅里迎接大驾。可王子猷乘坐肩舆径直来到竹林下，又像在借住的客舍一样在竹下"啸咏良久"，赏完了竹林便掉头走人，根本没有想到与主人打招呼——他是特来赏竹，而非专来应酬，只管在竹下啸咏，何须与主人寒暄？

这则小品文通过王子猷对主人的冷漠来突出他对竹子的热情，子猷爱竹摆脱了世俗的客套，也不关乎人际的利害，更不在于功利的占有。他在竹下"啸咏良久"的神态，表明他和竹已经物我两忘，融为一体，达到了"我见青山多妩媚，料青山见我应如是"的境界。谁又能分清是子猷如竹，还是竹像子猷？他竹下啸咏是审美鉴赏，又何尝不是诗意人生？

唐代贾岛在咏《竹》(此诗又见《罗隐集》)诗中说："篱外清阴接药栏，晓风交戛碧琅玕。子猷没后知音少，粉节霜筠漫岁寒。"贾岛说得未免过于绝对，竹子在子猷之后并不缺知音，只是知竹不如子猷那样深，爱竹不如子猷那样痴而已。清代画家郑板桥称"板桥专画兰竹，五十余年，不画他物"，还写了许多咏竹诗和咏竹联，联如："咬定几句有用书,可忘饮食;养成数杆新出竹,直似儿孙。"诗如:"一节复一节,千枝攒万叶;我自不开花,免撩蜂与蝶。"从其诗、联、画来看,郑氏爱竹还稍着痕迹,远比不上子猷与竹那般飘逸清空。真正理解子猷与竹关系的还是苏轼,他在《於潜僧绿筠轩》一诗中说:"宁可食无肉,不可居无竹。无肉令人瘦,无竹令人俗。人瘦尚可肥,士俗不可医。旁人笑此言,似高还似痴。"以"高""痴"来形容子猷爱竹,谁说王子猷没有知音呢?

6. 发现自我与发现自然

> 王子敬云:"从山阴道上行,山川自相映发,使人应接不暇。若秋冬之际,尤难为怀。"
>
> ——《世说新语·言语》

因王纲解纽而带来人的自觉,魏晋士人向内发现了自我,向外发现了自然——对自然的发现以对人的发现为其前提。《世说新语》中有大量的小品记载人们对自我和他人的欣赏,人作为审美对象而被赞美,被羡慕,被钦仰,如:"嵇康身长七尺八寸,风姿特秀,见者叹曰:'萧萧肃肃,爽朗清举。'或云:'萧萧如松下风,高而徐引。'山公云:'嵇叔夜为人也,岩岩如孤松之独立;其醉也,傀俄若玉山之将崩。'"只要有英俊的外表,有潇洒的风度,有超群的智慧,就不愁没有成堆的粉丝。外在的容貌和内在的气质,是人们追逐和鉴赏的热点,外在的自然也不仅仅具有实用性,它同时还是人们怡神悦性的对象和安息精神的场所,士人对自然美具有一种细腻精微的感受力。一条小溪,一泓清泉，一竿翠竹，一棵苍松，都会使他们流连忘返，乐而忘归。

一位哲人曾说过，你的对象就是你本质力量的体现，你的对象就是你本身。音乐不可能成为牛的对象，深奥艰涩的哲学不可能成为轻浮浅薄者的对象，所以才有了"对牛弹琴"的成语。你的对象就是你自己人格与力量的对象化，说通俗一点，你能欣赏什么样的艺术，你喜欢什么样的音乐，你欣赏什么样的美景，你就是什么样的人——对象是测量你自身的尺度。

文中的王子敬名献之，晋代著名书法家，书圣王羲之之子。山阴在会稽山之北，属今浙江省绍兴市。"山川自相映发"的意思是说，山川景物交相辉映。这位书法家和艺术家能为自然美景怦然心动，山川美景能使他陶然心醉，正表明他精神世界的丰富细腻，对无情之物也能一往情深，难怪他的书法是那般潇洒飘逸、形神超越了。

不只王献之如此，魏晋士人大多如此，他们对自然美都非常敏感。王献之父亲王羲之遭谗远离政坛后，在山阴的山水田园中消磨时光，有一次散步归来对身旁的人说，我可能会在山水中乐死！可见，山水之胜给予他多大的审美享受。在山川之美面前，魏晋士人觉得"非唯使人情开涤，亦觉日月清朗"，连皇帝也觉得山水动物十分可亲，"简文入华林园，顾谓左右曰：'会心处不必在远，翳然林水，便自有濠、濮间想也，觉鸟兽禽鱼自来亲人'"。已不是因山水明道，而是觉得山水可人，此时此刻人与山水相互内在，"我见青山多妩媚，料青山见我应如是"。

我们今天常说的成语"应接不暇"，就是来于这则小品文。朋友，你在山水中有过"应接不暇"的体验吗？

第十章
深情

通常情况下，情与智好像水火不容——情浓则智弱，多智便寡情。魏晋名士却既长于思又深于情，王弼还为情理兼胜进行哲学辩护："圣人茂于人者神明也，同于人者五情也。神明茂，故能体冲和以通无；五情同，故不能无哀乐以应物。"

因为有了逻辑理性，人才不同于动物；假如只有逻辑理性，人就可能等同于机器——今天大型计算机在逻辑推理上甚至超过了人。过度理性不仅让人成为冷冰冰的动物，而且让人的生命力竭尽干枯；唯有深情才能使我们体验到人生的大喜与大悲，才能使我们走进存在的深度，才能使我们感受到生命卑微与崇高，领略人生的丑恶与壮丽。

当王伯舆登上江苏茅山，悲痛欲绝地哭喊"琅邪王伯舆，终当为情死"，当"桓子野每闻清歌，辄唤'奈何'"（《世说新语·任诞》），魏晋名士可以自豪地说：我们开心地笑过，我们悲伤地哭过，我们真诚地爱过，我们本真地活过……

1. 年在桑榆

　　谢太傅语王右军曰："中年伤于哀乐，与亲友别，辄作数日恶。"王曰："年在桑榆，自然至此，正赖丝竹陶写。恒恐儿辈觉损欣乐之趣。"

——《世说新语·言语》

　　王、谢两家是东晋最显赫的士族，是东晋前中期政治经济的主宰者和垄断者。谢安的胸襟气量一向为人称道，时人认为他"足以镇安朝野"。在淝水之战前后，他那副镇定自若的神情，使人觉得天塌下来有他来顶，人世间任何变故都难以扰乱他内心的宁静。

　　可是，这则小品中的谢安像完全换了一个人似的，原来他是那样多情，也是那样容易动情。与朋友聚散别离是人生常态，这种事情也使他一连几天闷闷不乐，以至要跑到朋友那儿寻求安慰。文中的谢安酷似多愁善感的书生，完全没有自我调控的能力。

　　有一天，谢安对书圣王羲之说："中年伤于哀乐，与亲友别，辄作数日恶。""哀乐"本来包括悲哀与快乐，但这里它是个偏义复词，侧重于指人悲哀的情绪。"人到中年"是生命的重要关口，刚刚告别青春的激情岁月，已经能够望见人生的夕阳晚景，"人生苦短"的感受特别深切，对亲友的生离死别分外敏感。青年时期可以少不更事，老来以后可以万事由天，而中年是社会的中坚，肩负着家国成败兴衰的重任，所以这个年龄的人精神特别紧张，心情也特别容易烦躁，更要命的是中年人在外面还要装出一副轻松坦然的模样，人们更多地看到他们的成熟老练，很少去触摸和体会他们的脆弱柔情。"男儿有泪不轻弹"，大家平时只看得到男儿的笑脸，"栏杆拍遍，无人会，登临意"

是中年男人特有的孤独，"倩何人唤取，红巾翠袖，揾英雄泪"是中年男人特有的渴求。谢安"与亲友别，辄作数日恶"的心情可能还不便于对太太倾诉，幸喜他有王羲之这么个好朋友。他们有相近的家族背景，有相近的文化修养，有相近的社会地位，当然也有相近的负担烦恼，因而他们对彼此的哀乐能莫逆于心。

在谢安的朋友圈子里，王羲之算得上难得的诤友，他多次提醒谢安"虚谈废务，浮文妨要"，但这次对谢安倾吐的苦恼深有同感："年在桑榆，自然至此，正赖丝竹陶写。恒恐儿辈觉损欣乐之趣。""桑榆"指日落时余光斜照在桑榆树梢，常用来比喻人的晚年。这里要稍加说明的是，王羲之"桑榆之年"在今天只能算中年，他本人还不到六十岁就病逝，与谢安对话的时候大概五十左右的光景。年近桑榆自然容易感伤，王羲之只好靠音乐来排遣苦闷，宣泄忧愁，而且还老是怕儿辈们少不懂事，破坏了自己陶醉于音乐的"欣乐之趣"。儿辈们大多"少年不识愁滋味"，哪能理解父辈们"伤于哀乐"的苦衷？

在重要的政治场合，谢太傅镇定自持，王右军现实清醒，可他们在私生活中又是如此儿女情长，到底哪一个谢安、王羲之更为真实呢？其实，二者综合起来才是他们的"真面目"。

魏晋士人既达于智也深于情，王、谢二人正是精神贵族情理并茂的人格标杆。

2. 木犹如此

  桓公北征经金城，见前为琅邪时种柳，皆已十围，慨然曰:"木犹如此,人何以堪!"攀枝执条,泫然流泪。

——《世说新语·言语》

孔子说:"朝闻道,夕死可矣。"在孔老夫子看来,生命的意义就在于悟道和得道,要是早晨能够悟道得道,晚上死了也毫无遗憾。可到了魏晋,儒家的"道"成了人们怀疑甚至嘲讽的对象,嵇康公开宣称自己"非汤武而薄周孔",坦言"老子、庄周吾之师也",并以"六经为芜秽",以"仁义为臭腐"。儒家的仕、义、道、德通通都不值一文大钱,它们甚至是个人生命的桎梏。思想的权威一旦动摇,精神的锁链一旦解开,人们的思维便日趋活跃,情感也日益细腻丰富,我们不再是作为一种伦理的存在,人成了不可重复的特殊个体。既然孔孟之"道"不值得追求,个人的生活就格外值得珍视,我们的生命更值得留恋,所以人们对自己的生老病死特别牵挂,"死生亦大矣,岂不痛哉"!王羲之这句名言喊出了魏晋名士的心声。

这则小品中桓温的感叹,便是对王羲之名言的呼应。

文中的"桓公"就是东晋权臣桓温,他总权戎之权,居形胜之地,很长一段时间专擅朝政,是东晋中期政坛上呼风唤雨的人物,随便举手投足都能叫江左地动山摇。他曾经放出"豪言壮语"说,此生纵不能"流芳百世",也一定要让它"遗臭万年"。一生志在收复中原,为此前后三次统兵北伐。文中这次"北伐"指太和四年(369)伐前燕,与桓温做琅邪内史时间相距约三十年。金城在今江苏句容县北,当时属丹阳郡江乘县北,地当京口(今江苏镇江)与丹阳(今江苏南京)要冲。琅邪故址在今山东临沂,东晋时其地久已沦陷于异族,成帝在丹阳江乘县侨置南琅邪。桓温咸康七年(341)为琅邪内史时出镇金城。"十围"中的"围"是计量圆周的约略单位,即两手拇指和食指合拢起来的长度，也指两臂合抱的长度。十围柳树直径大约三尺，径长三尺而不朽的柳树极为少见，"皆已十围"是约略或夸张的说法。

桓温原本一赳赳武夫，《晋书》本传称温"眼如紫石棱，须作猬毛磔"。东晋士族一向轻视武人，桓温求王坦之的女儿为媳，还被其父王述骂作"老兵"。真没想到，连这样雄豪的"老兵"对自己生命也如此依恋。当他北征前燕途经金城，看到自己三十年前手种的柳树已大到十围时，不禁感慨万端地叹息道："木犹如此，人何以堪！"边说边拉柳树枝条，眼泪不由夺眶而出。柳树已由当年细枝柔条变成现在的老枝拳曲，"十围"参天，种柳人更由青春年少变成白发皤然，世上一切生灵都逃不脱老朽的宿命。桓温从昔日手种柳树的变化，看到了自己的影子和未来。"木犹如此，人何以堪"八字之中，既有大业未成而英雄迟暮的感伤，更有岁月不居而人生易老的喟叹，它不仅展露了桓温精神世界的丰富，也反映了他对生命的执着与留恋。

"木犹如此，人何以堪"成了后世的成语名言，庾信《枯树赋》就以此为典："昔年种柳，依依汉南。今看摇落，凄怆江潭。树犹如此，人何以堪。"桓温这句名言之所以能够打动一代一代的读者，是由于它在对岁月匆匆的无奈与感伤中，表现了对自己一生的珍惜与回味。

只是"木犹如此，人何以堪"稍嫌沉重，陆游老来的喟叹更加迷人："白发无情侵老境，青灯有味似儿时。"年轻时喜欢展望未来，老来后乐于回想往昔，抚摸满脸的皱纹，翻翻过去的照片，真是"别有一番滋味在心头"。青春的生命恰似朝霞满天，我们一定要拼尽全力让它光彩夺目，这样，老去的日子就会像陈年老窖，让你的一生回味无穷。

3. 一往有深情

>桓子野每闻清歌，辄唤"奈何"！谢公闻之曰："子野可谓一往有深情。"
>
>——《世说新语·任诞》

桓子野（子野是桓伊小字）兼具军事干才和音乐天才，《晋书》本传说"伊有武干"，在决定东晋命运的几次大战中屡建奇勋，并以军功拜将封侯。他在战场上运筹帷幄决胜千里，在清谈时又出言机敏常屈座人，特别是对音乐有极高的天赋，史书称他"善音乐，尽一时之妙，为江左第一"。他是东晋的笛子演奏家，是音乐史上有名的"笛圣"。《续晋阳秋》载，袁山松也有很高的音乐造诣，将北人《行路难曲》歌词进行润色，又对原有的曲调进行加工，每当酒酣耳热便歌此曲，听者莫不痛哭流涕。起初，谢安外甥羊昙善唱乐，桓子野善挽歌，袁山松喜歌《行路难》，时人把它们并称"三绝"。

子野有勇有谋有情有趣，是东晋士人中一位难得的奇男子。

这篇小品说桓子野每次听到清歌，就要喊"奈何""奈何"！谢安知道后感叹道："子野可算得一往情深！"

这里还得先掉书袋，解释一下什么是"清歌"。"清歌"通常指清亮的歌声，如晋葛洪《抱朴子·知止》："轻体柔声，清歌妙舞。"古人在诗文中经常说"清歌绕梁"。有时也指无乐器伴奏的歌唱，古代诗文中经常说"咏诗清歌"。当代个别学者认为该文中的"清歌"即挽歌，这种解释有点牵强附会，在训诂上和文献中都难找到证据，就个人有限的阅读范围看，迄今还没有发现谁说过"清歌"即"挽歌"。为什么会出现这种解释呢？这可能是对古代文献的误读。东晋学者葛洪说南方人哭丧模仿北方人的哭法,《艺文类聚》收《笑林》这样一则佚文:"有人吊丧……因赍大豆一斛相与。孝子哭唤'奈何',以为问豆,答曰:'可作饭。'孝子哭复唤'穷已',曰:'适得便穷,自当更送一斛。'"唐长孺先生怀疑孝子哭丧唤"奈何"、唤"穷",是洛阳及其近郊的一种哭法。《世说新语·任诞》篇载,母亲下葬时阮籍也"直言'穷矣'"。其实,"奈何"是常用的感叹词,不只古代北方哭丧时唤"奈何",各地人遇上悲喜之事都唤"奈何",意思是"无可如何""无可奈何""怎么办呵"等。另外,《古今乐录》说"奈何,曲调之遗音",一人唱众人和以"奈何"。

由于桓子野本人是一位杰出的音乐家,他每次听到清歌时便唤"奈何",是因为歌声深深地打动了他。"清歌"并不限于哪一类的歌,无论是欢歌还是悲歌抑或挽歌,只要它们清亮悠扬都能拨动他的心扉,使他不由自主地喊"奈何""奈何"!当然,魏晋名士一般都喜欢唱悲歌和听悲歌,嵇康在《琴赋》中说:"称其材干,则以危苦为上;赋其声音,则以悲哀为主;美其感化,则以垂涕为贵。"正如钱锺书先生所说的那样,当时"奏乐以生悲为善音,听乐以能悲为知音",而最大的悲哀莫过于生死之痛,正如王羲之所说的那样,"死生亦大矣,岂不痛哉"!魏晋士人个体的觉醒,使他们对生死特别敏感,名士们往往通过对死的哀伤,来表现对生的执着与依恋。袁山松是与桓子野同时的另一音乐家,他出游"每好左右作挽歌"。

当然,魏晋名士不独对生死敏感,他们对自然景物、人世沧桑同样会触景生情,引发他们对人生意义的探寻,对生命短暂的感伤——

> 王子敬云:"从山阴道上行,山川自相映发,使人应接不暇。若秋冬之际,尤难为怀。"(《世说新语·言语》)

桓公北征经金城，见前为琅邪时种柳，皆已十围，慨然曰："木犹如此，人何以堪！"攀枝执条，泫然流泪。(《世说新语·言语》)

　　王戎丧儿王万子，山简往省之，王悲不自胜。简曰："孩抱中物，何至于此！"王曰："圣人忘情，最下不及情。情之所钟，正在我辈。"简服其言，更为之恸。(《世说新语·伤逝》)

　　"子野可谓一往有深情"正是王戎"情之所钟，正在我辈"的回响，他听到清歌"辄唤奈何"，正表明他的情感极为丰富，也表明他对音乐的感受敏锐细腻。"魏晋风度"的本质特征就是智慧兼深情，桓子野为人足智而又多情，他堪称"魏晋风度"的理想标本。

　　"子野可谓一往有深情"逐渐由特指变为泛指，由"一往有深情"凝缩为"一往情深"，而"一往情深"至今仍是使用频率极高的成语，子野参与了我们民族情感本体的建构。

4. 子敬首过

　　王子敬病笃，道家上章，应首过，问子敬："由来有何异同得失？"子敬云："不觉有余事，惟忆与郗家离婚。"

——《世说新语·德行》

　　王子敬即东晋大书法家王献之，书圣王羲之第七子，书法史上被誉为"小圣",与其父并称"二王"。《晋书》本传称他"高迈不羁,虽闲居终日,容止不怠,风流为一时之冠"。门第、才华、气质、风度、财富,一个男人希望拥有的王献之样样都有——除了他的爱情和婚姻生活以外。

这样近乎完美的男人怎么可能没有美满的婚姻呢?

王献之前妻是比自己略长一岁的表姐郗道茂,他们从小就青梅竹马,婚后这对小夫妻也十分恩爱。后尚简文帝女儿新安公主司马道福,当上了世人艳羡不已的当朝驸马。不过,王献之本人好像没有人们猜想的那样得意,事实上第二次婚姻使他饱受精神的折磨和灵魂的拷问。他与前妻仳离的原因已不可知,只能从正史和野史记载中寻找一点蛛丝马迹。新安公主的第一任丈夫是桓济,他与兄桓熙参与了杀害叔父桓冲的阴谋,事败后被流放长沙,孝武帝废除了他这位驸马。到底是王献之休妻在先,还是公主寡居在前?公主寡居的时间可以确考,子敬休妻的时间史无明文。遗弃恩爱的前妻而改尚独居的公主,到底是他出于世俗的仕途考虑,还是迫于政坛的强大压力?

古代上层社会的婚姻,原本就是一种政治联姻或权力嫁接的附属品,个人的恋情必须服从于权力的争夺。不过,王献之毕竟不是冷酷的政客,一方面他是朝廷的中书令,另一方面他又是感情丰富修养深厚的艺术家,离不开权势的尊荣,同样离不了爱情的温暖。那位娇贵的新安公主可以满足他的前者,而甜蜜的爱情只能从前妻郗道茂那儿得到。不管是出于何种不得已的苦衷,一个男人休掉自己心爱的妻子,他对前妻必定会终身愧悔和隐痛。大家最熟悉的例子可能就是陆游,他的前妻唐婉没有讨得婆婆的欢心,陆游只得忍痛与爱妻分手,那首《钗头凤》打动了一代又一代读者。诗人直到八十多岁入土之前还在写诗表达对唐婉的愧疚和思念,一遍又一遍地说"唤回四十三年梦,灯暗无人说断肠""林亭感旧空回首，泉路凭谁说断肠""年来妄念消除尽，回向蒲龛一炷香"。遗弃前妻同样是王献之一生的巨痛，我们来看看他与前妻的短札：

> 虽奉对积年，可以为尽日之欢。常苦不尽触类之畅。方欲与姊极当年之匹，以之偕老，岂谓乖别至此！诸怀怅塞实深，当复何由日夕见姊耶？俯仰悲咽，实无已已，惟当绝气耳！

这封短札向前妻暗示了自己与新安公主婚后生活不和谐的苦闷，并表达了自己对她的思念与忏悔。本愿与郗氏"偕老"，却又不得不和她"乖别"，违心地将自己的爱妻休弃，这给王献之造成难以平复的精神创伤，每当念及前妻就"俯仰悲咽"，这种痛苦"惟当绝气"才能"已已"。

这则小品便是"绝气"之前，王献之以自己将断的气息来倾诉自己无尽的忏悔。文中的"道家"指信奉五斗米道的人，大概相当于后世所说的"道士"，史载王羲之和王献之父子都笃信五斗米道。"上章"是道家去病消灾之法，依阴阳五行推测人的寿命吉凶，写成表章后烧香陈读上奏天曹，祈求天曹为人除厄去祸。道士上章的时候病人必须首过，也就是忏悔从七岁有意识以后自己所犯过的错误和罪行。此处的"由来"指七岁以来。道士问王献之七岁以来有哪些过失，他回答说只想起和郗家女离婚这件事，此外自己没有发觉有其他过失。可见，"与郗家离婚"是他一生最大的亏心事，临死他还觉得自己有愧前妻。

离婚让王献之十分痛苦，对郗氏更加不幸。郗道茂嫁给王家不到一年，她父亲郗昙便病逝，没过多久女儿夭折，接下来又被丈夫休弃，转眼之间,她从万人羡慕的贵妇变为孤苦伶仃的弃妇。被休后的郗道茂无人可靠,无家可归,据说后来在叔父家中度过余生。

郗道茂这一切是谁造成的呢?

王献之能无愧吗?

第十一章

血性

魏晋名士的文采风流固然令人无限神往，武夫或士人的雄迈豪情同样让人肃然起敬，如刘琨之枕戈待旦，祖逖之击楫中流，王敦之扬槌击鼓，王述之"何为复让"，庾翼之"辞情慷慨"，生动地表现了一代男儿的雄强豪迈。《世说新语》中描写了面如敷粉的何晏，不胜罗绮的卫玠，同时也记述了"鬓如反猬皮，眉如紫石棱"的桓温，还有"凶强侠气"的周处，书中大量的篇幅给了清谈名流，这些刻画武人的小品弥足珍贵，寥寥几笔就为我们勾勒出一群有血有肉有棱有角的血性男儿，让我们能一睹"另一种"魏晋风度——

1. 王敦击鼓

王大将军年少时，旧有田舍名，语音亦楚。武帝唤时贤共言伎艺事，人皆多有所知，唯王都无所关，意色殊恶，自言"知打鼓吹"。帝令取鼓与之。于坐振袖而起，扬槌奋击，音节谐捷，神气豪上，旁若无人。举坐叹其雄爽。

——《世说新语·豪爽》

王大将军即王导从兄王敦，他从小的长相就非常凶狠，时人见他后便评论道："君蜂目已露，但豺声未振耳。"古人常以"蜂目豺声"形容凶恶残忍的神态性情。成人后的王敦绝非莽撞武夫，史书称他"口不言财利"，性尚简略而识有鉴裁，经略指麾能决胜千里之外，很早就为族兄王戎所惊异和赏识。即使后来手控重兵"滔天作逆"，《晋书》史臣仍然赞叹道："王敦历官中朝，威名宿著，作牧淮海，望实逾隆……弼成王度，光佐中兴，卜世延百二之期，论都创三分之业，此功固不细也。"

这则小品通过击鼓的细节，为我们勾勒了王敦强悍豪迈的雄风。

文章前面三句交代王敦的音容笑貌："旧有田舍名，语音亦楚"——操一口土里土气的南蛮乡音，模样更像个呆头呆脑的乡巴佬。这副模样夹在一群风雅的名士中间，使他看起来要多滑稽就有多滑稽。王敦并非楚人，为什么说他"语音亦楚"呢？原来西晋全盛之时，京城洛阳士大夫鄙视外郡人，把外地人的乡音统称为"楚音"。

接下来的场面更让他难堪：晋武帝司马炎召集当世贤达一起谈论歌舞艺术，每个名士都侃侃而谈，大家对艺术似乎无所不知，无所不会，举止都很优雅，谈吐更是从容，唯独王敦"都无所关"——他对人们谈论的艺术都没有涉猎过，不只看上去像个粗人，他的艺术修养也很粗鄙。作者用"意色殊恶"写尽了他的尴尬，"殊恶"是说他的脸色特别难看。像王敦这么要强的人，怎能忍受这种被人嘲笑和蔑视的氛围？一股倔强之气鼓动着他自告奋勇地说："知打鼓吹。"武帝马上令人拿鼓给他，在这种场合要为名士们击鼓，大家都在等着看他的笑话：意在逞强，可能出丑。

没想到等鼓一送来，憋了一肚子闷气的王敦马上"于坐振袖而起，扬槌奋击"。你看他那"振袖而起"的激情，那振臂"扬槌"的强劲，那"神气豪上"的气概，那"旁若无人"的自得，再听他那"奋击"而出的雷鸣鼓声，那"音节谐捷"的隆隆音响，让那些手无缚鸡之力的文人雅士惊呆了，他们由衷地"举坐叹其雄爽"。转眼之间，王敦由一个被人鄙视的粗人，变成了一个被人仰视的豪杰，由一个被冷落一边的莽汉，变成了人们所注目的焦点。整个皇宫都响彻了他"奋击"的鼓点，整个会场他成了主宰的中心。

文章抑扬顿挫的行文手法，跌宕起伏的篇章结构，简洁峭峻的刻画艺术，只用寥寥八九十字，就把这位雄豪的壮士描写得栩栩如生，把那些文弱书生反衬得像小白脸。我们不得不赞叹王敦男子汉的豪气，更不得不佩服作者技巧的高明。

2. 壮怀激烈

王仲处每酒后，辄咏"老骥伏枥，志在千里，烈士暮年，壮心不已"。以如意打唾壶，壶口尽缺。

——《世说新语·豪爽》

王敦人称"王大将军"，字仲处，小字阿黑，是东晋辅佐中兴的开国元勋，也是恃势骄陵图谋篡逆的叛将。他这种有棱有角有胆有识的枭雄，爷高兴时可以让天下安，爷不高兴时可以叫天下乱。你可能不敬重他，但你不可能不畏惧他；你也可能仇视他，但你绝不可能藐视他。

史书说他从小凶顽刚暴,不仅胸有大志,而且识多远谋,更加之为人冷酷。《世说新语·汰侈》篇载,石崇每次宴请宾客时都要豪饮,每次豪饮都让美人斟酒劝客,哪次客人要是没有一饮而尽,就令仆人轮流杀掉劝酒的美人。王导和王敦一起拜访石崇,王导向来不善饮酒,怕美人丧命便勉力强饮,一直喝到酩酊大醉。轮到王敦时他故意不饮以看热闹,石崇家连杀了三个劝酒美人,他仍然"颜色如故,尚不肯饮"。王导事后责怪他,王敦若无其事地说:"他杀自家人,干你何事!"王敦之冷血残忍可见一斑。

不过,人是世间最复杂多面的动物,《世说新语》称"王仲处世许高尚之目",即世人给王敦"高尚"的品评,另一方面王大将军也"自目高朗疏率,学通《左氏》",就是说将军的自我感觉也非常好,给自己的评价是"高尚、爽朗、疏放、率真,学问上还精通《春秋左氏传》"。品性是否高尚不必较真,学问是否渊博也无从考论,但他与曹操"一见倾心"肯定不会有假。这则三十多字的小品,细腻生动地揭示了他的胸襟、志向与豪情。

王敦每至酒酣耳热,血气奔涌,总要诵咏曹操《步出夏门行·龟虽寿》一诗中的名句:"老骥伏枥,志在千里,烈士暮年,壮心不已。"曹公其人雄豪霸气,自然使王敦心存仰慕,其诗同样沉雄骏爽,更能激起他的万丈雄心。曹操有"周公吐哺,天下归心"并吞天下之志,王敦也有"手控强兵,问鼎天下之心",他们的目标都"志在千里",他们的为人都"壮心不已",历代诗人中大概只有曹操与他最能"心心相印"。文后这一细节尤其传神:"以如意打唾壶,壶口尽缺。"如意是古代一种日用器物,柄端制成手指的形状,用来搔痒可如人意,因而被称为"如意"。用骨、角、玉、铁、铜、竹或木制成,长短古今不同，或三尺或一二尺，近似于今天搔痒的"不求人"。唾壶就是今天说的痰盂。《世说新语》有一注家说王敦是"以如意打玉唾壶"，《晋书·王敦传》说"以如意打唾壶为节"，可见，王敦是边高歌曹操"老骥伏枥"诗句，边用如意打玉唾壶为节拍，歌咏之声与敲击节拍一起有一种金声玉振的共鸣，直到唾壶口全都被敲成一个个缺口。即使当年没有录像和录音，千载之后我们仍能想见王敦那虎虎生气，能够感受他那勃勃的雄心。

俗话说"自古英雄惜英雄"，东晋另一位"久有异志"的枭雄桓温对王敦满怀敬意，《世说新语·赏誉》篇说："桓温行经王敦墓边过，望之云：'可儿！可儿！'""可儿"是当时口语，意即"能干人"或"可意人"，与今天的"好角色"相近。暂且撇下忠君这一道德评价，王敦算得上敢作敢当的"可儿"，有勇有谋的大丈夫，他边歌"志在千里"边打唾壶的情景真叫人神往！

3. 正气与霸气

　　王大将军始欲下都，处分树置，先遣参军告朝廷，讽旨时贤。祖车骑尚未镇寿春，瞋目厉声语使人曰："卿语阿黑，何敢不逊！催摄面去，须臾不尔，我将三千兵槊脚令上。"王闻之而止。

　　　　　　　　　　　　——《世说新语·豪爽》

很少人不知道"闻鸡起舞"这个成语，但很少人知道"闻鸡起舞"的祖逖。这则小品中的主角"祖车骑"即祖逖。作者用简洁的笔法刻画了东晋政坛上这位传奇人物：写他面对邪恶的凛然正气，写他面对强手的强悍霸气。

不熟悉当时的政治环境和祖逖的个性人品，就很难读懂这则小品。

"王大将军"就是那位重兵在握的王敦。东晋经济和军事的重心在荆、扬二州，此时王敦晋职镇东大将军、开府仪同三司，加都督江、扬、荆、湘、交、广六州诸军事，于是便露出"蜂目豺声"的虎狼本性，已经不满足于"专擅朝政"，正在加速实现"问鼎"野心，希望自己马上从称"臣"变为称"朕"。"始欲下都"是指王敦想从武昌来建康，都城在武昌的下游。来都城的目的是要"处分树置"，也就是要对政府各人事部门进行重新安排设置。"处分树置"四字表明臣强君弱的处境，他一人似乎可以摆平朝政，不只是"目中无人"，简直就是"目中无君"。先派遣军府中的佐僚参军告之朝廷，顺便也向都城贤达委婉传达自己的旨意。虽然暂时还没有废君自立，但要一人进退百官主宰朝廷。

祖逖当时尚未镇守寿春，人正好还待在京城。见王敦如此猖狂放肆，他马上瞪眼严厉警告王敦使者说："你赶快去告诉阿黑，怎敢来这里撒野无礼！叫他马上收起脸乖乖回去，别来朝廷张牙舞爪。要是稍有耽搁，我要率三千兵甲用长矛戳他的脚，让他滚回武昌。"他直呼王敦"阿黑"小名以示轻蔑。"摄面"就是收起或裹起脸面，"给我放老实点"的意思。"上"与前文"下都"相对，指溯江而上回到武昌。这段话无异于警告王敦：有我祖逖在，看谁敢胡来！

没有想到，开始不可一世的王敦竟然"闻之而止"；更没想到，王敦不害怕皇帝却畏惧祖逖！

祖逖何许人也？史称他从小就"轻财好侠，慷慨有节尚"，年轻时邀好友刘琨"闻鸡起舞"练剑，国家大乱后"常怀振复之志"。他率领军队过江北伐中原，中流击楫对大江发誓说："祖逖此去定要驱除敌寇，重整山河！"见将军"辞色壮烈"，士卒无不慷慨激昂。他不只是豪爽英武，处事"又多权略"，可惜天不假年，五十六岁便病死于战场，没有完成恢复中原的大业。

《世说新语·赏誉》篇载："刘琨称祖车骑为朗诣，曰：'少为王敦所叹。'"他的挚友刘琨称赞他开朗豪放，很小便为王敦所赞叹不已。可见，枭雄王敦对祖逖的霸气、胆识和才华敬畏三分。《晋书·祖逖传》说"王敦久怀逆乱，畏逖不敢发"，等他死后"始得肆意焉"。

小品中祖逖这几句威严的斥责警告，避免了国家动乱和生灵涂炭，也让我们见识了什么是民族的"血性男儿"，什么是英雄的"浩然正气"，什么是国家的"中流砥柱"。

4. 何必谦让？

> 王述转尚书令，事行便拜。文度曰："故应让杜、许。"蓝田云："汝谓我堪此不？"文度曰："何为不堪，但克让自是美事，恐不可阙。"蓝田慨然曰："既云堪，何为复让？人言汝胜我，定不如我。"
>
> ——《世说新语·方正》

我国向来称为"礼仪之邦"。在建构、塑造、规范国人的文化—心理结构中，"礼"作为一种文化模式起着极其重要的作用，它使人自身的自然不断人化，使人的行为举止合乎社会要求。假如没有一定的礼节，全社会就会像火车没有铁轨，人的一言一行完全出于生理的冲动，社会势必由于混乱冲突而解体。总之，是"礼"使社会机器能正常运转，使人越来越成为"人"。

但是，又正是"礼"使人日益成为"非人"，使自我日益成为"非我"。人类制定出许多礼节来，其本意是要它们为人类服务，使人类不断远离兽性而完善人性，然而，随着历史的发展和社会的进化，"礼"有时成了人自身的桎梏，人成了繁文缛节礼教的牺牲品。人必须扭曲自己以合乎礼节，高兴了不敢开怀大笑，悲痛时不能号啕大哭，于是，人日益僵化、贫乏、枯萎、虚伪……

魏晋人的觉醒本质上就是对礼教的反叛，从虚伪的名教世俗中返回到生命的本真。王述就是一位嫉恶虚伪任性而行的可爱人物。王述字怀祖，袭爵蓝田侯，人称"王蓝田"。晋简文帝常说王述"以真率胜人"。当时的权臣王导每次讲话，左右的人总要肉麻地吹捧一番。王述见此十分讨厌地说："人非尧舜，何得每事尽善！"

此文是王述升官后与儿子王坦之的一则对话。

王述每次接受朝廷的委任都不虚情假意地推让，假如推辞就真不想或真不能任职。这次升任尚书令，任命一下来他便就职，绝不像其他世故同僚那样，假惺惺地再三"固辞"，内心明明想高升想得发疯，表面上却装出一副恬退淡泊的模样。他那位字文度名坦之的儿子，反而比父亲世故得多，认为就职前应该谦让一番，无论如何要做做样子给人家看。王述问儿子说："你是认为我不能胜任此职？"儿子回答说："爸爸怎么会不胜任呢？但克己谦让总是一种美德，这一套程序是少不得的。不妨表面上推让给杜、许二人。"可见，礼的力量多么强大，它把人一层层地包裹起来，使人像模子里铸出来的标准产品。大家操同一种腔调，说同一种套话，持同一种态度，人们都像机械那样应世观物，最后彼此都成了被礼教塑造出来的木偶。

王述对儿子这般圆滑大为恼火，"既云堪，何为复让？"——既然觉得我能够胜任，又何必还要去谦让呢？他甚至毫不隐讳地表达了自己对儿子世故的鄙夷："人言汝胜我，定不如我。"

"既云堪，何为复让？"王述的回答真掷地有声，可惜，像他这样方正刚强又豪爽坦荡的血性男儿，今天的神州大地上实在太少了！

5. 生气懔然

> 庾道季云："廉颇、蔺相如，虽千载上死人，懔懔恒如有生气；曹蜍、李志虽见在，厌厌如九泉下人。人皆如此，便可结绳而治，但恐狐狸猯貉噉尽。"
>
> ——《世说新语·品藻》

有的人在一个寝室同窗四载，一分手后就记不起他的模样；有的人哪怕只有一面之缘，一辈子也忘不了他的音容笑貌。个中缘由是前者既无生气又无个性，后者则个性鲜明又生龙活虎。

就给人们留下的鲜明印象而言，不仅熟人常常不如生人，而且还可能活人不如死人。晋朝庾龢就曾毫不客气地批评自己的两位同辈说：廉颇、蔺相如虽然是作古一千多年的死人，但他们懔然刚烈的形象好像至今还活着；曹蜍、李志现在虽然还活着，但他们了无生气的模样活像九泉之下的死人。要是人人都像他们这个样子，我们可以退回到结绳而治的远古时代，完全用不着语言文字和聪明才智，不过，大家恐怕被狐狸、野猪、貉子等各种野兽吃个精光。

让庾龢赞不绝口的廉颇和蔺相如，在战国后期，一为赵国的名将，一为赵国的名臣。廉颇几乎是一位常胜将军，他率军讨伐齐国大获全胜，长平之战前期成功抵御了强大的秦军，长平之战后粉碎了燕国的入侵，并打得燕国割让五城求和，这一连串胜仗不仅使他成为赵国的中流砥柱，也使他与白起、王翦、李牧并称为"战国四大名将"。蔺相如更是既足智多谋又虚怀若谷，"完璧归赵""负荆请罪"等成语至今仍有极强的生命力。他和廉颇在历史舞台上的英姿至今仍让人热血沸腾，他们的英气至今仍旧虎虎生风。与庾龢同时的曹蜍、李志，如今几乎没有人记得他们的名字，要不是庾龢鄙夷地提到他们，估计谁也没有兴趣去考查他们的身世。曹茂之字永世，小字"蜍"，彭城（今江苏徐州）人，生卒年不详，东晋穆帝司马聃时偶尔有人提到他。他的祖父曹韶西晋末为琅邪王司马睿镇东将军司马，父亲曹曼仕至尚书郎，说起来要算是"官二代"。李志字温祖，东晋江夏钟武（今衡阳）人。官至员外常侍、南康相，是与王羲之同时的书法家，《晋百官名》《墨池巢录》都有与他相关的记载。"曹蜍李志之才"当时就是庸才的代名词。

庾龢字道季，东晋外戚和名臣庾亮之子。他为文下笔琳琅，谈吐更敏捷机智，一时名流显宦对他语多赞美，连谢安也称赞"道季诚复钞撮清悟"（聪明敏捷），这一半可能是其门第高贵既让人不敢不服，一半可能是其文才口才也让人由衷佩服。当然，他对自己的才华自然十分自负，对别人的评价也很少敷衍奉承。我们来看看他如何论己论人："庾道季云：'思理伦和，吾愧康伯；志力强正，吾愧文度。自此以还，吾皆百之。'"（《世说新语·品藻》）康伯即吏部尚书韩伯，东晋公认的清谈高手；文度即王述之子王坦之，为东晋清谈名士和政坛显要。虽不能说完全目中无人，多少也有点眼空四海。没有十足的底气和傲气，断然不会对曹蜍、李志两位同辈作出如此苛评。

现在无从得知庾龢谈话的具体语境，从史料的粗略记载来看，这俩人算不上天才，但也绝非笨蛋，曹蜍、李志和我们大家一样属于"中人"或"常人"，单拿他们两人说事无疑有失公平。就《世说新语》有关庾龢的几则小品来看，他喜欢"仰望自己"而"俯视他人"，不仅背后论人十分刻薄，就是当面也不假辞色。不过有一点大概可以肯定：曹蜍、李志这两位老兄，被礼法名教调教得没有个性，没有棱角，没有胆量，没有才情，是那种我们都很熟悉的"老好人"。

且不说庾龢对曹蜍、李志的酷评是否冤枉，单说说庾龢这则短文所隐含的论人标准。假如找不到德才兼备的贤人，你愿意与四平八稳的庸人为伍，还是选择与狡猾能干的人精共事？庾龢显然宁可与人精共舞，也决不会与庸人同行。周围若全是驯良听话的庸人，社会可以退回到结绳而治的时代，可以像老子所说的那样"弃圣绝智"，但用不了多久大家都将被老虎豺狼吃光，庸人标志着民族人种的退化。做大恶没胆，积大善无才，这是庸人的典型特征，这也是社会停滞的原因。推动历史巨轮前进的动力，不是退让善良，而是贪婪占有，所以有人欣赏老虎的奔跑，却不喜欢看肥猪的蠢动。连对弱者满怀仁爱的伟大诗人杜甫，年轻时对俗物庸人也是满脸不屑，他老来在《壮游》一诗中说："性豪业嗜酒，嫉恶怀刚肠。脱略小时辈，结交皆老苍。饮酣视八极，俗物多茫茫。"早年的咏画诗《画鹰》更说："何当击凡鸟，毛血洒平芜！"这两句的意思是说，什么时候让凶猛迅疾的雄鹰，去搏击那些平庸可憎的凡鸟，把它们的毛和血洒在草木丛生的旷野上。

庾龢这则小品还给我们提出教育宗旨这一大问题，我们到底应该培养什么样的人才？我们应该培养乖乖听话的绵羊，还是应该造就刚烈勇猛的虎豹？如果教育是为了扼杀学生的个性，磨光学生的锋芒，打掉学生的棱角，让他们没有质疑的精神，没有挑战的勇气，没有昂扬的激情，满眼全是低眉顺眼的奴才，到哪里去找廉颇和蔺相如这种卓尔不群的豪杰？

6. 自励自新

周处年少时，凶强侠气，为乡里所患。又义兴水中有蛟，山中有邅迹虎，并皆暴犯百姓，义兴人谓为"三横"，而处尤剧。或说处杀虎斩蛟，实冀三横唯余其一。处即刺杀虎，又入水击蛟。蛟或浮或没，行数十里，处与之俱。经三日三夜，乡里皆谓已死，更相庆。竟杀蛟而出。闻里人相庆，始知为人情所患，有自改意。乃自吴寻二陆。平原不在，正见清河，具以情告，并云："欲自修改，而年已蹉跎，终无所成。"清河曰："古人贵朝闻夕死，况君前途尚可。且人患志之不立，亦何忧令名不彰邪？"处遂改励，终为忠臣孝子。

——《世说新语·自新》

这是一个失足青年的励志故事，一个浪子回头金不换的典型。

周处是三国义兴阳羡（今江苏宜兴市）人，父亲周鲂曾任鄱阳太守。因年幼时父亲就离开了人世，又因他生得膂力过人，更因他为人"凶强侠气"，青少年时期就没有人愿意也没有人敢来管教他。成人后他在乡里横行霸道，乡亲们无不对他又怕又恨。那时义兴水里常有蛟龙害人，山中常有邪足猛虎出没，再加上常常行凶斗狠的周处，义兴人把这三样一起称为"三横"，"三横"中又要数周处为害最大。有一乡民忽然心生一计，鼓捣周处杀虎斩蛟，本意是想以毒攻毒，希望能使"三横"中只剩一横。周处没有看出这是对付自己的"阴招"，一向要强逞能的周处还真的上山杀了猛虎，又跳入水中去斩击蛟龙。人与蛟相搏十分激烈，时而沉入水中，时而浮出水面，这样一直在水里相持几十里远，周处始终与蛟龙厮杀扭打在一起，经过三日三夜后，周处没有从水中钻出，蛟龙也没有在水面浮起，乡里人以为周处和蛟龙一起完蛋了，于是大家奔走相告相互庆贺。哪知周处力大命大，他杀死蛟龙后又冲上岸来。回家见到乡邻因自己死去而欢天喜地，才知道自己在乡人眼里是一大祸害，明白他们对自己痛恨到了什么程度，于是便有了悔改之意。这样，他跑到吴郡去找陆机、陆云兄弟，不巧陆机外出，只见到陆云，便把事情的经过一五一十告诉了他，还向他倾诉了自己的困惑："很希望能改邪归正，又觉得自己老大不小，人生最好的光阴已经虚度，恐怕最终还是一无所成。"见他真心弃恶从善，陆云便鼓励他说："古人从来重视'朝闻夕死'，何况你还正富年华，将来前程未可限量，而且人最怕的是不能立志，不用担心美名不能传扬。"

周处从此便改过自新，史称他后来励志好学，志存义烈，言必忠信，成了历史上有名的忠臣孝子，还撰有《风土记》《墨语》和《吴书》。仕吴为东观左丞、无难都督，吴灭后历任新平太守、广汉太守、散骑常侍等职，在地方任上除暴安良，居近侍时不避权贵，朝臣大多畏处强直。刚好氐人齐万年谋反，那些被弹劾过的大臣想置他于死地，便派他作为前锋攻打叛军。伏波将军孙秀知道此去凶多吉少，劝他以家有老母加以推辞。他谢绝了孙秀的好心劝告："忠孝之道，安得两全！既辞亲事君，父母复安得而子乎？今日是我死所也。"既然辞亲事君就难再做孝子，既然走上前线就没有打算活着回来！征西大将军梁王肜正是他纠弹过的污吏,与敌交锋后处处给他设阻,最后他因寡不敌众战死沙场。《晋书》本传称他为"轻生重义殉国亡躯"的"志节之士"。

这则小故事艺术上写得十分精彩,情节上不断波澜迭起,结局上更让人"拍案惊奇":乡人把他与蛟龙猛虎合称"三横",可他凭一己之力杀猛虎斩蛟龙,舍身为乡民除害;搏杀蛟龙三日三夜见不到人影,都以为他已经与蛟龙同归于尽,谁会料到他却安然无恙上岸生还;斩龙杀虎不仅没有得到半句感谢,乡亲还为他的死亡举杯相庆;看到乡亲们对自己"恩将仇报",凶杀成性的周处非但没有大开杀戒,这反而成了他改邪归正的契机。

这则小故事的内容也引人回味:周处杀虎斩蛟只是由于乡亲的鼓动?是由于他想在乡亲们面前逞能才使出匹夫之勇,还是他自己早有为民除恶的善良动机?周处后来不只是驰骋疆场的将军,也不只是精明干练的能吏,还是一位著书立说的学者,可见杀虎斩蛟之前不可能不知道这一行动的风险,也不可能看不出乡亲叫他杀虎斩蛟的用意,周处并不是使力不动脑的莽夫。他弃恶从善的契机是受了乡亲庆贺自己死亡这一事件的刺激,可是这一事件完全可能引出另一相反的情感反应,他也可能更加仇恨"恩将仇报"的乡亲。看到乡亲庆贺自己死亡满面羞惭,并由此而对自己进行深刻反省,其内在动力是由于强烈自尊,还是由于他的良知未泯?俗话说"江山易改,本性难移",这好像是说"胚子坏了"便一生坏,永远也别想改变他,狗子至死都喜欢吃屎。可我们还有个成语叫"脱胎换骨",这好像又是在说"胚子坏了"并不可怕,只要有壮士断腕的决心,就可以使自己改头换面重做新人。"性本善"还是"性本恶"争论了几千年,其实脱离了具体的人事和环境,对此的争论毫无意义。流氓地痞有时也心存善念,圣贤大德有时也偶有恶意，行善作恶往往只在一转念之间。"三岁知老"这种说法值得商榷，从前的恶少老来可能成为善人，过去的好人后来可能变为恶棍，杀人不眨眼的刽子手可能放下屠刀立地成佛，"慷慨歌燕市，从容作楚囚"的志士可能变成卖国求荣的汉奸。天气预报尚且经常出错，对人的预判错误更多。周处一生的变化为我们提出了教育学、伦理学、心理学、哲学等复杂课题。

可惜，这则小品虽为充满"正能量"的好故事，但完全不符合历史的真实。周处死于晋惠帝元康七年（297），时年六十岁，生年当在吴大帝赤乌元年（238），陆机的生卒年是261至303年，周处比陆机年长二十四岁，他杀虎斩蛟的时候陆机也许还没有出生，更别说他的弟弟陆云了，所以他与陆云对话纯粹是小说家虚构。

作家编的故事不合史实，但情节发展很合情理，读起来更非常有趣，所以我们甘愿做一个乐意受骗的傻子。

7. 兄弟道别

> 周叔治作晋陵太守，周侯、仲智往别。叔治以将别，涕泗不止。仲智恚之曰："斯人乃妇女，与人别，唯啼泣！"便舍去。周侯独留，与饮酒言话，临别流涕，抚其背曰："奴好自爱。"
>
> ——《世说新语·方正》

周叔治就是周谟，历任少府、丹阳尹、晋阳太守、侍中等职。周颛字伯仁，袭父爵武城侯，人称"周侯"。仲智是周嵩字。东晋这周氏三兄弟中，周顗老大，周谟老幺。他们父亲周浚是晋朝开国元勋，所以周氏兄弟在东晋并受重任。

小弟周谟不知何故外放晋陵太守，大兄周顗二兄周嵩前往送别。今天哪怕沙尘暴和雾霾再厉害，大家打破头也要挤进北京，古人也同样喜欢做京官不愿外放。小弟离开京城时心情抑郁感伤，在两位哥哥面前撒娇流泪。离别落泪本属人之常情，没想到二哥周嵩如此不体恤人情，不仅不安慰伤心落泪的弟弟，反而气愤轻蔑地指责他说："你怎么像个娘儿们，与人分别就只知道流泪！"说罢撇下弟弟掉头而去。老大可不像老二那样不通人情，他一个人留下来与小弟饮酒话别，临别时自己也泪流满面，还抚着周谟的背说："小弟，好好照顾自己吧。""奴"是当时长辈对晚辈或兄长对弟弟的昵称。

小品通过兄弟道别这一简单场面，生动地刻画了兄弟三人的性格特征：老大宽厚慈爱，老二偏激狷狭，老三多愁善感。

《晋书》载，周顗为人直爽而又宽容，周嵩性格狷侠爽直且恃才傲物。一次，周嵩酒后瞪着大眼对周顗说："君才不及弟，何乃横得重名！"意思是说你的才能比不上我，怎么无故得到这样的盛名呢？说着，以所燃的蜡烛投向老兄。周顗神色平静地对二弟说："老弟火攻，实出下策。"周顗神明秀彻恳挚，与人为善却不媚俗阿世，位居显位又能清约自守，因此以雅望令誉蜚声士林，是东晋初期政坛上的核心人物。周嵩则因其矜豪傲慢和轻侮朝官几次被黜。周谟无远略宏图，终生只居官守职而已。

"性格即命运"，谁说不是呢？

第十二章
风姿

如果说智慧、妙赏和深情，构成"魏晋风度"的内在特质，那么美貌、美酒、清言，就是妆点"魏晋风度"的光环。

今天谈到美貌人们更多想到的是美女，魏晋人谈到风姿时更多是指美男。美男不仅让女性神魂颠倒，也让男性倾倒膜拜。当年潘岳拥有女粉丝无数，在洛阳大街上常被少女少妇们团团围住；韩寿因"美姿容"让贾女魂不守舍，第一次约会就以身相许；卫玠更使得洛阳和建康男女为之疯狂，以致造成"看杀卫玠"的悲剧。"风姿特秀"的嵇康是壮美的典型，"岩岩若孤松之独立"使他成为名士心目中的男神，哪怕死后多年提到他仍旧满脸崇敬。

美男不能没有漂亮的脸蛋，但又不能只有漂亮的脸蛋。以优雅的举止表现潇洒的风度，以俊美的面容展示卓越的才智，这种人才是"魏晋风度"的理想标本。

1. 龙章凤质

> 嵇康身长七尺八寸，风姿特秀。见者叹曰："萧萧肃肃，爽朗清举。"或云："肃肃如松下风，高而徐引。"山公曰："嵇叔夜之为人也，岩岩若孤松之独立；其醉也，傀俄若玉山之将崩。"
>
> ——《世说新语·容止》

日本学者笠原仲二在《古代中国人的美意识》中说，中国先民很早就有了美意识。单就春秋战国来说，爱细腰的楚王审美眼光就很前卫，效颦的东施也有几分可爱，与城北徐公比美的邹忌更有自知之明。但像魏晋人那样爱美爱到几近疯狂的程度，在中国古代大概是独一无二。在洛阳大街上少女少妇们围住潘岳不放，比今天的追星族还要痴迷。另一美男子卫玠从南昌来到南京，一路上观者像一堵堵围墙，弄得本来就体弱多病的卫玠一病不起，当时人们就痛心地说"看杀卫玠"。

如果说潘岳、卫玠等人的秀美让许多异性欣赏，嵇康的风姿则使无数男女倾倒。当然，嵇康颠倒众生的"风姿特秀"，还不只是凭好身材和好脸蛋。《世说新语·容止》载："王敬豫有美形，问讯王公。王公抚其肩曰：'阿奴，恨才不称。'"王导公子王恬（字敬豫）姿容俊俏，有一天去看望他父亲。王导拍着他的肩膀说："小子，你的才华要是像你的容貌那么出众就好了，可惜你的才配不上你的貌。"王导的遗憾恰如《红楼梦》对贾宝玉的指责："纵然生得好皮囊，腹内原来草莽。"魏晋人心目中理想的美男子是以迷人的风姿展示过人的智慧——形俊于外，才蕴其中。嵇康是正始时期的精神领袖，也是那一代人理想美男子的典型。

这则小品着力写嵇康的"风姿"。作者一开始就交代嵇康"身长七尺八寸"。三国时一尺比现在短一些，大约相当于现在的24.2厘米，1.89米的个子在今天也堪称高大魁梧。接着再以"特秀"二字形容其"风姿"。可见，不同于潘岳白面书生的秀美漂亮，也不同于何晏的粉雕玉琢，更不同于卫玠的柔弱纤秀，嵇康挺拔而又俊朗，雄健而又飘逸。

既然是写嵇康的"风姿"，作者就不会对嵇康容貌进行描头画脚，而是集中笔墨刻画他的风度仪态；可风度仪态又最难写实，于是作者或形容取譬，或侧面点染。先借"见者"之口赞叹说："萧萧肃肃，爽朗清举。"潇洒往往易于轻浮，严肃往往失之古板，清高往往显得孤傲，但嵇康既风度潇洒又仪态严正，既爽朗清明又高峻飘逸。如果只这样描写还有点抽象模糊，接下来再用风、松和山来比喻风姿。有人觉得嵇康"肃肃如松下风，高而徐引"，他像松林中飕飕作响的风一样飘洒，是那么清高、舒展和从容。他的朋友山涛则用另两种物象形容他的风姿："嵇叔夜之为人也，岩岩若孤松之独立；其醉也，傀俄若玉山之将崩。"嵇康站起来像悬崖上的孤松一样孤傲高峻，遗世独立，他醉酒倾颓的样子酷似嵬峨玉山的崩塌。嵇康站姿固然昂首挺立，醉貌同样仪容高贵，他的风姿兼具雄健与优雅、挺拔与洒脱，把男性气质风度展示到了美的极致。刘峻注引《嵇康别传》说："康长七尺八寸，伟容色，土木形骸，不加饰厉，而龙章凤质，天质自然。正尔在群形之中，便自知非常之器。""龙章凤质"是对嵇康"风姿"最生动的描写，展示了龙的卓尔不群和凤的飘逸优美。

尤其难得的是，嵇康的"龙章凤质"展露了他的高才远趣。他是魏晋玄学的代表人物，是正始时期思想界的领袖，也是文学史上的著名作家和诗人。他的长篇哲学论文《声无哀乐论》,一直是魏晋士人清谈的主要话题之一;他的《与山巨源绝交书》等文章,早已是家喻户晓的经典散文;他的诗歌像他的为人一样清峻洒脱,"目送归鸿,手挥五弦"这一优美的诗句,不难让人想象出诗人那潇洒的风姿;他遇害前从容弹一曲《广陵散》,嵇康刚烈峻伟的形象至今让人高山仰止……

2. 以貌取人

> 潘岳妙有姿容,好神情。少时挟弹出洛阳道,妇人遇者,莫不连手共萦之。左太冲绝丑,亦复效岳游遨,于是群妪齐共乱唾之,委顿而返。
>
> ——《世说新语·容止》

"人不可貌相,海水不可斗量",言谈中人们对这句俗语的正确性从未置疑,行动上大家对这句俗语却从来置之不理。从古代孟老夫子见梁襄王后"望之不似人君"的恶劣印象,到今天青年人找对象对身高外貌的要求,无一不说明以貌取人是一种生活常态。为了在职场上占有优势,为了在情场上战胜情敌,为了在社会上春风得意,青年男女都热衷整容,正像莎士比亚说的那样,"上帝给了她一张脸,自己又要再造一张"。连老爷爷老奶奶也想给自己换一张脸或换一张皮,要使自己看起来"今年八十,明年十八"。谁不知道"人不可貌相"?谁又能避免不"以貌取人"?这种"口是心非"的确"古已有之",今人不过是"变本加厉"而已。

魏晋之际的官二代荀粲就曾说过一句让人们瞠目结舌的名言："妇人德不足称，当以色为主。"别以为只是男人好色，《世说新语·容止》篇中这则小品表明，女性在好色这点上可能比男性更加疯狂。西晋文坛领袖之一的潘岳天生风流倜傥，仪态优雅，神采照人。年轻时携带弹弓走在洛阳道上，妇女只要一遇到他，都要拉起手来围着他看个够。《晋书·潘岳传》还说女孩看见他后，莫不手拉手将他团团围住，向他扔去好吃的水果。这使我们想起前些年刘德华在大陆的情景，有些粉丝与刘德华握手后几天不洗手，有些粉丝为了见刘德华一面不惜熬夜奔波。余嘉锡先生为这些潘岳粉丝辩解说，这不过是"老年妇人爱怜小儿"，可联系下文这一辩解就不太有力。文中的"左太冲"就是西晋著名作家左思，史书说这位老兄长得"绝丑"，又不注重仪表修饰，更要命的是还有严重的口吃。他也像潘岳那样到洛阳大街上闲逛，于是一群妇女一齐向他乱喷唾沫，弄得他只好狼狈而归。对美男子像闻腥，对丑男人如避臭，这不仅仅是以貌取人，简直是好色太过！

其实，潘岳内心世界可没有他的身材脸蛋那么动人。史书说他为人轻躁势利，为了飞黄腾达去巴结权贵贾谧，"与石崇等谄事贾谧，每候其出，与崇辄望尘而拜"。"趋势利"而不惜出卖自己的人格和尊严，潘岳"干"的真没有他"长"的那样"好看"。只是卑微世故也就罢了，他那虚伪更叫人恶心。在《闲居赋》中他把自己打扮成恬淡超脱的高人，后来元好问挖苦他说："高情千载《闲居赋》，争信安仁拜路尘？"左思从小就讷于口丑于形却慧于心，长相虽然"貌寝口讷"，下笔却是"辞藻壮丽"，他的《三都赋》使洛阳纸贵，他的《咏史》诗代表太康诗坛的最高水平，他的为人更比潘岳要有骨气，《咏史》诗之五说："被褐出阊阖，高步追许由。振衣千仞冈，濯足万里流。"语气既激烈，情感更激昂，表现了诗人对权势、荣华、富贵不屑一顾的态度。沈德潜在《古诗源》中称他的诗歌"俯视千古"。

貌美不一定才高，也不一定德好，"以貌取人"图的是"养眼"，"以德取人"才能"养心"，可在实际生活中谁顾得了这么多呢？有人说"以貌取人"比较靠谱——眼见为实，"以德取人"容易上当——口说无凭，在这个到处是水货的时代，还是以看得见摸得着的东西为准。

这里倒是要给那些"以貌取人"的朋友提个醒，如今这个世道即使"眼见"也未必"为实"，你眼前的"大帅哥"原来可能是个丑八怪，你娶回的"大美人"原本可能是个灰姑娘，现代医学变性已经十分容易，整容那不更是小菜一碟？"以德取人"固然容易"看走眼"，谁能保证"以貌取人"不会被骗？韩国2013年参加选美比赛的女孩，所有人的脸蛋都"长得"一模一样，连笑容也一样地夸张，一样地僵硬，一样地死板，这些"千篇一律"的脸蛋真叫人恐怖。你能鉴定台上那些脸蛋，哪一张是"原版"，哪一张是"盗版"？

3. 丘壑独存

庾太尉在武昌，秋夜气佳景清，使吏殷浩、王胡之之徒登南楼理咏。音调始道，闻函道中有屐声甚厉，定是庾公。俄而率左右十许人步来，诸贤欲起避之，公徐云："诸君少住，老子于此处兴复不浅。"因便据胡床与诸人咏谑，竟坐甚得任乐。后王逸少下，与丞相言及此事，丞相曰："元规尔时风范不得不小颓。"右军答曰："唯丘壑独存。"

——《世说新语·容止》

《世说新语》对庾亮这位外戚重臣赞誉有加，几十则写庾亮的小品中只一二则对他稍带微讽，而正史《晋书》则对他褒贬参半，史臣对他甚至作了十分负面的评价："元规矫迹，宠阶椒掖。识暗鳌道，乱由乘隙。"不过，不管是毁者还是誉者，无一不企慕他的风度和才华。连恃才傲物的周𫖮也佩服他的济世之才："明帝问周伯仁：'卿自谓何如庾元规？'对曰：'萧条方外，亮不如臣；从容廊庙，臣不如亮。'"（《世说新语·品藻》）连想杀他的陶侃也为庾亮的风度所倾倒："石头事故，朝廷倾覆，温忠武与庾文康投陶公求救，陶公云：'肃祖顾命不见及。且苏峻作乱，衅由诸庾，诛其兄弟，不足以谢天下。'"等庾亮拜见他以后，"庾风姿神貌，陶一见便改观，谈宴竟日，爱重顿至"（《世说新语·容止》）。史称他"美姿容，善谈论"，不仅才堪济世，而且"风情都雅"。人们都说"庾文康为丰年玉，稚恭为荒年谷"（《世说新语·赏誉》）。庾亮死后谥"文康"，他弟弟庾翼字稚恭，兄弟二人在同辈眼中，一为盛世美才，一为乱世宏才。

可庾亮"善谈论"却不苟言笑，"美姿容"但极不随和，据说他"风格峻整，动由礼节"，就是在闺房里对太太也一本正经，陪父亲住在会稽的时候还"巍然自守"，永远是一副方正严峻的样子，谁还愿意接近他自讨没趣？《世说新语》说他"风仪伟长，不轻举止，时人皆以为假"。用现在的话来说，就是当时大家觉得庾亮喜欢"装"，后来发现他大几岁的儿子也是父亲那种派头，人们这才知道他那"高高在上"的模样是出于天性。

当然，庾亮偶尔也有纵情作乐的时候。晋成帝时期他出镇武昌，在一个景色绝佳月光如水的秋夜，他幕府中几位僚属殷浩、王胡之等名士，一起登上武昌城楼吟诗赏月，当玩兴正浓音调渐高之际，楼梯上忽然传来急促的木屐声，一听脚步声大家就知道是庾亮。转眼工夫,他率十几个侍从上楼来了。看到平时总一脸严肃的上司驾到,众人连忙起身想溜之大吉。他不紧不慢地说:"诸位干吗要走呢?老夫对此兴致不浅。"说罢便靠着坐榻和大家讽咏戏谑。这天夜晚庾亮一改平时的矜持,下属自然也就无拘无束,最后个个都尽情欢乐。

谈玄论辩的高手中,庾亮清谈足以盖过林公,可见他也不是一直板着面孔,有时也有清谈的才情风雅。在楼上一同赏月的幕僚殷浩、王胡之等都是当世名流,殷浩年轻时便与一代枭雄桓温齐名,王胡之也是出身豪门的雅士。主贤、宾雅、月白、风清,古人所说的"四美俱二难并",主人难得如此雅兴,佳宾难得如此闲情,秋夜难得如此佳景,"人生得意须尽欢",再不纵情欢歌真是辜负了此情、此景、此夜、此人。

小品生动地描写了庾亮性格的另一侧面。时逢"秋夜气佳景清",雅士们才有登楼雅聚的兴致。正当殷、王二人"音调始遒"之时,忽"闻函道中有履声甚厉",大家一听就知道是庾亮来了,"定是庾公"四字暗示庾亮平时走路同样是"履声甚厉",从其步履就能想见为人的"严峻"。他一上楼"诸贤欲起避之",说明他平日"巍然自守"的派头,可能让下属觉得可敬可畏。但等到他说"老子于此处兴复不浅""因便据胡床与诸人咏谑",这才露出自己的真性情,此时此刻才让下属们感到他可爱可亲。

庾亮与幕僚在武昌南楼这次雅集,后来成了骚人墨客的美谈,人们把他当年赏月的南楼改称"庾亮楼",现在成了湖北省重点文物保护单位。李白在《陪宋中丞武昌夜饮怀古》一诗中说:"清景南楼夜,风流在武昌。庾公爱秋月,乘兴坐胡床。"庾公赏秋月坐胡床成了人们津津乐道的风流韵事,"老子""胡床"成了诗人们的口头禅,宋代李昂英《水调歌头·题斗南楼和刘朔斋韵》说:"风景别,胜滕阁,压黄楼。胡床老子,醉挥珠玉落南州。"

　　文章后面补叙一段王羲之与王导对这次秋夜聚会的议论,看似节外生枝,实则曲终奏雅。"后王逸少下,与丞相言及此事,丞相曰:'元规尔时风范不得不小颓。'右军答曰:'唯丘壑独存。'"王羲之南下京城与丞相谈及此事,王导说:"庾亮那时的风范不如从前。"王羲之回答说:"可他胸中丘壑一如往日。"王导料想庾亮此时风范"小颓"不外两方面原因:一是当时庾亮正处政治上的低谷,王导估计他不会像以往满面春风;二是王庾二人议政多有不合,庾亮曾打算兴兵废掉王导,王导想借机暗损政治对手。王导所谓"风范不得不小颓",是断定必然如此;而从他据胡床啸咏来看,庾亮又未必如此。王羲之对王导的说法既不肯定也不否定——否定让丞相有失颜面,肯定又有违实情。他掉转话头称道庾亮胸有丘壑,即使政治上小有挫折,处事照样清醒精明。庾亮城府很深是时人共识,从好处说是处世有定识有主见,从坏处说是有一肚子坏主意。《世说新语·轻诋》就是从坏处说的:"人谓庾元规名士,胸中柴棘三斗许。"这两句话的意思是说,人们都认为庾亮是天下名士,可他胸中全是一些鬼点子。

　　不管是往好里还是往坏里说,"胸中丘壑"或"胸有丘壑"现在成了常用成语,而且后人通常是从积极方面来用它的,如唐代厉霆《大有诗堂》:"胸中元自有丘壑,盏里何妨对圣贤。"又如宋黄庭坚《题子瞻枯木》诗:"胸中元自有丘壑,故作老木蟠风霜。"

　　庾亮为人有"风范",胸中有丘壑,他死后参加他葬礼的朋友感伤地说:"埋玉树著土中,使人情何能已已。"

4. 看杀卫玠

> 卫玠从豫章至下都，人久闻其名，观者如堵墙。玠先有羸疾，体不堪劳，遂成病而死。时人谓"看杀卫玠"。
>
> ——《世说新语·容止》

用山简的话来说，卫玠（字叔宝）出身于魏晋"权贵门户"，曾祖父卫觊是曹魏尚书，祖父卫瓘西晋位至三公，他本人东晋时官至太子洗马。

卫玠在生前死后都为人所仰慕，既不是由于他有巍巍高位，又不是由于他有赫赫战功，也不是他有烈烈操守，而是由于他那让人艳羡的美貌，以及那令人叹服的玄言。他是魏晋大名士、大清谈家，尤其是魏晋大美男，据说还是中国古代的四大美男之一。

在魏晋士人眼中，卫玠是一种美的典范，甚至是一种美的极致。

我们还是先细读这篇小品。

要读懂这篇小品，还得了解相关的历史和地理知识。

文中的豫章就是今天江西南昌。下都就是今天的南京。此处下都相当于现在所说的陪都，即都城之外辅助性都城。西晋的都城是洛阳，以江南的建邺为下都。这有点像后来唐代的长安和洛阳，唐代把长安叫京城或西京，把洛阳名为"东都"。永嘉年间（307—313），西晋诸王内部发生"八王之乱"，北方少数民族鲜卑、匈奴、羯、狄、羌乘虚而入，占领了中原大部分地区，这就是史称的"五胡乱华"，史家又称它为"永嘉之乱"。北方汉族的高门大户纷纷渡江南逃，即历史上有名的"永嘉南渡"，卫家就是这南渡士族中的一支。永嘉四年卫玠携母举家南行，先暂寄居在武昌，后转到豫章依王敦，当时王敦为江州刺史，豫章为江州州治所在地。卫玠很快发现王敦豪爽不群，个性强悍到时时都要站在别人头上，他担心王敦难以久做朝廷的忠臣，于是谋求到都城建康来。

像我这种模样的男人，除了回家惹太太烦以外，到任何地方都不会惹人注意，可像卫玠这样的美男子，到任何一个地方都会引起轰动效应——

听说卫玠从豫章要来"下都"建康，那里的人久闻他的美名，大家都盼望一睹他的风采，前来观看的人里三层外三层，像一堵堵围墙一样把他围得密不透风。卫玠老弟本来就体弱多病，受不了众人长时间围观，也经不住如此的劳累，最后酿成重病便一病不起。当时的人都说卫玠是被看死的。

时至今日，人的"生"法大体一样，人的"死"法则大不相同：或病死，或老死，或饿死，或冻死，或他杀，或自杀，或棒杀，或枪杀……但像卫玠这样被人"看杀"，地球人估计都闻所未闻。

一个小伙子的容貌，居然使西晋和东晋都城的男女如醉如狂，卫玠到底有多美？到底美在何处？

据《晋书》本传说，卫玠五岁时就出落得"风神秀异"，他祖父卫瓘很早便发现"此儿有异于众"。小时候在洛阳"乘羊车入市，见者皆以为玉人，观之者倾都"。刘孝标注引《玠别传》说，从小在人群之中，卫玠就有"异人之望"，只要他一出现在大街上，人们都要寻问"这是谁家的璧人"？后来家人和邻居干脆都喊他"璧人"。可见，他天生就是个美男胚子。

卫玠不可能留下任何照片，我照镜子又从没有过美的切身体验，因而我自己很难想象卫玠美成什么样子。再说，现存的文章中见不到对卫玠的正面描写，所有表现卫玠外貌美的文字，不是背面敷粉就是侧面烘托，读后谁都要赞叹他极美，可谁都说不出他哪里美。骁骑将军王济是卫玠舅舅，同样是风姿英爽的"型男"，可他每次见到卫玠总要感叹："珠玉在侧，觉我形秽！"(《世说新语·容止》)这意思是说：站在似珍珠和白玉般美丽的卫玠身边，我觉得自己特别猥琐丑陋。成语"自惭形秽"就是从这儿来的。王济曾经还对人说："与玠同游，冏若明珠之在侧，朗然照人。"(《晋书·卫玠传》)能像明珠一样光彩照人，难怪卫玠的美夺人心魄了。

卫玠与舅舅王济是两种不同甚至相反的美：舅好盘马弯弓，孔武有力，甥则秀美文弱，"若不堪罗绮"(《世说新语·容止》)；舅是一种雄性的美，甥则属于女性美，而且还是病态的美。卫玠死时只有二十七岁，貌美而体弱，名高而寿短，他属于典型的"病态美男"。他们二人要是生活在今天，女孩们都将去围观王济，卫玠肯定会被晾在一边。

魏晋士人欣赏男性的柔美，或者说欣赏男性的女性美。他们喜欢男性皮肤像女性那样光洁粉白，所以常用"玉"和"璧"形容美男，如"玉人""璧人"或"连璧"。他们还要求男性的模样俊秀艳丽，如赞美王衍说"王夷甫容貌整丽"(《世说新语·容止》)。王济称卫玠"冏若明珠"，就是赞赏他明丽动人。人们常将卫玠与杜乂(字弘治)进行比较，杜乂同样具有女性美，同样弱不胜衣。《世说新语·容止》篇载："王右军见杜弘治，叹曰：'面如凝脂，眼如点漆，此神仙中人。'"《诗经·硕人》中用"手如柔荑，肤如凝脂"形容女子美丽，"凝脂"就是凝冻了的油脂，形容肤色白净、光洁、柔嫩、润泽，只有皮下脂肪丰富的女性才有这样的皮肤。杜弘治"面如凝脂"，在王右军看来简直美如神仙。庾亮曾对四座客人说："弘治至羸，不可以致哀。"(《世说新语·赏誉》)一个男性青年瘦弱到了不能"致哀"的程度，还获得了大家一致的赏誉，这在今天是不可理解的事情。《世说新语·容止》中对何晏的描写，真实地表现了魏晋士人的审美观：

> 何平叔美姿仪，面至白。魏明帝疑其傅粉，正夏月，与热汤饼。既啖，大汗出，以朱衣自拭，色转皎然。

这篇小品是说何晏皮肤"至白"，完全出自天然而非人工"傅粉"，可刘氏注引《魏略》的说法决然相反："晏性自喜，动静粉帛不去手，行步顾影。""性自喜"就是天性自恋，"粉帛"即"粉白"，大概近似于今天女孩美容用的粉饼。何晏天生就喜欢自恋，不管到哪里粉饼都不离手，动不动就给自己涂脂抹粉，走起路来顾盼生姿……整个就是女人的做派，不要说在现场看到他，想起他来就叫人恶心。可那时士人觉得何晏是个大美人，"傅粉何郎"的称呼绝无贬义。当然，魏晋傅粉的男性不止何晏一人，《颜氏家训》说那时士族子弟无不"傅粉施朱"。

卫玠是否傅粉不得而知，但他皮肤无疑同样洁白如玉，否则人家就不会称他为"璧人"。他原先的岳父是清谈领袖乐广，人们将他们翁婿并称："妇公冰清，女婿玉润。"成语"冰清玉润"由此而来，是指像冰一样晶莹明澈，像玉一样光洁润泽。此处的"冰清""玉润"是互文，卫玠的同辈人也常用"清"来评价他。刘惔、谢尚曾在一起品评现代名人，刘惔说"杜乂肤清，叔宝神清"，谢尚说杜乂比卫玠差几个等级。"清"已经由形及"神"，指卫玠的精神品格清明、澄澈、高洁。

卫玠不仅肤白貌美，而且才高神清。假如只有漂亮的脸蛋和洁白的皮肤，他不可能成为名士们企慕的一代"男神"。其实，名士们爱美也爱才，更准确地说他们爱美更爱才。王导就曾遗憾二公子王恬才不配貌，而卫玠可以说是才貌双全。豪门才子王澄（字平子）才华横溢，一生很少佩服过什么人，可一听到卫玠谈玄就崇拜得五体投地，当时人们盛传一句名言："卫玠谈道，平子绝倒。"在豫章听了卫玠清谈后，大将军王敦对幕僚谢鲲说："不意永嘉之中，复闻正始之音。"王敦和他堂弟一样对卫玠的才智倾倒备至。卫玠既容貌出众，同时又才辩纵横，因而《世说新语·文学》篇对卫玠之死提供了另一种说法：他不是被别人"看杀"，而是他自己"谈死"：

卫玠始度江，见王大将军。因夜坐，大将军命谢幼舆。玠见谢，甚说之，都不复顾王，遂达旦微言。王永夕不得豫。玠体素羸，恒为母所禁。尔夕忽极，于此病笃，遂不起。

不管是"看杀"还是"谈死"，这两个故事都非常凄美——前者夸赞他的貌美，后者颂扬他的才高。他以瘦削羸弱之躯和神清骨秀之容，展示澄明缜密之思和脱俗超妙之智。东晋大画家顾恺之在建康瓦棺寺所绘维摩诘像，"清羸示病之容，隐几忘言之状"，把这两句用来概括卫玠不也同样合适吗？卫玠短暂的一生之所以誉满士林，士人把他与王承并列为"中朝第一名士"（《晋书·卫玠传》），是因为他用自己的生命存在，为"魏晋风度"提供了不可复制的美学标本。

第十三章
幽默

《世说新语》中有《排调》门，其中收录的六十五篇小品，记述了魏晋名士们相互戏谑调侃的故事，通过斗机锋、斗才学、斗敏捷、斗思辨，表现了他们的才华、学识与幽默。

生活的方方面面都可能成为他们的笑料，有时他们拿各人的姓氏开玩笑："诸葛令、王丞相共争姓族先后，王曰：'何不言葛、王，而云王、葛？'令曰：'譬言驴马，不言马驴，驴宁胜马邪？'"有时拿各人的籍贯开玩笑："习凿齿、孙兴公未相识，同在桓公坐。桓语孙：'可与习参军共语。'孙云：'"蠢尔蛮荆"，敢与大邦为雠？'习云：'"薄伐猃狁"，至于太原。'"习凿齿是楚人，所以孙兴公用《诗经·采芑》原话嘲弄他是"蠢尔蛮荆"；孙兴公是太原人，所以习凿齿同样引用《诗经·六月》中的典故，回敬他当年周朝攻打猃狁至于太原。我们下面《须发鼻目》一文，则是拿对方的外貌开玩笑。

二十世纪三十年代，林语堂先生大张旗鼓地"提倡幽默"，鲁迅先生挖苦说"提倡幽默"本身就不"幽默"。因为幽默既不能提倡，更不可模仿；产生幽默必须有才，更必须有趣。

1. 出则为小草

  谢公始有东山之志，后严命屡臻，势不获已，始就桓公司马。于时人有饷桓公药草，中有远志。公取以问谢："此药又名小草，何一物而有二称？"谢未即答。时郝隆在坐，应声答曰："此甚易解。处则为远志，出则为小草。"谢甚有愧色。桓公目谢而笑曰："郝参军此过乃不恶，亦极有会。"

——《世说新语·排调》

  谢安曾称道杨朗是"大才"，王敦也称杨朗为"国器"，可杨朗终生"位望殊为陵迟"，"大才"并没被国家"大用"，一生最高官职不过一雍州刺史，可见，好货不一定能卖出好价。谢安本人深谙"待价而沽"的奥秘，在不同时间或不同地点，同一种商品的价格可能相差几倍甚至几十倍。同样，人的行藏出处也要看准时机，要把握住人生的风云际会，乘时而起才能"好风凭借力，送我上青云"。

  谢安年轻时就聪颖过人，朝中巨擘如王导等人都把他视为政治新星，尚未出仕就已好评如潮。成人后短暂为官便马上辞官，给人神龙见首不见尾的神秘感。再加上他清谈时思绪缜密，处事显得沉着冷静，待人又有宽宏雅量，气质风度更有"雅人深致"，无论才智还是胸襟，似乎只有谢安"足以镇安朝野"，逐渐成为士林的共识。可他却回到故乡会稽纵情丘壑，常与王羲之、许询等名士游处，出则泛海游山，入则属文清谈，有时到临安山中，独坐石室，面临深谷，俨然不问世事的孤云野鹤，让所有人都担心他从此谢绝世事。连与他朝夕相处的王羲之，甚至他自己的内兄刘惔，都以为他从此将高卧东山。当时东晋风雨飘摇，朝廷多次征诏他出山，越是征诏他越是一副弃绝人事的样子,他越是弃绝人事人们就越是焦虑,社会上各阶层人士都在感叹:"安石不出,将如苍生何!"意思是说,谢安要是不出来从政,天下百姓可怎么办呵!他差不多被炒成了"民族救星"。

一方面吊足了天下人的胃口,另一方面他弟弟谢万被废为庶人,家族的社会地位受到严重威胁,这时候他才出来"收拾山河"。于是,就有这篇小品文中描写的场面——

文章说他原本有隐居东山的志向,后来朝廷屡次严厉诏命,形势不允许他再潇洒度日,这才开始出任桓温司马。这时有人给桓温送了些草药,其中一味药叫"远志"。桓公拿起来问谢安:"这味药名'远志',又名'小草',为什么一药而两名呢?"谢安一时答不上来。正巧参军郝隆当时在座,他应声回答说:"这很容易解释。处则为'远志',出则为'小草'。"谢安脸上露出羞愧的神色。桓温瞅瞅谢安微笑说:"这个解释很新奇,也很有趣。""此过乃不恶"中的"过",《太平御览》及《渚宫旧事》都作"通","通"在此处是"解释"和"阐述"的意思。

一味药而有两名,"出""处"二字又有歧义,郝隆便巧妙地利用它们来调侃谢安。这味药的学名叫"远志",俗名叫"小草",这让桓温十分好奇,也让谢安十分纳闷。这两种叫法估计是约定俗成,或许是不同阶层人的不同叫法,"远志"一名高贵文雅,"小草"则显得通俗卑贱。基本可以肯定的是,不会在山叫"远志",出山便叫"小草"。"处"于药指在山,于人则指隐居;"出"于药指采出深山,于人指出来当官。"出""处"通常是指出仕与隐居,此处表面上是指药在山和出山。"远志"与"小草","出"与"处",在郝隆口中都是一语双关——明着是说草药,暗地里指谢安。谢安高卧东山时好像不食人间烟火,在山时"处则为远志";转眼他就下山做了桓温府上的俗吏,正所谓

198

下山"出则为小草"。"处则为远志,出则为小草",这在已经出山的谢安听来,无异于人们向他脸上吐唾沫,难怪人家"甚有愧色"。

《世说新语》中有三篇文章写到郝隆,而且全是写他如何戏谑调侃,独此一篇是嘲讽别人,另两篇都是自嘲。此公极有幽默感,既喜欢戏谑,也善于戏谑。此文真正的主角不是谢安——他是被嘲的对象,也不是桓温——他只算这出讽刺剧的配角,而是这位名不见经传的郝隆——他不着痕迹的嘲讽让谢安脸红。谢安的确很有"雅量",但"装"得更有"雅量";他的确很了不起,但"显得"更了不起。高卧东山时的谢安,白雪不足以比其洁,山泉不足以比其清,看上去比神仙还要"高远"。岂知这一切都是为了"蓄势待客",为了更好地向朝廷"喊价",一旦时机成熟便"形驰魄散",骨子里是身在江湖而心存魏阙。也许郝隆看不惯谢安装清高,才开了这种让谢安哭笑不得的玩笑。

看不惯谢安装清高的还不只郝隆一个,《世说新语·排调》篇载另一篇小品说:

> 谢公在东山,朝命屡降而不动。后出为桓宣武司马,将发新亭,朝士咸出瞻送。高灵时为中丞,亦往相祖。先时,多少饮酒,因倚如醉,戏曰:"卿屡违朝旨,高卧东山,诸人每相与言:'安石不肯出,将如苍生何?'今亦苍生将如卿何?"谢笑而不答。

过去是谢安不出山,天下百姓将怎么办呵;现在是谢安出山了,天下百姓将拿谢安怎么办呵!高灵的讽刺虽然俏皮,但稍嫌直露,所以谢安可以大方地"笑而不答",远不及郝隆那句"处则为远志,出则为小草"语带双关含蓄有味,而且还戳到了谢安的痛处,当面让"谢甚有愧色"。

顺便说一句,"处则为远志,出则为小草"虽为笑话,但它道出了当时士人口头上的价值取向。在魏晋名士看来,隐居比出仕更为淡泊高雅,这样我们就能理解,像潘岳这样见了权贵马车便望尘而拜的俗物,为何还要装模作样地说"览止足之分,庶浮云之志"。《世说新语·栖逸》篇载:"何骠骑弟以高情避世,而骠骑劝之令仕。答曰:'予第五之名,何必减骠骑?'"何骠骑即骠骑将军何充,他弟弟何准在家中排行老五。何准情致高雅终生不仕,何充劝弟弟出来做官,弟弟不以然地对哥哥说:"我老五的名望,不见得就比你这个骠骑将军差吧?"隐居避世被称为"高情",出来当官自然就算是俗虑了,这与郝隆所谓"处则为远志,出则为小草"是同一口吻。

看来郝隆这句笑话,半是嘲讽,半是实情。

2. 晒书

郝隆七月七日出日中仰卧。人问其故,答曰:"我晒书。"
——《世说新语·排调》

《世说新语》中出现了两个同名同姓的"郝隆",西晋的郝隆是山西高平人,官至吏部郎、扬州刺史。本文所写是东晋的郝隆。据刘孝标注引《征西僚属名》得知,郝隆字佐活,汲郡(治所在今河南卫辉市西南)人,东晋官至征西参军。桓温在永和二年(346)进位征西将军,大约在之后郝隆入桓温幕为征西参军。现存有关郝隆的所有材料,只有《世说新语·排调》篇中收录的三篇,内容不是嘲人就是自嘲,不管嘲人还是自嘲无不精彩。上文我们见识了他如何嘲讽谢安，这里再来看看他如何自嘲。

按古人习俗，七月七日家家晒衣服和书籍，以防止腐烂和生蛀虫。《世说新语·任诞》篇载："阮仲容步兵居道南，诸阮居道北。北阮皆富，南阮贫。七月七日，北阮盛晒衣，皆纱罗锦绮。仲容以竿挂大布犊鼻裈于中庭。人或怪之，答曰：'未能免俗，聊复尔耳。'"住在道北的诸阮富家正好在这一天显富，各家都把自己的"纱罗锦绮"摊在太阳底下炫耀，家徒四壁的阮咸却用竹竿晒破短裤，他的行为和答话都很搞笑。

这一天晒衣服的人不少，估计晒书的人可能更多。衣服多不过表明主人钱多，书籍多则显示主人学问大，因而，炫耀衣服未免俗气，日下晒书则显得很有"品位"。

以今测古大概八九不离十，东晋时候晒书的人家肯定极多。那时普通百姓都不会读书，普通人家也买不起书，当时富贵人家晒书显摆，类似今天大官大款开奔驰和宝马，只不过比后者稍有档次而已。

七月七日这天，看到豪门显宦家家晒书，郝隆也到太阳底下仰面而卧，人们奇怪地问他这是干什么，他随口回应说："我晒书。"烈日炎炎之下，郝隆晒自己的大肚比阮咸晒自己的破裤更加滑稽，也更有反讽意味。家藏万卷未必就腹藏万卷，书架上有很多书不一定就读过很多书，否则大富翁转眼就会变成大学者。

郝隆"我晒书"三字，是自嘲也是自负——自嘲是说自己家无藏书，自负是说自己腹藏万卷。这里也可能是暗用汉代边韶"腹便便，五经笥"的典故。《后汉书·边韶传》载，边韶字孝先，是当时文坛上的著名作家，同时也是满腹经纶的大学者。边韶有一天白昼假寐，弟子们私下嘲笑他说："边孝先，腹便便。懒读书，但欲眠。"边韶听说后立马回应说:"边为姓,孝为字。腹便便,五经笥。但欲眠,思经事。"便便形容肥胖的样子,笥是古代装饭或衣服的竹器。边韶笑称自己大肚中装的全是经书。郝隆烈日之下坦腹晒书,隐含有饱读诗书的自豪。

下面一则小品中,郝隆在上司面前以俏皮话发牢骚,今天读来叫人忍俊不禁:

> 郝隆为桓公南蛮参军,三月三日会,作诗。不能者罚酒三升。隆初以不能受罚,既饮,揽笔便作一句云:"娵隅跃清池。"桓问:"娵隅是何物?"答曰:"蛮名鱼为娵隅。"
> 桓公曰:"作诗何以作蛮语?"隆曰:"千里投公,始得蛮府参军,那得不作蛮语也!"(《世说新语·排调》)

南蛮参军即南蛮校尉府参军,"娵隅"是西南少数民族称鱼的译音。三月三日是古人的祓禊日,这天人们来到水边沐浴洗濯,以洗尽往年的污秽,祈求来年的好运。后来慢慢演变为一种游春宴饮活动,文人雅士在这天要赋诗、饮酒、行令、猜谜,赋诗不成或猜谜不中者罚酒三升。王羲之《兰亭集序》写的就是祓禊日的情景,"曲水流觞"是士人集会时的例行活动。郝隆开始因未能成诗被罚酒,罚后来了一句"娵隅跃清池",桓温将军问"'娵隅'是什么东西",郝隆解释说:"蛮人称鱼为'娵隅'。"桓温责怪他说:"作诗为什么用蛮语?"郝隆道出了自己的心声:"我从千里之外来投奔您,好不容易才得到一个蛮府参军的肥职,怎么能不用蛮语呢!"有一个版本后面还有"温大笑"三字,我觉得删掉这三字更好,我猜想桓温此时可能是苦笑,也可能是"哭笑不得"。

郝隆一生没有建树巍巍盛德,也没有立下赫赫战功,只给我们留下几句回味无穷的俏皮话,你不一定尊敬他,但一定会喜欢他。

3. 夷甫无君辈客

> 王、刘每不重蔡公。二人尝诣蔡语,良久,乃问蔡曰:"公自言何如夷甫?"答曰:"身不如夷甫。"王刘相目而笑曰:"公何处不如?"答曰:"夷甫无君辈客。"
>
> ——《世说新语·排调》

被同事、同学或同辈人所轻慢戏弄,估计许多人都有过这种不愉快的遭遇。这时候,我们觉得自尊心受到侮辱,可苦于仓促之间找不到回击的方式:与对方从此绝交未免过分,与对方大吵一架有失风度,与对方大打出手更嫌粗鲁,忍气吞声又觉得十分窝囊。吃了软亏却使不上力,出不了气,真比哑巴吃黄连还要难受。

我们来看看蔡谟如何应付这种场面。

文中的"王、刘"指王濛和刘惔,他们二人是非常投缘的好友,又都是东晋十分活跃的清谈名士,所以人们常将他们并称为"王刘"。刘惔尚晋明帝庐陵公主,历任司徒左长史、侍中、丹阳尹等职。他死后孙绰在诔文中称他"居官无官官之事,处事无事事之心",往好处说是为政清静无为,往坏处说是放任自流毫不作为。王濛官至司徒左长史,他女儿后来成为孝武帝皇后。史书上说他小时放纵不羁,晚节才开始克己励行。王濛生得姿容俊秀,常常对着镜子自我陶醉:"我爸爸王文开怎么生出像我这么漂亮的儿子!"临死前还哀叹说:"我这么俊美的人儿,竟然活不到四十岁!"过度的风流自赏就变成了病态自恋。

王、刘二人相好又相像：从身份上看，一个为国舅，一个是驸马；从为人上讲，他们的才气都集中在嘴上，会"说"而不善"做"，"说的"远比"做的"漂亮。王、刘两人真是生当其时，魏晋之世玄风大炽，"贱经尚道"成为社会时尚，士人们"以玄虚宏放为夷达，以儒术清俭为鄙俗。望白署空，显以台衡之望；寻文谨案，目以兰薰之器"。在当时士人心目中，玄虚放纵才算旷达，儒学勤俭视为鄙俗。出仕以后无所事事的人前程无量，签署文书办事勤勉的人毫无出息。"居官无官官之事"的刘惔，被晋孝武帝视为理想的驸马人选，表明人们只在乎你清谈时会不会"说"，不太关注你当官后会不会干。会耍嘴皮的清谈名士是大家崇拜的偶像，那些实干家反而是嘲讽的对象。当然，王、刘们觉得实干家"土"，实干家也认为王、刘们"烦"，看看《世说新语·政事》：

> 王、刘与林公共看何骠骑，骠骑看文书不顾之。王谓何曰："我今故与林公来相看，望卿摆拨常务，应对玄言，那得方低头看此邪？"何曰："我不看此，卿等何以得存？"诸人以为佳。

何充是位能干务实的官员，成天忙于公务和批示文书。一天王濛和刘惔找何充谈玄，何充却只顾看文书，不想理睬成天清谈的闲人；王濛希望他能"摆拨常务"，抽出时间与他们"应对玄言"。何充不耐烦地对他们说："我不看这些东西，你们怎么活命？"

王、刘与蔡谟更不是同路人。蔡谟是东晋中期的著名政治家，年轻时就享誉朝野，与郗鉴等八人并称"兖州八伯"，又因与荀闿、诸葛恢的字均为"道明",所以号称"中兴三明",当时传唱他们的歌谣说:"京都三明各有名,蔡氏儒雅荀葛清。"早年历任中书侍郎、义兴太守、大将军从事中郎、司徒左长史、侍中等职。康帝即位后,入朝任左光禄大夫、开府仪同三司。多次晋升他都固辞不就,认为自己是"尸素累积而光宠更崇,谤讟弥兴而荣进复加",他说我在侍中、光禄大夫这样的高位上,自己羞愧得"惶惧战灼,寄颜无所",意思是说"我的脸没地方搁"。蔡谟不只是为政谨慎勤劳,而且治学渊博多才,于典章制度尤其娴熟,晋朝许多礼仪宗庙制度多为蔡所议定,同时也长于文笔议论,还是《汉书》研究专家。

可是,王濛和刘惔"每不重蔡公",对蔡谟很少表示应有的尊重。这两位名士曾经到蔡谟那里去清谈。三人谈了很长时间,于是他们问蔡谟说:"您自己说说,您与夷甫相比谁优谁劣?"也许有的读者还不知道夷甫是何方神圣,夷甫是西晋太尉王衍的字。王衍是西晋末年政坛重臣,又是当时"壁立千仞"的清谈盟主,以俊雅之容吐玄妙之言,看去俨如超然飘逸的神仙。西晋士人都希望能接近王衍,他被人们尊称为"一世龙门"。可是,他的自私、浮华、虚诞加速了西晋的短命,他自己也因自私和浮华葬送了性命。王濛和刘惔依旧奉王衍为神,在他们看来,王衍与蔡谟恰如天上与人间,这两人根本没有可比性。蔡谟何曾不知道他们是在拿自己开涮,是在变着法儿戏弄自己。蔡谟不动声色地回答他们说:"我不如夷甫。""身"是当时第一人称的代词,就是今天大家自称的"我"。王、刘相互挤眉弄眼地笑着问道:"您什么地方不如他?"蔡谟此时要是一五一十地说:自己的姿容没有王衍漂亮,自己的清谈没有王衍敏捷,自己的胸怀没有王衍超旷,那就正中了王、刘的圈套,自己当面贬损自己,既被他们戏弄,又被自己作践。

王濛和刘惔小看了蔡谟。蔡谟虽然不喜欢像他们那样卖弄，但真要是斗起机锋来，王、刘还不是他的对手。蔡谟冷冷地说："夷甫座上从来没有你们这种客人。"

这篇小品中两问两答的对话，酷似一段妙趣横生的相声。王、刘二人本想戏弄蔡谟，最后反被蔡谟所戏弄；他们原本做套子让蔡谟钻，后来自己却钻进了蔡谟的套子。我们再来听听他们的对话，看看像不像说相声：

王、刘问曰："公自言何如夷甫？"

蔡答："身不如夷甫。"

王刘相目而笑曰："公何处不如？"

答曰："夷甫无君辈客。"

王、刘看起来是"主"，事实上却是"客"。他们其实是相声中的捧哏——给蔡谟"垫包袱"的配角，蔡谟才是逗哏——最后甩响包袱的主角。

文章在"夷甫无君辈客"后戛然而止，机锋峻峭而又回味无穷。听到蔡谟的回答后，王刘是"相目而笑"？还是哭笑不得？此时此刻，该轮到蔡谟抿嘴而笑，也该我们读者哄然大笑……

4. 谈者死，文者刑

魏长齐雅有体量，而才学非所经。初宦当出，虞存嘲之曰："与卿约法三章：谈者死，文笔者刑，商略抵罪。"魏怡然而笑，无忤于色。

——《世说新语·排调》

囊中羞涩是为贫穷，腹中空空则为贫乏，无论是经济贫穷还是知识贫乏，沾上了"贫"字都会被人轻视嘲笑。不过，今天多笑别人钱少，古人则多笑别人腹俭。魏晋虽然也有石崇和王恺斗富，但这毕竟是名士中的特例，名士们真正看重的还是才华学问，《世说新语》中大多数还是斗智，不学无术者才会被人们取笑。

譬如这篇小品文中的魏长齐。

文中两位主人公魏顗（字长齐）和虞存是同乡好友。《世说新语·赏誉》篇载："会稽孔沈、魏顗、虞球、虞存、谢奉，并是四族之俊，于时之杰。孙兴公目之曰：'沈为孔家金，顗为魏家玉，虞为长、琳宗，谢为弘道伏。'"孔沈、魏顗、虞球、虞存、谢奉，是会稽本地孔、魏、虞、谢四大旺姓的俊杰。魏顗官至山阴令，虞存官至尚书吏部郎。

文章一起笔就交代说："魏长齐雅有体量，而才学非所经。""才学"主要是指学问，"经"的意思是"擅长"。这两句是说，魏顗胸襟宽广度量很大，但读书致学并不是他的强项。初次做官即将上任时，哥们虞存调笑他说："和老兄约法三章：清谈玄言者处死，舞文弄墨者判刑，品鉴人物者受罚。"原文中的"文笔"指诗文，魏晋南北朝出现了"文的自觉"，作家们不仅对自身有很强的身份意识，也对作品体裁有比较精细的划分，他们把有韵的作品称为"文"，无韵的作品称为"笔"。此处"文笔"做动词用。"商略"就是品评或鉴赏。清谈、鉴赏、作文三项，是一个名士的必修功课，而这三项魏顗都一无所长，所以虞存调侃他说：谁要是在魏兄面前谈玄就宰了他，谁要是在魏兄面前写作就抓起来，谁要是在魏兄面前鉴赏就重罚。骂人切忌骂人痛处，兄弟之间如此挖苦未免刻薄。我们以为魏顗会和虞存翻脸，没想到他竟然还愉快地笑笑，没有半点被羞辱的样子——这位老兄真"雅有体量"！

如果说虞存挖苦魏颙有失厚道，那么《世说新语·排调》另一篇小品中同僚之间的谑笑则略嫌恶俗：

> 桓玄出射，有一刘参军与周参军朋赌，垂成，唯少一破。刘谓周曰："卿此起不破，我当挞卿。"周曰："何至受卿挞？"刘曰："伯禽之贵，尚不免挞，而况于卿？"周殊无忤色。桓语庾伯鸾曰："刘参军宜停读书，周参军且勤学问。"

刘参军与周参军都是桓玄幕府参军。有一次桓玄到靶场射箭，刘、周二参军分在一组赌射，"朋赌"就是分组以赌射箭。他们眼看再中一箭就可获胜。刘警告周说："你这一箭要是不中，我当要用鞭子抽你。"周很不服气地说："为何要挨你的鞭子？"刘也不甘示弱："伯禽那么高贵，尚且免不了挨鞭，何况是你呢？"周参军听后依然一脸木然，并没有觉得自己受到侮辱。这里得对刘参军用的典故稍作介绍。伯禽是周公的长子，周朝诸侯国鲁国的首任国君。据《尚书大传》载，伯禽与康叔一起去见周公，三次晋见挨了周公三次鞭笞。这次刘参军用伯禽挨周公鞭子的典故，是在周参军面前转弯抹角地充老子。周参军因不熟悉这个典故，所以他居然"殊无忤色"。见刘欺负周不学无知，桓玄便对他们二人各打五十大板："刘参军宜停读书，周参军且勤学问。"用自己的学问来开这种轻浮低俗的玩笑，刘参军这样的人还不如不读书，所以桓玄说他"宜停读书"；周参军因不读书让同僚占尽便宜，所以上司劝他"且勤学问"。

没有钱财被人笑话，没有学问被人欺侮，谁喜欢"嘴尖皮厚腹中空"的人呢？王导虽然称道周颙为"雅流"，但多次笑话他腹中"殊空"或"空洞无物"，《世说新语·排调》篇载："王公与朝士共饮酒，举琉璃碗谓伯仁曰：'此碗腹殊空，谓之宝器，何邪？'"学固然离不开才，才也须辅以学，才学兼备才算"国器"。

魏晋名士特别欣赏俊逸的容止，但要求以英俊的外表和洒脱的举止，来表现敏捷的才情和卓越的智慧，如像嵇康那样才貌出群的名士才是众人仰慕的"男神"。有貌而无才，或有才而无学，都可能被人们瞧不起，难怪王导不喜欢那位徒有其表的二儿子了，因为这位公子哥"纵然生得好皮囊，腹内原来草莽"。

儿子有美貌而无才学，父亲慨叹"恨才不称"；朋友"才学非所经"，同辈便戏谑"谈者死，文者刑"。腹中空空为人所轻古今相同，不同的是父子之间是语重心长的劝告，同辈之间则是幸灾乐祸的嘲讽。

5. 尔汝歌

> 晋武帝问孙皓："闻南人好作《尔汝歌》，颇能为不？"皓正饮酒，因举觞劝帝而言曰："昔与汝为邻，今与汝为臣。上汝一杯酒，令汝寿万春！"帝悔之。
>
> ——《世说新语·排调》

翻开《三国志》孙皓传，他的荒淫、暴虐和残忍令人发指，大臣和宫女稍不合意就可能丧命，"或剥人之面，或凿人之眼"。随着他的忠臣和能臣被杀死或贬死，他的吴国也就唯有一死。当晋国大将王濬率军攻入石头城时，孙皓仿效刘禅不久前的做法：把自己肉袒面缚，把棺材装在车上，率领太子大臣出降。不过，同为三国的亡国之君，孙皓与阿斗刘禅同中有异——孙只是坏并不蠢，刘则是又坏又蠢。吴亡后还有人称道孙皓"才识明断"，更有人称道他的诗文书法。

做了亡虏之后，他在晋武帝面前那不卑不亢的态度，他那敏捷机智的言谈应对，特别是他那让人忍俊不禁的幽默，差不多使我忘记了他先前深重的罪孽。他的本性并不是他表现的那么残忍，是绝对的权力让他绝顶的荒淫。以他的幽默才能，要是不做一千多年前吴国的国君，生当今日肯定是大红大紫的笑星。

《资治通鉴》八十一卷载，晋武帝统一全国后，大会文武百官及四方使者，还引见了孙皓及吴国降臣。晋武帝对坐在旁边的孙皓说："朕设此座以待卿久矣。"孙皓也告诉司马炎说："臣于南方，亦设此座以待陛下。"贾充见晋武帝没有占到便宜，便马上插话羞辱孙皓："闻君在南方凿人目，剥人面皮，此何等刑也？"皓鄙夷地望着贾充说："人臣有弑其君及奸佞不忠者，则加此刑耳。"言下之意是说，你世受魏禄却背主忘恩，像你贾充这样奸佞不忠的小人，就应当用这种刑罚，几句话弄得贾充满脸通红。

战场上孙皓是亡君，舌战中司马炎却是败将。司马炎几次想羞辱孙皓，最后次次都是自取其辱——

有一次晋武帝问孙皓："听说你们南方人喜欢作《尔汝歌》，你能为我们唱唱这种歌吗？"孙皓当时正在饮酒，马上站起来唱《尔汝歌》向晋武帝劝酒："昔与汝为邻，今与汝为臣。上汝一杯酒，令汝寿万春！"惹得亡虏如此调笑他，晋武帝后悔不迭。

《尔汝歌》是魏晋间流行于南方的民歌。"尔""汝"为古代尊对卑或长对幼的称呼，平辈间称"尔""汝"则表示亲昵。司马炎本想叫孙皓起来献丑，没料到孙皓竟然真的起而作歌，一口一个"汝"字，让亡虏与自己平起平坐，原本想借此来嘲弄孙皓，最后反而被孙皓所嘲弄。拿孙皓对君无礼治罪吧,《尔汝歌》本来就"尔""汝"相称;指责他不该在这种场合唱歌吧,人家是奉命而唱——晋武帝只好暗自叫苦了。

当然,皇帝对臣下欲加之罪又何患无辞?这从另一侧面也表现了司马炎的宽容,连他的家门司马光也认为"晋武之量,弘于隋文"。晋朝是个典型的门阀社会,皇帝与士族共治天下,君臣不像后世那么森严,皇帝和臣下偶尔还能开开玩笑,有时甚至拿男女之事调侃——

> 元帝皇子生,普赐群臣。殷洪乔谢曰:"皇子诞育,普天同庆。臣无勋焉,而猥颁厚赉。"中宗笑曰:"此事岂可使卿有勋邪?"(《世说新语·排调》)

晋元帝司马睿是东晋开国皇帝,皇子出生自然要遍赐群臣,殷洪乔(名羡)谢恩说:"皇子诞生,普天同庆,臣无半点功勋,却多取厚赏。"司马睿笑着对殷洪乔说:"这种事哪能让你立功呢?"是呵,这种事要是殷真有功劳,殷的性命就真的不保!

大臣有点滑稽,皇帝也不乏幽默。

魏晋不仅君臣之间解嘲,父子乃至祖孙之间同样常开玩笑——

> 张苍梧是张凭之祖,尝语凭父曰:"我不如汝。"凭父未解所以,苍梧曰:"汝有佳儿。"凭时年数岁,敛手曰:"阿翁!讵宜以子戏父?"(《世说新语·排调》)

张镇是东晋吴郡(今苏州市)人,曾官苍梧太守,人称"张苍梧"。张凭是张镇之孙,东晋著名清谈名士,在清谈场上有"理窟"之称,大家觉得张凭头脑是义理的渊薮。张镇曾经对张凭父亲说："我不如你。"凭父没有理会自己父亲的用意，问他为什么这样说，张镇冷不丁地说："你有个好儿子。"张凭当时只有几岁，连忙向爷爷拱手说："阿翁，怎么能以子戏父呢？""阿翁"此处是对祖父的尊称。张凭早年就聪慧过人，成人后更是誉满士林，张凭祖父与父亲那段对话，既表明张镇对自己儿子不太满意，也表明他对自己孙子太得意。张凭本人对父亲好像也不佩服，父母过世后他只给母亲一人作诔。《世说新语》中就此还有一段妙语："谢太傅问主簿陆退：'张凭何以作母诔，而不作父诔？'退答曰：'故当是丈夫之德，表于事行；妇人之美，非诔不显。'"张凭只作母诔而不作父诔，在当时是一种很出格的行为，所以谢安问张凭女婿陆退。个中原因当然很多，可能是张凭有恋母情结，可能是张凭对父亲有成见，可能是张凭母子情深，也可能张凭和爷爷一样瞧不起父亲……个中原因，有的陆退难晓，有的陆退难言，陆退倒是很会"说话"，他的解释无损于外公，也无损于岳父。

6. 鼻目须发

> 康僧渊目深而鼻高，王丞相每调之。僧渊曰："鼻者面之山，目者面之渊。山不高则不灵，渊不深则不清。"
> ——《世说新语·排调》

同学、同事、同乡或同辈人之间，拿长相开玩笑实属司空见惯。一个人如果相貌有点特别，很容易被伙伴们拿来开涮，如大肚、大嘴、胖子、瘦子、小老头、老来俏……都可能成为别人茶余饭后的笑料。

我年未半百而发已全白，十多年来这头白发给我造成不少烦恼，但给兄弟们带来许多欢乐。除了头发的颜色以外，皮肤的颜色也很扎眼，美国白人虽然残存着种族优越感，但这个国家的黑人已逐渐摆脱了自卑，人们也从心底里接受了"黑的才是美的"这一审美判断。本人没有美国黑人朋友那份自信，从来没有觉得头发"白的才是美的"，每次有兄弟取笑我的白发时，我都显得有点窘迫和尴尬，几次想去理发店染发装嫩，最终都因害怕麻烦而没有染成。

古人好像也喜欢拿朋友相貌取乐，东晋高僧康僧渊就遇到了这种麻烦。

据说蚁群中只要出现一个异类，所有蚂蚁都会群起而攻之，直到将异类驱逐或杀死为止。人类虽然也认为"非我族类，其心必异"，虽然每个国家或多或少有点排外倾向，但大多数时候似乎比蚂蚁"宽容"，"排外"并不一定驱逐或杀死老外。不过，只要别人外表与自己异样，通常都会觉得对方"异常"。

《高僧传》说康僧渊"本西域人，生于长安。貌虽梵人，语实中国。容止详正，志业弘深"。由于对玄佛都有极深造诣，谢安、殷浩等东晋名家巨擘都与他交游；由于他西域胡人高鼻深目的外貌，许多人又拿他的鼻子眼睛取乐，甚至连谢安也常常以此来调笑他。谢安拿康僧渊的鼻子眼睛说事，无疑是认为他的鼻子眼睛"反常"。嘲讽胡人相貌在汉末以后十分常见，建安时期繁钦的《三胡赋》，就把胡人的"仰鼻""深睛"穷损了一番。"仰鼻""深睛"也即此文中的"目深而鼻高"。我们今天欣赏面部棱角，高鼻深目是一种美的标志，塌鼻子的人宁可花钱忍痛也要做隆鼻手术。可古人都有点"少见多怪"，塌鼻丑汉反而嘲笑高鼻美男。

在相貌审美这一点上，估计康僧渊是"有苦无处诉"，因为身边没有人以"高鼻深目"为美,所以他只好从另一角度为自己的高鼻子和深眼睛"辩护":"鼻者面之山,目者面之渊。山不高则不灵,渊不深则不清。"他说鼻子是脸上的山岳,眼睛是脸上的深潭。山不高就没有神灵,渊不深就不会清澈。时人都认为这是"名答",也就是为自己鼻子眼睛的一次著名辩护。这次"名答"尽管十分机智,而且也很有"笑点",但他是从哲学而非审美着眼,没有解释高鼻深目何以美,只是强调鼻高才有"神",眼深才能"清"。

谢安恰恰是笑他高鼻深目的模样丑,康僧渊这一"名答"为什么"答非所问"呢?康僧渊是"秀才遇上兵,有理说不清",汉人在胡人面前都有文化上的优越感,蔡邕毫不隐讳地说胡人来华是"慕化",既然是文化上的"落后"民族,长相上自然也就"丑陋",这是一种根深蒂固的偏见。再说,趣味无争辩,在大家都是塌鼻子的人群中,谁还以鹰钩鼻子为美呢?试想,康僧渊要是从美的角度为高鼻深目辩护,肯定大家都会摇头;他从"神"与"清"的角度来回答,才使大家都认可点头。

没有他那敏捷的思维,没有他那清澈的头脑,谁能像他那样"绝地反击"?谁能把自己的高鼻子凹眼睛说得那么富于"灵性"?

面对别人对自己外貌的嘲笑,另一高僧支遁的回应同样从容自如——

> 王子猷诣谢万,林公先在坐,瞻瞩甚高。王曰:"若林公须发并全,神情当复胜此不?"谢曰:"唇齿相须,不可以偏亡。须发何关于神明?"林公意甚恶。曰:"七尺之躯,今日委君二贤。"(《世说新语·排调》)

文中的"林公"就是支遁(字道林),东晋著名的大德高僧。支道林对王徽之和王献之兄弟一直评价不高。当王子猷(徽之)去看望谢万时,支道林正好先到谢万家,他的神态十分傲慢,根本不把王子猷放在眼里。王子猷大概对支道林也不以为然,他见支摆出一副孤傲的架势,便"不怀好意"地调侃道:"林公要是头发和胡须都很齐全,大概不会像现在这副神态吧?"谢万马上接过话头说:"只听说唇齿相依,不能有一方偏废,没听说胡须头发与精神有什么关系!"支道林脸色越来越难看,但他仍然淡定地说:"我这七尺之躯,今天就托付给二位处理了。"

这场对话中,三人都不失名士身份。王子猷见林公的傲态,并不直接说出自己的反感,而是从林公的秃顶入手,言下之意是说要不是秃顶,林公不至于像现在这么神态难看。谢表面上不同意王的说法,实际上是暗中附和他对林的批评。林公何尝不知道他们表面上说自己的须发,骨子里是不满自己的神态?他干脆就"以歪就歪":既然你们对我胡须头发这么感兴趣,那就把这身老骨头交你们摆布吧!

一次有关胡须头发的闲聊,成了精英们一场机敏的智斗。每个人都话里有话,王子猷化沉重为轻松,支道林诙谐中藏机锋。

第十四章
放诞

放诞是指行为的放纵和言语的荒唐,这两方面魏晋名士都占全了:他们以言谈的荒诞不经"解构"虚伪的一本正经,以行为的放纵不羁冲破精神的禁锢僵硬,以生活态度的玩世不恭取代为人的墨守拘谨。

汉末随着帝国大厦的倒塌,它的意识形态也开始崩溃,周孔从膜拜的偶像变为嘲讽的对象,此时"学者以庄老为宗,而黜六经;谈者以虚薄为辩,而贱名检;行身者以放浊为通,而狭节信"(干宝《晋纪·总论》)。经过几百年的压抑和束缚之后,士人纷纷喊出了"礼岂为我辈设哉也""非汤武而薄周孔"!起初,放诞既是对礼教反叛,如阮籍送嫂、刘伶病酒、阮咸与婢私通,也是对官方"以孝治天下"的挑战,如守丧饮酒吃肉,这些放荡的言行中有某种严肃的内涵。当"越名教而任自然"变为名教与自然合一之后,名士们裸体荒放"行同禽兽",只是群体的纵欲狂欢,是一种表现个性的"行为艺术"。他们在否定礼教的同时也否定了"人"本身,与其说是坦露生命的真性,还不如说是暴露了自身的兽性。

旧的道德律令失去权威，而新的道德权威尚未建立，此时士人们言行的放纵荒诞，是由于不知道要干什么，于是便什么都干。

1. 刘伶病酒

> 刘伶病酒，渴甚，从妇求酒。妇捐酒毁器，涕泣谏曰："君饮太过，非摄生之道，必宜断之！"伶曰："甚善。我不能自禁，唯当祝鬼神，自誓断之耳！便可具酒肉。"妇曰："敬闻命。"供酒肉于神前，请伶祝誓。伶跪而祝曰："天生刘伶，以酒为名，一饮一斛，五斗解酲。妇人之言，慎不可听！"便引酒进肉，隗然已醉矣。
>
> ——《世说新语·任诞》

杜牧曾自夸"高人以饮为忙事"，可杜牧未免太高看了自己，他天天想着"愿补舜衣裳"，无论如何都算不上什么"高人"，"以饮为忙事"的"高人"非刘伶莫属。

刘伶一生的重要事业就是饮酒，一生的重要文章就是《酒德颂》，一生都是在酒中度过，酒则使他一生"其乐陶陶"，还使他一生流芳百世。难怪他要讴歌"酒德"，更难怪他不想断酒了。

这则小品其实是一出轻松的家庭喜剧，剧名就叫"刘伶病酒"。

矛盾的起因是刘伶酒瘾发作，口渴得非常厉害，于是求妻子要酒解渴——别人解渴是用水，他解渴是用酒。刘夫人一听丈夫要酒喝，气就不打一处来，一怒之下把酒全倒光，把酒器都毁掉，泪流满面地央求他说："夫君饮酒实在太多了，你把自己的身体糟蹋成了这个样子,这不是养生长寿之道,非得把酒戒了不可!"

一个急需酒来解渴,一个气急把酒全都倒光,原以为刘伶这个酒鬼会大打出手,眼看矛盾就要激化之时,谁会料到突然峰回路转,刘伶似乎转眼便浪子回头,他十分热切地附和着妻子说:"你说得太好了!我也正想把酒断了,只怕我管不住自己,还得在鬼神面前发个重誓,求神灵保佑我把酒戒掉,娘子现在快去置办祭神的酒肉!"刘夫人觉得今天的太阳从西边出来,高兴地满口应承说:"敬遵君命!"

这下该刘夫人忙乎了,她连忙把酒和酒器供奉在神像前,请刘伶对神像发誓。刘伶一脸肃穆地跪下来祈祷说:"天生刘伶,以酒为命,一饮一斛,五斗去病。妇人之言,慎不可听!"祈祷之后立即大碗灌酒,大口吃肉,刘夫人还没有回过神来,刘伶已是烂醉如泥了。剧情的高潮也即剧情的结尾,紧张、意外、爆笑……读者心情随着剧情的变化而变化。

爆笑之后又生出许多疑问:刘伶为什么要"以酒为命"呢?一个"以酒为命"的酒徒,怎么会成为竹林七贤之一,而与阮籍、嵇康、山涛、王戎这一代精英为伍呢?

他人的记述和他自己的《酒德颂》,或许能帮我们解开疑团。

《晋书·刘伶传》说他"身长六尺,容貌甚丑",《世说新语》也有类似的记载:"刘伶身长六尺,貌甚丑悴,而悠悠忽忽,土木形骸。"他整天喝得醉眼迷离,走起路来摇摇晃晃。比起"七尺八寸,美词气,有风仪"的好友嵇康,"身长六尺"的刘伶显得又土又矮又丑。就算"男人的形象要由他们的事业来塑造",一个在官只"盛言无为之化"的家伙,怎么可能去建立现世功业?刘伶是那种典型的"三无男人"——无形、无款、无权。

竹林七贤中人要么是大诗人,如阮籍;要么是大思想家,如嵇康、向秀；要么是大官僚，如山涛、王戎；要么是著名音乐家，如阮咸，独独刘伶是个著名的酒鬼。那么，阮籍为什么没有对他翻白眼？嵇康为什么没有给他写绝交书？用现在的话来说，为什么那么多"成功人士"乐意和这个酒鬼混在一起呢？

他人之所长在"技"——在某领域的"一技之长"，刘伶之所长在"智"——透悟生命的智慧。

《世说新语》称"刘伶著《酒德颂》，意气所寄"，《酒德颂》寄托了他一生的志趣，也表现了他的人生智慧。我们来看看这篇奇文。文章一起笔就说："有大人先生，以天地为一朝，以万期为须臾，日月为扃牖，八荒为庭衢。行无辙迹，居无室庐，幕天席地，纵意所如。"在这位"大人先生"眼中，开天辟地的宇宙创始至今不过是一朝，万年历史不过是一瞬，他以日月为自己的门窗，以大地为自己的庭院，居无定所，行无踪迹，以天为幕帐，以地为卧席，为人适性纵意。因此，这位先生"止则操卮执觚，动则挈榼提壶，唯酒是务，焉知其余"？停下便举起酒杯，走路也要提着酒壶，除了"唯酒是务"以外，其他一概不知一概不问。

这也算是"人生智慧"？用现在的价值来判断，假如这也可以称为智慧，那智慧就是"愚蠢"的别名！

且慢！"愚"与"智"有时的确是一个铜板的两面。庄子说无用之用是为大用，刘伶的不智之智实为大智。

刘伶那个时代，名教与自然激烈对抗，嵇康因此提出"越名教而任自然"的人生理想，而真正能实现这一人生理想的便是刘伶。"贵介公子"和"搢绅处士"，听到"大人先生"的"风声"后，个个都对他"怒目切齿"，向他"陈说礼法"大义。正当这伙人说得起劲的时候，大人先生捧起酒罐，枕着酒槽，进入醉乡——"无思无虑，其乐陶陶""豁然而醒""静听不闻雷霆之声，熟视不睹泰山之形，不觉寒暑之切肌，利欲之感情"。酒醒后，听不到雷霆的巨响，看不清泰山的轮廓，感觉不到寒暑的变化，更没有世俗的贪欲……古今《酒德颂》的评论中，要数金圣叹的评点最到位，他说从来只说刘伶酣醉，又哪知他的得意是在醒时呢？文中"天地一朝"是说未饮以前，"静听不闻"是写既醒以后。

不是我们醒着刘伶醉了，是我们皆醉而刘伶独醒！

酒的妙处不在醉时而在醒后，醉酒是社会学意义上的"休克"，无所谓"妙"与"不妙"。辛弃疾在《贺新郎》中说："江左沉酣求名者，岂识浊醪妙理？"名利之徒难得体认"浊醪妙理"，那什么是"浊醪妙理"呢？东晋王忱曾感叹说："三日不饮酒，觉形神不复相亲。"几天不饮酒就觉得身心分裂，"浊醪妙理"就是使人身心和谐？估计这只是他的"一家之言"，陶渊明说酒的妙用在于它使人"暂近自然"，这句名言必能引起大家的共鸣。

酒使刘伶回归生命的真性，使他没有"利欲之感情"。竹林七贤中，阮籍终生尚在"歧路"，嵇康性格失之"峻切"，山、王二人又略嫌世故，向秀处世偏于软弱，唯有刘伶一生才"暂近自然"……

2. 人种不可失

阮仲容先幸姑家鲜卑婢。及居母丧，姑当远移，初云当留婢，既发，定将去。仲容借客驴著重服自追之，累骑而返，曰："人种不可失！"即遥集之母也。

——《世说新语·任诞》

一位名士与姑姑的女佣私通，还是在居母丧期间与女佣私通，而且又使得女佣怀孕，得知女佣离开后又仓皇追赶，还十分招摇地共骑一头驴子返回……且不说一千年前的魏晋，即使在自由开放的今天，这其中任何一件发生在社会名流身上，他都没有办法向社会交代，他的公众形象将被众人唾弃，他可能永远从公众视野中消失。

可这种事情一件也不少，全都发生在魏晋之际的阮咸身上。

阮咸早就和姑妈的鲜卑侍女暗通款曲。阮咸为母亲守丧期间，他姑妈将要离开阮家搬到外地。姑妈知道侄子与自己的侍女有染，起初答应把这个侍女留下来，等到出发前又突然改变了主意，让这个侍女和自己一起走。阮咸发现有变后，侍女随姑妈已经远去。当时家中正好有客来访，他立即借了客人的毛驴，还来不及脱掉孝服，心急火燎地朝姑妈离开的方向追去。追上后好不容易说动了姑妈，把她的侍女留了下来。一时找不到马和马车，他只得与侍女同骑毛驴回来。对于像阮咸这样的名士来说，他这样做显然有违常情，朋友们问他为什么放不下一个婢女，他毫不隐讳地说："人种不可失。"这个婢女就是阮遥集的生母。

与婢女同乘一头驴子回家，是"大摇大摆"地宣布两人的私情；声称"人种不可失"，更是不打自招地承认婢女已经怀孕。

这不仅违背道德，而且有失身份！

可是，阮咸身为竹林七贤之一，许多要人都对他赞不绝口，如竹林七贤另一位名士山涛说："阮咸贞素寡欲，深识清浊，万物不能移。若在官人之职，必绝于时。"《世说新语》说曾举荐阮咸为吏部郎，《晋书·阮咸传》说是"举咸典选"，就是推举他负责朝廷选拔人才的事务。一个侍女就让阮咸魂不守舍，怎么能说他"贞素寡欲"？又怎么相信他"万物不能移"？山涛难道因个人交情而罔顾事实？推崇阮咸的绝非山涛一人，当时大名士郭奕素称见识深远，很少人能入这位高人的法眼，但史书上说他一见阮咸便油然"心醉"。后来颜延之在《五君咏·阮始平》中说："郭奕已心醉，山公非虚觏。"这两句诗的意思是郭奕对阮咸极为倾慕，山涛对他的赞美也名副其实。

更让人大感意外的是，后人在纪念阮咸的诗歌中，竟然对他与姑妈侍女私通一事大加称赞："小颈秀项可青睐，大名高声皆白眼。"这是说阮咸只爱他所爱的美丽婢女，而对那些令人仰慕的名利之徒却付之白眼。

阮咸与婢女私通的丑闻，后世为什么成了他的"美德"呢？

他爱"小颈秀项"的鲜卑侍女，从来不羞羞答答遮遮掩掩，他根本不顾及自己的身份，也不在乎自己的社会名声，"恩爱"地与她同骑一头驴，高调地宣布她已经怀孕，还急切地借驴去追逐她，表现了一个男人的率真、挚爱和担当。

"人种不可失"不过一个借口，实际上是他与婢女之间产生了割不断的爱情。古今有几个达官、显贵和名流能做到这一点呢？且不说《杜十娘怒沉百宝箱》中的李甲，也不说"始乱终弃"的唐代诗人元稹，今天还有多少人有阮咸这种率性和真情？又有多少人愿意出来为婢女承担责任？

阮咸以率性真情挑战虚伪的礼法。读自己喜欢的书，干自己喜欢的事，爱自己喜欢的人，文人常把这作为人生最大的乐事。只有超越了人世名利的束缚，摆脱了患得患失的算计，只有扔掉了礼法的伪装，坦露出自己生命的真性，才能也才配享受这份人生的快乐。我们常像禅师所说的那样，该吃饭时不肯吃饭，百般思索；该睡觉时不肯睡觉，万般计较。因此，错过了许多好事，错失了许多好人。我们没有勇气去爱别人，我们也不值得别人来爱。

阮咸当众表示对婢女的牵挂，正因为他自己了无挂碍。我们不妨扪心自问：有谁活得像阮咸这样率性？有谁活得能像阮咸这样坦荡？

3. 付诸洪乔

> 殷洪乔作豫章郡，临去，都下人因附百许函书。既至石头，悉掷水中，因祝曰："沉者自沉，浮者自浮，殷洪乔不能作致书邮！"

——《世说新语·任诞》

这篇小品读来让人喷饭。

文中殷洪乔即殷羡，东晋前期曾为长沙相、豫章太守、光禄勋等职。就现在的史料来看，虽然在苏峻之乱中，殷羡曾为陶侃提出过一条好建议，但此人为长沙相时贪婪残暴，经常骄纵强横祸害百姓。作为任职一方的父母官，他给百姓做的坏事似乎比好事还多，虽然没法看到他的模样和照片，但一提起他我就想起了今天那些贪官。

殷羡一生能拿得出手的，一是他生了个有名的儿子殷浩，殷浩给我们留下了"宁作我"那句豪语，以及至今还常用到的"咄咄怪事"这个成语；二是他富于喜剧天才，《世说新语》中有关他的三篇小品，近似于今天三个幽默段子，一个比一个滑稽逗笑。

殷洪乔就任豫章太守，临走时京都人托他捎带一百多封信。等来到离京城不远的石头城，他便把这些信一股脑儿全扔到江中，还煞有介事地祷告说："信呵，信呵，要沉的尽管沉下去，要浮的尽管浮起来，反正我殷洪乔不能做邮递员！"

京城里托他捎信的那些熟人，要是看到这一幕肯定肺都气炸了。

我看到这里也哭笑不得。

我的第一反应是：这殷洪乔真不是东西！如果觉得捎带一百多封信是个负担，一开始就不要答应人家；既然已经答应了人家，而且已经带它们上路，就应该把这些信安全地交到收信人的手上。受人之托一诺千金，像他这样与轻诺轻弃的小人何异？

接下来的反应是：这殷洪乔真有点滑稽！看到他将别人托付的信"悉掷水中"，你肯定想冲上前去揍他一顿！等读到他最后几句郑重其事的祈祷词，你又肯定会忍俊不禁。要是想把别人托付的信安全送达，就不能将它们"悉掷水中"；既然把它们"悉掷水中"，又何必为它们祈求保佑？既然祈求神灵保佑，为何又说"沉者自沉，浮者自浮"？"沉者自沉，浮者自浮"又哪用得着祈祷？既然"殷洪乔不能作致书邮"，干吗又把别人托付的信带出京城？"因祝曰：'沉者自沉，浮者自浮，殷洪乔不能作致书邮'"，实在让人绝倒。殷洪乔那一本正经"祝曰"的肢体语言，与他那"沉者自沉，浮者自浮"完全胡闹式的祝词，特别是"殷洪乔不能作致书邮"的内心独白，二者形成巨大的反差，因而产生强烈的喜剧效果。如果只有偷偷地将信"悉掷水中"的行为，殷洪乔就只是现实生活中的小丑；有了最后这几句滑稽的"祝"词，他马上就升华为艺术中的"小丑"——虽然不能给受托人带去书信，但能给无数读者带来快乐。

我一直在想，假如殷洪乔妥善地带到了那一百来封书信，无疑就不能给成千上万读者带来笑声。从做人的道德来说应取前者，从社会效果和艺术审美来看应取后者——你喜欢哪一个殷洪乔呢？

如今，人们把他掷信水中的地方称为"投书浦"，后人还建了石塔、石碑、石亭、牌坊来作为纪念。看来，人们和我一样，宁可喜欢一个任性幽默的殷洪乔,也不愿要那个谨守信用的殷洪乔。"尘世难逢开口笑",殷洪乔便是逗我们开怀大笑的笑星,他帮人们驱走了许多人世的无聊与沉闷。

成语"付诸洪乔"就是来于这篇小品,意思是捎的信没有带到,它的引申义是"所托非人"。不过,"所托非人"可能性质相同,但其结局也许完全相反:有的以悲剧收场,有的则以喜剧结尾。

说到这里故事还没有完结。南宋吴曾在《能改斋漫录》卷九说,江南有两地名为"石头",一在今天南京郊区,即所谓"钟山龙蟠,石头虎踞"的石头城,一在今天南昌郊区——当时属豫章——的石头。按《世说新语》中原文语意,当为南京郊区的石头,因为殷洪乔不想做邮递员,断然不会把信带到南昌再扔到水中,所以文中的"石头"属于南京石头城无疑。可余嘉锡先生批评吴曾只"知其一,未知其二"。《太平御览》卷七十一引《晋书》说:"殷羡建元中为豫章太守。去郡,郡人多附书一百余封。行至江西石头渚岸,以书掷水中,故时人号为投书渚。"这样说来托殷带信就不是京都人而是豫章人,而且指明投书地就是江西石头渚。余嘉锡认为《世说新语》这篇小品本之《语林》,《北堂书钞》和《太平御览》引《语林》,都作"郡人附书",因此,余先生怀疑《世说新语》中的"都下人"当为"郡下人","都"字应属"郡"字之讹。其实,造成争议的不仅有两个"石头"地名,还有"殷洪乔作豫章郡,临去"这两句话也有歧义,我们可以将它理解为:殷洪乔做豫章太守,当他离开豫章时;也可以理解为:殷洪乔就任豫章太守,当他赴任时。地名有两个"石头",两个"石头"分别又在南京和南昌的郊区,而且开头的话又可作两解,所以,殷洪乔扔信的地方到底是在哪个"石头",现在很难遽下定论。

不管是南京的"石头",还是属南昌的"石头",都不影响这篇小品的笑点，更不影响它给我们带来的欢乐。

可惜殷洪乔生不逢时，像他这样的喜剧天才，语言和动作如此有幽默感，要是生活在"娱乐至死"的今天，他根本用不着去当贪官捞钱，做一个笑星会让他数钱数到手软。

4. 吾若万里长江

> 有人讥周仆射："与亲友言戏，秽杂无检节。"周曰："吾若万里长江，何能不千里一曲？"
>
> ——《世说新语·任诞》

周仆射就是周顗，他曾官至尚书左仆射。《世说新语·赏誉》篇说："世人目周侯：嶷如断山。"文中的周侯也是指周顗，侯是古人对州牧刺史的尊称，因州牧刺史为一方诸侯，周顗曾做过荆州刺史。在当时人眼中，周顗高峻如断山绝壁，可以想见他的仪容是如何峻伟刚正。《晋阳秋》也有类似的记载，周顗为人伟岸严正，同辈从不敢轻慢他。一世枭雄王敦见到周顗也惧怕三分，每次见到周顗便面红耳热，哪怕寒冬腊月也双颊发烧。

丞相王导在与人信中称赞周顗为"雅流弘器"，周顗为人也确有"国士门风"。王敦兴兵叛乱，周顗对王敦正气凛然，宁可舍身也不屈节，被害前大骂王敦"贼臣"，"血流至踵"仍然"颜色不变"。史家对周顗的节操赞不绝口："甘赴鼎而全操，盖事君而尽节。"遇害后，王敦派心腹缪坦抄没周顗之家，只搜到几只空簏子，几床旧棉絮，酒数瓮，数石米，朝廷大臣无不叹服周顗廉洁清正。

人是一种极其复杂的动物，高洁与龌龊、崇高与卑劣、方正与随和、自律与放纵可能同时统一于一人。

周颛的大节真没有可说的，但他的为人小节可说的真多。

先说酒。他多次因醉酒遭到弹劾，还有两次因"荒酒失仪"免官。晚年更是天天烂醉如泥，即使身居仆射这样的要职，他也是醉时比醒时多，当时人们把他称为"三日仆射"。他过江之前就酒量很大，过江后照样时时离不开酒瓮，还常常吹嘘说饮酒无敌手。一次有从前酒友从江北来，周颛一时兴起便拿出两石酒对饮，直到双双都沉入醉乡。周颛几天后才酒醒，那位客人却从此再没有醒来。

再说色。刘孝标注引邓粲《晋纪》说，有一天，王导、周颛和其他朝士，一起到尚书纪瞻家观伎，纪瞻爱妾那甜美的歌声，还有那更甜美的模样，让周颛完全魂不守舍，他想在众人面前"通"主人的爱妾，不知不觉中"露其丑秽"，对自己的淫荡行为竟然一点也不脸红。在纪瞻家观伎虽属私人聚会，但客人当众希望私通主人的爱妾，放在性解放的今天也让人瞠目结舌，更何况王导、周颛、纪瞻等朝士，都相当于今天总理副总理级别的官员！虽然还没有听说过他包二奶的丑闻，但这根本说明不了什么问题，更不表明他没有这方面的爱好。估计是他没有掌握贪官那种高明的贪污技巧，一个家中只有几床破棉絮几袋陈大米的穷官员，哪个姑娘愿意去做他的二奶小三？再说，如果他掌握娴熟的贪污技巧，他完全可以大摇大摆地娶三妻四妾，用不着偷偷摸摸地包二奶养小三。

他与亲友言谈戏乐时污秽不雅，因此常常被人讥讽嘲笑，周颛为自己的行为辩解说："吾若万里长江，何能不千里一曲？"

不管用哪个时代哪个民族的价值观来审视，这篇小品的思想情感都不算"健康"，用我们今天的眼光来衡量，它传达的全是"负能量"。

我之所以选它作为细读的范文，一是它是那时士风的风向标，二是它具有极高的审美和认识价值，三是周颉的辩解已成历史名言。

余嘉锡先生对这篇文章有点将信将疑，他说以周颉的名德不至如此不堪。不过，魏晋间士人放荡无检不是特例而是通例，《太平御览》引曹丕《典论》残句说，东汉末年，太医令张奉与人饮酒，三杯酒下肚就要脱光衣服，大家都以裸体为戏乐。王隐《晋书》也说阮籍等人也"嗜酒荒放，露头散发，裸袒箕踞"，一大批官二代也跟着阮籍有样学样，"去巾帻，脱衣服，露丑恶，同禽兽"，认为这样才接近于"自然"之道。露得最彻底的名为"通"，露得较彻底的称为"达"。晋人葛洪更骂他同时代的士人"乱男女之大节，蹈《相鼠》之无仪"。《相鼠》是《诗经》中的名篇，一开头就说"相鼠有皮，人而无仪"。看看老鼠也有一张皮，却见有些人没威仪。人要是没有一点威仪，那活着不死又有何益？但到底什么样子才算有"仪"，不同时代和阶层可能说不到一起去，在魏晋之际的名士眼中，或许裸体才最酷最潮最有"仪"。既然当众裸体是一种时髦，周颉当众露"丑秽"虽十分"出格"，但他本人并不觉得十分"出丑"。周颉大节无亏而小节有疵，它们不过是时人和后人饭余的笑谈。以他任情率性的为人，又喜欢狂乐纵酒，乘着酒兴有什么干不出来呢？再说，东晋社会思潮与正始时期大不一样，江左名士很少有人像嵇、阮那样激烈地对抗名教，相反，他们大多儒道兼综，孔庄并重。周颉一方面有余嘉锡先生高度赞赏的"名德"，一方面在私生活中又"秽杂无检节"，从他身上可以看出社会风尚的新变。

周颉公德和私德的强烈反差表明，对任何人的评价切忌简单化，好人便"一好百好"的情况，只有在我们的电视电影中才能找到。历史上和现实中的许多英雄豪杰，其私德和个性可能很糟，而大汉奸汪精卫的私德却很好，至少他不贪钱不好色。文艺作品中的坏人都是一些丑八怪，汪精卫这个大坏蛋却是十足的美男子。周颛喜欢纵酒和好色，既不值得夸耀，也不必要遮掩。

周颛对别人讥讽的辩解十分高明，他对自己"秽杂无检节"不仅不否认，反而觉得这些都十分正常，"我好比一条万里长江，哪能不千里一曲呢"？是呵，谁见过一条笔直的万里江河呢？所有笔直的江段都属人为，自然形成的江河无一不弯弯曲曲。通体透亮而无阴影的东西，全都出自诗人的想象和科学家的设想，在现实中都是吓人的怪物，要是谁在太阳月亮下没有阴影，肯定会吓得你魂不附体。

"吾若万里长江，何能不千里一曲？"早已成为历史上的名言，它可能有助于我们对历史名人的认识——不必把历史名人神化，也不应把历史名人丑化。

这句历史名言，也可能成为我们对自己缺点的挡箭牌——连万里长江也免不了千里一曲，更何况我们这些小民呢？不过我倒想提醒一下诸位："千里一曲"虽然在所难免，问题在于我们是不是"万里长江"。

第十五章
伤逝

如果说"未知生,焉知死",是孔子在消极地回避死亡,那么"朝闻道,夕死可矣",则是他在"积极"地藐视死亡。孔子将"人"抽象为道德的存在物,"志士仁人,无求生以害仁,有杀身以成仁",因而,一个人即使死也要死得合于仁义礼教,即曾子所谓"得正而毙"(《礼记·檀弓上》)。既然生命的最高目的是"闻道"守礼,那么礼仪的娴熟、典籍的温习、节操的修养就成了人生的必修功课。"存,吾顺事;没,吾宁也",张载《西铭》这几句名言,道尽了儒家对生死的典型态度。尽管儒者明白"丧礼,哀戚之至也",可他们仍然强调应"节哀顺变"(《礼记·檀弓下》)。道家对死亡似乎更为"超脱",《庄子》中多处论及齐生死等寿夭,《齐物论》宣称"莫寿于殇子,而彭祖为夭",《德充符》还主张"以死生为一条",《大宗师》也认为应以"死生存亡为一体"。

生死虽说是人的"头等大事",但在魏晋之前,儒道两家从不同的角度遮蔽了死亡的深渊。

到了魏晋,阮籍公开奚落礼法"鸿儒",嵇康更指责"六经务于理伪"。在名士们看来，问题不是一生能否"闻道"，而是儒家之道不值得一闻，更不值得为了"闻道"而丧命。生命是"从生身命根中带来"，所以王羲之沉痛地喊出了"死生亦大矣，岂不痛哉"，并毫不客气地斥责庄子说："一死生为虚诞，齐彭殇为妄作。"魏晋名士们死亡的"边缘体验"异常敏锐，伤逝悼亡也异常撕心裂肺，《世说新语》中常有"气绝""恸绝""一恸几绝""因又大恸"的记载。他们有时悼人："庾文康亡，何扬州临葬云：'埋玉树著土中，使人情何能已已！'"有时自悼："王长史病笃，寝卧灯下，转麈尾视之，叹曰：'如此人，曾不得四十！'及亡，刘尹临殡，以犀柄麈尾著柩中，因恸绝。"

假如不热爱生，又怎么会恐惧死？假如不觉得生无限美好，又怎么会觉得死如此可恶？名士们是在哀恸死，又何曾不是在赞美生？

1. 情之所钟

> 王戎丧儿万子，山简往省之，王悲不自胜。简曰："孩抱中物，何至于此！"王曰："圣人忘情，最下不及情。情之所钟，正在我辈。"简服其言，更为之恸。
>
> ——《世说新语·伤逝》

人间最大的不幸莫过于丧子之痛，即人们所说的"白发人送黑发人"。对于天下父母来说，假如老天同意让人替代，他们宁可丧己也不愿丧子。

魏晋间的大名士王戎有两个儿子，长子王绥（字万子），次子王兴。王绥被誉为"有大成之风"，具备能成大器的才能气质，一直深得王戎的喜爱。王兴为庶出，不知什么原因为王戎"所不齿"。可惜命运捉弄人，王绥"有美誉而太肥"，十九岁就撒手人寰。王戎对王绥最为看重，王绥之死对王戎的打击自然最为沉重，"悲不自胜"是说悲哀得不能自制。山涛之子山简去探望他，见王戎痛苦得近于精神崩溃，便找个理由安慰他说："小孩是怀抱中的东西，何至于悲伤到这般地步！"山简这番苍白无力的劝告哪能安慰王戎？他难以接受山简的这种"洒脱"："圣人道合自然，超越了人间情怀，最下等人又不懂人间情怀，人际深情全在我辈身上体现出来。"最后本想劝说王戎的山简，反而被王戎的话说服了，转而和王戎一起恸哭起来。

王戎为人有卓识也有深情，在魏晋名士中堪称情理兼胜。《世说新语》和《晋书》中有很多有关他卓识的记载，也有不少他对亲朋一往情深的故事。卓识表现在他对形势的准确判断，对事件发展的料事如神，所以能避开一个又一个政治险境，成为西晋政坛上的不倒翁；还表现在他有识人之明，任何人的优劣与心机都逃不过他的法眼，当然还表现在他处世的"谲诈多端"，他的同辈都觉得王戎深不可测。深情表现在王戎对亲人、朋友的真情真性上，丧子他"悲不自胜"，丧母他"鸡骨支床"，朋友之丧同样让他悲痛欲绝。我对王戎老兄唯一的坏印象是他过于吝啬。当然，人吝啬到了他那个水平，有点可笑也有点可爱。

"情之所钟，正在我辈"，是王戎的理性认知，也是他的人生体验，而"圣人忘情，最下不及情"，则涉及当时的玄学背景，事关当时清谈家争论的热门话题。何晏持"圣人无情"之说，《老子》中说"人法地，地法天，天法道，道法自然"，圣人无情就是从圣人法天中推衍出来的，此处的"天"就是"自然"。圣人与天合其德，与道同其体，所以动静与天地同流，而没有主观的喜怒哀乐好恶取舍，这就在逻辑上推出了圣人无情。另外，玄学家们关于"有无"之争，最后也走向了"圣人体无"的结论，圣人既然以无为体以有为用，他们个人只有无情无绪无取无舍，对人才能没有偏心，处事才能行无为之政。从逻辑上说，不管是行无为之政，还是对人没有偏心，都要求圣人达到"无情"的境界。另一玄学大家王弼不同意何晏的观点，何劭《王弼传》引王弼的话说："圣人茂于人者神明也，同于人者五情也。神明茂，故能体冲和以通无；五情同，故不能无哀乐以应物。"王弼所谓圣人高于常人的地方在"神明茂"——智慧超群，同于常人的地方在"哀乐以应物"——五情同。作为魏晋之际的清谈高手，王戎无疑熟悉当时争论的要点，他认为"圣人忘情"显然他是站在何晏一边。王戎觉得圣人超越情，下人不及情，"情之所钟正在我辈"，所以他父母死亡他"哀毁骨立"，儿子早夭他"悲不自胜"，友人离去他感怆伤怀。

　　古代有许多感人至深的悼子诗，如孟郊的《悼幼子》："负我十年恩，欠尔千行泪。洒之北原上，不待秋风至。"黄庭坚悼友人小孩的《忆邢惇夫》："眼看白璧埋黄壤，何况人间父子情！"比起这些诗歌来，王戎悼子的名言不仅具有人伦的至情，也富于玄学哲理的深度，另外，还有点士人的优越感，更有点对底层人的偏见。

　　最后，这则小品中的故事又见《晋书·王衍传》，王衍是王戎的从弟，更是西晋"祖述老庄"的清谈领袖。《世说新语》虽为王戎，但小品后刘孝标特地注明："一说是王夷甫丧子，山简往吊之。"那么故事中的主人公到底是王戎还是王衍呢？窃以为主人公是王衍更近情理：一是王戎儿子王绥死时已是十九岁的小伙子，不能再说是"抱中物"，再者，王戎与山简父亲山涛同为竹林七贤中人，他们是同辈至交，山简不可能用小品文中那种语气和王叔叔说话；二是《晋书》中说王衍是丧幼子，所以山简才说"孩抱中物"，山简与王衍年龄更接

233

近，说话的口吻才会那样随便。很有可能由于王戎至情至性，让《世说新语》的作者张冠李戴。

2. 生孝与死孝

> 王戎、和峤同时遭大丧，俱以孝称。王鸡骨支床，和哭泣备礼。武帝谓刘仲雄曰：'卿数省王、和不？闻和哀苦过礼，使人忧之。'仲雄曰：'和峤虽备礼，神气不损；王戎虽不备礼，而哀毁骨立。臣以和峤生孝，王戎死孝。陛下不应忧峤，而应忧戎。'"
>
> ——《世说新语·德行》

王戎与和峤同为西晋政坛重臣，同为一时清谈名流，但两人为人性格却很少共同之处。史称王戎身材"短小"，又"任率不修威仪"，但清谈时能引导大家的话题，还善于抓住别人谈话的要领，所以是魏晋间清谈的中心人物。和峤不只长得"森森如千丈松"，外表看起来高峻出众，举手投足也有威严有派头，《晋书》本传说和峤"厚自崇重"——他把自己也很当一回事。刘孝标注引《晋诸公赞》中的话说："峤常慕其舅夏侯玄为人，故于朝士中峨然不群，时类惮其风节。"连他的同僚都对他敬畏三分，对一般人来说更难以接近。你可以和王戎随便拍拍肩膀，开开玩笑，但要是碰见和峤，你就只得点头哈腰打躬作揖。

王戎当年是竹林七贤之一，从其"任率不修威仪"来看，阮籍"礼岂为我辈设哉也"的生活态度，嵇康"越名教而任自然"的理论号召，无疑会对他影响很深。当王戎与和峤同时遇上父母大丧时，他们两人为人与性格上的差异便表现得特别显眼。《晋书》本传说王戎在吏部尚书任上"以母忧去职"，《晋阳秋》说王戎"为豫州刺史遭母忧"。在他母亲去世的时间上二史虽传闻异词，但王戎守丧期间的表现，二史的记述完全一样。他"性至孝"但"不拘礼制"，母亲去世后，照样"饮酒食肉"，照样"观弈"游玩，可由于内心悲痛异常，很快瘦得"鸡骨支床"，《晋书》本传说挂着拐杖才勉强站起。女婿裴頠来吊孝，见王戎这般模样后说："恸能伤人，岳父不免灭性之讥也。"儒家要求哀而不伤，王戎这样悲伤属过礼灭性。正巧另一名士和峤同时居父丧，守孝期间"以礼自持"，小品文中"哭泣备礼"的意思是，哭泣哀悼都谨守儒家丧礼的礼节。见王戎母死后还在饮酒吃肉，和峤连吃饭也"量米而食"，晋武帝司马炎被他们这种表面现象迷惑了，对身边大臣刘毅（字仲雄）说："你常去看望王戎、和峤他们吗？听说和峤悲哀痛苦的程度超过了礼数，我真为他的身体担忧。"刘毅一向刚正直言，他向皇帝道出了实情："和峤守丧虽然礼数周全，但他的精神元气未见损伤；王戎看上去不守礼法，但悲哀完全摧残了他的身体，现在瘦得只剩皮包骨头。臣以为和峤尽孝而不伤身，王戎却是以命来尽孝。陛下大可不必为和峤焦虑，倒是应当为王戎的身体担忧。"

王戎与和峤守孝方式的差异，既表现了王、和两人气质个性的不同，也体现魏晋名教与自然的紧张。王戎守母丧的情形和同为竹林七贤中人的阮籍十分相像，《世说新语·任诞》载，阮籍是一个大孝子，但母丧期间照样"在晋文王坐进酒肉"。阮籍、王戎他们只是反感名教虚伪的礼节，看重的是人间的至情。

守丧时仍旧饮酒吃肉，人却痛苦得骨瘦如柴，与母亲永别口吐鲜血；守丧时礼数周全，每天只量米喝粥，但人还是面色红润——到底哪种人对父母更能尽孝呢？刘孝标注引《晋阳秋》说："世祖及时谈以此贵戎也。"司马炎和当时舆论因此更推崇王戎，这是因为和峤的"哭泣备礼"，只要愿意谁都可以"做"得很像，而王戎"鸡骨支床""哀毁骨立"，不是随便可以"装"出来的，即使能装出来也要付出很高的代价。

当然，和峤守丧"备礼"不一定是在"装"，也可能出于他的气质个性。有人感性中凝聚着强大的理性，遇事能以礼节情，欢乐不至于癫狂，痛苦不走向毁灭。有人感情强烈难以控制，在悲伤中往往不能自拔，在巨大灾难面前可能失去理智。"情之所钟"的王戎也许属于后者，"以礼自持"的和峤或许属于前者。从至情至性这一角度来看，王戎当然更加可贵，但从生活这一角度来衡量，和峤并非一无可取。因为"孝友"在古代是判定一个人道德的重要标准，不孝不仅要受到道德的谴责，而且还毁了自己的前程，这催生了一大批伪"孝子"。父母高寿过世是人间的白喜事，做子女的悲伤难舍情在理中，但悲痛得"鸡骨支床"和吐血昏厥，恐怕是逝世的父母也不愿见到的。

话说回来，王戎与和峤的气质个性虽反差很大，可他们在吝啬小气上却"亲如弟兄"。王、和二家都富埒王侯，是当时出了名的"大款"。王戎女儿出嫁借了他的钱，女儿回娘家时他老大不高兴，等女儿还钱后脸上才见喜色。杜预认定"和峤有钱癖"，他视亲兄弟如路人。孝友之道关乎一个人的天性，"孝"与"友"从不单行，谁见过对父母极其尽孝的人，对亲兄弟姐妹十分刻薄的呢？王戎与和峤孰优孰劣，似乎不宜轻下结论。

世的确哀彻心骨。《世说新语·任诞》载：

> 阮籍当葬母，蒸一肥豚，饮酒二斗，然后临诀，直言"穷矣"！都得一号，因吐血，废顿良久。

阮籍安葬母亲那天，特地蒸了一只乳猪，又一口气喝了二斗酒，然后再去与母亲诀别，只惨叫一声"穷矣"！就这么一声惨叫，随即便口吐鲜血，昏过去了很长时间。对于母亲逝世，有些人只以泪洗面，而阮籍则其哀彻骨；前者"哀不足而礼有余"，阮籍是"礼不足而哀有余"。若是孔子复生也会首肯阮籍脱略形迹的至孝。

不过，司马昭为阮籍缓颊的真正原因倒不是阮籍至孝，而是因为阮籍虽不遵礼法，但他并不反对司马。尽管是半推半就，阮籍毕竟是为他写过劝进表的人，留着他至少无害，杀了他必定有碍。要是因居丧饮酒吃肉而流放他，司马昭会失去不少士人的支持，若因此而体谅并关心他，反而能显出他司马昭的"仁慈宽厚"。阮籍多的是真情，司马昭有的是算计。

4. 驴鸣送葬

> 孙子荆以有才少所推服，唯雅敬王武子。武子丧时，名士无不至者。子荆后来，临尸恸哭，宾客莫不垂涕。哭毕，向灵床曰："卿常好我作驴鸣，今我为卿作。"体似真声，宾客皆笑。孙举头曰："使君辈存，令此人死！"
>
> ——《世说新语·伤逝》

我们成人一般都参加过葬礼，至少在电视上见过葬礼。现在的公私葬礼几乎是千篇一律，在电视上和广播中，看到或听到这样的葬礼，你可能突然悲从中来，倒不一定是对逝者感到十分悲痛，而是对人生感到特别悲哀：人活着没劲，死后又没趣。

我们来看看西晋名士的一场葬礼。

文中的王武子就是西晋名士王济，他的祖父是三国魏司空王昶，父亲是晋司徒王浑。昶、浑二人在魏晋都位至三公，除了皇帝再没有人比他们的级别更高的了。王济本人尚常山公主，官拜侍中、太仆，死后追赠骠骑将军，他的两个姐夫分别是和峤、裴楷。不过，王济显名当世并不是"拼爹"的结果，他是西晋的玄学家和诗人，有《骠骑将军集》二卷，钟嵘《诗品》评其诗说："王武子辈诗，贵道家之言。"《晋书》称他"少有逸才，风姿英爽，气盖一世。好弓马，勇力绝人，善《易》及《庄》《老》，文词俊茂，伎艺过人"。这看起来像是文武全能的超人，所以虽然他在官场上升迁极快，但人们并不认为是沾了驸马身份的光，都说是他凭自己才能获得的。那位孙子荆即西晋作家孙楚，孙楚门第当然无法与王济相比，但他们才气十分相近，气味更为相投。王济为人尖酸刻薄，一开口就容易伤人。孙楚更是恃才傲物，史称"楚才藻卓绝，爽迈不群，多所凌傲，缺乡曲之誉"，有文集十二卷，昭明《文选》中还选录了他的诗文，刘勰在《文心雕龙》中也几次为他说过好话。看来，他的才气的确很大，而脾气比才气更大。他曾做石苞的参军，可又瞧不起石苞，初到任就对石苞说："天子派我来参知你的军事。"这哪像做人家的幕僚，倒像做石苞的顶头上司。

他们两人都瞧不起天下人，偏偏彼此都瞧得起对方。王济与孙楚同乡，王曾为本州大中正，大中正的职责就是识别评定本州的人才。

有一次品评州中人才时，轮到评孙楚的时候，王济对侍从们说："你们没有评定他的眼力，还是留给我来品评他吧。"他给孙楚写的评语是："天才英博，亮拔不群。"孙楚很少佩服过别人，世上唯独只钦佩王济。在王济死后称道他说："逍遥芒阿，阖门不帷。研精六艺，采赜钩微。"他们两人是发自内心的惺惺相惜。

没料到"勇力绝人"的王济四十多岁就离开了人世，知己英年早逝自然让孙楚异常悲伤。王济出葬那天名士都来了，孙楚一到就在好友遗体前号啕大哭，送葬的宾客个个都伤心落泪。哭完之后，他又对王济的灵床说："王兄活着的时候常喜欢听我学驴子的叫声，今天我再学一回驴叫给你听听。"于是引喉学起了驴鸣，居然像真驴子的叫声一样，逗得宾客全都破涕为笑。这一下把孙楚给惹火了，他抬头对周围的人骂道："竟然让你们这些不该活的全活着，让他这个不该死的死了！"

或因与亲人或友人永别伤心，或受到在场氛围的感染，送葬时"临尸恸哭"比较普遍，现在殡仪馆里还常能见到这种场面，而"向灵床""作驴鸣"则极为罕见。大多数送葬者不会像他这样"别出心裁"，我们说话办事通常要考虑周围人的观感，所以尽量不让自己有"出格"表现。孙楚"临尸恸哭"不足以表达内心的悲痛，还要在亡友灵床前给他再一次驴鸣，最后一次要尽可能模仿得"体似真声"。他只注重自己内心的感受，不太关注别人有什么想法，也不在乎社会上的礼节客套，所以他为人很有棱角，待人特别率真，难怪他诗文艺术上非常新颖，连参加葬礼也"别开生面"。

一个喜欢学驴鸣，一个喜欢听人作驴鸣，这和我们今天有人喜欢口技表演，有人喜欢看口技表演相仿，这算是孙楚和王济的个人癖好。说来也怪，这种癖好在魏晋并不是特例，《世说新语·伤逝》载：

"王仲宣好驴鸣,既葬,文帝临其丧,顾语同游曰:'王好驴鸣,可各作一声以送之。'赴客皆一作驴鸣。"王仲宣即三国时期著名文学家王粲。王粲死于建安二十二年,时曹丕已立为魏王世子,也就是魏国名分和事实上的储君。国家储君亲自主持葬礼,规格大概相当我们今天的国葬。在如此高级别的葬礼上宾客都学驴鸣,你见过这么奇特的葬礼吗?史称"魏文尚通脱而天下贱守节",以储君的地位在葬礼上还如此随兴,为人的"通脱"可见一斑。

文人与驴子似乎一直有不解之缘,唐代大诗人李白、杜甫都留下了骑驴的传说和诗句,宋代已有《李白骑驴图》的咏画诗,杜甫《奉赠韦左丞丈二十二韵》中说:"骑驴十三载,旅食京华春。朝扣富儿门,暮随肥马尘。残杯与冷炙,到处潜悲辛。"稍后的贾岛和李贺更常常骑蹇驴吟诗,一直到南宋陆游更有"此身合是诗人未?细雨骑驴入剑门"的名句,好像骑马就只能算武人,只有骑驴子才像诗人。可见,喜欢学驴鸣和听人驴鸣,对于文人来说算不上什么怪癖。当然,在很多文人看来,有点怪癖才有魅力。袁宏道认为没有癖好的人,不是语言无味便是面目可憎。张岱在《陶庵梦忆》中也说:"人无癖不可与交,以其无深情也;人无疵不可与交,以其无真气也。"魏晋名士中大多有癖好,有的喜欢锻铁,有的喜欢种竹,有的喜欢养鹤……他们的举止不像后世士人那样中规中矩,言谈也不像后世士人无盐无味。今天,我们没有"不良嗜好",没有"出格行为",但也没有什么魅力,没有什么情趣。很多魏晋士人坦荡真率又个性鲜明,他们大都有情有义有才有趣,难怪日本近代诗人大沼枕山说:"一种风流吾最爱,六朝人物晚唐诗。"

5. 人琴俱亡

　　王子猷、子敬俱病笃，而子敬先亡。子猷问左右："何以都不闻消息？此已丧矣！"语时了不悲。便索舆来奔丧，都不哭。子敬素好琴，便径入坐灵床上，取子敬琴弹，弦既不调，掷地云："子敬，子敬，人琴俱亡！"因恸绝良久。月余亦卒。

——《世说新语·伤逝》

　　王徽之（字子猷，338－386）和王献之（字子敬，344－386），分别是东晋书圣王羲之第五子和第七子。兄弟两人都是东晋书法家和大名士，黄伯思在《东观余论》中说：王羲之几个儿子书法"皆得家范"而"体各不同"，其中"徽之得其势，焕之得其貌，献之得其源"。众弟兄之中，徽之与献之最有才华，也最为知名，又最为投缘。当时舆论也总是拿他们两人进行比较，如《世说新语·雅量》说："王子猷、子敬曾俱坐一室，上忽发火。子猷遽走避，不惶取屐；子敬神色恬然，徐唤左右，扶凭而出，不异平常。世以此定二王神宇。"

　　要论任性放纵徽之占先，若论成就人品献之为上。不过，他们两人一直相互推崇，如《世说新语·赏誉》载："子敬与子猷书道：'兄伯萧索寡会，遇酒则酣畅忘反，乃自可矜。'"这则小品的大意是说，献之写信给徽之说，兄长平时有点疏淡不群，在社会上落落寡合，一遇到酒就能开怀畅饮以至沉醉忘归，那种豪兴真让我为你骄傲。虽然没有留下更多的文献记载，可以想象，徽之同样也为有献之这么杰出的弟弟而自豪。

　　哪知天妒英才，王徽之、献之同时病重，偏偏弟弟先兄长亡故。

敏感的徽之问身边的人说："怎么完全听不到子敬的消息？看来弟弟肯定已经死了！"说话时不露一丝悲伤，马上便要一辆车子奔丧，到弟弟宅后又没有一声哭泣。行文至此，让我们读者好不纳闷：他明明知道弟弟已经死亡，怎么既不哭泣也不悲伤？到底是因为铁石心肠，还是因病重而对死亡已经麻木，抑或是徽之别有隐情？

作者将我们晾在狐疑之中，突然掉转笔头补叙死者的个人爱好："子敬素好琴。"献之平素喜欢弹琴与吊丧有什么关系呢？这句看似可有可无的闲笔，却是文章不可或缺的铺垫。由于亡弟"素好琴"，徽之"便径入坐灵床上"，他径直进入灵堂坐到他灵床上，拿过献之常用的那把琴来弹。我们正以为兄长会弹一曲哀乐为弟弟送行，这次作者又打破了我们的期待：琴弦已经无法调弦，徽之把琴扔到地上说："子敬呵，子敬，人与琴都毁了！"话刚一落地，徽之因极度悲痛马上昏厥了很长时间，一个月以后他也随弟弟而去了。最后两句像一曲音乐的尾声，读完全文后仍余音袅袅。

这篇小品第一段平平道来，为下面的高峰蓄势，所以在审美效果上是"此时无声胜有声"。下一段写睹物思人，徽之的悲痛之情突然爆发，酷似"银瓶乍破水浆迸"，"子敬，子敬，人琴俱亡！"这种撕心裂肺的呼天抢地，给人极强的艺术震撼力。写法不断通过跌宕掀起波澜，文字虽短却力透纸背。

王献之既是大书法家，同时还是诗人、音乐家和画家。他的书法和他父亲一样，在"兼众家之长，集诸体之美"的基础上，形成雄秀惊人而又典雅秀润的独特风格，与其父王羲之并称为"二王"。后人分别以"飘若游云，矫若惊龙"和"丹穴凤翔，飞舞风流"，来评王羲之和王献之的书风，他们父子书法是那样婀娜多姿，那样潇洒飘逸，那样丰神绝代，是魏晋风度在艺术上的典型代表。随着王献之的离世，随着东晋的灭亡，高雅的艺术品位也逐渐衰落，"人琴俱亡"真使人感慨嘘唏，"风流总被雨打风吹去"……

6. 情何能已已

> 庾文康亡，何扬州临葬云："埋玉树著土中，使人情何能已已！"
>
> ——《世说新语·伤逝》

古代有不少伤心"美人尘土"的"葬花辞"，有不少感叹英雄末路的咏史诗，也有不少痛哭亲友病逝的铭诔和祭文，但很少像上文这种痛惜友人逝世的小品。其实，与其说它是一篇小品，还不如说它是几个短句——它不过是东晋名士在挚友下葬时发出的一声悲叹，倾诉的两句哀惋。但由于它语短情长，也由于它比喻新颖，所以千百年来它打动了无数读者，更吸引了无数墨客骚人，如今才士或美人下葬都称为"埋玉"，它在诗词中更是常用典故，如杭州苏小小墓亭上的对联："湖山此地曾埋玉，花月其人可铸金。"又如黄庭坚《忆邢惇夫》的诗句："眼看白璧埋黄壤，何况人间父子情。"

文中的"庾文康"即庾亮，亮死后谥号"文康"。"何扬州"就是何充，他曾做扬州刺史。不了解庾、何其人及他们的关系，就难理解这篇小品中的哀情与美感。

庾亮妹妹庾文君是晋明帝司马绍皇后，他稍后自然就成了晋成帝的国舅，庾氏家族在东晋炙手可热，《世说新语》载"庾公权重，足倾王公"，连王导、谢安两家也得让他三分。不过，在东晋政坛上能权倾一时，庾亮不只是凭借外戚身份，还有他的手腕、才能、魅力和姿容。东晋高僧竺道潜对人说："人谓庾元规名士，胸中柴棘三斗许。""胸中柴棘"是说他胸中算计。史称庾亮"美姿容"又"善谈论"，晋元帝第一次相见就称他"风情都雅，过于所望"。连对庾亮恨之入骨的陶侃，也因对他"一见改观"而"爱重顿至"。谢混在晋明帝面前承认"端委庙堂，使百僚准则，吾不如亮"。同世作家庾阐赞美庾亮"方响则金声，比德则玉润"。当代人更称庾亮为"为丰年玉"，称他弟弟庾翼"为荒年谷"。

庾亮有显赫的权势，又有过人的才华，还有迷人的姿容，所有这些对庾亮的颂扬，有些可能是害怕他，有些真的是爱他，有些或许要利用他。

那么，何充对他的赞美属于哪一种呢？

史称何充禀性正直刚烈，风韵深沉儒雅，以文章德行见称于世，年轻时候就深得老臣们的器重。庾亮和王导一起极力向皇帝举荐说，"何充器局方概，有万夫之望"，并且说在"臣死之日"，切盼能让何充主持朝政。一方面庾亮对何充有知遇之恩，一方面何充认同庾亮是国家的丰年美玉，难怪在庾亮临葬目睹遗容的时候，他不禁喟然长叹"埋玉树著土中"了。

"埋玉树著土中，使人情何能已已！"这两句话之所以让人痛彻肺腑，是因为它超越了某时某地某人的局限，而说出了人们痛悼志士离世的共同心声，尤其说出了魏晋士人悼亡伤逝的共同感受。

魏晋士人群体的觉醒，使他们对内发现了自我，对外发现了自然，所以他们对美容和美景的感受都格外细腻敏锐。"顾长康从会稽还，人问山川之美，顾云：'千岩竞秀，万壑争流，草木蒙笼其上，若云兴霞蔚。'""王子敬云：'从山阴道上行，山川自相映发，使人应接不暇。若秋冬之际，尤难为怀。'"自然界的美景让他们陶醉，人世间的"玉人"更叫他们动心。山涛称叹嵇康"傀俄若玉山"，是那样高耸润洁；人们形容夏侯玄"朗朗如日月"，是那样光明磊落；赞美裴楷是"玉人""粗头乱服皆好"；王敦称赞王衍"处众人中""似珠玉在瓦石间"；有人到王太尉家参加名士集会，感叹"今日之行触目见琳琅珠玉"；"王长史为中书郎，敬和遥望叹曰：'此不复似世中人'""时人目王右军，飘如游云，矫若惊龙"……这些珠玉般的美好姿容，游云惊龙似的飘逸神采，"从容于廊庙"的典雅风度，都是人世间最美丽的风景。

看着红霞满天的晚照西沉，人们会忧伤地问"夕阳西下几时回"？眼见"玉人"长逝，更是"使人情何能已已"！《世说新语》中的《伤逝》篇，洒满了恸绝伤心的血泪，是哀人也是哀己，是悼人也是自悼——

> 王长史病笃，寝卧灯下，转麈尾视之，叹曰："如此人，曾不得四十！"及亡，刘尹临殡，以犀柄麈尾著柩中，因恸绝。（《世说新语·伤逝》）

王长史（王濛）父亲王讷形象俊伟，王长史自己在同辈眼中也"轩轩韶举"，既仪态轩昂又举止高雅。《晋书》本传载，王濛"美姿容，尝鉴镜自照，称其父字曰：'王文开生如此儿邪'"！直到他临死前还是自我感觉良好，还是那样自恋："我这么俊美的人儿，竟然活不到四十岁！"他的好友刘惔也为他的英年去世"恸绝"。

正是有这么多"玉人"，有这么多雅士，有这么多英杰，我们的社会才显得那样美好，我们活着才觉得很有意义，我们的人生才值得留恋。玉人消亡，美人尘土，英才早逝，志士长冥，固然令人悲痛惋惜，但生死之哀也让我们更加珍惜转瞬即逝的青春，更加执着不可能再来的生命，更加痴情于难以长驻的美景，"马儿啊，你慢些走呀慢些走，我要把这迷人的景色看个够"……

第十六章
艺术

没有礼教的压抑摧残，魏晋人的心智得到了健全的发展，在各领域都爆发出耀眼的天才，如哲学家王弼、何晏、嵇康，书法家王羲之、王献之，画家戴安道、顾恺之，"笛圣"桓子野，更不用说作家诗人"三曹"、嵇阮、潘陆、陶渊明了。就连皇帝、武人也具多方面的造诣，如曹操除"文章瑰玮"外，"草书亚崔张，音乐比桓蔡，围棋埒王郭"，即使反感曹操的张溥也称道他"多才多艺"（张溥《汉魏六朝百三家集题辞》）。魏文帝曹丕像乃父一样"手不释卷"，文学创作"乐府清越"，学术著作"《典论》辨要"（刘勰《文心雕龙·才略》），六岁"知射"，八岁"知骑"，剑法可与高手对阵，"弹棋略尽其巧"（曹丕《典论·自序》），完全是一位文武全才。

艺术领域要数书、画成就最高，也要数书、画最能表现魏晋人敏感的心灵、超旷的个性、潇洒的襟怀和飘逸的神韵。

1. 兄弟异志

戴安道既厉操东山，而其兄欲建式遏之功。谢太傅曰："卿兄弟志业，何其太殊？"戴曰："下官不堪其忧，家弟不改其乐。"

——《世说新语·栖逸》

相传，"认识你自己"是古希腊阿波罗神庙中最有名的箴言。有人问古希腊哲学家泰勒斯："世上哪种事情最难办？"他应声回答说："认识你自己。"在这点上倒真是"东海西海，心同理同"，我们老祖宗老子也说"知人者智，自知者明"，而且他还把"自知"看成是比"知人"更高的智慧——"知人"不易，"自知"更难。那位偏激而又深刻的尼采，好像对人类的自知十分绝望，他在《论道德的谱系》中说："我们对自己必定永远是陌生的，我们不理解自己，我们想必是混淆了自己，我们的永恒定理是'每个人都最不了解自己'——对于我们自身来说我们不是认知者。"

历史上和现实中，"自己不认识自己"的确是一种普遍现象。我身边有一些老兄由于怕老婆，连一天正儿八经的"家长"都没有当过，但他们屡屡信心满满地说"我要是这个省的省长……""我要是教育部部长……"言下之意他要是某省省长或某部部长，某省某部肯定比现在好多了。这些老兄为什么对当省长、部长那么自信，而在自己老婆大人面前为什么又那么自卑？对此我一直困惑不解。这让我想起了唐代大诗人李白，安史大乱爆发后他在庐山旅游，不久接受居心叵测的永王李璘征诏，一入永王幕府便吹起了牛皮："三川北虏乱如麻，四海南奔似永嘉。但用东山谢安石，为君谈笑静胡沙。"诗的后两句是

250

说：只要起用我这个当世谢安，我李白在谈笑之间就能把天下搞定！话音刚落，永王和李白就被朝廷搞定了：永王被杀，李白坐牢。虽然李白自许"怀经济之才"，但国家要是真的交给了他管理，结果肯定不像他的诗歌那么美妙。李白一直误将写诗的天才当成治国的干才，弄得他自己老是喟叹"怀才不遇"，至今从李白那些伟大的诗篇中，你还能感受到他老人家一脸愤慨，满腹牢骚。

这则小品对我们许多人来说，也许是一副清凉剂。

我们得从头说起。

文中的戴安道就是大名鼎鼎的戴逵，他是东晋著名的画家，也是杰出的雕塑家，还是著名的音乐家，又是了不起的作家。当然，你在他名字后面还可以加上很多"家"，他大概是那个时代最多才多艺的天才之一。戴逵和顾恺之的绘画，王羲之和王献之父子的书法，是"魏晋风度"在艺术上的完美体现。南朝谢赫《古画品录》说，戴安道为东晋画坛领袖和雕塑家典范："戴逵：情韵连绵，风趣巧拔，善图圣贤，百工所范。荀卫已后，实为领袖。"戴逵在南京瓦官寺作的五躯佛像，和顾恺之的《维摩诘像》及狮子国的玉像，并称为"瓦官寺三绝"。他还是远近闻名的鼓琴妙手，长子戴勃和次子戴颙子承父业，在传统基础上"各造新声，勃五部，颙十五部，颙又制长弄一部"，他们创新声之多为早期琴家所罕见，兄弟二人都成了历史上著名的音乐家。

戴逵在社会上的声望越来越高，晋孝武帝时朝廷征他为散骑常侍、国子博士，每次他都辞以父疾不就，次数多了郡县长官开始逼迫他应诏，无奈之下他逃到吴郡内史王珣武丘的别馆。晋朝散骑常侍为皇帝近臣，入则规谏过失，出则骑马散从，虽权力不大但地位很高。戴逵居然对和皇帝一起骑马溜达毫无兴趣，像躲瘟神一样逃避征诏。

当时显贵谢玄忧心戴逵"远遁不反"，考虑他已年过六旬，在外面有"风霜之患"，这才向皇帝上疏说："戴逵希心俗表，不婴世务，栖迟衡门，与琴书为友。虽策命屡加，幽操不回，超然绝迹，自求其志。"请求皇帝收回诏命，孝武帝才没有逼他出来做官。

他不仅不愿出来做官，甚至不愿意与王公周旋。太宰的武陵王司马晞，曾派人召他到太宰府去演奏，戴逵本来讨厌司马晞为人，觉得自己受到侮辱，立即当面把琴摔得粉碎，并大声说道："我戴逵不是王门伶人！"他鄙视那些附庸风雅而又放荡奢侈的权贵，觉得为他们弹琴是奇耻大辱。这种情况如果放在今天，许多"艺术家"肯定要乐成疯癫症，至少很多人把这看成"莫大的荣幸"。

魏晋士人以处为高，以出为劣，至少在口头上都把隐逸看得非常高尚。不过，戴逵隐逸不仕并不是追逐虚名，而是他认识自我以后理性的人生选择。他说人应该"拟之然后动，议之然后言"，遇事要先"辩其趣舍之极，求其用心之本"。也就是说一个人先要了解自己的本性，然后才能尽自己的本分。戴逵知道自己爱干什么，想要什么，能干什么。

干自己爱干的事情就会幸福，干自己想干的事情就有激情，干自己能干的事情就能成功。

"认识自我"只是前提，"实现自我"才是目的。当然，能"认识自我"的人，不一定能"实现自我"。到底是"知易行难"还是"知难行易"，古人和今人各有各的角度，自然各有各的说法，当然各有各的道理。就"认识自我"而言，谁都会承认"知难"，和"实现自我"相比，大家又都会肯定"行难"。知道自己爱做学问也能做学问，生逢"诗书虽满腹，不值一文钱"的世道，读书人不一定愿做学问，在强权通吃的社会里，不通世故的书呆子也可能钻营买官。

戴逵兄弟的可贵之处就在于：他们在"认识自我"上有过人的识力，在"实现自我"上又有超人的定力。他们一旦认准了自己的长处和短处，一旦确立了自己人生的目标，就能矢志不移地朝那个方向努力，就像曹丕所说的那样，"不以隐约而弗务，不以康乐而加思"，不因穷困而放弃自己的事业，不因显贵而改变自己的志向，而我们常人恰恰相反，"贫贱则慑于饥寒，富贵则流于逸乐"。个人欲望是自己定力的死敌，欲望驱使我们随波逐流——大家爱钱就跟着大家去捞钱，大家爱官就随着大家钻营官，最后在蝇营狗苟中失去了自我，在庸庸碌碌中消磨了自己一生。

戴逵坚持隐居东山以激励气节操守，他的兄长戴逯则志在"建式遏之功"。"式遏"一词来于《诗经·大雅》，这里指出仕做官以建功立业。《晋书》称戴逯"骁果多权略"。骁勇果断的人往往鲁莽，有权谋计略的人往往多疑，勇敢果断又足智多谋确属难得的治国人才，正是"骁果多权略"的雄才，激起了他"建式遏之功"的雄心。戴逯后来成为淝水之战中的功臣，如愿实现了自己的人生理想。他们兄弟二人的出处进退有天壤之别，谢安对此也十分纳闷，有一次特地问戴逯说："你们兄弟的志向为什么如此不同？"戴逯一五一十告诉上司："下官不能忍受隐居的愁苦，家弟不想改变隐居的乐趣。""不堪其忧""不改其乐"借用《论语》的"人不堪其忧，回也不改其乐"，暗以颜回来比喻戴逵，迂回曲折地称赞弟弟能像颜回那样安贫乐道。

这则小品给我们留下了宝贵的启示：仕与隐原无高下雅俗之分，应根据自己的主客观条件做出选择。出仕就要承担社会责任，归隐就应保护社会良知。因此，隐逸必须耐住寂寞，出仕用不着羞羞答答，二者都能成就美好的人生——出来当官固然可以惊天动地，潜心专业同样可以千古垂名，戴逯和戴逵便是人生选择的最佳例证。

到底考公务员还是考研究生？今天正在为此犯愁的青年朋友，这则小品是最好的"心理咨询"。

2. 世情未尽

戴安道中年画行像甚精妙。庾道季看之，语戴云："神明太俗，由卿世情未尽。"戴云："唯务光当免卿此语耳。"

——《世说新语·巧艺》

魏晋艺坛上，王羲之、王献之父子书法臻圣，戴逵、顾恺之二人绘画称神，他们的书画是"魏晋风度"的生动体现。

唐张彦远《历代名画记》说，戴逵（字安道）从小就灵巧聪慧，诗、文、琴无所不能，尤其工于绘画和雕刻，特别擅长雕绘佛像，他雕绘的佛像构思新颖别致。一次雕成了无寿量大佛木像和其他菩萨，他以为按从前的方法雕刻佛像，致使木像过于古朴笨拙，这样的佛像一旦开龛让人们礼敬，肯定也不会吸引感动信徒。他想当面听听别人的意见，又怕别人碍于情面不讲真话，于是悄悄躲在帘后倾听拜佛者的议论，集中了大家各种各样的褒贬意见，经过三年的琢磨修改才完成佛像。这尊佛像被迎到山阴灵宝寺。据说，当时显宦和名士郗超来寺瞻仰礼拜这尊佛像，正在提香许愿时，他手中香烟蒸腾而上，一直升到茫茫的云端——戴逵雕的佛像显灵了。我相信这是添油加醋的附会，无非是想夸张地形容戴刻佛像栩栩如生，这种手法是文人故技。不过，南朝齐绘画理论家谢赫对绘画艺术的鉴赏极其精微，年代又去戴逵生活的东晋不远，他对戴逵的评价倒非常可信，他在《古画品录》中称

254

赞戴绘佛像说:"情韵绵密,风趣巧拔,善图圣贤,百工所范。荀卫已后,实为领袖。"六朝常把佛祖及其弟子称为圣贤。谢赫无疑观摩过戴逵的绘画和雕塑,否则他不会断言戴绘佛像,不仅富于深情远韵,而且还露出风趣灵巧。

这则小品正是说,戴安道中年以后所画"行像"十分精彩绝妙,所谓"行像"就是载在车上便于巡游的佛像,可以是塑像也可以是画像。庾道季(名龢)见到戴画行像后假装内行地说:"佛像看上去虽十分生动,只是神韵过于世俗,大概是你俗情未尽的缘故。"戴逵不喜欢他冒充行家的样子,也不接受他这种不着边际的高调:"也许只有务光可能免去你这个批评。"

我们先来见识一下戴逵说的那位"务光"。汉刘向编《列仙传》载,务光是夏朝时的人——或说是夏朝时的"仙",不然怎么会编到《列仙传》中呢?他长得怪模怪样,耳朵就长达七寸,商汤准备讨伐桀之前与务光商量,务光冷冷地对汤说:"这不关我的事。"汤又想征求一下他对伊尹的意见,务光回答说:"只知他力气很大,而且忍辱力强,其他的就一概不知了。"汤消灭了桀后打算把天下让给务光,没料到务光觉得是对自己最大的侮辱:"我早就听说过,道德堕落的社会中,切莫踏上这样的国土,更何况要把这样的国家让给我呢?"他一气之下背上石头自沉于卢水中淹死了。

传说中的这位务光先生,哪怕夏桀再暴虐他也不谴责,哪怕伊尹再优秀他也不举荐;他不想占国家的任何便宜,也不想为国家尽任何义务。务光的确"超脱"成仙了,他完全不受俗情羁绁,可也丝毫没有人际关怀。谁能说清这是"高洁"还是"冷漠"?这是脱尽俗情还是不近人情?

宗教是心无所归者的皈依,是苦难生灵的哀叹,是无情世界的情感。作为一种宗教艺术的佛像，是人世现实在绘画中的折光，也是画家情怀和个性在画像中的表现。人们把自己的企盼、愿望、理想都寄托在它身上，佛像容光是人类心境或正面或颠倒的折射。有时候人的精神越单调贫乏，佛像越显得丰富饱满；有时候现实越悲惨残酷，佛像越发慈悲安详。当战乱杀戮导致"白骨蔽于野，千里无鸡鸣"时，当生活在"但恐须臾间，魂气随风飘"的恐惧战栗中时，人们对自己的现世生活彻底绝望，便把美好的理想都寄托于天国佛像，此时佛像神情与人类心境就是颠倒的；而当人世不再是"泪之谷"的时候，当社会重新燃起希望之光的时候，佛教画常用绚丽的色彩和圆润的线条，表现欢快的生活场景与温馨的精神氛围，佛像更接近于人自身的形象，显得妩媚、亲切、和善、幸福、仁慈……此刻佛像的微笑就是人们内心喜悦的对象化。这在古今中外都无例外，如欧洲文艺复兴时的圣母像，其实就是表现那时男性画家的心理和生理欲求，描绘的是他们心目中理想的女性"范儿"——丰满、华贵、聪慧乃至性感。

还是回到庾道季与戴安道的对话。

佛像神情与画家精神息息相关，庾道季品画的思路并没有错，只错在他品画的价值标准上。他认为佛像仪容不能显露出人性，稍露人的欲望悲欢就"神明太俗"，所以佛像画家应该戒断"世情"。戴安道则认为庾道季的说法未免可笑，世上任何人都难戒断"世情"，再说，这既不可能也无必要。且不论务光传说的真假，即使他确实戒断了"世情"，可断绝了世情又哪有描绘佛像的激情？将人世一切都看成与己无关的人，怎么可能虔诚礼佛"普度众生"？即使他勉强去描绘佛像，他画笔下的佛像又怎会显出"神明"？

《世说新语》中的庾道季一直自我感觉良好，对人的评价一向比较刻薄，不知他本人是否戒绝了"世情"。戴安道并不否认自己"世情未尽",假如毫无人际的温情,他笔下的佛像又哪来"风趣"与"神韵"?

3. 渐至佳境

顾长康啖甘蔗,先食尾。人问所以,云:"渐至佳境。"

——《世说新语·排调》

顾恺之(字长康)有才也有趣。俗传恺之有三绝:才绝、画绝、痴绝。才绝画绝让人钦敬,痴绝则让人亲近。

他曾做过桓温司马大参军,桓温常常对人说:"恺之体中痴黠各半,合而论之,正得平耳。"他身上痴气和狡黠各占一半,综合起来痴与黠正好拉平。痴气惹得大家都喜欢捉弄他。任散骑常侍时,他与谢瞻的官署毗连,二人夜晚月下久坐吟咏,谢瞻每次都含含糊糊地称赞他,顾听到了赞赏更加起劲,啸咏到夜深还不知疲倦。谢瞻熬不住了就暗暗找人代替自己陪他,顾恺之竟然从没察觉出来,照样自我吟咏陶醉到天亮。

顾恺之甚至还迷信一些小法术,认为只要诚心就会灵验。一次桓玄拿一片柳叶骗他说:"这是蝉隐身的叶子,用它可以自隐其身,我们可以看到别人,别人看不到自己。"顾恺之还信以为真了,常用这片柳叶自蔽,桓玄就在他身旁便溺,他更深信桓玄看不见他,把这片柳叶看得更加珍贵。

"没有"痴绝就难有他的才绝和画绝,"痴"让他超脱了世俗的你争我斗,让他专心于艺术和文学创作。"只有"痴绝也不会有他的才绝和画绝，全无灵气再痴再苦也弄不出画绝来，最多是一个熟练的画匠。通常情况下，"痴"者不"黠"，"黠"者不"痴"，而"痴"和"黠"集于顾恺之一身，成就了他画坛圣手的地位，也留下了许多令人喷饭的故事，还有许多引人深思的趣闻。

"倒吃甘蔗"就是这样的趣闻之一。

大多数人吃甘蔗总找最甜的那几节，顾恺之每次吃甘蔗却从梢子吃起。人们问个中缘由，他说这样吃能"渐至佳境"。从最甜的那节吃起会越吃越淡，从梢子吃起则越吃越甜，前者是享受在前，后者是吃苦在先，这种甘蔗吃法上的差异，自然而然让人想起人生观的不同。

魏晋名士常以任性放纵相标榜，推崇"且醉当前"的生活态度，《世说新语》中此类记载很多。"张季鹰纵任不拘，时人号为'江东步兵'。或谓之曰：'卿乃可纵适一时，独不为身后名邪？'答曰：'使我有身后名，不如即时一杯酒！'"另一名士毕茂世更宣称："一手持蟹螯，一手持酒杯，拍浮酒池中，便足了一生。"这种人生态度今人可能觉得颓废透顶，用时髦的话来说是"负能量"的典型，但魏晋人认为这是一种通达的人生观，他们不在乎赫赫武功，不在乎藉藉名声，只在乎能不能称心而言，是不是任性而行。

顾恺之或许没有想到，他倒吃甘蔗的吃法正好契合国人"先苦后甜"的人生态度，为后人传递了一种"正能量"。

不过，一听说"先苦后甜"，我自己就有点犯怵。前人为"先苦后甜"写了很多格言，什么"宝剑锋从磨砺出，梅花香自苦寒来"，什么"吃尽苦中苦，做到人上人"，还有圣人的什么"天将降大任于斯人也，必先苦其心志，劳其筋骨，饿其体肤"。说实话，我对这类格言本能地反感，这种生活态度过于功利，它把漫长的人生当作一次赛跑，只看重最后那一瞬间的结果,完全忽视了生命的过程。假如整个人的一生都是苦海,即使最后几天再甜也得不偿失,更何况,假如学习过程极其痛苦,就不会有学习的兴趣和动力;假如没有兴趣和动力,便即"吃尽苦中苦",恐怕也难"做到人上人"——只有觉得读书有味的人,最后才会成为"学霸";只有在过程中尝到乐趣的人,他的人生才会"渐至佳境"。

顾恺之吃甘蔗的方法,显露了他对生活的热爱,"渐至佳境"是他对生命的审美。苏东坡认为人生应当绚烂至极而归于平淡,顾恺之觉得生命应当从平淡而走向绚烂,这两种态度都充满了诗意——前者"朝霞似锦",后者"晚霞满天"。

"先苦后甜"推向极端,就有了"头悬梁,锥刺股"牢狱般生活,就有了"棍棒底下出人才"的教育方法。苦一辈子甜一天的生活不值得过,鼓吹"头悬梁,锥刺股"的家伙,不是笨蛋就是恶魔!

把学习、工作当作乐事,我们才会觉得人生特别美好,学得再苦干得再累,你同样都能感受到轻松快乐,这样,你的人生和事业才能"渐至佳境"。

4. 颊益三毛

顾长康画裴叔则,颊上益三毛。人问其故,顾曰:"裴楷俊朗有识具,正此是其识具。"看画者寻之,定觉益三毛如有神明,殊胜未安时。

——《世说新语·巧艺》

就个人画艺而言，顾恺之比戴逵可谓青胜于蓝；就在各自领域地位来说，顾恺之画与王羲之书可以比肩。

不仅顾的绘画是后来画家模仿的范本，顾的画论更启迪无数后人。顾恺之工于名贤肖像、佛像、士女、山水，尤其是肖像画为人所称。他与南朝陆探微、张僧繇齐名，唐代张怀瓘在《画断》中评他们各自人物画的差异时说："张僧繇得其肉，陆探微得其骨，顾恺之得其神。""得其肉"也好，"得其骨"也罢，无疑都比"得其神"低几个层次，前者只得其形似，后者则得其神似。

张怀瓘对顾画"得其神"的评价，正好吻合顾恺之本人的画论——他画论的核心就是"传神"。顾现存画论三篇《画评》《魏晋胜流画赞》和《画云台山记》，他在这些画论中多次提到"传神""写神""通神"。他另外两个著名的绘画理论主张"以形写神"和"迁想妙得"，不过是达到"传神"的手段，也就是说"以形写神"和"迁想妙得"是抬轿子的，而"传神论"才是坐轿子的。

这篇小品文是顾恺之"传神论"的生动表现。

文中的裴叔则就是裴楷，西晋政坛上的名臣兼名士。裴楷的见识、形象、为人，都让许多名人和要人为之倾倒。先来看看他的仪容。《世说新语·容止》篇说，裴楷仪表英俊出众，戴上礼帽端庄挺拔，穿上粗衣破裤蓬头乱发又是另一番潇洒。同辈都称他是"玉人"，见过他的人都赞叹说："见裴叔则，如玉山上行，光映照人。"他要是生在今天，生得这般"玉人"的风姿脸蛋，即使是傻瓜也会粉丝无数，更何况他不是徒然"生得好皮囊"，过人之处主要还是他料事如神的见识。在西晋风云诡谲的政坛上，他凭自己的远见卓识多次转危为安，史书说他为人热情而头脑冷静，遇事机敏而又思虑深沉。连老谋深算的王戎也对他的才智赞叹不已，《世说新语·赏誉》篇记述他的话说："见裴令公精明朗然，笼盖人上，非凡识也。若死而可作，当与之同归。"因裴楷曾官至中书令，王戎说此话时裴已经过世，称"裴令公"是对他表示尊敬。裴楷见识精明远在常人之上，一望就不是等闲之辈。王戎说要是人能死而复生，我这辈子一定要与他为伍。估计很多人和我一样有点好奇，王戎和裴楷两个人精要是真的朝夕相处，他们是相互帮衬，还是相互算计？

当然这是后话，还是回到这则小品。裴楷是魏晋士人理想的标本，以俊朗仪容体现精明卓识。画裴楷对任何画家都是一个严峻挑战：外表的俊朗还好描绘，内在的精明又如何表现？

且看顾恺之如何下笔。

顾恺之画裴楷的肖像，画成之后又在裴楷脸颊上加三根须毛。观者不解地问他加三根毛的缘故，顾恺之解释加三毛的缘由说："裴楷俊逸爽朗而又有见识才华，这三毛正是表现他见识才华的。"观画的人细细玩味画像，觉得增加三毛后确实使裴楷平添了许多神采气韵，远远胜过没有添加三毛时的样子。

俗话说"嘴上无毛，办事不牢"，这里胡须是一种经验的保证，并不一定是智慧的象征，退一万步讲，胡须即使是智慧的象征，它们也是长在嘴巴而不是长在脸颊——有多少人是脸颊上长胡须呢？

顾恺之与裴楷二人，时相隔上百年，地相去几千里，裴楷不会留下肖像，更不会照有相片，顾恺之在裴楷脸颊上加三根胡须，显然是他"迁想妙得"的结果。顾恺之画论强调"以形写神"，在裴楷脸颊上加三根胡须正是这一理论的艺术实践。具体落实到裴楷的肖像画，"形"即脸颊上的三根胡须，"神"便是裴楷的精明才具。不过，我至今还感到十分纳闷的是：为何不多不少偏偏只有三根胡须？为何不把胡须画在下巴而要画在脸颊？为何这三根胡须能表现裴楷的才具？

　　估计顾恺之本人也回答不了这一连串问题，在脸颊上加三根胡须纯粹是他的直觉。直觉是"说不出的"理由，或者根本就没有理由。文学和艺术创作有时"无理而极妙"，有时"有理却很糟"。有两个涉及绘画的常用成语，一个是"画龙点睛"，另一个是"画蛇添足"。或加点而使画面生辉，或添足而让全画作废，"添加"虽同而效果异趣。艺术手法的运用之妙存乎一心，得于心应于手却难于言。画家无心而有法，加三毛而神明顿生，添几点而意韵更足——六朝也许只有顾恺之才臻于这种艺术化境。

5. 一丘一壑

　　顾长康画谢幼舆在岩石里。人问其所以，顾曰："谢云：'一丘一壑，自谓过之。'此子宜置丘壑中。"

——《世说新语·巧艺》

　　大家常批评某人穿着不得体，就是因为衣着与气质不太协调，如赳赳武夫穿一条女士的裙子，窈窕淑女腰佩一把笨重的长剑，皮肤黑得发亮的女孩穿一件白得晃眼的衬衫，看上去就觉得很滑稽。像我一样端不上台面的家伙，不衫不履才觉得舒坦，要是穿上正儿八经的西服，我自己反而感到别扭，别人见了可能更是难受。

　　背景与人的关系恰如衣服与人的关系一样——背景就是人的"大衣服"，而衣服不过就是人的"小背景"。

　　当置身于彼此和谐的背景时，我们就会感到轻松自在；一旦闯入与自己气质个性相反的背景,我们马上就会觉得压抑烦躁。有时我们与背景相得益彰,有时我们又与背景相互对抗,关键就要看背景与自身的气质个性是否协调。像大诗人陶渊明"少无适俗韵,性本爱丘山","误落尘网中"就感到别扭痛苦,"复得返自然"后才快乐开心。

顾恺之绘画理论的精髓就是"传神"——通过外在的形体和背景,突出表现内在的气质个性。为了表现裴楷的精明能干,他特意在裴楷脸颊上加三根胡须;为了表现谢鲲潇洒出尘的风韵,他又别出心裁地把谢鲲画在岩石中。有人问他为什么要这样画谢鲲,他向人们道出了个中缘由:"'纵意丘壑的洒脱情怀,自认为超过了严肃刚正的庾亮。'这不是谢鲲的夫子自道吗?我觉得谢鲲有自知之明,把这位老兄安放在深山幽谷中十分相宜。"

我们来见识见识谢鲲。现在有些人一开口就是"我爸是……""我妈是……""我爷是……",如果像这伙人那样喜欢炫耀爹妈,谢鲲值得炫耀的亲人实在太多:他爷爷是散骑常侍谢衡,哥哥是吏部尚书谢裒,儿子是镇西将军谢尚,侄子是宰相谢安,他本人还是豫章太守。如今那些有个小科长小处长父母的混混,就用"我爸是李刚"来唬人,要是听到谢鲲亲人中任何一个头衔定要吓得半死。谢鲲对亲属的官衔不太在意,他对自己的官职更没有兴趣。《晋书》本传说"鲲不徇功名,无砥砺行,居身于可否之间,虽自处若秽,而动不累高。敦有不臣之迹,显于朝野。鲲知不可以道匡弼,乃优游寄遇,不屑政事,从容讽议,卒岁而已。每与毕卓、王尼、阮放、羊曼、桓彝、阮孚等纵酒"。他从不看重人们追逐的"功名",也不想为了"功名"而扭曲自己,高官厚禄对他来说也可有可无,看到身边那些官员非庸即贪,他自己越发优游卒岁不屑政事。与当世名士毕卓、王尼、阮放、羊曼、桓彝、阮孚、胡毋辅之等人并称"江左八达"，他们也许有点像西方二十世纪的"嬉皮士"，对任何事情都无可无不可。"江左八达"常在一起放纵豪饮，有时甚至还裸体相互呼叫打闹。

不过，谢鲲可不是只会饮酒打闹的混混，他日常生活虽不拘细节，处理大事却极有定见；不在乎自己官衔的大小，却很在意国家的未来；对一切好像满不在乎，可豁达中却自有其执着。因此，他虽然官衔并不很大，但他的人气却是超高，以致过世多年后温峤还在赞誉他的"识量"与"神鉴"。晋明帝有一次问他说："人们常拿你与庾亮做比较，你认为自己比得上庾亮吗？"谢鲲老实不客气地回答说："端委庙堂，使百僚准则，臣不如亮。一丘一壑，自谓过之。"用现在的白话来说就是：穿上端庄华贵的朝服，运筹帷幄于庙堂之上，成为百官效法的典范，我不如庾亮；退隐山林不为俗累，纵意丘壑潇洒出尘，庾亮可比我差远了。

谢鲲的自评得到了世人的认可，顾恺之将他置于丘壑之中，无疑受到谢鲲这则答语的影响，也有他自己对谢鲲的深刻体认。把谢鲲这种闲散名士置于丘壑之中，丘壑与名士才相互辉映——丘壑使名士更为拔俗，名士使丘壑更有灵性。

现代审美心理学认为，审美主体与审美对象之间，存在着一种"广泛样态上的同构关系"，这就是辛弃疾所说的"我见青山多妩媚，料青山见我应如是"。谢安曾评论谢鲲说："若遇七贤，必自把臂入林。"谢鲲要是遇上竹林七贤，他们一定会携手同入竹林。看来，对谢鲲的个性和他的追求，当时名士都有共识。

谢鲲见丘壑必定很顺眼，丘壑见谢鲲肯定也很可人。

6. 传神写照

> 顾长康画人，或数年不点目精。人问其故，顾曰："四体妍蚩，本无关于妙处，传神写照，正在阿堵中。"
>
> ——《世说新语·巧艺》

顾长康就是那位大名鼎鼎的画家顾恺之。顾恺之的绘画一直被当作画坛妙品，谢安曾说顾画自有人类以来所罕见。连传下来的顾画摹本也十分精妙，可以想见原作是何等神奇。他不只是精于画艺，还工于书法和诗赋。对自己的文才非常自信，他还拿自己的《筝赋》与嵇康的《琴赋》比较说：外行会因为它比嵇赋后出而弃若敝屣，内行会因为它不同凡响而视若珍奇。嵇的《琴赋》收入了《文选》，顾的《筝赋》仅存残篇。大家知道，太太总是人家的漂亮，文章总是自己的高明，所以，不必把顾恺之的话过于当真，也没有必要分出二人的优劣。《筝赋》即使比不上《琴赋》，顾恺之的才气也不容否认。大画家、著名作家、著名书法家，我们随便戴上哪顶桂冠都很荣耀，顾恺之一人却兼而有之，难怪《晋书》本传称他"博学有才气"了。

当然，这些桂冠中最重要的还是画家，作为画家他最重要的贡献是"以形写神"，最重要的理论贡献就是"传神论"。"传神"是他绘画的主要目的，也是他绘画艺术的精髓。这则小品就是写顾恺之的"传神"心得——

顾恺之画人物肖像，有时画成后数年不点上眼睛的瞳仁。人问他为什么要这样，顾恺之解释说：就表现人物精神气质的微妙来说，四肢美丑本来无关紧要，逼真地表现人物的精神气质全在这瞳仁中。

现代人常说"眼睛是心灵的窗户"，因而通过眼睛便可看见人的心灵,如两眼无光就意味着无精打采,目光炯炯定然神采焕发。两眼甚至能见出一个人的精神境界,如目光昏暗可能隐指心地阴暗,目光清澈则表明纯洁坦荡。更不用说眼睛对于人的审美价值,从《诗经》的"巧笑倩兮,美目盼兮",到唐诗的"一双瞳人剪秋水",再到宋词的"水盼兰情,总平生希见",中国古典诗词中描写眼睛的诗词数不胜数。形容坏人和丑人也先丑化他的眼睛,如"目光如豆""金鱼眼""只眼斜视""眼睛贼溜溜地转"。作家还把自己诗歌和文章中最出彩的字句,称为"诗眼"或"文眼","诗眼"和"文眼"是千锤百炼的结晶,"两句三年得,一吟双泪流"是诗人的甘苦之言。

不重要的"四体"易画,极关键的"目睛"难成,所以画成数年之后还没有点睛,就像诗中的"诗眼"片言居要一样,"目睛"才能给肖像"传神写照"。顾恺之认为画作的成败在于能否"传神","传神"既是绘画的最高境界,也是绘画的高难度技巧,连对画艺外行的王安石也说"丹青难写是精神"。"神"虚无缥缈难以捉摸,所以只能"以形写神"。对人来说眼睛是最能传"神"的"形",假如眼睛留下败笔,全画就成了废品。越吃紧的地方越不敢轻易着笔,难怪他比"吟安一个字,捻断数根须"还要慎重。

唐代张彦远《历代名画记》载,南朝梁代画家"张僧繇于金陵安乐寺画四龙于壁,不点睛。每曰:'点之即飞去。'人以为妄诞,固请点之。须臾,雷电破壁,二龙乘云腾去上天,二龙未点眼者皆在"。这便是成语"画龙点睛"的由来,可见,"传神写照正在阿堵中"的影响多么深远,张僧繇只是把顾恺之观点神化了而已。

整个南朝诗坛都在"巧构形似之言",他们好像还没想到要"以形写神",顾恺之不仅把同辈同行甩在后边,还使后辈诗人"望尘莫及"。唐代以后,"传神写照"才成了诗人的金科玉律,苏轼在《书鄢陵王主簿所画折枝》诗中说："论画以形似，见与儿童邻。赋诗必此诗，定非知诗人。诗画本一律，天工与清新。""论画以形似"和"赋诗必此诗"，都是一种非常幼稚的表现。当然，后世画家并不总是亦步亦趋，他们从"以形写神"进而"遗貌取神"，懂得了"无画处皆是画"，体会到"此时无声胜有声"……

7. 神解

> 荀勖善解音声，时论谓之"暗解"。遂调律吕，正雅乐。每至正会，殿庭作乐，自调宫商，无不谐韵。阮咸妙赏，时谓"神解"。每公会作乐，而心谓之不调。既无一言直勖，意忌之，遂出阮为始平太守。后有一田父耕于野，得周时玉尺，便是天下正尺。荀试以校已所治钟鼓、金石、丝竹，皆觉短一黍，于是伏阮神识。
>
> ——《世说新语·术解》

相传自从周公"制礼作乐"以后，我国便逐渐形成了"礼乐制度"或"礼乐传统"。古代礼与乐密不可分，"礼"是一种强制性的外在规范、约束、秩序，"乐"则诉诸人内在的心境、情感、意绪，礼规定人的行为举止，乐则陶冶人的性情，所以《礼记》说"乐由中出，礼自外作"。乐在上古首先是国家意识形态的组成部分，其次才是供人欣赏的音乐艺术。《晋后略》载，上古雅乐自东周后逐渐消亡，汉成帝曾试图复兴过古乐，估计复兴的古乐酷似今天官方大会开幕时演奏的那种东西，除了制造某种隆重庄严的氛围，除了出席大会的人必须恭听,它对大多数人来说是刺耳的噪音。三国时魏国又命杜夔造雅乐,由于周公旦老人家没有留下乐谱,更没有留下磁带光盘,杜夔只能按当时的丝竹之声,按当时管弦乐器的尺寸,弄出了一种听起来倒是悠扬婉转的音乐,可那些从没有听过周公古乐的雅士,指责这不是周公所造的雅乐。为了证明自己王朝的正统性,晋武帝又命中书监荀勖制定宫廷雅乐。荀勖于是"上穷碧落下黄泉",到处募求周公时的乐器,居然找到了周时玉律数枚,买到了汉时古钟数口。

古人以为只要弄到了古代的乐器,就准能奏出古代的音乐。这真是天大的误解。离我住所不远的湖北省历史博物馆里,便陈列了二十世纪出土的战国随州编钟,如果让我在这套编钟上演奏,我不仅奏不出战国时的雅乐,连驴子的破嗓音也奏不出来。读中小学的时候,一旦对某些人感到厌烦,我就开始拉开嗓门大声歌唱,只要我一开口那些讨厌鬼立马就逃得无影无踪。每当这时候我总有一种恶作剧的快感,有时还自鸣得意地在人前炫耀。谈了女朋友后才开始有点自卑,知道一开口唱歌就能把人吓跑,这种事情并不光彩,也不值得骄傲。至今我一见到"音乐学院"就头晕,本人宁可一辈子掏大粪,也绝不去当什么音乐家!

理科中的数学,艺术中的音乐,都需要某种天赋,某种敏锐和直觉。没有这种敏锐和直觉,再喜欢它们也别以它们为职业,"喜欢"与"能够"可不是一回事,否则,天下到处都是陈省身,满大街走的都是贝多芬。

直觉就是这则小品中所谓"神解"和"神识"。

文章说荀勖精通音乐声律,这在当时人看来天生就会。于是,朝廷命他来调节律吕,校正郊庙宫廷的雅乐。每当皇帝元旦朝会奏乐,由他来正音调乐无一不韵谐宫商,曲调悠扬。竹林七贤之一的阮咸对音乐的感受极其细腻，人家都说他对音乐有"神解"。每次朝会奏乐他都感到音不谐调，一直觉得哪个地方不对劲，可又说不出具体原因。满朝大臣都为荀勖鼓掌，阮咸对荀勖连一句恭维话也没说过，这招来了荀勖的忌恨，便找个理由把他外放做始平太守。文中"既无一言直荀"的"直"字，注家有不同的解释，或释为"认为正确"，或认为是"值"的假借，这两种说法都能找到文字学的根据，但第一种解释似乎于义为优。后来有天一农夫在田野耕种时，无意中挖出一把周代玉尺，这把玉尺正是天下的标准尺。荀勖试着用它来校正自己调理的钟鼓、金石、丝竹等管乐、弦乐和打击乐器，这才发现它们短了一黍米，因此佩服阮咸对音乐的妙赏神识，觉得自己冤枉错怪了人家。

这则小品向人们展示了天分的高低，荀勖对音乐虽然天分很高，但与阮咸相比尚隔一间。谁都不满意自己的财富，但谁都满足于自己的才能。史书上说荀勖对自己的音乐才华颇为"自矜"，说明他对自己才气的自我感觉，比他实际的才气要好很多，可以想象他在宫廷奏乐时那种顾盼自雄的神态，觉得每个人都有敬佩赞美他的义务。阮咸偏偏没有一句赞美之词，不尽赞美义务的人当然不能欣赏美妙的音乐，在荀勖看来外放阮咸是理所当然。哪曾料到强中更有强中手，音乐"能人"遇上了音乐"神人"。

再来谈对音乐有"神识""神解"的阮咸吧。《通典》载"咸世实以善琵琶知音律称"，他的祖上以善于演奏琵琶和通晓韵律知名，阮咸的音乐"神识"或许得之遗传，遗传不就是"天生"吗？

阮咸能成为"竹林七贤"中人，看来不只是可爱，而且确实有才；也许应该倒过来说，正是由于他极其有才，所以才十分可爱。

第十七章
师道

魏晋名士大都出身于官宦世家，为了保住自己家族的地位，为了光大家族的荣耀，他们特别注重后代的教育。从诸葛亮的《诫子书》到嵇康的《家诫》，再到魏晋之后集家训之大成的《颜氏家训》，我们既能感受到"可怜天下父母心"，还能见到许多教育的真知灼见。六朝士族的家族教育卓有成效，如钟、卫、王各大家族"代代善书"，如曹、王、谢、萧等家族"家家有制，人人有集"，后代不仅继承前人，而且还后起转精。《世说新语》中有不少父子、祖孙对话，如谢安的"我常自教儿"，司马越的从师之道，王安期的"致理之本"，无一不渗透着闪光的教育理念。

在教育已经变成"教灾"的今天，你有兴趣听听魏晋士人谈从师之道吗？

1. 从师之道

　　太傅东海王镇许昌，以王安期为记室参军，雅相知重。敕世子毗曰："夫学之所益者浅，体之所安者深。闲习礼度，不如式瞻仪形；讽味遗言，不如亲承音旨。王参军人伦之表，汝其师之。"或曰："王、赵、邓三参军，人伦之表，汝其师之。"谓安期、邓伯道、赵穆也。袁宏作《名士传》，直云王参军。或云赵家先犹有此本。

——《世说新语·赏誉》

　　在韩愈所谓"传道、授业、解惑"之外，教师的职能还应该包括"熏陶"。前者要求教师必须具备较高的专业水平，后者则要求教师应富于人格魅力。老师在课堂上的"传道、授业、解惑"，考试结束后可能被扔到了一边；老师课内外优雅的举止和幽默的谈吐，可能让我们终生难忘，毕业几十年后同学聚会还能重复老师当年的口头禅，还能模仿老师说话的语音腔调；老师应世观物的态度让我们受益无穷，老师磊落坦荡的襟怀让我们受到无形的感化，老师无私无畏的精神更是我们人生的标杆。

　　授业和解惑多是学业上的点拨，为人处世则须人格上的熏陶，点拨只凭言传，熏陶依赖身教，所以古代把"从师"说成"从游"，把跟着老师学习叫"追随杖履"。古人的学习既指"致知"也指"修身"，他们强调"知行合一"。这对教师的要求特别高，"先生"在道德和学识上都必须是人伦师表，学生在"从游"的过程中，先生身教的影响可能超过了言教的传授。中国古代书院的主讲，都是当世的博学鸿儒和道德楷模。在书院里连续几年教学活动中，他们与学生一起切磋学业，更与学生一道砥砺气节，在这种氛围中培养的人才，是某一领域的"专家"，同时也是人格上的"君子"。

因而，古人慎于择业，更慎于从师。择业不慎就可能事业无成，从师不慎则可能入门不正。

这则小品中的"太傅东海王"指司马越，他以谦恭有礼和扶贫济弱，早年就在士林获得盛誉，后来在西晋八王之乱中"笑到了最后"。"世子"原指王侯正室所生的长子，后来泛指王侯的儿子。从他告诫儿子这段话来看，司马越的确教子有方，而且深得"从师之道"。这段话说得太精彩了，这里我们不妨先将它译成白话：从书本上学到往往微浅，身体力行的才能印象深刻；反复演习纸上的法度礼仪，不如亲眼瞻仰大师的揖让仪容；诵读玩味先人的语录格言，不如聆听贤人的当面教诲。南宋著名诗人也说过类似的话："纸上得来终觉浅，绝知此事要躬行。"做学问是这样，做人又何尝不是这样呢？

司马越称道不已的王安期名承，历任记室参军、东海太守等职，封蓝田侯，他那位豁达性急的儿子王述，后来袭父爵被称为"王蓝田"。史书上说王承为人冲淡寡欲，为政廉洁自守，不只老百姓爱戴怀念，士林显宦也交口称赞，有人还把他与王导并称。我们看两则《世说新语》中的小品，就能窥见他的为人，一则是写他如何对待小偷的态度："王安期为东海郡，小吏盗池中鱼，纲纪推之。王曰：文王之囿，与众共之。池鱼复何足惜！"文中的"纲纪"是州郡主簿一类的官，各级主官属下掌管文书的办事员。"推之"就是主簿要追究偷鱼的小吏。一句"池鱼复何足惜"，让那位偷鱼的小吏逃过了惩罚，也让我们看到王安期的宽厚。另一则小品写他对读书人的态度，他对那些违犯夜禁的书生，非但没有鞭挞，反而礼遇有加。从这两件事就可以看到，司马越为儿子选老师很有眼光。

如今，除了特殊的家教，除了课外"培优"，父母很难为读中小学的小孩选择老师。上大学后学生才有某种选课的自由，读研究生期间选择导师的机会更大，尤其是念博士生完全做到"我的导师我做主"。现在学生选择导师，更多的是看导师的社会名气，较少关注导师的学术实力，更多的看导师有多大的行政权力，较少关注导师的为人兴趣。因为"青青子衿"们生存上的艰难，导师能给自己带来多大的世俗利益，是他们看得见摸得着的"好处"，至于激发兴趣、培养人格和学业指导，在他们看来都不是"迫切问题"。有少数研究生攻读学位，既不是对专业有强烈的兴趣，也不是对学术十分虔诚，他们就是为了找个能挣钱的"好工作"，换个经济发达的"好地方"，如此而已。他们对老师既不会像古人那样，"一日为师终身为父"，甚至很难"一日为师终身为友"。毕业后要是如愿以偿实现了"理想"，导师的使命已经完成，马上就可能与导师"拜拜"；要是自己的目的没有达到，那也证明自己的导师是个"废物"，师生从此就成为路人。我经常听到同事和朋友们感叹，如今的学生"太老练"。这样的学生本来就不想从老师那儿学到什么东西，自然他们从老师那儿什么东西也没学到。当然，我说这种情况只是一小部分人，大学里也有许多感人的"师生情"。

当然，今天也有少数老师不太尽职，由于现在教师的科研压力较重，要争项目，要发论文，要出专著，这些都是评定他们工作成绩和业务能力的"硬指标"，课堂教学和带研究生是他们的"软系数"，所以他们花在学生身上的时间和精力很少。还有少数老师不太称职，业务上对学生无"业"可授，有"惑"难解，人格上更不能让学生仰慕。我本人就是这些不尽职和不称职的教师之一。总之，今天的大学校园里很难闻到书香，却处处弥漫着铜臭；没有浓厚的学术气息，却到处充斥着官气和奴气。

看看这则小品真让人叹息,不知一千多年前东海王的从师之道,能否给今天功利浮躁的"我们"一点启迪?

2. 礼遇书生

> 王安期作东海郡,吏录一犯夜人来。王问:"何处来?"云:"从师家受书还,不觉日晚。"王曰:"鞭挞宁越以立威名,恐非致理之本!"使吏送令归家。
>
> ——《世说新语·政事》

为了大家品味文章的妙处,先得交代一下文中涉及的人名地名。"安期"即王承的字,"作东海郡"是指王承曾为东海太守一事。东海郡的郡治郯,在今山东郯县北面。"录"就是我们今天逮捕的意思。

地方长官明令实行宵禁,谁触犯宵禁理应受到惩罚。王安期做东海太守时就遇上了这么一回事,部下抓到了一名"犯夜"的人。王安期审问道:"何处来?""犯夜"者回答说:"从师家受书还,不觉日晚。""犯夜"人原来是一个刻苦用功的书生,读书而"不觉日晚",看来他读书的兴趣很浓。

发愤读书其行可嘉,深夜行路触犯宵禁,是嘉奖他还是处罚他呢?处罚一位深夜读书的学子,会造成非常坏的社会影响;不处罚他的"犯夜"行为,宵禁便成了一纸空文。

王安期遇上一个棘手难题。这位太守大人如何是好?

按一般官僚的心理和衙门的成规推测,他无疑会关押收审学子几天或几月，让他吃点皮肉之苦，给那些胆敢触犯宵禁条例的人一点厉害看看，这样太守的威风气派自然也就出来了，否则威信将从何而来？

实行宵禁的目的是维护社会治安，禁止那些不法之徒在暗夜为非作歹，现在受罚的却是安分守己的勤勉学子，这与宵禁的初衷不是大相径庭吗？这则小品通过描写王安期当时的心理活动，阐明他简短的处理意见："鞭挞宁越以立威名，恐非致理之本！"这句老实话中有某种幽默感。宁越是西周时人，家境贫寒激发他发愤苦读，经过十五年的学习终于成了周威公的老师。靠鞭挞像宁越一样勤奋读书的人来树立自己的威名，恐怕不是达到社会清明安定的根本办法。"致理"就是致治的意思，为唐人避高宗李治讳所改。"恐非"二句写出了王安期不愿意处罚犯夜书生的原因，这才有了"使吏送令归家"的处理结果。

《晋书》称王安期为政宽恕仁厚，有一次小吏偷吃他池中鱼，主簿正准备拿小吏问罪，王安期知道后指示说："文王之囿，与众共之，池鱼复何足惜！"他对那位违反宵禁学子的态度，真比今天某些"人民公仆"对待教师的做法要高明一万倍。他宁可丧失自己的威名而送学生回家，我们有些公仆则克扣教师工资去买轿车来显示自己的气派，至于那些与小学生开房的官员就更是衣冠禽兽了。

3."常自教儿"

　　谢公夫人教儿，问太傅："那得初不见君教儿？"答曰："我常自教儿。"

——《世说新语·德行》

275

谢安是东晋一代名相，在位期间东晋取得了淝水之战的巨大胜利，生前位极人臣，死后追赠太傅。从这则小品可以看出，谢安夫妇在教育子女问题上的态度大不相同：谢安夫人刘氏觉得教育子女应该常加训导，谢安本人则认为教育子女应当以身作则。史书上说谢安极为重视后代的家教，"处家常以仪范训子弟"，也就是说他常通过自己的仪表风范，让成长中的子女们潜移默化。高卧东山的时候，谢安兄弟们的子女都送给他调教。

且不说像谢安这样的世家大族，就是寻常百姓家谁不希望儿女成龙成凤？可许多人到头来事与愿违，养成几个浑浑噩噩的庸才还算八辈子福气，没准冒出个偷鸡摸狗的梁上君子，甚至养出个抢骗行凶的败类。《红楼梦》中有首《西江月》嘲讽贾宝玉说："富贵不知乐业，贫穷难耐凄凉；可怜辜负好时光，于国于家无望。天下无能第一，古今不肖无双。寄言纨绔与膏粱，莫效此儿形状！"富二代"富贵不知乐业"，穷二代"贫穷难耐凄凉"，这样的儿女在今天我们还见少了吗？能人之家出无能儿，富贵之家出不肖子，这好像已是人们见怪不怪的常事。

刚出生的小孩像块橡皮泥，你可以把他捏成老虎，也可以把他捏成狗熊——教育子女的方法实在太重要了。

在儿女面前，有的人严加训斥，有的人循循善诱，有的人苦口婆心，这些人育儿的态度虽然有别，但育儿的方法却并无不同——都重视言教。言教当然是教子的重要手段，但仅凭言教并不能让后代成才。一个为人虚伪奸诈的父亲，怎么能指望儿女诚实厚道？因为他们的儿女根本不知道什么是诚实。一个处世消沉懒散的母亲，估计很难培养出积极勤快的女儿，因为女儿很容易从母亲那儿见样学样。我在谈女朋友的年龄就听长辈说过，从未来岳母身上可以看到自己未婚妻的身影。这无非是说榜样的力量胜过言谈的影响：在儿女面前说一千，不如在儿女跟前做一件。

这则小品中谢安夫妇的对话耐人寻味。谢安夫人埋怨她的丈夫说："怎么从来不见你教育孩子呀？"谢安回答说："我常常在教育孩子呵。"谢安觉得身教比言教更为有效，自己的一举一动都是在给儿女作示范。

谢安教育孩子还不只是以身垂范，还特别注意尊重他们的人格，呵护他们的自尊心。《世说新语·假谲》篇载："谢遏年少时，好箸紫罗香囊，垂覆手。太傅患之，而不欲伤其意，乃谲与赌，得即烧之。"谢玄小字遏，是谢安的侄子。小孩子谁不爱漂亮？谢玄小时候喜欢佩带紫罗香囊，还喜欢悬一块叫覆手的手帕。谢安担忧侄儿这样下去会失去男性的粗犷雄豪，但又不想伤害他的感情，于是就心生一计：与他赌这些东西，一赢到手便把它们烧掉。现在大多数父母看到小孩玩自己认为有害的玩具，马上就会抢过来一把扔掉，这一方面使小孩非常伤心，另一方面使小孩以后也不知道尊重别人。看看人家谢安教育后代用心之细，我们这些粗心父母能不脸红？谢玄后来成为雄盖一世的将军，在淝水大战中功勋卓著，多亏了他叔父的精心培养。

那些天天外出打麻将的父母，却时时逼着自己的孩子在家刻苦读书，他们要是懂得谢安这个道理就好了，千万别忘了父母的一言一行在"常自教儿"。

儿女不太在乎父母是怎么说的，主要是看父母们是怎么干的。

4. 儿女：父母的脸面？

> 谢太傅问诸子侄："子弟亦何预人事，而正欲使其佳？"诸人莫有言者，车骑答曰："譬如芝兰玉树，欲使其生于阶庭耳。"
>
> ——《世说新语·言语》

父母之爱是人间最圣洁的爱，望子成龙是古今普遍的情怀。从通常的情感深度上讲，父母对子女之慈要超过子女对父母之孝。但是，儿女对父母一生中的成败、毁誉、荣枯、祸福、生死等人事的影响较小，有许多名人的子孙都默默无闻，有许多不平凡的天才生出一些平庸的后代，有许多伟人甚至一辈子单身，人们绝不会因子孙不肖就贬低或否定他们自身的社会贡献和历史地位。爱因斯坦使世人折服的是相对论，而不是他有个天才的儿子；谢安流芳百世不是由于他那些子侄，而是由于他指挥淝水之战的历史功勋，由于他那高明的政治手腕，由于他那镇定自若的气度。

既然子弟对于自己一生功业的关系不大，那人们为什么个个都希望子女成龙成凤呢？老练的政治家谢安（即原文中的谢太傅）可能是对此也大惑不解，可能是有意要听听子侄们的看法，他神情迷惘地问身边那些子侄说："孩子们与自己的成败荣辱有什么相干，父母们为何总是想让他们出人头地？"文中的"预"就是"参与""与有关系""相干"的意思，"正欲"即"只是想"或"老是想"，"佳"当然就是"杰出"或"优秀"的意思。他这一问让子侄们都傻了眼，没有人能答得出谢安的"怪问题"。还是那位"善微言"的侄子谢玄聪明乖巧（谢玄死后追赠车骑将军），他分析父母爱子女的原因说："父母总盼望子女成龙成凤,就好比希望芝兰玉树长在自家庭前阶下一样。"芝兰是一种高贵的香草,玉树是传说中的仙树,后人因此将它们比喻为优秀的子弟。

从语言的角度看,谢玄的回答实在是生动形象,比喻更是新颖别致。他巧妙地说明了父母何以望子成龙的原因,叔父谢安所不解、兄弟们所"莫能言"的问题,他用一两句话就轻松地说得明明白白。"譬如芝兰玉树,欲使其生于阶庭耳",这个比喻不仅十分新颖,而且非常典雅,"芝兰玉树"既很名贵,"庭阶"也很华丽,芝兰玉树生于玉阶华庭之前,这种气象,这种语言,很符合贵族的身份和口吻。

不过,这个比喻未必贴切。父母希望子女出人头地,希望他们成就大业,并非像把芝兰草摆在自家阶庭前那样,完全是为了装点自己的门面。这事实上就把子女当作了自己的私有财产。我相信世上大多数父母对爱子女绝无私心,希望他们事业有成不是想使自己脸上有光,希望他们人生幸福不是想使自己跟着沾光。将儿女的前程看成自己的脸面,这是古代封建贵族中一种特有现象,他们把脸面看得比生命还重要,培养儿女是为了家族的荣耀排场,把占有欲和虚荣心掺进了父子之情和母子之爱中,使人类的至爱蒙上了灰尘。

这种现象在今天的普通老百姓家也比较普遍。小学生一次考试成绩不理想,儿女最后没有实现自己的愿望,有的父母就埋怨子女给自己"丢脸"。这种父爱和母爱十分势利,父母爱子女是要子女有出息,与其说是爱子女,不如说是爱自己。把儿女看成自己的脸面,把他们当作自己的私有财产,不仅让父母爱得很自私,也让儿女们活得很累,何苦呢?如果天下的儿女个个都成龙成凤,天下满眼就只有龙凤,你想想世界该多么单调无聊!天下父母们,龙凤固然可爱,小白兔不是同样可爱吗?

5. 车公求教

　　孝武将讲《孝经》，谢公兄弟与诸人私庭讲习。车武子难苦问谢，谓袁羊曰："不问则德音有遗，多问则重劳二谢。"袁曰："必无此嫌。"车曰："何以知尔？"袁曰："何尝见明镜疲于屡照，清流惮于惠风？"

——《世说新语·言语》

　　孝武即晋孝武帝司马曜，晋简文帝第三子，在位二十五年，连惯于歌功颂德的正史也说他"耽于酒色"。文中的谢公兄弟即谢安和谢石弟兄。车武子即车胤，自幼学习发愤刻苦，家贫不能点灯就聚萤读书。袁羊前人说是袁乔小名，但袁乔随桓温平蜀后离开了人世，不可能与孝武帝时的车胤对话，也可能是袁虎之误。

　　孝武帝即位之初还想振作一番，装模作样地要学习儒家经典《孝经》。这下可忙坏了那些朝廷大臣，一时"仆射谢安侍坐，尚书陆纳侍讲，侍中卞耽执读，黄门侍郎谢石、吏部侍郎袁宏执经，车胤与丹阳尹混摘句"，当时朝廷重臣全来侍候他读《孝经》。车胤是一位学者型的朝官，对《孝经》中的疑难问题总要向谢安兄弟求教。文中的"难"就是现在所说的"不好意思"，"苦问"就是"没完没了地问"，这样的次数一多他就觉得太打搅谢氏兄弟了，因而向好友袁羊倾吐内心的惶惑："不问则德音有遗，多问则重劳二谢。"不问便错过了学习的好机会，多问又怕给二谢添太多麻烦——问还是不问呢？

　　袁羊肯定地回答说："必无此嫌。"何以见得？袁的分析真是俏皮之至："何尝见明镜疲于屡照，清流惮于惠风？"将谢家兄弟比为"明镜"和"清流"，将车胤说成是"淑女"和"惠风"，无论是本体还是喻体都清丽高雅。用两个形象的比喻把难以说清楚的复杂问题说得一清二楚，魏晋人应对言谈的本领不得不让人叹服。

当然，这则小品明显是在美化"二谢"，文中说俏皮话的袁乔在孝武帝时早已命归黄泉，袁羊无疑是张冠李戴；车胤是当时一位饱学之士，二谢只能说比车胤位高，断然没有车胤学富，在学问上车胤实在没有什么要有求于二谢的。《续晋阳秋》载："胤既博学多闻，又善于激赏，当时每有盛坐，胤必同之，皆云：'无车公不乐。'太傅谢公游集之日，开筵以待之。"可见，谢安也从不敢怠慢他。

事虽未必是真事，文则无疑是妙文。

第十八章
名媛

除某些篇章偶涉女性外，《世说新语·贤媛》专门写魏晋名门闺秀。与荀粲"妇人德不足称，当以色为主"的高论相应，这些名媛之"贤"多不因其贞洁妇德，而因其才智姿容，因此，余嘉锡先生认为"贤媛"之称名不副实："有晋一代，唯陶母能教子，为有母仪，余多以才智著，于妇德鲜可称者。题为贤媛，殊觉不称其名。"在《世说新语笺疏》中，余先生一向持论极严，对放诞的名士从来不假颜色，对"出格"的女性自然也并无好感。其实，"贤"的本义是与才能相关，后来的引申义才与道德相连。以"妇德"著的闺秀可称"贤媛"，"以才智著"的闺秀怎么不能称"贤媛"呢？生活在魏晋的女性何其幸运，她们的环境比后世更为宽松，也更为人性。

名教禁锢一旦松弛或解除，女性既有男性的高情远致，又富于她们所独有的灵襟秀气；既像男性那样才思敏捷，但又不像男性那样咄咄逼人；既像男性那样深谋远虑，又不像男性那样俗气世故。洗尽了身上的脂粉气，她们反而更加风情万种，更加款款动人。惊人的美貌、卓越的才智和妩媚的风韵，使魏晋名媛们别具迷人的风采：有的"风情散朗,有林下之风",如女诗人谢道韫;有的"清心玉映,为闺门之秀",如张玄之妹"顾家妇";有的大难临头气节凛然,如王经的母亲;有的遭受冷遇时沉着机智,如许允新妇;有的对情人激情如火,如与韩寿偷情的贾充女;有的与丈夫"卿卿我我",如王戎那位善于撒娇的夫人……

1. 家娶才女

> 王凝之谢夫人既往王氏,大薄凝之。既还谢家,意大不说。太傅慰释之曰:"王郎,逸少之子,人身亦不恶,汝何以恨乃尔?"答曰:"一门叔父,则有阿大、中郎;群从兄弟,则有封、胡、遏、末。不意天壤之中,乃有王郎!"
>
> ——《世说新语·贤媛》

娶到美女如果是一种福气,娶到才女可能就是一种压力,娶到美女加才女那简直就是晦气,娶到了谢道韫这样的女孩就更别想喘息。

谢道韫是谢安的侄女,出身于东晋数一数二的豪门,美、才、富、贵兼备于她一身,她的创作和品鉴富于灵秀细腻的艺术感受,她的胸襟气韵和她叔叔一样有"雅人深致"。娶到这样的太太,你这辈子还能昂首挺胸吗?美国一位作家曾挖苦某个十全十美的希腊式古典美人说:"爱她等于受高等教育。"娶谢道韫这样的女子做太太,那岂不是一辈子都在"攻读博士"?

当然,谢道韫这样的女子不是一般人所"敢"娶,更不是一般人所"能"娶。在我们今天所说的"白富美"之外,她还得另加"才"与

"贵"——不是暴发户的显贵，而是门第与气质的高贵，娶她的人也得"高富帅"之外，同样还须有高贵与才华。后来唐诗中所说"旧时王谢堂前燕"，东晋能与谢家门当户对的只有王家。她后来嫁给了王羲之次子王凝之。凝之秉承家风工于草隶，历任江州刺史、会稽内史等职。

嫁给这样的如意郎君，谢道韫仍然牢骚满腹。文章一起笔就说"王凝之谢夫人既往王氏，大薄凝之"。自从嫁到王家后就很瞧不起丈夫，回家省亲还是一脸不高兴。"不说"就是"不悦"。叔父谢安一直把她视为掌上明珠，连忙安慰侄女说："你家王郎是大名士王羲之公子，他自己也是一表人才，你干吗这么讨厌他呢？"原文中的"人身"是六朝人习用语，相当于现在所说的"人才"。她对着叔叔道出了一肚子怨气："我们谢家一门，叔父中则有阿大（谢尚）、中郎（谢据）这等人物，堪称人中之杰，从兄弟中有封（谢韶）、胡（谢朗）、遏（谢玄）、末（谢渊）这等人物，哪个不是才智超群？想不到这天地之中，竟然还出了这么个夫君王郎！"

鄙薄丈夫就是鄙薄自己，除非是自己想离婚改嫁，而当时女子离婚既为国法所不许，也为社会和家族所不容。像谢道韫这等大家闺秀，怎么可能轻易地在娘家人面前贬损夫君呢？粗看还以为她是在尖酸刻薄地穷损丈夫，细读才会发现她句句"正言若反"——她的鄙薄恰恰是赞美，她的讨厌恰恰是疼爱，就像平常百姓家妻子骂丈夫"讨厌"或"死鬼"一样，骂得越凶其实爱得越深。

既然深爱自己的丈夫，又为什么要数落丈夫呢？谢道韫出嫁之前一直为自己谢家自豪，没有想到王家门地人才和修养气度，样样都足以与谢家匹敌，很多人物的才华风度甚或过之。在自己出众的叔叔兄弟之间，她自己丈夫的风情气韵都不遑多让，她的埋怨中其实透着自豪。自从嫁到王家她克尽妇道，夫君遇难后便寡居会稽，史书称赞她说"家中莫不严肃"。

谢道韫月旦人物十分辛辣，批评亲人更是不留情面。谢玄十分敬重她这个姐姐，可她有一次对这位弟弟说："汝何以都不复进？为是尘务经心，天分有限？"她的意思是说：你为什么一点都没有长进？是因为尘事分心，还是天资有限？这种"凶狠"是恨铁不成钢。而她穷损丈夫也不过是在晒幸福。

要是真的娶到了谢道韫这样才智卓越的大家闺秀，你也许不能放肆，不能胡吹，但你同时也不会堕落，不会颓废；你的人生也许有压力，但肯定更有动力。她不仅会让你身心愉悦，更能让你心智成熟，尤其会促进你事业成功。

朋友，说到这里我要修正上文的观点，没有比"女子无才便是德"这句话更缺德的了，娶美女有艳福，娶才女才幸福！

2. 灵襟秀气

　　谢太傅寒雪日内集，与儿女讲论文义。俄而雪骤，公欣然曰："白雪纷纷何所似？"兄子胡儿曰："撒盐空中差可拟。"兄女曰："未若柳絮因风起。"公大笑乐。即公大兄无奕女，左将军王凝之妻也。

——《世说新语·言语》

魏晋士人追求一种清明恬静的境界，向往一种优雅飘逸的风度。我们不妨看看司马道子与谢朗之子的一次对话："司马太傅斋中夜坐。

于时天月明净，都无纤翳，太傅叹以为佳。谢景重在坐，答曰：'意谓乃不如微云点缀。'太傅因戏谢曰：'卿居心不净，乃复强欲滓秽太清邪？'"司马道子是一位昏醉终日权欲熏心的俗物，连他这种人也憧憬澄明光洁的境界。

文中"谢太傅"指谢安。在泛海遭遇狂风巨浪时优游从容，在杀机四伏的危急时刻谈笑自若，在日常生活中更是温文尔雅，谢安不仅是东晋左右朝政的重臣，也是当时士林风雅的典范。

这则小品写的是谢安与侄子侄女们的一个生活片断，主角是他精心培养的子侄们。

"谢太傅寒雪日内集，与儿女讲论文义。""内集"指家人在一起团聚。《晋书》本传称谢安"处家常以仪范训子弟"，寒雪天还要给儿女们讲论文章义理，他对后辈教育的重视可见一斑。不一会儿雪越下越大，他兴奋地考问子侄们说："白雪纷纷何所似？"

这是要子侄们谈谈对鹅毛白雪的审美感受。"兄子胡儿曰：'撒盐空中差可拟。'"胡儿是安次兄谢据长子谢朗，史书说他"善言玄理，文义艳发"，是一位修养深厚且情趣高雅的贵族子弟，但以"撒盐空中"比拟鹅毛大雪实在不敢恭维，非但没有传达出雪花轻柔、洁白、飘逸的神态，而且有点村夫子的俗气，真有些叫人大失所望。兄女马上接着说："未若柳絮因风起。""柳絮因风起"形容飞扬雪花比起"撒盐空中"来，更形象，更逼真，也更高雅，难怪谢安听后"大笑乐"了。他这位侄女是长兄无奕的千金，王羲之次子王凝之之妻，东晋有名的女诗人谢道韫，她因这一句而获得"谢絮才"的美称。

宋代一书生陈善在《扪虱新话》中对此提出异议，认为谢朗的那一句并不比谢道韫的逊色："撒盐空中，此米雪也；柳絮因风起，此鹅毛雪也。然当时但以道韫之语为工，予谓诗云：'相彼雨雪，先集维霰。'霰即今所谓米雪耳。乃知谢氏二句,当各有所谓,固未可优劣论也。"陈善以为"撒盐空中"是咏雪子,"柳絮因风起"是咏雪花,谢氏兄妹二人各有所指,所咏对象有差异,艺术水平则无优劣。这表面看来似乎说得在理,但他忘记了谢安是问"白雪纷纷何所似"?显然是要他们兄妹吟咏雪花而非雪子,再说,即使这两句确实"各有所谓",就风调而论也以谢道韫为优。宋代蒲寿宬《咏史八首·谢道韫》说:"当时咏雪句,谁能出其右。雅人有深致,锦心而绣口。此事难效颦,画虎恐类狗。""未若柳絮因风起"一句,表现了她作为诗人细腻的感受能力,作为才女的灵襟秀气。

3. 慈母仪范

> 陶公少时作鱼梁吏,尝以坩鲊饷母。母封鲊付使,反书责侃曰:"汝为吏,以官物见饷,非唯不益,乃增吾忧也。"
> ——《世说新语·贤媛》

陶侃的家庭"望非世族",他所生长的环境"俗异诸华",而他本人最后却能拔萃于偏僻之地,比肩于东晋世族之家,《晋书》本传称他地位"超居外相,宏总上流"。世家望族背后蔑称陶侃为"溪狗",他是东晋前期政坛上一个异类,是以"非常之人"立"非常之功"。

是谁养育了这个"非常之人"呢?父亲去世时陶侃还只有几岁,是他母亲一手将他养大成人。陶侃友人范逵见到陶母后叹息说:"非此母不生此子!"

陶侃母亲湛氏豫章新淦(今江西省新干县)人,为侃父丹聘娶做妾。史称陶氏世代贫贱，湛氏母家比陶家更为贫苦。陶侃从小便志向远大，她日夜纺织资助儿子结交比自己更优秀的人。同郡孝廉范逵一次路过陶家，遇上大雪后便在陶家借宿。此时陶家真是"家徒四壁"，范逵仆从车马不少，这下让陶侃左右为难。湛氏叫儿子出去招待客人，她把几根房柱子劈成木柴，把自己睡的草垫铡碎作为马料，把自己长发剪成两副假发换得米粮，很快摆上一顿精美饮食，客人和随从个个都十分满意。范逵离去时陶侃相送一百多里，后来范逵到处向人盛赞陶侃的忠厚、正直和才能。湛氏的一言一行都为儿子示范了待客之道，也为儿子后来的成功积累了人脉。

这则小品写湛氏更以身作则，教育儿子从政就应廉洁奉公。

陶侃年轻时当过管理鱼梁的小官。鱼梁是一种捕鱼设施。以土石筑断小河水流，在小坝中间留下缺口，再把鱼儿能进不能出的竹笱置于缺口中，鱼顺流游入竹笱便可捕获。陶侃因职务之便，曾用陶罐装一些腌制的鱼带给母亲。坩是一种盛物的陶器，鲊是一种南方人用盐和红曲腌制的鱼。这即使在现在也算是"人之常情"，属于我们大家常说的"职务便利"。湛氏娘家夫家都很清贫，现在儿子大了总算能改善一下生活，换成其他母亲肯定"求之不得"，没想到儿子的"孝心"却给母亲带来了烦恼。她将鱼罐加上封条交给派来的人，并回了封信严厉责备儿子说："你刚一出仕为官，便把官家的东西送给我，不仅对我毫无益处，反而增添了我对你的担忧呵！"

可能在很多人眼里，陶母有点小题大做，儿子不就是给母亲捎带了几条腌鱼吗？其实，这正是陶母的过人之处，这件小事表明她德高虑远。儿子现在管鱼就给家中带鱼，将来管钱难道不会给家中捞钱？要是管什么就贪什么，儿子不就成了一个贪官污吏吗？

史称陶母湛氏"贤明有法训"，对儿子的严格是出于对儿子的慈爱，她处处身体力行地告诫自己的孩子：临事不苟，临财不乱。

后来陶侃的为人处世能见到他母亲的影子，《晋书·陶侃传》载陶侃从不爱财，"有奉馈者，皆问其所由，若力作所致，虽微必喜；若非理得之，则切厉诃辱，还其所馈"。可见，是由于有湛氏这样的"非常之母"，才养出了陶侃这样的"非常之人"。湛氏堪称慈母仪范。

4. 巾帼英豪

> 王经少贫苦，仕至二千石，母语之曰："汝本寒家子，仕至二千石，此可以止乎！"经不能用。为尚书，助魏，不忠于晋，被收。涕泣辞母曰："不从母敕，以至今日。"母都无戚容，语之曰："为子则孝，为臣则忠。有孝有忠，何负吾邪？"

——《世说新语·贤媛》

王经出身贫寒之家，生活的磨难使他为人踏实，迫切改变命运的欲望又使他志存高远，出仕以来颇有政绩和令名，累迁至二千石。汉魏内自九卿郎将外至郡守尉的俸禄等级都是二千石，后来二千石成了这类官的代称。他母亲对儿子的成就十分满意，对儿子的官阶更非常满足，便劝告仍然奋斗不止的王经说："你本为寒门子弟，官位已经达到了二千石，实话说你的所得大大超过了我的所望，现在可以到此为止了。"积极进取的王经哪听得进母亲这些告诫？他还是精神抖擞地拼搏不已，最后如愿以偿做了魏国的尚书。

此时魏国的政坛风涛险恶，司马氏集团基本控制了朝政，曹魏政权已是臣强主弱。司马师废掉曹芳后立曹髦为帝，司马师死后司马昭擅权，大肆铲除朝野忠于曹氏的异己，曹髦事实上是一个任凭摆布的傀儡，朝廷内外都心知肚明，改朝换代只是时间长短而已。曹髦对大臣王沈、王业、王经等人说："司马昭之心，路人皆知。"忍气吞声是死，奋起反抗也是死，曹髦不听王经的忠告选择了反抗。王沈、王业为了自保邀王经向司马昭自首告密，王经对他们说："自古主忧臣辱，主辱臣死，敢怀二心乎？"曹髦事败，王经为司马氏逮捕。他泪流满面地辞别母亲说："怪儿当年没听母亲教诲，以至有今日之祸！"此时此刻，王母对即将临刑的儿子却没有半点埋怨，没有半点哀伤，她镇定自若地安抚王经说："我的好儿子，你为子能尽孝，为臣能尽忠。一生有忠有孝，无愧大丈夫，怎么能说辜负了我呢？"东晋文学家袁宏后来在《三国名臣颂》也赞叹道："烈烈王生，知死不挠。求仁不远，期在忠孝。"

　　王经值得后人称颂，王母更加可歌可泣。

　　这则小品用母子二人的对话，刻画了王母的胸襟、气节和见识。当儿子"仕至二千石"还不满足时，王母劝儿子要懂得适可而止。这里可以见出母子二人精神的超脱与沾滞，儿子富于强烈的功名欲望，自然也看不透世俗的利害，母亲看轻社会的虚名，也不在乎官家的利禄；还可以见出母子目光的深远与短浅，儿子只能看到眼前高官带来的利益，却料不到高官潜在的危机，母亲明白朝廷既然能让你出头，自然也就能让你掉头。当儿子因不能功成身退招来杀身之祸时，王经对自己母亲满怀愧疚，母亲却对儿子一生感到欣慰和自豪，明显可以见出母子对责任、担当、气节等方面的不同态度。眼前的爱子行将就戮，而且向自己告别时泣不成声，这件事情要是发生在一般女性身上，身为人母肯定会精神崩溃，而这位母亲竟然"都无戚容"，没有露出一丝一毫的凄惨痛苦。在她看来,自己的儿子在家对母尽孝,在朝对君尽忠,对亲人有爱心,对社会敢担当,生则一身正气,死仍顶天立地,她为自己有这样刚烈的儿子而骄傲。

多么伟大的母亲!

正因为代代都有这样的母亲,所以才哺育出我们无数的民族脊梁。王经是三国的忠烈之士,王母更是民族的巾帼英豪。

5. 聪慧

> 汉成帝幸赵飞燕,飞燕谮班婕妤祝诅,于是考问,辞曰:"妾闻死生有命,富贵在天。修善尚不蒙福,为邪欲以何望?若鬼神有知,不受邪佞之诉;若其无知,诉之何益?故不为也。"
>
> ——《世说新语·贤媛》

汉成帝即汉元帝之子刘骜,西汉第九代皇帝。他对酒色比对治国更有兴趣,当然更加在行,人们至今还常常念到他,不是他推行了什么惠民的德政,而是他先后爱过两个有名的女人。第一个美女班婕妤,楼烦(今山西宁武)人,凭美貌才华深得成帝宠爱,是一位能诗善赋的作家,婕妤是帝王嫔妃的称号。后来成帝移宠于赵飞燕,她发现赵飞燕阴险狠毒,害怕其危及自己的生命安全,要求到长信宫去侍奉太后。成帝死后她又守护成帝的陵园,陵园中的石人石马陪伴她度过孤寂余年。《文选》中《怨歌行》相传是她的作品,诗歌以秋扇见捐比喻自己中途被弃,情辞缠绵幽怨:

> 新裂齐纨素，皎洁如霜雪。
>
> 裁作合欢扇，团圆似明月。
>
> 出入君怀袖，动摇微风发。
>
> 常恐秋节至，凉飙夺炎热。
>
> 弃捐箧笥中，恩情中道绝。

班婕妤在历史上以美貌为人们所喜爱，以美德为人们所传颂，以高才为人们所称道，《汉书》这样的"正史"也对她褒奖有加。这则小品通过她戳穿赵飞燕谗言的故事，表现了班婕妤过人的机智聪慧。

赵飞燕为了恃娇专宠，谗毁陷害她所有潜在的对手，因为担心成帝与班婕妤旧爱复萌，于是便常在皇帝面前说班婕妤的坏话，诬告班婕妤向鬼神诅咒她，祈求鬼神给她降祸。此前许皇后被废的罪名，就是在寝宫中设置神坛向鬼神诅咒赵氏姐妹。昏庸的成帝听信了赵飞燕谗言，于是亲自去考询审问。此时成帝已被赵氏姊妹的妖媚迷惑得不辨东西，班婕妤要是辩称自己不恨赵氏姊妹无疑违反常情，要是否认自己向鬼神祝咒成帝也肯定不信，要是态度强硬成帝以为是抵赖，要是求情成帝以为是心虚，班婕妤面临着杀身之祸，她如何才能躲过这一死劫呢？我们来听听班婕妤的供词：

"臣妾早听孔圣人说过'死生有命，富贵在天'，既然生死由命决定，富贵由天安排，可见，行善尚且不能保佑今生有福，作恶又能指望得到什么好处？假如鬼神真的有感知，就不会接受和相信邪恶巧佞者的诅咒；假如鬼神没有感知，诅咒诉说又有什么用处呢？不管鬼神有知无知，我都不会干'祝咒'这种傻事。"

成帝听了她这段供词，顿时便哑口无言，赵氏姊妹也不再以此刁难班婕妤。

班婕妤是如何为自己辩白脱险的呢？她知道成帝相信天命和迷信鬼神，便抓住这两点让成帝明白：天命使我们干坏事没有任何好处，鬼神使我们干坏事没有任何用处。她先从天命这一角度辩解，自己死生富贵全由命定，"修善"也不会给自己带来福分，"为邪"还能指望得到什么好处呢？言下之意是说，诅咒赵氏姊妹自己没有任何好处，我还要诅咒她们不是犯傻吗？接着再从鬼神这一角度为自己辩解，鬼神要是知道人情世态，就不会相信恶人的诅咒，鬼神要是对人情世态一无所知，向它诅咒又有什么用呢？我会去做这种无用功吗？

班婕妤申辩的聪明之处就在于，她不是说自己不想用诅咒来害赵飞燕，而是说自己知道用诅咒害不到赵飞燕。诅咒不能利己，又不能害人，即使蠢猪也不会干这种蠢事。

已经失宠的班婕妤如果动之以情，皇帝肯定不会为情所动，她从坦承自己"性本恶"出发晓之以理，皇帝也不得不为理所服。读班婕妤的诗赋，觉得她多愁善感，听班婕妤这段供词，才知道她还能言善辩。

她是那样美丽动人，更是那样才智过人。写到这里我真有点信"命"了，俗话说"自古红颜多薄命"，又说"自古才命两相妨"，班婕妤貌美而且才高，难怪她的命那么苦了……

6. 卿卿

王安丰妇，常卿安丰。安丰曰："妇人卿婿，于礼为不敬，后勿复尔。"妇曰："亲卿爱卿，是以卿卿；我不卿卿，谁当卿卿？"遂恒听之。

——《世说新语·惑溺》

古代有很多"模范夫妻"的"先进事迹"，什么"相敬如宾"，什么"举案齐眉"，都已经流传了一两千年。估计就像现在许多英雄模范的先进典型一样，这种典型事迹大概很难推广，也不会有多少夫妻愿意学习，假如所有夫妻平时真的都"举案齐眉"，这些男男女女不是发疯就是散伙。

单说那个"举案齐眉"的故事吧。《后汉书》载，东汉西北扶风平陵地区，也就是今天陕西咸阳市，有一个叫梁鸿的老兄道德高尚，很多父母都想把女儿嫁给他，梁鸿一一回绝了这些人的美意。恰好他同县也有一个姓孟的女孩，人长得又黑又肥又丑，力气大得能轻易举起石臼，过了三十岁还没出嫁，这个"剩女"竟然声称"嫁人就嫁梁鸿这样的人"。梁鸿一听说立马就下聘礼娶她为妻。婚后梁鸿给妻子取名孟光，字德曜，大意是说她的仁德闪闪发光。孟光完全按儒家规定的夫妇礼节生活，每次她对丈夫都低头不敢平视，平日里给丈夫端茶送饭总要"举案齐眉"。"案"是古代一种有脚的托盘，"举案齐眉"就是端茶送饭时把托盘举得跟眉毛一样高，以表示对丈夫的敬重。每次看这个故事我便想打哈欠，要是我太太天天对我"举案齐眉"，我宁可参加政治学习也不愿回到家里。

儒家给夫妻规定的那些礼法，没有一条不让人反胃；按这些礼法过夫妻生活的名教之士，没有一个混蛋不令人厌恶。魏晋之际有一个叫何曾的大臣，以"闺门整肃"闻名全国。他们老夫老妻见面仍旧"皆正衣冠，相待如宾"。相见时他自己南面而坐，他妻子北面而拜，连拜几次后再上酒，"酬酢既毕便出"。这哪是什么夫妻两人的会面，比两国元首会见还要严肃庄重！更要命的是即使这样的会面一年也不过二三次，他太太要见他一面比我们草民见"伟大领袖"还难。到底因过这种夫妻生活变态，还是已经变态了才过这样的夫妻生活，这得交给心理学家去下结论。何曾死后，他的同僚秦秀上奏折要求谥何曾"缪丑公"，按古代《谥法》规定，"名与实爽曰缪，怙乱肆行曰丑"，可见何曾是一个十足的变态伪君子。

虽没有像当时男人那样高喊"礼岂为我辈设哉也"，魏晋女性同样在用行动低调地反叛礼法。与何曾同时的王戎，他太太就讨厌儒家的夫妇礼节，她试图过一种甜蜜的夫妻生活。这则小品中的"王安丰"即王戎，王戎参与灭吴之战因功封安丰县侯。王戎太太常称戎为"卿"。王戎不好意思地提醒太太说："妇人以'卿'来称呼丈夫，从礼仪上说是不敬重，往后千万别这么随便喊'卿'。"没想到太太根本不理睬他这一套："我亲昵卿喜欢卿，这才以'卿'来称'卿'。我不以'卿'称'卿'，世上谁该以'卿'称'卿'呵？"经太太这么一说，王戎从此就听之任之，任由太太天天"卿卿"地呼来叫去，这就是后世"卿卿我我"的由来。

在古代，"卿"原本是一种官爵，后来逐渐演变成为贵对贱、长对幼、尊对卑、上对下的称呼，不拘礼节的平辈之间称"卿"则显得十分亲昵。按儒家礼仪妇人须以"君"来称其夫，丈夫则可以以"卿"称其妻，如《古诗为焦仲卿妻作》中丈夫对妻子说"我自不驱卿，逼迫有阿母"。通常情况下妻子称丈夫为"夫君"或"良人"，如《九歌·云中君》"思夫君兮太息"，唐赵鸾鸾《云鬟》诗"侧边斜插黄金凤，妆罢夫君带笑看"。妻子称丈夫为"良人"始于先秦，《诗经·秦风·小戎》说"厌厌良人，秩秩德音"，到唐代李白《子夜吴歌》也说"何日平胡虏，良人罢远征"。

称夫为"君"则妻子对丈夫只剩下敬畏，甚至可能只有畏惧，妻子对丈夫不敢平视，这哪还有什么爱情？妻子天天对自己"举案齐眉"，夫妻之间又哪来"琴瑟相和"？称夫为"卿"才表明夫妻之间的平等，夫妻能天天"卿卿我我"，两口子才会有亲昵温暖。妻子时时战战兢兢地"举案齐眉"好，还是妻子在丈夫面前亲热、撒娇乃至挑逗好，每一个做丈夫的都心知肚明。欧阳修在《南歌子》词中写道：

凤髻金泥带，龙纹玉掌梳。走来窗下笑相扶，爱道"画眉深浅入时无"。弄笔偎人久，描花试手初。等闲妨了绣工夫，笑问"双鸳鸯字怎生书"？

这首词写夫妻闺房之乐极妍尽态，上片写小娘子轻盈娇纵的意态，精心梳妆后明明知道自己新潮时髦，还偏要扶着丈夫明知故问"画眉深浅入时无"？无非是缠着丈夫欣赏和赞美。下片写小娘子依偎在丈夫怀里的甜蜜幸福，还有她那小鸟依人的玲珑可爱。比起"相敬如宾"的古板，比起"举案齐眉"的僵硬，这种缠绵、娇憨、挑逗和性感，对于夫妻来说不是更亲密更自然更和谐吗？

中国古代士人埋怨"妻不如妾，妾不如娼"，这固然暴露了男性猎奇猥琐的心理，也说明在儒家的夫妇礼仪中，正妻不得不谨遵礼节端庄恭敬，丈夫对她们也就敬而远之，小妾无须整天端着架子，所以妾比妻更富于女性的妩媚风韵，而娼比妾更接近于自然本能，在男人面前反而更为性感迷人，如周邦彦《少年游》："并刀如水，吴盐胜雪，纤手破新橙。锦幄初温，兽烟不断，相对坐调笙。低声问：向谁行宿？城上已三更。马滑霜浓，不如休去，直是少人行。"

王戎最后听任妻子"卿卿我我"地叫个不停，一是作为竹林七贤中人，他自己为人就通脱随便，在下级和儿女面前也不拘小节。《世说新语·任诞》篇载："裴成公妇，王戎女。王戎晨往裴许，不通径前。裴从床南下，女从北下，相对作宾主，了无异色。"裴成公就是西晋名士思想家裴頠。王戎清早到女婿裴頠家，不通报一声就径直进来相见，恰好女婿和女儿还没有起床，裴頠便匆匆从床南边下来，女儿从床北边下来，宾主双方都面对面，大家一点也没有不自在的神情。做泰山大人尚且如此不成体统，关起门来做丈夫无疑也不会一本正经。二是王戎自己本是性情中人，声言"情之所钟正在我辈"，太太喜欢和自己"卿卿我我"，王戎要不暗暗偷着乐才怪哩。

谁都喜欢在家里穿睡袍趿拖鞋，有几个男人乐意在闺房还着西装打领带呢？

7. 夫妻舌战

> 王公渊娶诸葛诞女，入室，言语始交，王谓妇曰："新妇神色卑下，殊不似公休。"妇曰："大丈夫不能仿佛彦云，而令妇人比踪英杰！"
>
> ——《世说新语·贤媛》

古代青年男女不能像今天这样自由恋爱，他们的婚姻主要取决于父母之命，父母为儿女择偶的主要标准又是门当户对。不少新婚夫妻婚前未曾见面，所以新婚大喜揭开盖头一刹那，新郎新娘不是意料之中的喜悦，就是意料之外的失望，失望的新郎甚至从此不入洞房。这篇小品便记下了一对新人新婚当天的唇舌之争——

三国名臣王凌之子王公渊（名广），娶当时另一名臣诸葛诞女儿为妻，一入洞房开始交谈，王公渊就挑衅地对新娘说："新妇神色气质卑微低下，一点也不像你父亲公休那样优雅高贵。"看到新郎一见面就如此无礼，新娘子马上反唇相讥："大丈夫一点也不像你父亲彦云那样出类拔萃，反而强求一个妇道人家向英杰看齐。"

这里顺便介绍一下，新娘父亲诸葛诞字公休，新郎父亲王凌字彦云。公休和彦云都是三国曹魏政权的显贵，也都是曹魏政权的忠臣，明王应麟称他们两人为"节义之臣"，虽然"王凌以寿春欲诛司马懿而不克，诸葛诞又以寿春欲诛昭而不成"，但他们"千载之下犹有生气"。公休和彦云两家的地位旗鼓相当，他们两人的立场又非常相同，他们最后成为儿女亲家情在理中，他们儿女在新婚当天就唇枪舌剑则实出意外。《魏氏春秋》说王广的"风量才学名重当世"，三国蒋济称王广志向才能"有美于父"。王广一看到自己的新娘就这么失礼，肯定是由于对新娘的外貌十分失望。史家并没说诸葛诞女儿丑陋，当然也没有夸她是美女，估计是由于王广这种风度、气量、才能、学问俱佳的青年，对自己妻子要求太高，看到新娘相貌平平就情绪失控。新娘虽无倾国倾城的外貌，但她有过人的聪慧机敏。这位千金小姐在家从来是有求必应，在新郎面前又怎肯逆来顺受？

见面就领教了太太厉害的王广，没有继续与太太交锋，是发现自己斗嘴不是太太的对手，就此以沉默表示认输，还是一旦发现她惊人的机智才华，王广从此就对太太十分欣赏？

从他们夫妻的人生结局来看，答案应该属于后者。当公公王凌反对司马懿斗争失败自杀后，太太最后毅然陪丈夫共同赴难，王广与妻子诸葛氏相互赏识，相互体贴，丈夫欣赏太太的才华，太太与丈夫命运与共，他们小两口不打不相识！

可见，一个女性要赢得才智之士的爱情，不一定非得有勾人的脸蛋和魔鬼的身材，也可以通过自己的才华机智让对方倾倒；不一定非得要百依百顺的依从，也可以有与对方肩并肩的人格独立；不一定非得要逆来顺受和忍气吞声，也可以通过据理力争来赢得对方的尊敬。《世说新语·贤媛》另一篇小品更是写一位丑女的爱情——

> 许允妇是阮卫尉女，德如妹，奇丑。交礼竟，允无复入理，家人深以为忧。会允有客至，妇令婢视之，还，答曰："是桓郎。"桓郎者，桓范也。妇云："无忧，桓必劝入。"
>
> 桓果语许云："阮家既嫁丑女与卿，故当有意，卿宜察之。"许便回入内，既见妇，即欲出。妇料其此出无复入理，便捉裾停之。许因谓曰："妇有四德，卿有其几？"妇曰："新妇所乏唯容尔。然士有百行，君有几？"许云："皆备。"妇曰："夫百行以德为首。君好色不好德，何谓皆备？"允有惭色，遂相敬重。

许允三国时官至领军将军，阮卫尉即阮共，三国时官至卫尉卿，阮德如（名侃）为阮共之子，三国时期作家和医家，著有《摄生论》二卷，与嵇康曾有诗歌唱和，现嵇康集中有《与阮德如一首》，并附有《阮德如答诗二首》。许允见新婚妻子容貌奇丑，行过交拜礼后就不打算再入洞房，家里人对此一筹莫展。正好此时有客人来贺喜，新妇让随嫁的婢女看看来客是谁，婢女答说客人是桓范公子，新妇断定桓公子一定会劝许允进来。果不其然，桓公子对新郎官说："阮家既然把丑姑娘嫁给你这样的俊杰，定然有人家的道理，老兄应该细心体察才是。"许允经朋友劝告便转向回到洞房，一见到丑妻后马上又想出去，新妇料定他此去便无再回房的可能，一把抓住新郎衣襟不让他再走。被扯住的许允被她烦死了："为妇应该具备四德，你有了其中几德呢？"阮氏妇非常自信地回答说："四德之中新妇唯缺容貌一条，然

299

而士应具备各种德性，夫君有了几种？"许允自诩各德"齐备"。阮氏妇还是不依不饶："君子各种品行中以德为首，你好色而不好德，怎么说得上诸德齐备呢？"许允被新娘子说得羞愧难容，从此对自己的丑媳妇敬重有加。

许允新妇既有知人之智，又有自知之明，事情的发展全在她的预料之中。新婚之日新郎不入洞房，身为新娘不焦不躁不哭不闹，在紧要时刻融情入理让新郎回心转意，不管是心智还是口才，新娘都在新郎之上，这么好的才女怎么不叫新郎刮目相看呢？

果然许允后来事事都要征求娘子的意见，阮氏妇在丈夫遭受大难之后，以她的智慧保住了许家根苗。

老兄，家有美妇是你人生的艳福，家有才妇是你家门的大幸，珍惜诸葛诞女和阮德如妹这样的姑娘吧！

8. 夫妇戏谑

> 王浑与妇钟氏共坐，见武子从庭过，浑欣然谓妇曰："生儿如此，足慰人意。"妇笑曰："若使新妇得配参军，生儿故可不啻如此。"
>
> ——《世说新语·排调》

常言道"儿子总是自家的聪明，老婆总是别人的漂亮"。不过，这显然是男权主义者的价值标准，从女权主义者的角度是否还别有说法呢？

这则小品为我们回答了这个问题。

有一天，王浑与妻子钟琰之正坐在一块闲聊，恰好看见儿子王济（字武子）从庭前经过。王济不只人生得英姿俊爽，而且还勇力绝人，更加上文思敏捷，为人自然是"气盖一世"。王浑一直以这个儿子为荣，每次见了他总要眉开眼笑心情大好。这次见到庭前的儿子，便忍不住自豪地对身边妻子说："能生出这样优秀的儿子，足以让人感到欣慰。"钟氏夫人见丈夫一脸幸福，便笑着调侃夫君说："倘若当初把我配给你家小叔子参军王沦，生出的儿子肯定还不只这个样子。"

被钟氏夫人"恨不相逢未嫁时"的参军王沦是何许人呢？我对这个问题非常感兴趣。可除了刘孝标注引《王氏家谱》简短介绍外，遍查史籍再难找到他的任何资料。家谱说王浑这个弟弟王沦曾官至大将军参军，思想取向"贵老庄之学"，二十五岁就英年早逝。《三国志·王畅传》裴松之注说，王畅有子浑、深、湛，并没有说到浑还另有弟弟沦，还说王畅"诸子中"，要数王湛"最有德誉"。或许史家或注家偶尔疏漏，但疏漏肯定事出有因——即使王浑有个弟弟王沦，他在他们兄弟中也要算是默默无闻的一个。

那么，钟氏夫人对他为何如此钟情呢？

失去了的常常最美好，没得到的常常最珍贵。

从钟氏夫人人生最大遗憾来看，从生命力旺盛女性的内心深处来说，人们大概不难做出推论：小孩总是自己的可爱，丈夫总是人家的潇洒。

别相信情人或夫妻之间那些甜言蜜语："亲爱的，你是世界上最美的甜心！""达令，地球上再也找不到像你这样英俊的小伙！"这些不是善意的谎话，就是狂喜后的胡话。然而，正是这些谎言或胡话，制造了人间无数悲喜剧——说者常常无心，听者往往有意，"谎言重复一千遍就成了真理"，这在爱情生活中是"放之四海而皆准"的真理。谎话或胡话听多了便以为对方是出于真心，于是自己慢慢也就动了真情，久而久之就摩擦出了爱情的火花。大部分爱情都是将错就错的产物，时间一久就还原了事情的真相，因而以喜剧开头的许多夫妻，不少人最后都以悲剧结尾。

言归正传，还是来谈王浑夸儿。王浑为爱子感到骄傲是人之常情，更何况王武子的确值得他父亲骄傲。"生儿如此，足慰人意"八字，生动地表现了为父的欣喜，也活脱脱袒露了为父的得意——好像这个有款有型有勇有才的儿子全是自己的功劳！

真是岂有此理！钟氏夫人笑着对丈夫说："若使新妇得配参军，生儿故可不啻如此。"表面上看，这当然是夫妻之间的亲昵戏谑，但玩笑中暗寓了这样的潜台词：儿子这么优秀全是我的功劳，要是换一个丈夫，儿子更加优秀！王浑的门第、成就、才华，在西晋都是屈指可数，至少还没有证据表明他弟弟王沦才貌盖过王浑。拿丈夫弟弟来压自己丈夫，钟氏夫人说的未必是真话，不过只想杀杀丈夫的得意和威风，顺便也想提醒丈夫别太忘乎所以，要记住"生儿如此"至少有一半是为娘的功劳！

中国古代妻妾最忌讳与伯、叔的暧昧关系，谁敢在丈夫面前公开表白喜欢大伯子或小叔子？钟氏夫人之所以敢冒天下之大不韪，一是因为她自己的特殊身份，她是魏太傅、楷书鼻祖钟繇曾孙女；二是因为她在王家是母仪典范，《世说新语·贤媛》篇载，钟氏夫人不仅出生高贵，又兼有"俊才女德"，就是说既有卓越才智又有女子贤德，在王浑家"范钟夫人之礼"，即以钟夫人的礼法为家规，可见她敢在丈夫面前开这种玩笑，是身正不怕影子斜；三是王浑与钟氏夫妻恩爱甚笃，王浑对妻子大度信赖，钟氏对夫君也挚爱忠贞，所以开这种玩笑不至于引起丈夫的吃醋和猜忌；四是在礼法相对松弛的魏晋，贵族女性婚后的夫妻生活也相对平等，妻子在丈夫面前不必唯唯诺诺，她们能享受平等甜蜜的爱情，从山涛、王戎、谢安等夫妻的对话中也能看出当时妻子的地位。另外，从当时史料记载中还偶尔能看到"妻管严"现象，《世说新语》中还有个别"女汉子"。《世说新语·惑溺》说宰相王导一名姓雷的宠妾，经常干预朝政收受贿赂，被人们称为"雷尚书"。

余嘉锡先生在《世说新语笺疏》中，注引晚清李慈铭《越缦堂读书简端记》中的评语说："闺房之内，夫妇之私，事有难言，人无由测。然未有显对其夫，欲配其叔者。此即娼家荡妇，市里淫姐，尚亦惭于出口，赧其颜颊。岂有京陵盛阀，太傅名家，夫人以礼著称，乃复出斯秽语？齐东妄言，何足取也！"（引文与余著略异，笔者据原著校改）

钟氏玩笑的确异乎寻常，此事真伪也难于确考，不能遽然断定其有，更不必冒然判定其无，说它是"齐东妄言"失之武断。这篇小品编在《排调》篇中，表明编者也把它视为夫妻间的调笑。钟氏夫人堂上"以礼著称"，难道就不能享受闺房之乐？恩爱夫妻之间的调笑哪有这么多禁忌？出格的调笑正表明夫妻出奇的亲密。李慈铭三妻四妾之外，还常出入风月场所，是他老人家真的不解风情，还是他老人家在假装正经？

9. 韩寿偷香

韩寿美姿容，贾充辟以为掾。充每聚会，贾女于青琐中看，见寿，说之。恒怀存想，发于吟咏。后婢往寿家，具述如此，并言女光丽。寿闻之心动，遂请婢潜修音问。及期往宿。寿蹻捷绝人，逾墙而入，家中莫知。自是充觉女盛自拂拭，说畅有异于常。后会诸吏，闻寿有奇香之气，是外国所贡，一著人则历月不歇。充计武帝唯赐己及陈骞，余家无此香，疑寿与女通，而垣墙重密，门阁急峻，何由得尔？乃托言有盗，令人修墙。使反，曰："其余无异，唯东北角如有人迹，而墙高，非人所逾。"充乃取女左右婢考问，即以状对。充秘之，以女妻寿。

——《世说新语·惑溺》

这篇小品中所写的爱情故事虽发生于一千七八百年前，但男女双方的爱情心理、恋爱方式及长辈态度，即使放在今天也够大胆，够新潮，够刺激。比如女孩主动追男孩，而且不是男才女貌模式，而是时下女孩最时髦最抢手的"小鲜肉"；如女孩邀男孩翻墙偷情，而且还大胆地未婚同居；如不是男孩送女孩聘礼，而是女孩送男孩异香；又如女孩父亲不仅没有斥责打骂女儿，反而把女儿嫁给了她喜欢的情人……

我们还是回到正文。时光倒回西晋的时候，曹魏司徒韩暨曾孙子韩寿生得姿容俊美，当时外戚权臣贾充辟他做僚属。贾充每次与下属聚会时，他的小女儿贾午就从窗格中偷看，一看到新来的韩寿就喜欢上他，从此眼前总是韩寿的影子，耳中总是韩寿的笑声，心里更常常幻想着与韩寿温存，她还把这份情感抒写在诗文中。后来贾小姐让婢女暗暗到韩寿家，把小姐的情意告诉韩寿，还说小姐如何妩媚美丽，如何光艳照人。韩寿听后怦然心动，于是转托婢女密传音讯，并约定某日某时前往幽会，贾小姐也暗自以身相许，同意韩寿在约定的时间去她闺房。韩寿这小子身手敏捷矫健，翻墙而入小姐家中竟无人知晓，这对情人便常常夜晚一起偷情。自此而后，贾充发觉女儿总精心打扮，神情欣喜欢畅不同于往常。后来在官吏的一次集会上，同僚们闻到韩寿身上有奇特的香味，这种香料是外国的贡品，一旦抹到人身上香气就几月不散。集会散去后贾充暗自寻思，晋武帝十分珍惜这种异域香料，只把它赐给自己和陈骞，其余的文武大臣再没有人家会有这种香料，由此他开始怀疑女儿与韩寿私通，但他又觉得十分纳闷，自己家围墙高峻严密，整天又门禁森严，韩寿怎么可能进入女儿闺房呢？于是，他便借口家中盗贼，派人去重新修整围墙。派去查看的人回来向他禀报说："所有地方都无异常，只东北角好像有人翻爬的痕迹，但那么高的围墙也不是一般人能翻过的。"满腹狐疑的贾充找来女儿身边的侍女盘问，侍女们一五一十地把实情告诉了他。贾充得知实情后严加保密，很快就把女儿嫁给了韩寿。

与传统择婿以才德为首要条件不同，韩寿的"美姿容"让贾充女儿神魂颠倒，贾小姐完全是"以貌取人"，更让人咋舌的是第一次幽会就以身相许，没有半点大家闺秀的礼节、体面与矜持。韩寿与贾午之间的恋情既无关于男子的人品与才智，也无关于女子的妇德与节操，贾女醉心于韩寿的"美姿容"，韩寿也迷倒于贾女的"光丽"，无须媒妁之言，不要父母之命，仅仅是性吸引使得这对男女充满了激情，使他们不惜翻墙同居，使他们不计后果也要偷尝禁果。

摆脱了儒家名教对人的束缚，没有诸多严酷礼节对人性的压抑，才会出现这种像烈火一样炽烈的爱情——女的不顾及自己的名节，为了讨好男人可以偷香，男的不考虑自己的前程，为了能够偷情可以半夜翻墙，生命的激情冲毁了一切礼法的堤防，这种爱情不是节之以礼义，而是全身心的投入和震颤。

翻墙幽会似乎在古今中外都属通例，《诗经》中的《将仲子》也是写男子翻墙：

> 将仲子兮，无逾我里，无折我树杞。岂敢爱之？畏我父母。仲可怀也，父母之言，亦可畏也。
>
> 将仲子兮，无逾我墙，无折我树桑。岂敢爱之？畏我诸兄。仲可怀也，诸兄之言，亦可畏也……

现将前面二段翻译成白话——"仲子小哥哥哟，别翻过我家闾里，别折断了我家的树杞。哪是舍不得杞树呵，我是害怕父母。仲子小哥哥哟我想你，但父母的批评呵我害怕。

仲子小哥哥哟，别翻越我家围墙，别折断了我家的绿桑。哪是舍不得桑树呵，我是害怕兄长。仲子小哥哥哟我想你，但兄长的批评呵我害怕。"

从《周礼·地官·媒氏》可知，"中春之月，令会男女，于是时也，奔者不禁"，周代青年人在特定季节可以自由恋爱，而且此时男女"奔者不禁"，一过"中春"私相幽会就属"淫奔"。越到后世男女之防就越严格，《孟子·滕文公下》凶狠狠地说："不待父母之命，媒妁之言，钻穴隙相窥，逾墙相从，则父母、国人皆贱之。"到魏晋士人"非汤武而薄周孔"，才有贾女"于青琐""相窥"，韩寿"逾墙"偷情的非礼之举。贾充明明知道下属翻墙和女儿偷人，但他不仅没有轻贱他们，反而秘而不宣地默许了他们的爱情，并认可了女儿自己挑选的夫婿，让有情人终成眷属。贾充的政治品格多有可议，但他作为父亲实在无可挑剔。

"韩寿偷香"千百年来一直是男女艳羡的风流韵事，一直是文人们津津乐道的美谈，即使在理学盛行的宋代也很少听到人们指责贾午和韩寿。唐代李商隐在《无题》诗中说"贾氏窥帘韩掾少，宓妃留枕魏王才"，将贾午与宓妃、韩寿与曹植并列，将他们作为痴情的情种来歌颂。唐代另一诗人罗虬更把韩寿视为爱情英雄："当时若是逢韩寿，未必埋踪在贾家。"

第十九章
机诈

魏晋是一个尚力尚才的时代，人物品评首重才情风度，很少论及人物的道德操守，曹操在《求贤令》中"唯才是举"而不问其他，公开要求举荐"盗嫂受金"的能人。《世说新语》虽然首列《德行》，那不过是谨守孔门四科的"例行公事"，相较于谈言语、文学、任诞、容止等章，内容既不出彩，篇幅又不太多。《夙惠》专写少年的聪明和天才的早熟，《捷悟》专写敏捷的才华和敏锐的感悟，《假谲》甚至专写手段的机巧和为人的狡诈。作者对于机诈似乎并无贬义，相反，对很多随机应变的能力还十分欣赏。这里隐含的价值判断是：只要达到目的，可以不择手段。

三国时期的魏、蜀、吴，很难说哪家的目的更高尚，要说高尚谁都有份——谁都宣称要统一天下，要说卑鄙谁都一样——谁不是为了自己黄袍加身？说到手段则只有高下之分，而无道德上的好坏之别，在手段的范围内，你可以说谁最精明谁最愚笨，但不能说谁是伟人谁是小人。

《三国志》称曹操是"非常之人，超世之杰"，说刘备"机权干略，不逮魏武",说诸葛亮"应变才略,非其所长",这些评价可谓恰如其分。诸葛亮缺乏曹操的冒险精神,刘备没有曹操的雄才大略,孙权更没有曹操的学识胸襟。魏晋之际,曹操比诸葛亮有胆有才,比刘备有眼光有谋略,比孙权有远见有气魄——魏晋人物当以曹操第一。谁能像他那样,战场上留下"官渡之战"这样以少胜多的辉煌战例?谁能像他那样,文学上留下那些悲壮慷慨"时露霸气"的诗文?

1. 床头捉刀人

> 魏武将见匈奴使,自以形陋,不足雄远国,使崔季珪代,帝自捉刀立床头。既毕,令间谍问曰:"魏王何如?"匈奴使答曰:"魏王雅望非常,然床头捉刀人,此乃英雄也。"魏武闻之,追杀此使。
>
> ——《世说新语·容止》

在我们印象中,叱咤疆场的英雄应该魁梧威猛,实际上许多使敌人胆寒的将军身材矮小,如三国时期逐鹿中原的曹操,十九世纪统率法国横扫欧洲的拿破仑,还有解放战争中南征北战的林彪。

这篇收入《世说新语·容止》的小品,主要表现曹操的容貌和举止——"形陋"却可爱,矮小但可怕。

先交代一下小品文中的人物和背景。曹操在建安二十一年晋爵魏王,去世后谥号为"武王",曹丕称帝后追尊"魏武帝"。匈奴是历史上居住在西伯利亚一带的古老民族,他们衣着打扮的显著特征是"披发左衽",也就是披头散发,衣襟左开。古时华夏是束发右衽,孔子把"披发左衽"视为野蛮的标志。东汉以后南匈奴投降汉朝，北匈奴西迁后消失在我国古籍中。崔季珪即东汉末名士崔琰，他起初被袁绍征召佐命袁氏，袁绍被打败后效力曹操，历任别驾从事、中尉、尚书等职。

魏武帝将要接见匈奴使者，他觉得自己形象丑陋，不足以威镇远方异族人，便让崔季珪做自己的替身，代替他出面接见使者，自己亲自握刀侍立坐榻旁边。接见结束后，指使秘探询问使者对魏王的印象："您觉得我们魏王怎么样？"匈奴使者回答道："魏王俊美高雅的仪表非同寻常，然而坐榻边那位握刀人，才是真正的英雄豪杰。"魏武帝一听到对自己的评价，马上派人追杀了那个使者。

就像特别欣赏皇皇大赋一样，汉人也以高大魁伟的男性为美，常以"峻""伟"来形容男性，如《后汉书·何熙传》说："身长八尺五寸，善为威容，赞拜殿中，音动左右，和帝伟之。"西汉丞相王商"身长八尺余，身体鸿大"，为人少言语而有威严，接见单于时对方"仰视商貌"，十分畏惧不断后退，汉成帝听说后感叹道："此真汉相矣！"曹操无疑熟悉王商见单于的故事，史书载魏王身材矮小，所以他"自以形陋"。《三国志》本传说崔琰"声姿高畅，眉目疏朗，须长四尺，甚有威重"，不仅"朝士瞻望"，连魏王也心生敬畏。这样，他使崔季珪代自己接见匈奴就很自然了。

反衬是这篇文章最突出的手法。不管崔琰怎么"眉目疏朗"，他在这篇文章中也只是用来衬托曹操的道具。曹操"自以形陋"找他做替身，可在使者看来，崔琰外貌虽然"雅望非常"，但他不过徒有其表，"床头"那个其貌不扬的"捉刀人"，才是算得上真正的"英雄"。这倒应验了《魏氏春秋》对曹操的描述："武王姿貌短小，而神明英发。""自以形陋"的曹操成了使者眼中的"英雄"，一方面说明使者不以貌取人，具有非凡的洞察力。另一方面表明魏晋人对人物的审美，逐渐从形的俊伟过渡到神的卓越。

《三国志》本传称赞曹操是"非常之人，超世之杰"。这篇小品文使我们"目睹"了他的"非常"之处。以魏王之尊居然捉刀床头，自愿做自己臣子的侍卫，大概只有他这种性格的丞相，才会想出这样的鬼点子，也只有他这种不循常理的人，才会去干这种违背常理的事。矮小的曹操捉刀床头，站在伟岸威严的崔琰旁边，那场面该是多么滑稽，此时的曹操又该多么可爱！

这篇文章也让我们见识了曹操的机警冷酷。假如曹操不是"神明英发"，谁能一眼便会认定他是"英雄"？假如使者没有敏锐独到的眼光，又怎么会发现短小的捉刀人是"英雄"？可见，曹操和使者都是"非常之人"。一个忌刻多疑的曹操，绝不会放过另一个"非常之人"，更何况他是强敌的使者。历史上许多使者丧命是由于愚蠢，这位匈奴使者丧命却是由于精明，估计他至今仍然死不瞑目。不过，要是知道做曹操替身的崔琰，不久也成了曹操的刀下鬼，使者的心情也许会好受得多。

刘知几从历史和情理等方面，论析了文中的情节全属虚构。其他史家也认为"此事近于儿戏"，一看就知道是小说家言。

尽管如此，文中故事即使不符合历史真实，也十分符合曹操性格的真实。它本来就是一篇写人的小品，谁叫你把它作为历史来读呢？

2. 谋逆者挫气

魏武常言："人欲危己，己辄心动。"因语所亲小人曰：

"汝怀刃密来我侧，我必说'心动'，执汝使行刑，汝但勿言其使，无他，当厚相报。"执者信焉，不以为惧。遂斩之，此人至死不知也。左右以为实，谋逆者挫气矣。

——《世说新语·假谲》

曹操父亲曹嵩为宦官养子，史家说"莫能审其出生本末"。出生于孤寒之族，崛起于动乱之世，本应是"屌丝"逆袭的成功典范，可当时和后世对他的评价一直好坏参半——人们往往把曹操看成"超人"，同时又常常把他说成"坏人"；无论是正史还是稗官中的曹操故事，曹操的形象既是一个智者，同时又是一个恶棍；你一边惊叹他那过人的机敏，一边又恐惧他那罕见的残忍，所以你说不清对曹操是该爱还是该恨，大多数情况下你极有可能又爱又恨。

这篇小品生动地表现了曹操的机心与狡诈。

皇帝和任何独裁者一样，表面看起来强大无比，实际上可能脆弱不堪，比我们这些草民还缺乏安全感。他们既要对付境外的强敌，更要提防身边的侍从乃至亲人，皇帝死于强敌的情况很少，死于近卫和亲人的概率反而较大。俗话说"外敌易御，家贼难防"，这对曹操来说尤其如此，当时几乎没有外敌可以消灭他，但侍从和亲人随时都可能害死他，乘他熟睡之机结果他的性命。

昼夜最贴心侍候自己的人，也可能是最容易谋害自己的人。

这种担忧一直困扰着曹操，且看他有何高招——

曹操曾对周围的人说："如果有人存心害我，我就会心跳得特别厉害。"为了使人们对他的话坚信不疑，他便对一个十分亲近的侍从说："你暗暗在怀中揣一把刀，偷偷地靠近我的身边，我必定会喊'心跳得厉害'，捉住你送去行刑，只要你不透露是我指使你干的，我保证什么事也没有,事后一定会重重报偿你。"那侍从没有半点迟疑,全然照曹操的话去做,行刑时还毫无惧色,直到送他上西天了,这可怜虫还不知道是怎么回事。曹操身边的所有人都信以为真,图谋叛逆的人也全都泄气。

这个阴招实在狠毒。为了自己活命,不惜侍从丧命,"成功"实践了他"宁我负人,毋人负我"的人生哲学。既是"所亲"的侍从,无疑是对他忠心耿耿。为什么要拿忠心耿耿的侍从下手呢?只有对自己忠心耿耿的人,才不会把自己的诡计泄露出去!正因为对他忠心,才要让他送命——谁懂得曹操的这种怪逻辑?

这个阴招的确有效。曹操"人欲危己,己辄心动"这种特殊的生理反应,亲近侍从已经用性命进行了验证,谁也不敢更不愿用自己的生命再试一次。目睹了曹操这种"特异功能",想要杀害曹操的家伙都灰心丧气。只要你心里想害他,他的心就跳得厉害,不仅不敢动手害他,你连害他的心也不敢有,否则,只要曹操的心跳得厉害,你的心就可能从此不跳。

《世说新语·假谲》还讲了曹操另一个相近的故事:"魏武常云:'我眠中不可妄近,近便斫人,亦不自觉,左右宜深慎此!'后阳眠,所幸一人窃以被覆之,因便斫杀。自尔每眠,左右莫敢近者。"熟睡之后侍从最容易致他死命,所以他睡觉时禁止他人靠近。可要让所有人遵守这一戒令,不能靠思想工作,也不能靠品德教育,教育甚至还会适得其反,让"谋逆者"知道了可乘之机。曹操只得让所有人不敢靠近,办法还是扬言自己有"特异功能":我睡着后任何人都不能随便靠近,一靠近我就会自动砍人,这是一种无意识,连我自己也无知觉,大家可要千万当心!这次做得更绝,先上床假眠,他最宠幸的人好心给他盖被,于是就被他"无意"砍死了。从此以后,每当他在酣睡，谁都不敢走近。曹操刀下的那些冤魂，不是对他最忠心的，就是被他最为宠幸的。

对于统治者来说，与其让别人觉得他仁慈，还不如让别人看到他恐惧。

刘孝标引《曹瞒传》说："操在军，廪谷不足，私语主者曰：'何如？'主者云：'可以小斛足之。'操曰：'善。'后军中言操欺众，操题其主者背以徇曰：'行小斛，盗军谷。'遂斩之，仍云：'特当借汝死以厌众心。'其变诈皆此类也。"这个故事后来被《三国演义》采用，穿插在曹操南讨袁术之际，罗贯中还有鼻子有眼地说出"主者"姓甚名谁。

不过，这三则故事虽然很吸引人，但没有一个真实可信。第一个故事中，曹操与"所亲"侍从的密约，侍从至死都没有告诉过别人，编故事的人又何从得知？假如曹操的话被人偷听，又怎么能说"左右以为实"？第二个故事中，只要曹操不主动说出实情，谁知道曹操是真睡还是"阳（佯）睡"？第三个故事中，曹操与主事者的对话，既然是他们两人之间的"私语"，主事者又已经被杀，谁能断定"行小斛"是受曹指使？"特当借汝死以厌众心"，确实暴露了曹操奸诈的本色，可这句话既是对"主者"一个人说的，他们之间只有你知我知，"主者"既已被害，当时又不可能录音，谁又知道曹操曾出此言呢？从裴松之和刘孝标所引《曹瞒传》的只言片语来看，几乎没有一条不是"黑"曹操，仅从书名不称《曹操传》而叫《曹瞒传》，就知道作者的情感倾向。从古至今，社会上稍有风吹草动，最高统治者就会拿大臣做替死鬼，让别人为自己的罪过偿命，这已经是官场上的惯例。即使曹操真的这么干了，也只能说他和别的统治者一样坏，绝不能说只有他一个人特别坏。

曹操的权谋、机诈和狠毒，前两篇小品写得活灵活现。情节固然都经不起后人推敲，可后人何苦又要去推敲呢？

3. 望梅止渴

> 魏武行役，失汲道，军皆渴，乃令曰："前有大梅林，饶子，甘酸，可以解渴。"士卒闻之，口皆出水，乘此得及前源。
>
> ——《世说新语·假谲》

在中国古今政治家中，曹操可能是最有个性的一位，更可能是"故事"最多的一位。爱他的人喜欢编故事说他机智，恨他的人也喜欢编故事骂他奸诈。他在后世被涂抹成了一个反面角色，既不像关羽那样被圣化，也不像诸葛亮那样被神化，因而人们编他的故事百无禁忌。题材上可以从军国大事到儿女情长，态度上可以从无限仰慕到极其厌恶，怎样形象生动，怎样好玩可笑，你就可以怎样虚构编排。

其中有些故事真假莫辨，因为曹操和其他当事人已经死无对证，有些一看就知道是胡编，许多细节都经不起推敲和检验。可听故事和读故事的人，宁可信其有，不愿信其无，真有"其"事觉得更加"好玩"，若"无"其事就感到大煞风景。

下面这个"望梅止渴"的故事，是表现曹操急中生智的应变之才——

一次曹操率领部队行军途中，长时间找不到取水的地方，将士们都口渴难忍。他见此情况便传令说："前面不远处就有一大片梅林，林中硕果累累，梅子又甜又酸，正好用来解渴。"将士们听说以后，个个都流出口水来。他趁这个机会加速行进,很快便赶到前面有水源的地方。

战争相持阶段我军水尽粮绝,指挥员进行政治动员,宣传员进行革命宣传,战士们口中生烟仍然斗志旺盛——这是我国当代影视剧中常见的画面。看多了觉得它老套还在其次,关键是感到它有点虚假——几天几夜不吃不喝还精神饱满,影片中的战士难道是"铁人"不成?

曹操没学过"物质变精神,精神变物质"的辩证法,但他明白口渴这种生理上的麻烦,就要用生理上的办法来解决。士兵们口渴得生烟,就得让他们口中流水。每个人都有过条件反射的经验,见到或想到酸甜的东西,不知不觉就口中生津。他传令部队将士:"前有大梅林,饶子,甘酸,可以解渴。"大片梅林,硕果累累,让所有将士看到了希望,很快就可以饱吃一顿;梅子又酸又甜的味道,一想起来就流出口水,梅子虽然尚未吃到,而口渴便已解除。

前面有一大片梅林,完全属于曹操"无中生有",可正是这片"许诺"的梅林,使将士由口中生烟变成口中流水——谁说"巧妇难为无米之炊"?

《三国志》称曹操"机变无方,略不世出",他能在一瞬间就随机应变,不仅要有极其敏捷的思维,而且还得有十分丰富的联想。

这个故事发生在何时何地呢?现在大多说是曹操征讨张绣的途中。曹操讨伐张绣是在建安二年和三年,地点在今河南南阳一带。《三国志》并未记载"望梅止渴",这个故事最早见之《世说新语》,杜佑《通典》卷一百五十六转引。

故事刻画曹操形象非常传神,至于它的真实性,我不敢断然肯定,也不愿贸然否定。千百年来,大家一说起"望梅止渴"都津津有味,至今还是使用频率很高的成语,谁要无缘无故说它虚构,谁就没安好心!

4.偷儿在此

魏武少时,尝与袁绍好为游侠,观人新婚,因潜入主人园中,夜叫呼云:"有偷儿贼!"青庐中人皆出观,魏武乃入,抽刃劫新妇。与绍还出,失道,坠枳棘中,绍不能得动。复大叫云:"偷儿在此!"绍遑迫自掷出,遂以俱免。

——《世说新语·假谲》

《三国演义》中周瑜埋怨"既生瑜,何生亮",袁绍死前估计也要哀叹"既生绍,何生操"。

其实,袁绍与曹操完全不在同一个起跑线上——就出身而言,袁绍出身于四世三公的名门望族。袁家从曾祖父起连续四代有五人居三公之位,在东汉后期势倾天下,而曹操的父亲是宦官养子,连当时的人也"莫能审其出身本末";就自身条件而言,《后汉书》说袁绍不仅"有姿貌威容",而且气度"弘雅",而曹操却身材"矮小",他本人也"自以形陋"。可是谁曾料到,官渡之战中袁绍竟然败在曹操手下,而且还败得十分丢人。

不过,他们并不是天生的冤家对头,年轻时他们还有共同的爱好——游侠。《英雄记》说袁绍少"好游侠,与张孟卓、何伯求、吴子卿、许子远皆为奔走之友"。"奔走之友"是指常常一起到处游逛的人。《三国志》称曹操"少机警,有权数,而任侠放荡",裴松之注引《曹瞒传》也说他"少好飞鹰走狗,游荡无度"。游侠好的一面是轻生重义,勇于为人排难解纷,坏的一面是游手好闲,偶尔还像无赖之徒一样为非作歹。袁绍和曹操二人"好游侠",好和坏两面都各沾了一点。

这篇小品正是写他们小时一起的恶作剧——

魏武帝小时候,曾经和袁绍一起喜好学游侠。有一次他们去看人家新婚,先暗暗潜藏到主人家园中,夜深时分突然大叫道:"这里有偷儿贼!"等青庐里的人都跑出来看小偷时,曹操趁机冲进青庐,抽出刀来劫持新娘子。他和袁绍逃出园子时迷失了道路,坠入密集多刺的枳棘中,袁绍陷在刺中动弹不得。曹操见此情状,连忙又大叫道:"偷儿在此!"袁绍在惊慌急迫中亡命地跳了出来,因而二人才幸好没有被主人抓获。

古代北方婚俗,用青布幔为屋叫青庐,在青庐中新郎新娘交拜,还以竹枝打新郎为戏。亲戚乡邻成群地去看新妇,在洞房里戏新郎新妇,是很早就形成的新婚习俗,葛洪《抱朴子·外篇》指责说:"俗间有戏妇之法,于稠宗之中,亲属之前,问以丑言,责以慢对。"曹操和袁绍一起去看人家新婚并非无礼,但抢人家的新娘就过分荒唐了。看了人家的新婚,还要抢人家的新妇,曹、袁二人小时是不折不扣的恶少。

不过,作者本意不是要揭露曹、袁的恶少行径,而是要通过急中生智的行为,刻画曹操有胆有谋的个性。他想抢劫青庐中的新妇,可青庐中一满屋人在闹洞房,他和袁绍二人绝不可能得手,于是他大喊"有偷儿贼",把青庐中的人引出来抓小偷,这样他才能"抽刃劫新妇"。"有偷儿贼"是写曹操的智谋,"抽刃劫新妇"是写曹操亡命的胆略。当袁绍陷在枳棘中时,要是鼓励他不要怕刺,可能越鼓励他越害怕,追他们的人又越来越近。曹操要是一个人逃走,以后大家会指责他为人不义,要是先把袁绍救出枳棘,然后再两人一齐逃走,他们都将同时落网。在这万分危急的时刻,曹操又灵机一动大声喊道:"偷儿在此!"惊恐紧张中的袁绍,必然会奋不顾身地冲出荆棘,还哪用得着别人鼓励帮助?两次简短的喊话,两个敏捷的动作,就写出了曹操的机智、胆量和冷静,我们如见其人,如闻其声。

同伴身陷枳棘,失道更有追兵,若不是曹操如此聪明,哪会想出如此聪明的逃法?

文中虽然有两个人物,但袁绍完全用作陪衬。在这次劫新妇行动中,袁绍成了曹操的累赘:"坠枳棘中,绍不能得动。"是曹操的机敏才让他免被抓获。

尽管这是曹袁儿时的游戏,但预示了他们后来的结局;尽管袁绍出身比曹操高贵,可曹操一直瞧不起袁绍的才能:"吾知绍之为人,志大而智小,色厉而胆薄,忌克而少威。""志大而智小"的袁绍,与胆大而才高的曹操,最后在官渡一决雌雄,能不被打得一败涂地吗?

曹成了袁争天下的对头,可袁却不是曹的对手,青少年时代袁"玩"不过曹,成年后自然也斗不过曹。

"偷儿在此"真有象征意义。唐代诗人章碣在《癸卯岁毗陵登高会中贻同志》中愤激地说:"尘土十分归举子,乾坤大半属偷儿。"曹、袁小时去偷劫别人的新妇,他们成人后又去偷劫整个国家。曹操喊叫袁绍"偷儿在此",曹操本人又何曾不是"偷儿"呢?只是他比袁绍偷技更高而已。

5. 温峤娶妇

温公丧妇。从姑刘氏家值乱离散,唯有一女,甚有姿慧。

姑以属公觅婚，公密有自婚意，答云："佳婿难得，但如峤比，云何？"姑云："丧败之余，乞粗存活，便足慰吾余年，何敢希汝比。"却后少日，公报姑云："已觅得婚处，门地粗可，婿身名宦尽不减峤。"因下玉镜台一枚。姑大喜。既婚，交礼，女以手披纱扇，抚掌大笑曰："我固疑是老奴，果如所卜。"

玉镜台，是公为刘越石长史，北征刘聪所得。

——《世说新语·假谲》

故事情节跌宕起伏，人物刻画生动形象，人物对话微妙传神，最后结局极富喜剧性——这篇不足二百字的小文，是一篇微型小说的艺术杰作。

文中的"温公"指东晋名将和重臣温峤。温峤太原祁县（今山西祁县）人，曹魏名臣温恢之孙，西晋司徒温羡之侄。他既出生于官宦世家，人又生得"风仪俊美"，处事更是机敏聪明，学术上又"博学能文"，《隋书·经籍志》有《温峤集》十卷。可由于他过江比王导等人稍晚，政坛上瓜分位置也是"先来先得"，时人历数"过江一流人物"时，往往遗漏了他这位难得的文武全才，而他本人又很看重"人物排序"，所以一听到名士们品藻"一流人物"他就紧张，要是没有被数到便常怀愤愤。

历史上真实的"温公"留待后叙，他在政坛上的得失也暂且不提，我们先来看看温公的婚事。

温公不久前丧妻。堂姑刘家因遭逢战乱，一家人都流离失散，姑妈身边只有一个女儿，生得又聪明又好看。姑妈托付温公给女儿寻一门亲事。文中的"属"通"嘱"，即嘱托或托付的意思。温公一见到表妹就爱上了她，暗中已有了娶她的打算，他便试探性地对姑妈说："佳婿难以寻觅，要是能找到像我这样的，不知能不能中姑妈的意。"姑妈回话说："遭逢丧乱而侥幸未死，只求马马虎虎能够活命，就算是我晚年不幸中的万幸了，那敢希求像你这样的女婿！"几天之后，温峤禀告姑妈说："总算是为表妹找到人家了，门第也还算说得过去，女婿的官位、名声、相貌，哪一样都不比我差。"还送来了一个玉镜台作为订婚聘礼。姑妈自然是欢天喜地。等到结婚那天行了交拜礼之后，新娘用手挑开遮脸的纱扇，拍手大笑道："我本来就怀疑是你这老东西，果然不出我的所料。"

故事既有波澜又合情理。作者先以"温公丧妇"四字，说明温峤此时的婚姻状况。再写堂姑"家值乱离散"，身边"唯有一女"，而且还"甚有姿慧"，更关键的是"属公觅婚"。一个是新丧偶的鳏夫，一个是待字闺中的怨女；一个有"门地"和"名宦"，一个有姿容和慧心；于是，一边托其"觅婚"，一边自然就想"自婚"了。表妹"甚有姿慧"，姑妈托其"觅婚"，公暗想"自婚"，这三句话环环相扣，情节发展的节奏很快，绝不像现在电影电视剧那样拖泥带水节外生枝。虽事有凑巧，却水到渠成。读者谁会想到是在"编故事"，大家都以为是在"写信史"。

通过对话和行为刻画人物形象，尤见出作者非凡的功力。温公是故事中的主角，文中对他着墨最多。听到姑妈"属其觅婚"后，他先有意识地"自抬身价"——"佳婿难得"，再试探姑妈的觅婚条件——"但如峤比，云何"？听到姑妈满意自己这种条件以后，"却后少日"便立即回报，"已觅得婚处"，未来女婿"门地""名宦"，"尽不减峤"。"尽不减峤"四字大可玩味，强调不比峤差也不比峤好，"尽"表明一切都与峤旗鼓相当。世上找不到一片完全相同的树叶，又怎么会有完全相同的人？所谓"佳婿难觅"，所谓"觅得婚处"，全是温峤在自炫自媒。

他的堂姑同样不可小觑。她自然知道温峤丧偶鳏居，更了解温峤的门第名宦，他与女儿正是天然佳配，更是让自己"足慰余年"的佳婿。她嘱温峤为表妹"觅婚"，既向内侄传递了自己的愿望，又显得非常得体。当温峤提出"但如峤比"的条件时，她马上表示"何敢希汝比"；当温峤回报说未来女婿地位名望"尽不减峤"时，她又毫不掩饰自己的"大喜"。以这位从姑的阅历和敏锐，连她女儿都能猜透是温峤，她怎会看不透温峤玩的把戏？她不过是在装聋作哑以配合演出。

作者只用一句对话和两个动作，便将"女儿"的形象写得活灵活现。通常交礼之后是由夫婿掀开纱扇，女孩主动"以手披纱扇"，是急于想看看自己的夫婿，更是想印证自己的怀疑。"抚掌大笑"表现了她猜中后的兴奋，也表明她对自己婚姻的狂喜，同时还流露了她活泼爽快的性格。"我固疑是老奴，果如所卜"，这句话揭开了全部的谜底——温对她有情，她也对温有意。这句话不仅能见出她的聪慧，回应上文的"甚有姿慧"，也能见出她的泼辣和情趣。

温峤听到托他"觅婚"，便暗暗决意"自婚"；姑妈表面上嘱温峤"觅婚"，实际上是在向温峤"求婚"；女儿更看出了温峤的"密意"，也知道妈妈的"用意"——三个人都在将计就计，彼此又都是心照不宣，谁都不愿说破这一公开的秘密。在这场大团圆的喜剧中，温峤这一角色机智风流，姑妈心思细腻缜密，女儿爽快泼辣而又聪明美丽。

这则故事在历史上影响深远，元代关汉卿的杂剧《温太真玉镜台》、明代朱鼎的传奇《玉镜台记》、民国初年京剧《玉镜台》，故事情节都取材于这篇小文。但三个剧本都不及这篇小文含蓄隽永，也不像这篇小文"真实可信"。

文章最后交代玉镜台的来历，有的学者认为纯属累赘，这种说法显然没有看懂作者用心：一是要凸显玉镜台的珍贵，它原为十六国汉国君御品，温峤用它做定亲聘礼，表明女孩的"姿慧"让他多么动心；二是要给故事增添真实感，连一个玉镜台都能追溯来龙去脉，可见实有其事，实有其人。

可实际上，这个故事全属虚构。刘孝标注引《温氏谱》说："峤初取高平李暅女，中取琅邪王诩女，后取庐江何邃女，都不闻取刘氏。"当代史学家余嘉锡先生也根据《晋中兴书》《晋书·温峤传》证实了《温氏谱》的记载，断言温峤从未与刘氏结婚。

不过，这些考证于史学极有必要，于文学则大煞风景，读者哪在乎事情的真假，他们只在意故事是否动人。

6. 韬晦

郗司空在北府，桓宣武恶其居兵权。郗于事机素暗，遣笺诣桓："方欲共奖王室，修复园陵。"世子嘉宾出行，于道上闻信至，急取笺，视竟，寸寸毁裂，便回还更作笺，自陈老病，不堪人间，欲乞闲地自养。宣武得笺大喜，即诏转公督五郡、会稽太守。

——《世说新语·捷悟》

诗人常常自我感觉良好，以为连诗歌都能写好还有什么不能干好？深信"天生我材必有用"的李白，安史大乱时夸口说："但用东山谢安石，为君谈笑静胡沙。"隐然以当世谢安自居，好像自己在谈笑之间就可以把天下搞定。连印象中比较老成持重的杜甫也一张口就是"会当凌绝顶，一览众山小"，一千多年以后还能想象出他那目空一切的气概。历史学家范文澜先生曾毫不客气地说，李杜都是政治上的糊涂虫。幸喜李杜都没有治国的机会，否则，他们就不是伟大的诗人而是历史的罪人。诗人中政治糊涂虫当然不只李杜，一直被称为才高八斗的曹植也要算一个。明明知道兄长和侄子一直提防和忌恨自己，可他在文帝、明帝面前不懂韬晦之略，还在《求自试表》中一而再再而三地吹嘘自己的才华和壮志，要求皇帝"出不世之诏"，让自己"统偏师之任"。这不是找死吗？他好像至死都不明白，在他兄长曹丕眼中，自己立功的雄心就是篡位的野心。

　　政坛上深谙权谋的老手，没有一个人会像李杜那样"说大话"，他们都明白谁先伸头谁便先死的道理，所以无一不擅长韬光晦迹——明明狗胆包天偏要装成胆小如鼠，明明雄心勃勃偏要装成胸无大志，明明目光深远偏要装成鼠目寸光，明明老谋深算偏要装得傻气天真。《三国演义》"曹操煮酒论英雄"这一回中，写刘备栖身曹营时"防曹操谋害，就下处后园种菜，亲自浇灌，以为韬晦之计"。做梦也想黄袍加身的刘备，哪有兴趣当一个菜农浇花种菜？

　　上面这则小品向我们生动地展示了政坛上的韬晦之术。

　　郗鉴、郗愔、郗超祖孙三代一直处在东晋权力的中心，三人在朝廷同参权要，但他们为人却大不相同：郗鉴儒雅，郗愔方正，郗超机敏。这里来看看郗愔和郗超父子的处事方式。

　　文中的"北府"是东晋的一个军事建制，此时治所从广陵移到了京口，也就是今天江苏镇江市。郗愔曾掌控藩镇北府，北府地势扼京城咽喉，史称京口"人多劲悍"。有英迈之气和不臣之心的桓温，常常赞叹"京口酒可饮,兵可用",对北府早已垂涎三尺,郗愔居重地握重兵使他如芒在背。忠厚的郗愔对权术机谋一向都很迟钝,既不能窥探桓温的险恶用心,也不能洞察自身的危险处境,竟然糊里糊涂地给桓温写信说:"方欲共奖王室,修复园陵。"由于中原已被胡人占领,西晋帝王陵墓都在洛阳。郗愔对晋朝忠心耿耿,他希望与桓温共同辅佐朝廷,秣马厉兵收复中原故土。信中对桓温的真心表白,可能招致郗愔的杀身之祸:一、"共奖王室"摆明了当今之世能与桓温抗衡的只有郗愔;二、郗愔是晋室的铁杆忠臣,自然就是桓温篡位巨大障碍;三、郗愔虽已届暮年仍雄心不老,这会使桓温如鱼刺在喉。

郗愔给桓温写信那会儿,正好长子郗超外出,在路上听说有信使到了,急忙从信使手中取出信笺,读完立马把信撕成碎片,回家后代父重写了一封信,陈述自己又老又病,无力胜任眼下这一军事重任,想乞求一个闲散的位置打发余年。文中的"宣武"即桓温,温死后谥宣武候。桓温见信后非常高兴,对郗愔的戒备和忌惮全都消除,立即下令升任郗公都督五郡军事,并兼任会稽郡太守。

要不是儿子郗超调包换信,在当时诡谲多变的形势中,身居要津的郗愔转眼就将身陷绝境。郗超年轻时就卓荦不群,他做桓温参军时桓温便发现郗超深不可测。郗超知道什么时候必须收敛锋芒——韬晦以打消他人戒心,什么时候应该露出峥嵘——展示力量以震慑对手。桓温对郗超"倾意礼待",郗超对桓温也鼎力相助,桓温"王霸大业"背后的高参就是郗超。温超二人在才调上惺惺相惜,在追求上又臭味相投,难怪他马上把糊涂父亲那封糊涂信"寸寸毁裂",因为他最明白这封信会招来多大的风险。

郗超不仅办事精明干练,识人眼光敏锐,待人又慷慨大度,而且清谈时义理精微,与人辩论更是议论风发,一代名相谢安也畏他三分。郗超生前让人服让人怕也招人爱。他入桓温幕后暗助温密谋篡逆，可惜把才能用错了地方。郗超死后他父亲才看到儿子与桓温谋反的密信，正在丧子之痛中的郗愔厉声骂道："逆子真该早死！"

　　看来，任何一个政客在风急浪高的政治舞台上，"没有"才能不行，"只有"才能更不行；不用机谋可能自己遭殃，只用机谋国家可能遭难。

第二十章
世故

任何事物，受光的正面看上去总比较光亮，背光的反面自然相对阴暗，所以人们容易看到它的正面，也愿意看到它的正面。

譬如，一提起"魏晋风度"，人们首先就想到"目送归鸿，手挥五弦"的潇洒之姿，想到高卧东山的出尘之志，想到玄而又玄的有无之辩，总觉得魏晋名士们玉洁冰清，一尘不染……

假如转到背面或侧面审视，一个精神世界中的王子，可能是现实生活中的俗人——口不言钱的人可能十分贪婪，超然绝世的名士可能颇多俗念。"乘兴而来，兴尽而返"的王徽之，"在山阴道上行"的王献之，他们兄弟二人的风情气韵都悠然脱俗，可他们兄弟有时惊人地俗气。"王子敬兄弟见郗公，蹑履问讯，甚修外生礼。及嘉宾死，皆箸高屐，仪容轻慢。命坐，皆云'有事，不暇坐。'既去，郗公慨然曰：'使嘉宾不死，鼠辈敢尔！'"（《世说新语·简傲》）文中的"郗公"即郗愔，"王子敬兄弟"为书圣王羲之之子，郗愔之甥。"嘉宾"即郗愔之子郗超，郗超为东晋炙手可热的能臣。当郗超表兄在世的时候，王献之兄弟对忠厚的舅舅毕恭毕敬，表兄刚一离世，他们对舅舅就"仪容轻慢"。他们的书法和风度像"天际真人",他们对待舅父又世故得要命。

这一章就是要让大家看看"魏晋风度"的背面和侧面。

1. 座次与面子

> 支道林还东,时贤并送于征虏亭。蔡子叔前至,坐近林公。谢万石后来,坐小远。蔡暂起,谢移就其处。蔡还,见谢在焉,因合褥举谢掷地,自复坐。谢冠帻倾脱,乃徐起,振衣就席,神意甚平,不觉瞋沮。坐定,谓蔡曰:"卿奇人,殆坏我面。"蔡答曰:"我本不为卿面作计。"其后二人俱不介意。
>
> ——《世说新语·雅量》

这篇文章写的是魏晋名士之间争抢座次的轻松喜剧。

东晋高僧支道林在京城游厌了朱门,想回东山的寺庙换换胃口。《高逸沙门传》说支道林这次来京是"为哀帝所迎"。因是当朝皇帝的座上宾,离开皇都时才有"时贤并送于征虏亭"的热闹场面——皇帝的贵客谁不想巴结呢?司徒蔡谟二公子蔡子叔先到,很自然便靠近支道林就座。太傅谢安弟弟谢万石后来,座位离支道林就稍远一点。在给支道林送行的饯别宴席上,支道林无疑是众星捧月的中心人物,谁离他最近谁就是席间的贵人,因而离支道林座次的远近,无形就成了送行人身份贵贱的标志。蔡子叔是当时的"著姓",谢万石也是那时的高门,子叔的父亲位极人臣,谢万石的兄长炙手可热,"后来"的万

328

石怎能忍受"先至"的子叔"坐近林公"呢？大家知道中国人向来臭要"面子"，贵族比百姓更看重荣誉和浮名，有碍"面子"时不惜以兵戎相见。这样，蔡、谢二位名门公子就有好戏等着我们看了。

谢万石瞅准"蔡暂起"离座的时机，赶紧把座位移到蔡子叔原先的位子上，以便自己"后来"而能"坐近林公"。蔡子叔转眼回来见谢占了自己的座位，不由得心头火起，竟然有人敢公开与太尉公子争座，这还了得！于是二话不说就"合褥举谢掷地"——连着坐垫一起把谢万石举起来扔到地上，自己又大模大样地坐回原处。《晋书·谢万石传》说谢一向"衿豪傲物"，从来就目中无人。假如他平时为人谦让，断然不会去抢占蔡子叔的座位。本来为了争"面子"弄得没"面子"，此兄岂可善罢甘休？蔡子叔也是得理不让人，宁可以失身份的手段来挽回身份，以不讲"面子"的方式来保全"面子"。

看来，一场龙虎斗在所难免。

事态的发展却大出人们所料，谢万石"乃徐起振衣就席，神意甚平，不觉瞋沮"。"徐起"—"振衣"—"就席"，这既是谢万石极有层次地调整身体的过程，也是他逐渐调整心态的过程，等他就席的时候已毫无怒容，神情意态都很平静。谢的许多复杂心理过程只通过动作来展示，这是作者用笔的含蓄隽永处。

下面一段对话更有趣。"坐定，谓蔡曰：'卿奇人，殆坏我面。'蔡答曰：'我本不为卿面作计。'"蔡子叔不仅不顾全他的"面子"，甚至差一点摔破了他的脸"面"，谢万石只轻轻说了句"卿奇人"就想转弯，蔡偏不给他一点转弯的余地："我本不为卿面作计"——我本来就没有考虑过你的脸会如何。狂妄放肆的谢万石在这次事关"面子"的座次之争中丢尽了"面子"，可是他居然不声不响地隐忍了下来，"其后二人俱不介意"——两人事后像从没有发生过什么不愉快一样。

此文意在称赞谢万石的涵养和雅量，被人欺侮还不失君子风度。其实，讲面子从来就是以权势地位做基础，那些在下级或小民面前很要"脸"的人，在上司那里也可能很不要"脸"。谢万石的为人并无什么"雅量"，假如这次侮辱他的不是太尉公子，他是不是也有如此宽容大度？是不是也能毫不介意？

从这一喜剧中可以约略窥见"座次"与"面子"的关系："座次"的高低决定了"面子"的大小——没有实力，哪有面子？

2. 岂以五男易一女？

> 乐令女适大将军成都王颖。王兄长沙王执权于洛，遂构兵相图。长沙王亲近小人，远外君子，凡在朝者，人怀危惧。乐令既允朝望，加有婚亲，群小谗于长沙。长沙尝问乐令，乐令神色自若，徐答曰："岂以五男易一女？"由是释然，无复疑虑。

——《世说新语·言语》

晋武帝司马炎死后，晋初分封各地的同姓诸王纷纷起兵争权，这就是历史上有名的"八王之乱"，它是统治阶层内部为了争夺皇位而骨肉相残的丑剧。乱的起因是惠帝妻贾后与外戚杨骏争权，以杨骏被杀告终。贾后以汝南王司马亮辅政，再唆使楚王司马玮杀亮，司马亮的尸骨未寒，她又借刀干掉了司马玮。赵王司马伦于是起兵讨贾后，这次贾后自己掉了脑袋，还牵连惠帝丢了皇位。赵王伦自己刚刚坐上龙椅，齐王冏、成都王颖就联合起兵杀伦，接下来是冏专擅朝政。长沙王乂又兴兵杀冏，自己再重复冏的故事，司马颖联合河间王顒杀掉乂，乂很快也重演了冏的悲剧。除了贾后和杨骏是外姓人，这场杀戮是司马氏兄弟之间的血拼。由此可以窥见权力对人腐蚀的极限，也可以窥见人性是如何阴暗。

这则小品写的是成都王司马颖与长沙王司马乂厮杀之际，朝廷重臣乐广与司马乂的一次智慧较量。乐广的女儿嫁给了司马颖，乐广本人在朝廷又深孚众望，这引起了独掌朝政的司马乂警觉，要是乐广与司马颖翁婿二人里应外合，岂不是要把自己逼向绝境？司马乂本来就猜忌很深，加上一群小人不断向他进谗言，乐广洛阳一家都在司马乂的魔掌之中，随时可能招来杀身灭族之祸。

司马乂就此试探乐广的态度，乐广要如何向司马乂表白才能消除他的猜忌呢？

向他表明自己讨厌正在向洛阳进兵的女婿？向他发誓与不义女婿一刀两断？向他表明誓死忠于司马乂？这一切都不会让司马乂消除猜疑，一个连亲兄弟都不信任的人，还能相信谁呢？向亲骨肉挥屠刀的家伙不会讲什么感情仁义，他讲的只是皇位和权力。老谋深算的乐广看清了这一点，他不动声色地对司马乂说："岂以五男易一女？"意思是说：我怎么会那么傻呢？要是我帮助司马颖，你不是要杀害我在京城的五个儿子吗？我怎么会让五个男儿的性命去换一个女孩呢？司马乂听了这番话后，"由是释然，无复疑虑"。从此对他不再猜忌和防范。

《晋阳秋》的记载与《世说新语》这则小品的说法稍有不同："成都王起兵，长沙王猜广，广曰：'宁以一女而易五男？'乂犹疑之，遂以忧卒。"司马颖太安二年（303）起兵讨伐司马乂，乐广卒于永兴元年（304）正月。司马乂对广仍然充满猜忌，乐广因此忧惧而死，《晋阳秋》的记载似乎更为可信,《晋书·乐广传》也不从《世说新语》。在那骨肉交兵的危急时刻,司马乂还会轻信谁呢?一句话怎么可能就打消他的"疑虑"?乐广一家随时都可能丧命,能够想象他一直战战兢兢,以至没有被杀死却被吓死。不过,"岂以五男易一女"这句话,肯定会大大减轻了司马乂对他的"疑虑",不然乐广还能寿终正寝?

上流社会那些有头有脸的人物,他们一举一动都不是由感情好恶来支配,而是受个人利益的驱使。乐广这句"岂以五男易一女",活脱脱勾画出一个稳健老练的政治家形象:工于利害算计,善于应付危局;只考虑个人得失,但从不轻易动情。

3. 谢公畜妓

> 谢公在东山畜妓,简公曰:"安石必出。既与人同乐,亦不得不与人同忧。"
>
> ——《世说新语·识鉴》

晋简文帝和孝武帝两朝内乱频仍,强敌寇境,晋江山如风中残烛。出身高门的谢安享誉士林,名士们认为其雅量足以镇安朝野,可是,谢安本人偏偏"无处世意",高卧东山坚不出仕,与王羲之、许询、支道林、孙绰游处,出则渔弋山水,入则言咏属文,俨然像不事王侯恬淡谦退的隐士。说来也怪,越是拒绝朝廷征召,谢安的声誉越隆,足不出户却"自然有公辅之望"。他那副神态把同床共枕的太太也骗过了,见他万事不关心的模样,夫人便劝他说:"大丈夫不该如此吧?"家人、友人都认为谢安已经绝意官场,时任中丞的高崧对谢安说:"卿累违朝旨,高卧东山,诸人每相与言,安石不肯出,将如苍生何!苍生今亦将如卿何!"

一方面大家迫切希望他出来挽救危局,一方面他自己又逍遥世外,朝野人士都在焦灼地期望、等待……

只有简文帝司马昱"读懂"了谢安,他认为谢安不会长期隐居遁世,一定会出山与人共济时艰。

他这种看法的根据何在呢?

原来谢安虽然在浙江上虞的东山,纵情于丘壑,纵意于林泉,泛舟于沧海,似乎真的"去伯夷叔齐不远",但他每次外出游赏总要携妓陪同。据此简文帝断言:"安石必出。"为什么呢?他的分析十分独到:"既与人同乐,亦不得不与人同忧。"

畜妓是当时士大夫普遍的嗜好,谢安和别人一样离不开声色之娱,嗜欲习深说明俗情未断,俗情未断就不可能高蹈弃世,从感情到思想都是"我辈中人",与人同乐必定会与人同忧——谢安出山只是个时间问题,他只是在选择最佳出仕时刻。

简文帝是位窝囊皇帝,在位两年一直战战兢兢,害怕被独揽大权的桓温废黜。不过,他虽无济世之略,却有知人之明;虽是一位无能的政治家,但不失为一位出色的心理学家,善于从一叶落而知秋已至。不然,怎能对谢安独具慧眼?

4. 向秀入洛

嵇中散既被诛,向子期举郡计入洛,文王引进,问曰:"闻君有箕山之志,何以在此?"对曰:"巢、许狷介之士,不足多慕。"王大咨嗟。

——《世说新语·言语》

曹魏后期，司马氏集团加紧了篡夺的步伐，残酷地杀戮不向他们俯首称臣的士人。嵇中散就是三国著名文学家和思想家嵇康。嵇康尚曹操孙女长乐公主，不满司马氏集团的篡权阴谋，加之他"越名教而任自然"的人格理想，与以名教为幌子阴谋夺权的司马氏尖锐对立。由于他在士林的影响力，使他成了不满司马氏集团人士的精神领袖，这一切注定了嵇康被害的悲剧下场。

向秀是嵇康的挚友，嵇康在山阳打铁时，他欣然去帮他拉风箱。嵇康被杀以后他不得不应诏到京城洛阳，完全是迫于司马氏的政治压力。这时摆在士人面前的道路唯有两条：或者归附，或者杀头。向秀虽然讨厌司马昭的阴险伪善，但他更害怕自己掉脑袋，所以只好去洛阳臣服于司马昭——向人低头总比自己掉头合算。

想不到文王司马昭不给他一点面子，一见面就挑衅似的问他说："闻君有箕山之志，何以在此？""箕山之志"即隐居遁世的志向，据说上古唐尧时的隐士许由，一直住在"颍水之阳，箕山之下"。既然有不事王侯的高洁志向，干吗跑到京城这个争权夺利的是非之地来呢？司马昭何曾不知道向秀是被逼来的，他这一问又逼着软弱的向秀说违心话，一个过于爱惜脑袋的人必然不太爱惜尊严，我们来听听向秀的回答有多滑稽："巢、许狷介之士，不足多慕。"《晋书》称向秀"好老庄之学"，有飘逸之韵，慕巢许之风，现在在千古权奸面前说上古巢、许两位隐士为"狷介之士"，他们孤傲不群的行为"不足多慕"，不是在自己打自己的耳光吗？这就是独裁者的狡诈之处，明明是他们把你逼来，偏要你承认是自己跑来，然后他站在一旁欣赏你自我作践自我否定的情景，品味自己手中权力的淫威。这使人想起"四人帮"强迫知识分子写检讨的那一幕，当时多少读书人为了免受或少受皮肉之苦，自己朝自己脸上吐唾沫：过去的尊孔之士站出来批孔，过去的拔俗之士忙着去媚俗，过去的清高之士忙着去钻营……

听完向秀这一番自我作践后，来一句不阴不阳的"王大咨嗟"。"咨嗟"可以理解为"感叹"，也可以理解为"赞叹"，即"文王对向秀的回答大为赞叹"。司马昭要是生活在今天一定会这样说："能与落后分子划清界限，你的思想觉悟提高很快，向秀的确是个'与时俱进'的好同志。"

向秀在赴洛阳途中写了一篇《思旧赋》，表达了自己对被害友人嵇康、吕安深沉的悼念，并赞美"嵇志远而疏，吕心旷而放"的可贵品质，然而，转眼他又不得不在杀害嵇康的刽子手面前曲意逢迎，不难想象他内心承受了多少屈辱和煎熬。封建专制对人的戕害如此严重，不仅剥夺了人的平等与尊严，甚至阉割了民族的生命力，专制社会没有人格健全的公民，只有俯首帖耳的奴隶，"依赖之外无思想，服从之外无个性，谄媚之外无笑语，奔走之外无事业，伺候之外无精神，呼之不敢不来，麾之不敢不去，命之生不敢不生，命之死不敢不死"（邹容《革命军》）。

向秀低下头颅，换来了高官，由散骑侍郎迁黄门侍郎，升散骑常侍。史书说"在朝不任职"，只是"容迹而已"。嵇康被暴君毁灭了肉体，向秀被暴君摧残了心灵；嵇康在专制之下在劫难逃，向秀在淫威之下也未能豁免；嵇康极其不幸，向秀又怎能说幸呢？他们二人的差异只在于：一个豁出了性命，一个交出了灵魂。

唉！

5. "变色龙"

> 褚公于章安令迁太尉记室参军,名字已显而位微,人未多识。公东出,乘估客船,送故吏数人投钱唐亭住。尔时吴兴沈充为县令,当送客过浙江,客出,亭吏驱公移牛屋下。潮水至,沈令起彷徨,问:"牛屋下是何物?"吏云:"昨有一伧父来寄亭中,有尊贵客,权移之。"令有酒色,因遥问:"伧父欲食饼不?姓何等?可共语。"褚因举手答曰:"河南褚季野。"远近久承公名,令于是大遽,不敢移公,便于牛屋下修刺诣公。更宰杀为馔,具于公前,鞭挞亭吏,欲以谢惭。公与之酌宴,言色无异,状如不觉。令送公至界。
>
> ——《世说新语·雅量》

这简直就是一篇中国古代的《变色龙》,是契诃夫那篇《变色龙》的"爷爷"。它生动地刻画了专制社会里,官场上大小奴才欺下媚上的丑态。

褚公就是文后自称的"河南褚季野",也即后来的太傅和康献皇后的父亲,但在文中他还只从章安县令升为记室参军。"名字已显而位微",社会上知名度虽然很高,仕途上的官儿还不大。一次他乘商船"送故吏数人投钱唐亭住"。"钱唐"也称为"钱塘"。正好吴兴沈充作钱唐县令,碰巧也送客过浙江,客人一下船就投宿钱唐亭。钱唐亭的铺位本来不多,那位亭吏当然知道孰轻孰重,为了让当权的县太爷的客人住在亭内,便把褚季野赶到牛棚去安身。住旅店应该有个先来后到,亭吏竟然将先来的客人赶进牛棚,好给后到的客人腾出床铺。他为什么敢如此放肆无理呢?听听他回答沈充时的话就明白了:"昨有一伧父来寄亭中,有尊贵客,权移之。"原来在亭吏眼中,先来的褚季野只是"一伧父",后到的则是有身份有派头的"尊贵客"。他这条"遇见所有阔人都驯良,遇见所有穷人都狂吠"的哈巴狗,赤裸裸的势利眼只是使人觉得可笑,那位姓沈的县太爷对褚季野前倨后恭的丑态则叫人恶心。

沈县令望着天问"牛屋下是何物"的神气,把一个土皇帝目空一切的狂妄虚骄写得活灵活现。"是何物"另一本子作"是何物人","是何物"更加形象,于义为优。想来他必不敢问"朱门之中是何物",因为县令以为牛屋下必是贱人。六朝时南方人称北方男子为"伧","伧父"就是粗人和贱人。既是贱人就不是"人"而只是"物"。从亭吏口中得知牛屋下是"一伧父"后,他那县太爷的气派就更足了。加之送"贵客"的席上又贪了杯,他满脸酒色满嘴酒气地遥问道:"伧父欲食饼不?姓何等?可共语。"他请"伧父"所食之饼是宴席上的残羹,从那直呼"伧父"的称呼里,从那"姓何等?可共语"的命令语气中,不难想象他居高临下的威严。可是,等牛屋下"伧父"举手回答"河南褚季野"后,沈县令刚才那颐指气使的傲气,还有那君临一切的威风,立刻都跑得无影无踪了。"令于是大遽"五字写出了他极度的惶恐,"不敢移公,便于牛屋下修刺诣公",不仅不敢直呼"伧父",甚至"不敢移公"——连将刚才称为"伧父"而现在称为"公"的牛屋客人从牛屋移到亭中也不敢,自己连忙跑到牛屋下去递上名片,那样子要多谦卑就有多谦卑,主子的尊容转眼就换成了奴才的媚态。"更宰杀为馔,具于公前,鞭挞亭吏,欲以谢惭",这位沈县令比小品演员还滑稽,开始当着亭吏轻侮褚季野,现在又"于公前""鞭挞亭吏","更宰杀为馔"是献殷勤,"鞭挞亭吏"是邀宠。前面对"伧父"何其倨傲,后面对"褚公"何其卑微!他比变色龙变得还要快!

这则小品的本意是要借亭吏和沈县令对褚季野的侮辱，来表现褚季野的"雅量"和宽宏，亭吏驱赶他去牛屋下，他一声不响就到牛屋下栖身；沈充直呼"伧父……姓何等"，他恭恭敬敬地"举手"回答"河南褚季野"；最后县令"宰杀为馔"，他"与之酌宴，言色无异，状如不觉"。这一连串的言行举止表现了他的大度和涵养。《晋书》本传称"季野有皮里阳秋"，言谈中无臧否，而内心里却有是非。他忍辱含垢的海量虽然叫人由衷佩服，但他那喜怒不形于色的"皮里阳秋"又让人觉得阴森可怖。后来与沈县令宴饮时"言色无异"，到底是他不屑于与县令计较，还是原谅了县令先前对自己的侮辱？是鄙视这位县令见民仰头见官低头的卑劣，还是欣赏县令后来对自己的逢迎？鬼才知道。

6. 胸中柴棘

> 苏峻之乱，庾太尉南奔见陶公。陶公雅相赏重。陶性俭吝，及食，啖薤，庾因留白。陶问："用此何为？"庾云："故可种。"于是大叹庾非唯风流，兼有治实。
>
> ——《世说新语·俭啬》

要是不了解这篇文章的背景，不了解庾太尉与陶公谈话的语境，就难以读懂这篇小品文，更难以"读懂"文中的庾太尉。

先说"苏峻之乱"。苏峻家世并非高门望族，永嘉之乱后南渡又相对较晚，所以很长时间是东晋政坛上的一个边缘人物。王敦叛乱，晋明帝司马绍无奈之下才诏他入卫京城，苏峻因战功升任冠军将军、历阳内史、加散骑常侍，并封邵陵公；也因战功他在社会上赢得了较高的威望，使他慢慢靠近了权力的中心；又因战功他很快变得骄纵不法，常常收纳亡命之徒和隐匿逃亡罪犯。晋明帝逝世后，晋成帝司马衍继位，母庾太后临朝摄政，命国舅中书令庾亮、太尉王导、尚书令卞壶共同辅政，但实际上是庾亮一人独揽朝政。庾亮认为苏峻"狼子野心，终必为乱"，为了消除苏峻这一隐伏的祸患，他不顾大臣们的反对，决意立即征苏峻入朝，随后朝廷下诏命苏峻为大司农，加散骑常侍，位特进，同时将兵权交其弟苏逸统领。苏峻上表要求改镇青州一荒郡，这一要求被庾亮断然拒绝。这使苏峻更加担心庾亮召他入朝是要加害于他，正当他犹豫是否赴召时，参军任让等人力主他起兵。苏峻平乱后虽然狂肆嚣张，但对朝廷并没有不臣之心，是庾亮把他逼上了反叛绝路。当苏峻联合祖约兴兵叛乱后，庾亮同样不接受许多大臣和将领的良策，招致一系列的军事惨败，京城也被苏峻叛军占领。

再说文中的"陶公"与庾亮的关系。陶公即东晋名将陶侃，著名诗人陶渊明曾祖父。由于出身寒微，虽然多次战争中战功卓著，但晋明帝死前陶侃未预顾命大臣，他对此一直耿耿于怀，并怀疑是庾亮从中作梗。苏峻叛乱后义军节节败退，陶侃开始只作壁上观。庾亮陷入绝境来投奔他时，陶侃甚至主张以庾亮人头向苏峻谢罪。后来在温峤等人的劝说下，他顾全大局答应出兵平乱，并被大家推为剿苏盟主，使东晋江山转危为安。这篇小品说"苏峻之乱，庾太尉南奔见陶公，陶公雅相赏重"云云，并不符合历史事实。庾亮刚来"奔陶公"时不仅未获"赏重"，还引起了陶公的反感和愤怒，《世说新语·假谲》载：

> 陶公自上流来赴苏峻之难，令诛庾公。谓必戮庾，可以谢峻。庾欲奔窜则不可，欲会恐见执，进退无计。温公劝庾

诣陶,曰:"卿但遥拜,必无它,我为卿保之。"庾从温言诣陶,至便拜,陶自起止之,曰:"庾元规何缘拜陶士衡?"毕,又降就下坐。陶又自要起同坐。坐定,庾乃引咎责躬,深相逊谢。陶不觉释然。

被战败的庾亮在陶侃面前战战兢兢,特别害怕自己被捕或被杀,所以在陶侃那儿"至便拜",拜后再到陶侃下位就座,刚一"坐定"便"引咎责躬"。庾亮这一连串的自责认罪后,陶侃才慢慢消除了对庾的怨气。此文是写庾亮起初在陶侃面前如何低头,下面要细读的这篇小品则是写庾亮在陶侃面前如何讨好——

苏峻叛乱后,庾亮太尉因战场失利,不得不向南来逃奔陶侃。庾亮在他面前反复谢罪后,陶侃才尽弃前嫌,开始对庾亮十分赏识器重。庾亮知道陶侃生性节俭,非常吝惜财物。等到用餐时,庾亮吃薤菜顺便留下薤的根白。估计许多老兄平时吃薤菜时未曾留心,薤菜上边是绿的,根部是白的。陶侃不解地问庾亮说:"留下这些东西干什么用?"庾亮回答说:"这些根还可以种。"听他这么一说,陶侃由衷地赞叹说:"庾亮不只有迷人的风情韵致,还兼具可贵的务实精神。"

陶侃自己勤劳节俭,也欣赏勤劳节俭的人。据《世说新语·政事》篇载,他在做荆州刺史时,令官船收集锯的木屑,不限多少,大家都不知道这个有什么用。后来正月朔旦大会僚属恰好碰上大雪初晴,厅堂前台阶除雪后还很湿,于是铺一层木屑就不打滑。官府用竹子一律留下竹头,后来桓温伐蜀造船,全用这些竹头做竹钉。听说陶公征用所在地竹篙,有个下级把较长的竹篙一根两用,陶公见后将他连升两级。

陶公节俭在当时谁人不晓?困境中的庾亮明显是在投其所好。庾亮的妹妹即晋明帝之妻明穆皇后，他本人姿容俊美，风度峻整伟岸，生前被公认为"丰年玉"，死后同辈哀叹"埋玉树著土中"。陶侃这种在贫贱困苦中成长起来的人才会想到，锯木头留下锯屑，用竹子时留下竹头，而庾亮一生都是锦衣玉食，日常生活中一掷千金，吃薤菜怎么可能会想到还要留根白呢？眼下，庾亮兄弟的身家性命，东晋政权的安危，全都握在陶侃一人手中，所以他低三下四地向陶侃赔罪，想尽办法向陶侃讨好。

庾亮吃薤菜而留下根白，是揣摩陶公木屑竹头之心，在陶公餐桌上的"表演"非常自然，但这并不表明他真的节俭，而恰好表现了他十分机诈。忠厚的陶侃也许被庾亮的"表演"所迷惑，僧人竺道潜却看得一清二楚："人谓庾元规名士，胸中柴棘三斗许。""柴棘"指柴木和荆棘，比喻胸中的机心和盘算。"胸中柴棘三斗许"是说庾亮城府很深，胸中藏有许多坏主意和歪点子。

通过吃薤留白这一细节，将庾亮的伪装与狡诈，陶侃的忠厚与朴实，都形象地展现在我们眼前，不得不叹服作者刻画人物形象的笔力。

7. 雅与俗

刘真长为丹阳尹，许玄度出都，就刘宿。床帷新丽，饮食丰甘。许曰："若保全此处，殊胜东山。"刘曰："卿若知吉凶由人，吾安得不保此！"王逸少在坐，曰："令巢、许遇稷、契，当无此言。"二人并有愧色。

——《世说新语·言语》

苏东坡曾在一则小品中记载了这样一个故事：一书生想头戴乌纱帽，一书生想腰缠十万贯，一书生想骑鹤上青天，一书生则想三者兼得——头戴乌纱帽，腰缠十万贯，骑鹤上青天。林语堂先生描绘理想的人生时说："坐美国的汽车，吃中国的饭菜，娶日本的太太，找法国的情人。"可见，人生的欲望是多方面的，居庙堂之高则思山林之乐，啸傲林泉则又想执笏朝端。除非条件限制或万不得已，我们既想吃鱼又想吃熊掌。

文中的刘真长即刘惔，东晋著名的玄学家和清谈家，历官司徒左长史、侍中、丹阳尹等职，许玄度就是许询，东晋大名鼎鼎的玄学家和文学家。另一位王逸少就是书圣王羲之。这三位都是当时上流社会的高人雅士。许询多次拒绝朝廷征召，终生都是一名不事王侯的隐者。《建康实录》说他"幼冲灵，好泉石，清风朗月，举酒咏怀"，俨然超迈绝尘不食人间烟火的神仙，交游的也是谢安、王羲之、支遁等一流人物。刘惔虽然是一位入世官僚，但《晋书》称他"清远有奇标"，酷好老庄而纯任自然，死后名作家孙绰赞美他"居官无官官之事，处事无事事之心"，堪称处俗却能脱俗的雅士。

超然尘外的雅士有时也有俗不可耐的念想，想不到吧？

刘惔任丹阳尹期间，许询曾前去就宿清谈，夜晚看到他家的床帐装潢豪华富丽，餐桌上的饮食丰美甘肥，不禁发出由衷的艳羡："若保全此处，殊胜东山。"大意是说："兄在丹阳尹这个位子上所获得的享受，比我在东山丛林中所过的穷日子好多了，小心保住这顶乌纱帽吧。"刘惔对朋友的提醒也莫逆于心，连忙向他保证说："卿若知吉凶由人，吾安得不保此！"用今天的话来说就是："你如果知道吉凶祸福在于各人自己的努力，我怎么能不保全这个位置呢？"这一官一隐的对话何其俗气浅薄，相比于他们平时的高雅出群真是判若两人！书圣王羲之听到他们二人的闲谈后,多少有点鄙夷地说:"假如古代的隐士巢父、许由与那时的贤臣相会,大概不会说出这种话来。"稷相传是周代的祖先,舜时教民播种五谷的农官。契相传是商代的祖先,舜时为司徒。他们后世被视为贤臣的代表。王羲之的话让刘、许二人都羞惭得满脸通红。

许询、刘惔这种心态在魏晋名士中很有典型性,有些士人一边高唱无为遗弃世事,一边又贪恋皇家的高官厚禄,岂肯轻易脱下佩带簪缨?石崇所谓"士当令身名俱泰",是一部分名士的人生理想。既雅且俗的人生追求,往往使他们在仕途上进退失据,在生活中难以自处。为了能享入仕的荣华,又不失出世的潇洒,他们终于发现了处世的两全妙策:居其官却不干其事,不治即所以为治;享其禄却无所为,即所谓"无为而无不为"——什么都无须献出,但什么又都能得到。

8. 莫近禁脔

> 孝武属王珣求女婿,曰:"王敦、桓温磊砢之流,既不可复得,且小如意,亦好豫人家事,酷非所须。正如真长、子敬比,最佳。"珣举谢混。后袁山松欲拟谢婚,王曰:"卿莫近禁脔!"

——《世说新语·排调》

俗话说"皇帝的女儿不愁嫁",可皇帝女儿要嫁个如意郎君也非易事,因为皇帝女儿的个人婚事,同时也是国家的"政治大事",皇帝不仅要考虑为女儿求得佳偶,还得考虑为自己求得贤臣,这不只是简单的男女结合，而更像是复杂的政治联姻。

那么，皇帝是如何挑选驸马的呢？且看晋孝武帝司马曜如何"求女婿"——

孝武帝眼看女儿长成亭亭玉立的大姑娘，委托心腹大臣王珣为公主物色驸马人选。王珣是宰相王导之孙，是当时名臣名士名书法家，时人认为"珣学涉通敏，文高当世"，谢安死后他是孝武帝最为倚重的大臣之一，难怪把"求女婿"的私事交给他办理。他还特向王珣交代了择驸马的标准："像王敦、桓温这样雄才异志头角峥嵘之流，如今再也很难觅到了，更何况这类人稍稍出人头地，就喜欢插手干预别人的家事，这类人实在不是我所想找的女婿。要是能找到像刘真长、王子敬这样的人物，那就是再理想不过的了。"王珣听后向皇帝举荐了谢混。后来不明就里的袁山松想让谢混做自己的女婿，王珣马上打消了他的念头："你千万别靠近禁脔！"文中"磊砢"原本形容树大多节，同书《赏誉》篇称赞和峤"森森如千丈松，虽磊砢有节目，施之大厦，有栋梁之用"，"磊砢之流"是指雄杰卓异的人物。

皇帝提到这四个人全是晋朝的驸马爷。王敦很小就被人视为奇人，尚晋武帝司马炎襄城公主，拜驸马都尉。桓温尚晋明帝司马绍南康长公主，拜驸马都尉。刘真长尚晋明帝庐陵公主。王献之先娶郗县之女郗道茂，后被选为晋简文帝之女新安公主驸马。为什么孝武帝说不能再挑王敦、桓温这样的人为婿呢？这两位都堪称一世雄杰，领兵莫不决胜千里，治国都能内外肃然，属于文能安邦武能定国的能臣。王敦少时人们就发现他蜂目豺声，桓温更是"鬓如反猬皮，眉如紫石棱"。他们都是晋朝的功臣，同时又都是晋朝的叛将。王敦后来发动叛乱，几乎葬送了东晋天下；桓温晚年"废帝以立威"，并不满足于独揽朝政，而是要改朝换代，这就是孝武帝暗指的"亦好豫人家事"。王、桓这两位老兄也太贪了，娶了人家的女儿，还要抢占人家的天下，这种"磊砢之流"谁还敢招他们为驸马呢？刘真长和王献之这两个女婿属于另一种类型。刘真长出生于仕宦世家，从小就被王导所赏识，被时人视为名士风流的宗主，江左清谈界的领袖。王羲之称他"标云柯而不扶疏"，王濛称"真长可谓金玉满堂"，人们说一想起真长就如见到清风朗月。王献之更是生于魏晋显赫豪门，书圣王羲之之子，书法上与父齐名，宰相谢安对他礼敬有加，常说见到献之后"使人情不能已已"。他生前被大家视为"一时之标"，死后又被人们视为"千载之英"，其人其书都让人"高山仰止"。招王敦、桓温这种女婿简直就是引狼入室，稍有不慎就杀得天翻地覆；刘真长、王献之这种女婿有高才有盛名，可以妆点皇帝脸面又不会给朝廷带来任何危险，所以是理想的驸马人选。

可见，皇帝的择婿标准是：要名气很大但不能野心太大，要会舞文弄墨但不能舞枪弄棒，要能给皇帝挣面子但不能给朝廷惹麻烦。总之，对于皇帝来说，女儿可以嫁人，天下只能独享。

王珣推举的谢混是谢安之孙，东晋诗坛上著名诗人，山水诗歌的开山鼻祖，"水木湛清华"就是他诗中的名句，连杀害他的刘裕登基之日也感叹"后生不得想见其风流"。当时名士称赞谢混"风华绝代"，王珣说谢混的文采风流"虽不及真长（刘惔），不减子敬（王献之）"。以孝武帝的择婿标准衡量，门地、才华、风采、声誉，谢混可说是驸马的不二人选。孝武帝对王珣举荐的人选自然满心欢喜，谢混果然尚其女儿晋陵公主，拜驸马都尉，可惜未及婚娶谢混便遇害。皇帝内定的女婿谁还敢想入非非？文中的"禁脔"是指皇帝独享的美肉，东晋开国之初物质奇缺，即使权贵也很难吃到猪肉。《晋书》载当时大臣每得一猪"以为珍馐"，猪项上一脔尤其味美，这块肉成了皇帝的专享

345

"特供",于是大家都把这块肉呼为"禁脔"。王珣戏称谢混为"禁脔",就是要告诉袁山松,谢混已是内定驸马,他人切莫妄想染指。

"禁脔"一词让人反感,绝对权力导致绝对独享,绝对权力也导致绝对腐败。美味、美女、美男都要让皇家独占,皇帝选中的美女从此就成了宫中宠物或宫中弃物,皇帝选中的女婿同样没有半点自由,驸马本人根本就身不由己,如王献之就不得不与原配郗氏离婚,后来还成为他终生的愧疚。其实,公主自己也未必幸福,皇帝选驸马很少征得女儿同意,他盘算得最多的是个人威严和皇朝门面,很少考虑女儿是不是真心喜欢。

第二十一章
吝啬

《世说新语》中《俭啬》和《汰侈》两门，分别写魏晋名士的吝啬和奢侈。吝啬和奢侈看似两个极端，其实它们是一个铜板的两面——本质上都是对财富的贪婪。二者的差别主要在于：前者害怕别人知道他有多富，后者希望人们知道他是多么富；前者以财富多自乐，后者以财富多相夸。王戎、和峤与石崇、王恺分别是这两类人的典型，王戎与和峤因小气而显得十分"低调"，石崇和王恺以斗富来高调炫耀；王戎与和峤家财万贯仍"洁身自好"，石崇和王恺用不义之财来大肆挥霍。

奢侈下面还有专章谈到，这里姑且聊聊名士们的吝啬。你可能很难把刻薄小气与俊迈潇洒的竹林名士联系在一起，更可能不敢相信京城首富王戎，哪怕女儿借钱未还也会怒目而视。可遗憾的是，清谈时高超而玄妙的王戎，正是那个与太太一起以数钱为乐的王戎。

两个王戎都是真实的，只看到他的正面失之肤浅，只接受他的背面未免阴暗。名士们在精神世界或许超脱高雅，在现实生活中可能粗鄙俗气，挥麈清谈的智者没准就是生活中的庸人。

347

多面王戎呈现魏晋风度的复杂性，也展示了魏晋士人精神生活的丰富性。

1. 膏肓之疾

> 司徒王戎既贵且富，区宅、僮牧、膏田、水碓之属，洛下无比。契疏鞅掌，每与夫人烛下散筹算计。
>
> ——《世说新语·俭啬》

《世说新语·俭啬》共九则小品，其中有四则专写王戎，看来，王戎的抠门小气在魏晋名士中堪称一绝。

论出身，王戎属于魏晋豪门——琅邪王氏；论才华，王戎少年即已早慧，成人后更被士林推为宰辅之器；论声望，他在曹魏时期已身预竹林七贤，后来所交皆当世名流；论地位，入晋后他位极人臣，官至晋朝"三公"之一的司徒。门第、才气、名望、权势，魏晋名士所渴望的一切他无一不有。以今天权力寻租的情况推测，像王戎这样居于权力顶峰的显贵，一旦"大贵"就必然"大富"。汉语中从来将"富贵"连在一起，"富"与"贵"本来就是如影随形。一人之下万人之上，如此有权有势有名有才，王戎这样的人又怎么可能没有钱呢？果不其然，《世说新语·俭啬》载——

司徒王戎不仅地位显贵，而且非常富有，他家住宅规模之宏敞，奴婢家丁之众多，肥土膏田之辽阔，水碓农具之齐全，在京城洛阳无人可比。家中契券账本多不胜数，常常和夫人烛光下摆开筹码算账。

"每与夫人烛下散筹算计"的模样，活像一个富有的乡下财主，谁敢相信他是权倾一时的司徒呢？而他对待亲人那种薄情的样子，更像一个只爱钱财不顾亲情的守财奴。我们来看看他对自己亲生女儿的态度："王戎女适裴頠，贷钱数万。女归，戎色不说。女遽还钱，乃释然。"（《世说新语·俭啬》）这则小品的意思是说，王戎那位嫁给了裴頠的女儿，曾向她父亲借了几万块钱。女儿回娘家时王戎脸色很难看，女儿赶紧把钱还给了父亲，王戎那副苦脸才重现了喜色。王戎对自己女儿的喜怒之情，不是出自血缘亲情而要看钱财的多少。他对自己的侄子好像更加刻薄寡恩："王戎俭吝，其从子婚，与一单衣，后更责之。"以王戎这样的身份和家境，侄儿结婚只送一件单衣作为礼品实在太轻了，侄儿结婚后还要把这件单衣要回去，这就吝啬得太过分了！对女儿和侄儿尚且如此，对世人就更可想而知了，且看《世说新语·俭啬》中王戎另一"趣事"："王戎有好李，卖之，恐人得其种，恒钻其核。"王戎家有上好品种的李子，他把家人吃不完的李子拿去卖钱，又怕别人得到了那树种，每次卖李子前都要将果核钻破才出售。杨朱拔一毛而利天下不为也，王戎则小气到了不拔一毛而利天下也不为也！钻果核费时又费力，结果是损人而不利己，这则小品让人看了又好笑又好气。

那么，他聚敛这么巨大的财富是为了自己挥霍吗？刘孝标注引王隐《晋书》说："戎性至俭，不能自奉养，财不出外，天下人谓为膏肓之疾。"他并不只是对女儿、侄子和外人悭吝，对自己同样"不能自奉养"。

自居节俭却慷慨待人，那叫"高尚"；自己奢华却对人小气，那是"自私"；对自己抠门也对别人抠门，那就是"有病"——"膏肓之疾"。

对王戎这种守财奴来说，钱财只能进不能出，只能积攒不能花销，不仅别人不能花自己的钱，自己也不得花自己的钱。钱才是他的"命"——他活着的终极目的，命只是他的"钱"——他的生命只是攒钱的工具。"连自己也怕自己吃了"，常被用来形容一个人小气刻薄到了极点。王戎家中的财富"洛下无比"，早已是富甲天下，他还怕别人吃了，也怕自己吃了，这让一个大脑正常的人想破脑壳也想不明白，所以"天下人谓为膏肓之疾"。

一个财富"洛下无比"的显贵，出嫁女儿借钱暂未归还，马上就给她脸色看；侄子结婚只送一件单衣作为礼物，婚礼结束后竟然还要他奉还；怕自家李子种流向社会，卖李子时钻破所有果核；退朝归来"每与夫人烛下散筹算计"，成了他人生唯一的乐趣——王戎这副模样丑恶、俗气而又愚蠢。

王戎"俗气"或许有之——阮籍也曾调侃王戎"俗物已复来败人意"(《世说新语·排调》)，王戎"愚蠢"则未必——他是那个时代公认的智者之一，王戎"薄情"也非事实——"情之所钟正在我辈"(《世说新语·伤逝》)正是他的名言。那么，他为何做出这种种蠢而且俗的薄情事来呢？孙盛《晋阳秋》记述时人对此的解释："戎多殖财贿，常若不足。或谓戎故以此自晦。"这是说王戎不过是以对财富的贪婪，来向人们表明自己毫无政治的野心。东晋大画家戴逵赞同这种说法，"戴逵论之曰：'王戎晦默于危难之际，获免忧祸，既明且哲，于是在矣'"。他以垂涎于财货的方式，向社会表明自己不过是胸无大志的俗人，不会觊觎更高的权位，这样才能苟全身家性命于"危难之际"。他是在以俗事遮掩其远虑，以愚行晦迹于乱世。

当时就有人反驳戴逵说："大臣用心，岂其然乎？"一个大臣怎么可能只想着身家性命呢？戴逵进一步辩解道："运有险易，时有昏明，如子之言，则蘧瑗、季札之徒，皆负责矣。自古而观，岂一王戎哉？"

气运有危险与平易,时世有昏暗与光明,假如所有大臣都必须临危授命,那蘧伯玉、季札这些邦无道则隐的贤者都应该受到指责,历史上又岂止一个王戎这样的人呢?千多年之后余嘉锡也站出来批驳戴逵:"观诸书及《世说》所言,戎之鄙吝,盖出于天性。戴逵之言,名士相为护惜,阿私所好,非公论也。"

一个说王戎为了避祸而装"鄙吝",一个说王戎的"鄙吝"是出于天性。朋友,你倾向于哪种说法呢?

2. 小气

和峤性至俭,家有好李,王武子求之,与不过数十。王武子因其上直,率将少年能食之者,持斧诣园,饱共啖毕,伐之。送一车枝与和公,问曰:"何如君李?"和既得,唯笑而已。

——《世说新语·俭啬》

晋朝大人小孩好像都喜欢吃李子。王戎小时候伙伴们抢摘路边李子,王戎家有好李担心种子外流,将李核钻破后他才拿去外卖。这篇小品说的是另一权贵和峤家有好李的趣事——

和峤为人极为小气,家中有上好的李子树,哪怕是小舅子王武子(济)向他要李子吃,给他的李子也不过几十颗。王武子向来奢侈豪纵,几十个李子哪能解馋,这让他对小气的姐夫哥大为不满。他趁和峤上朝轮值的当儿,带着年轻力壮的青年,拿着斧头来到和峤李园中,大家饱餐一顿之后便把李树给砍了,觉得这样仍不解恨,又把砍下来的树枝装满一车，送到和峤面前问道："这车李树与你家的李树相比怎么样？"和峤望着这些树枝不气不恼，只是对他笑笑而已。

刘孝标注引《晋诸公赞》说，和峤为人不够通达，家中财富可比皇室王公，而他待人接物却小气得要命，这有损他作为一代名臣声望。《语林》还交代了王武子砍和峤李树的原因："峤诸弟往园中食李，而皆计核责钱。故峤妇弟王济伐之也。"几个弟弟到他园里吃李子，还要按李子核交钱，小舅子王武子一气之下砍了他的李树，估计其他几个弟弟无不拍手称快。我一向主张保护私有财产，可读到王武子砍光和峤李树照样兴奋。和峤小气得太过分了，没有人喜欢小气鬼。正史也说和峤富比王侯，对人却极为悭吝，因此常被世人讥笑，晋朝开国元勋杜预说他有"钱癖"。

说起和峤的"钱癖"真叫人无法理解。他出生于魏晋之际的官宦世家，祖孙三代都身居显位，他祖父和洽先后辅佐曹操、曹丕、曹叡，他父亲和逌官至廷尉、吏部尚书，弟弟和郁西晋太康年间官至征北将军、中书令、尚书令，他本人官拜中书令、太子少傅、光禄大夫。用现在的时髦话来说，一家三代都为国家从事"顶层设计"，家中"富拟王公"自不在话下，他竟然还在乎那点李子钱，而且还要弟弟们按吃剩的李核买单！

在富有和吝啬上能同时与和峤比肩的，晋初名士中非王戎莫属。和峤家产富敌王公，王戎财富"洛下无比"——两家的资产大概旗鼓相当；王戎见女儿借钱暂未归还便脸若冰霜，钱一归还立即回嗔作喜，侄子结婚送件单衣，婚后很快就要他奉还，而和峤园中李子弟弟们吃也得数核交钱，内弟向他要李子也只给几十颗——两人的悭吝真是棋逢对手。和峤与王戎真是一对难兄难弟，难怪不管官方还是民间，都喜欢拿他们一起说事。

不过，说到和峤时士林基本上是一片赞美，偶尔嘲讽他小气不过是颂声中的小插曲。太傅庾顗见到他就赞不绝口："森森如千丈松，虽磊砢多节目，施之大厦，有栋梁之用。"和峤高耸挺拔如千丈松树，尽管难免疙疙瘩瘩的节眼，但可以用来作为大厦的栋梁。小气大概就是这类疙瘩节眼，丝毫不影响他立朝刚正的"高大形象"。《晋书》本传说他为政清廉，"甚得百姓欢心"；为人方正不阿，又让他"有盛名于世"。小气的人常常贪心，和峤极为小气却又十分清廉。小气是不能让别人占自己的钱财，清廉是自己不占别人的钱财，前者只是不够大方，后者则极其难得。他迁升中书令后，正好荀勖为中书监，晋朝中书令与中书监同乘一车入朝，和峤鄙视荀勖的为人谄谀，拒绝与他同车共载，于是他一人乘专车上朝，这就是"和峤专车"一典的由来。见皇太子司马衷是个弱智，他便直言不讳地向晋武帝进言道："皇太子有淳古之风，而季世多伪，恐不了陛下家事。"后来晋武帝对他和荀顗、荀勖三人说，近来太子大有长进，他们可以去和他谈谈国事。荀顗、荀勖稍后在皇帝面前"并称太子明识弘雅"，诚如圣上英明诏诰上说的那样。只有和峤一个禀奏"圣质如初"，也就是说，皇太子还是和从前一样愚蠢。后来司马衷继位成为晋惠帝，司马衷质问和峤说：卿过去说我不能承担国事，现在你又该如何说？和峤坦诚地回答说："臣昔侍先帝，曾有斯言。言之不效，国之福也。臣敢逃其罪乎？"发现皇太子不堪重任是为明鉴，冒险向先帝进言是尽忠诚，后来向晋惠帝承认"曾有斯言"是有担当——和峤不愧为国之栋梁。

不能仅以一时一事论人。就爱钱如命而言，和峤活像委琐的商人；从立朝大节着眼，和峤又酷似顶天立地的松柏。

如果你喜欢苍松翠柏，就要能包容它们身上的疙瘩结疤。我们的先人不管如何高尚，多少都有这样那样的不足。通体透亮没有污点的

"先进典型",也许只有在焦裕禄和雷锋式的"光辉形象"中才能找到。

3. 刻薄

> 卫江州在寻阳,有知旧人投之,都不料理,唯饷"王不留行"一斤,此人得饷便命驾。李弘范闻之,曰:"家舅刻薄,乃复驱使草木。"
>
> ——《世说新语·俭啬》

这篇小品让人想起"下雨天留客天留人不留"的笑话。某日,一穷秀才到朋友家做客,主人嫌秀才太穷,本不想留他,又不好开口,此时正巧下起雨来,便立即在桌上写一便条:"下雨天留客天留我不留。"按主人的本意,这句话应该读作:"下雨天留客,天留我不留。"而秀才将它断句为:"下雨天留客,天留我不?留!"不知是无心还是有意,客人把主人的"逐客令"读成了"留客信"。于是,秀才死皮赖脸地留下了,弄得主人哭笑不得。据说这则笑话出自清人赵恬养的《增订解人颐新集》,王利器《历代笑话集》收录《增订解人颐新集》笑话五条,遗憾的是恰恰漏收了这条笑话。

不过,《世说新语》中的这篇小品可不是笑话,读后也很难让人轻松解颐。文中的"卫江州"即卫展,河东安邑(今山西运城市)人,东晋名士和政治家。河东安邑卫氏是官宦世家,魏晋之际人才辈出,如卫展的伯祖父卫觊、伯父卫瓘、从兄卫恒,都是政坛显宦和书法大家,他的妹妹卫铄也是著名书法家,还是书圣王羲之的启蒙老师,王羲之后来虽青出于蓝,但书法风格仍有卫夫人的流风余韵。卫展本人历任鹰扬将军、江州刺史等职。如此家世,如此地位,卫展无疑属于上流雅士,可他处世却比小人还俗不可耐。

卫展在寻阳任江州刺史的时候,有一位早年相识的老朋友来投奔他。卫展对他不理不睬,根本就不想接待他,只给他送了一斤名叫"王不留行"的草药。老友收到这份"礼物"后,马上就命车夫赶车迅速离开。卫展外甥李充听说此事后感叹道:"我家舅舅也未免太刻薄了,竟然驱使草木来赶走客人!"

西晋后期,八王之乱闹得天下鸡犬不宁,士大夫不仅随时可能丢乌纱帽,更可能随时掉脑袋。士人一般都很要面子,不是被逼得万般无奈,卫展这位老友绝不会来投奔他。当时寻阳要算相对平静富庶的地方,一州刺史为一方要员,接济一位老友不过举手之劳,可卫展全不念旧情,对上门的故交"都不料理"。"都不料理"也就罢了,而且还要借草药之名逐客,不只是羞辱了从前老友,也玷辱了"王不留行"草药,同时也侮辱了他本人,这种做法比下三烂还下贱。连他的外甥李充也看不过去,不然外甥岂敢无端指责舅舅"刻薄"?

据刘孝标注引《本草》介绍,"王不留行"这味草药生于大山之中,能治金疮和除风湿,长期服用还能"轻身"。另外,《本草纲目》还介绍它的药性和得名由来:"此物性走而不住,虽有王命不能留其行,故名。""王不留行"是因其药性而得名,卫展则因其名而逐客,想不到出身于书香门第的名士如此刻薄,连一味草药也不放过;更想不到卫展如此恶俗,给前来投奔自己的老友送"王不留行"!"下雨天留客天留人不留"那则笑话,多少还有点幽默,而卫展送友人"王不留行",只给后人留下反感。

小品原文中的"李弘范"当为"李弘度"之误,刘孝标说李弘范是"刘氏之甥",李弘度即东晋文学家、文献学家李充,李充母亲是著名书法家卫铄，弘度才是卫展的外甥。李弘范和李弘度都是"江夏人"，两人又只有一字之差，很容易造成作者或抄者的混淆和笔误。

唐人韦续在《墨薮》中称赞卫铄书法说："卫夫人书，如插花舞女，低昂芙蓉，又如美女登台，仙娥弄影，又若红莲映水，碧沼浮霞。"卫展妹妹书法真高雅得一尘不染，卫展本人的书法想来同样高逸不凡。

有些朋友可能感到困惑：一个清谈中的名流，一个艺苑中的雅士，却是现实生活中的俗人。我们如何理解这种现象呢？

只要一说起魏晋风度，大家马上就会想起名士们的超脱旷达，想起他们的爱智重情，或许很难想到他们也冷漠世故，他们还俗气投机。且不说被誉为"太康之英"的陆机，因朝三暮四而"以进取获讥"，也不说"潘才如江"的潘岳，为巴结权臣贾谧"望尘而拜"，即使一脸严肃刚正的庾亮，同辈人背后也说他"胸有柴棘"——满肚子歪点子，甚至书法大家王献之，为人也时常世故矫情。事实上，豪门贵族比升斗小民更加冷漠，更多算计，比寻常百姓更看重家族声望，也更关注自身利益，所以他们对人对事往往用智而不动情。

当然，魏晋名士们爱惜自家羽毛，即使为人刻薄也注意形象，不至于像卫展这般面相难看。

4. 聚敛与疏财

郗公大聚敛，有钱数千万，嘉宾意甚不同。常朝旦问讯，郗家法，子弟不坐，因倚语移时，遂及财货事。郗公曰："汝正当欲得吾钱耳！"乃开库一日，令任意用。郗公始正谓损数百万许，嘉宾遂一日乞与亲友、周旋略尽。郗公闻之，惊怪不能已已。

——《世说新语·俭啬》

常言道"有其父必有其子"，但郗愔与郗超父子的气质个性表明，"常言"不一定就是"常理"。

这里先得介绍一下文中两位主人公——"郗公"与"嘉宾"。"郗公"即郗愔，出生于晋代的名门望族，是晋太宰郗鉴的长子，书圣王羲之的内弟，官至平北将军、徐兖二州刺史。"嘉宾"是郗愔之子郗超的字。郗愔既非将帅之才，也无识人之智，忠厚到愚憨的程度，往好处说是"渊靖纯素"，往坏处说是"暗于机宜"；其子郗超则以过人才智享一代盛誉，其气度与才华在士林中鹤立鸡群，当时人们就将他与谢安、王坦之并称："大才盘盘谢家安，江东独步王文度，盛德日新郗嘉宾。"郗超有雄才更有雄心，他是一代枭雄桓温最为倚重的谋士，可惜北伐时所献嘉谋"上则悉众趋邺，次则顿兵河济"，没有被桓温采纳而招致大败，败后他所出歪主意"废帝以立威"，桓温却又立即付诸行动。

在对待钱财的问题上，郗愔父子也大异其趣：其父郗愔大肆聚敛财货，家中存钱千万还不满足，而其子嘉宾对钱财的态度与父亲完全相反，他看不惯父亲守财奴似的聚敛财货。身为人子他必须每天清晨要到父亲那儿请安，依照郗家家法，子弟请安是不能入座的，有次请安郗超站着谈了很长时间，最后总算是谈到了钱财的事情上来。郗愔以为儿子是在打自己钱财的主意："你不就是想要我的钱财吗？"他想满足一下儿子的欲望，于是便开库一天，让郗超任意地使用。郗愔起初以为儿子再怎么用，一天最多损失也不过几百万的样子，没想到郗超竟然把钱都送与亲戚、朋友和与自己有交情的人，一天时间就把父亲的所有积蓄散了个精光。郗愔听说后惊诧不已。

郗愔小气、贪婪而又愚暗，谁看了这篇小品都会对他十分反感。他像守财奴似的爱钱如命，连儿子与他谈钱也引起他高度警觉，和他谈钱就被当成是向他要钱。他对什么事情都异常迟钝，唯独对钱特别敏感。家中已"有钱数千万"，他仍然还要"大聚敛"，吝啬和贪婪总是"结伴而行"——吝啬鬼必然贪婪，贪婪鬼往往吝啬。俗话说"知子莫若父"，可他这位父亲并不"认识"自己的儿子，儿子的"旷世气度"和"卓荦奇才"，超出了他那木头脑瓜的理解能力之外。他以为儿子和他谈到钱财，不过是"正当欲得吾钱耳"！乌鸦眼中的一切都是黑的，他误认为儿子和自己一样贪财。父子之间毕竟血浓于水，为了满足儿子的"贪心"，他"乃开库一日，令任意用"。他想儿子再怎么挥霍，一天最多也只会"损数百万许"。岂知儿子视金钱如粪土，一天就将他所有钱财全部分送给亲朋好友。儿子的所作所为大出他的意料，所以他听说后"惊怪不能已已"，可见这位父亲对儿子的为人与志向全无所知。

这篇小品处处以其父的聚敛吝啬，反衬其子的豪爽大度：对于父亲的"大聚敛"，其子"嘉宾意甚不同"；父亲责怪儿子"汝正当欲得吾钱耳"，其子却将钱财"乞与亲友、周旋略尽"，对父亲的"数千万"钱财毫无兴趣。行文至此，读者肯定会十分纳闷：这么小气颠顸的父亲，怎么会生出像郗超这么卓荦大度的儿子呢？至于读者的情感好恶就更不用说了，估计无人不讨厌其父而钦敬其子。

可是，《晋书》中的《郗愔传》和《郗超传》，史家对他们父子二人的"盖棺定论"，对郗愔是一片赞誉，对郗超却含讥带讽。郗愔于晋室尽忠，于父母至孝，父亲郗鉴逝世后他悲伤得几乎自毁，郗超英年早逝他悲痛欲绝，当得知儿子助桓温篡晋后立即转悲为恨。与忠孝这一人生大是大非相比，悭吝小气只算是枝节性的小毛病。从传统道德观念来看，郗愔在原则是非上可敬，在一些细枝末节上可恶。

郗超散尽父亲毕生的积蓄，在金钱上可谓慷慨大方；生前为父亲谋划免祸之策，还预谋身死之后止父哀痛之方，对父亲可谓极尽孝敬；交游士林而能鹤立鸡群，识人论人眼光锐利，政坛上纵横捭阖游刃有余，书法同样也能独立成家，作为名士可谓才智卓越。但他是桓温"废帝以立威"的策划者，是桓温篡晋最关键的谋士。郗超在"忠"上大节有亏，所以前面这些优点反而成了缺点。房玄龄在《晋书》本传中评他们父子说："愔克负荷，超惭雅正。"这是说国有危难郗愔可承担重任，而郗超为人却有失"雅正"。冯梦龙的观点更有代表性："人臣之义，则宁为愔之愚，勿为超之智。"清人秦笃辉在《平书》说得更加刻薄："郗愔性吝而忠，郗超好施而奸，故君子不以一节论人。愔以多藏为利者也，超以卖国为利者也，多藏之利小，卖国之利大，如超者所谓小人喻于利。"郗愔的悭吝不过"以多藏为利"，而郗超的慷慨则是"以卖国为利"，比起卖国来说再如何聚敛也是"小利"，所以郗超才真正是"喻于利"的小人。

朋友，你是敬重郗愔呢？还是欣赏郗超？

第二十二章
奢侈

本章几位主人公全是西晋名士，主题则是描写他们的骄纵奢侈。

晋王朝结束了三国的分裂割据，可并没有呈现出威加海内的盛世气象，统治者既没有什么远略宏图，士人也没有任何理想抱负。这个时代没有激情也没有冲动，此时的士人没有大喜也没有大悲。

司马氏集团统一了全国不久，就琢磨着要如何"统一思想"，他们口口声声说弘扬"名教"，目的是想把社会舆论从众声喧哗变为一人独唱。可是，名教的伦理规范强调"忠孝"，而司马氏祖孙欺君篡位本身就是对名教的嘲弄。他们没有脸要求士人们对自己尽"忠"，于是就宣称要以"孝"治天下。尽管司马炎完全取得了政权，事实上已经统辖了四境，嵇康被杀后向秀到洛阳就范，吴亡后陆机兄弟入洛称臣，开国初他还不断显示"仁恕"，可国家始终缺乏道德正气，全社会没有昂扬向上的活力。

君无所谓仁义，政无所谓准的，士无所谓操行。

儒家伦理规范无法约束人心，君臣上下又没有什么社会理想，苟且、贪婪和奢侈之风马上就填补了精神的真空。司马炎是卖官鬻爵的老手，更是骄奢淫逸的行家，大臣们当然会跟着有样学样，纷纷以玉食锦衣相夸，以奢侈豪华为荣。名教之士何曾"厨膳滋味过于王者"，其子何劭更是"食必尽四方珍异"，石崇与王恺斗富人所共知，王武子以人乳喂猪更令人发指。西晋很快就在这种醉生梦死中灭亡。

要想对"魏晋风度"有全面深刻的体认，就不能只看到魏晋名士们的风流潇洒，他们的任诞放达，而有意无意地忽视他们的贪婪奢侈，他们的放纵浮华……

1. 交斩美人

> 石崇每要客燕集，常令美人行酒。客饮酒不尽者，使黄门交斩美人。王丞相与大将军尝共诣崇。丞相素不能饮，辄自勉强，至于沉醉。每至大将军，固不饮，以观其变。已斩三人，颜色如故，尚不肯饮。丞相让之，大将军曰："自杀伊家人，何预卿事！"
>
> ——《世说新语·汰侈》

在西晋上流社会，私人宴会十分常见，让"美人行酒"也很常见，但如此奢侈冷酷则比较罕见。

石崇是晋朝开国元勋石苞的幼子，这小子力气大胆子更大，有才气更有野心。石苞临终前把财物分给几个儿子，独不分财给小儿子石崇，石崇母亲为此埋怨丈夫，石苞说别看他在兄弟中年龄最小，将来兄弟们中要数他的钱财最多。果不其然，石崇后来不仅在兄弟们中最富，而且还成了晋朝的首富。西晋的时候没有现在的国有企业，也还不懂什么叫"中外合资",更没有证券期货市场,土地又没有收归国有,所以后门、垄断、卖地、批条和内线交易,那时候统统都无处可使,西晋官僚和官二代聚敛的手法只有两种——贪和抢。那时候无官不贪,贪污是相对安全的敛财途径,大多数官员通常都选用这种方法致富,而抢虽然发财快可风险也高。石崇是足智多谋的冒险之徒,他的敛财手法是双管齐下——既贪又抢,所以他比同僚们的财富成倍翻番。史书上说在荆州刺史任上的时候,他经常抢劫来往的商旅,估计在其他任上他同样做这种"兼职"。当然,干这种"兼职"的不只石崇一人,仅从《世说新语》记载看,魏晋之际戴渊曾以抢劫为职业,祖逖也曾以抢劫为副业。祖逖抢劫事记在《世说新语·任诞》中,在当时士大夫眼中,像祖逖这样的名士抢劫,只是"放诞"而非"犯罪",祖逖本人以抢劫自夸,他人也不以抢劫为耻。当然,戴渊后来改过自新,祖逖仅只偶一为之,都没有像石崇那样"持之以恒",所以也都没有像石崇那样暴富。

石崇与王戎相似又相反,相似之处是他们都喜欢走极端,相反之处是他们正好处在奢侈与吝啬的两端。《世说新语·俭啬》九则小品王戎独占四则,《世说新语·汰侈》十二则小品石崇独占七则。假如王戎的小气让你摇头,石崇的奢华定要叫你咋舌。石崇追求暴富,而且喜欢炫富。王戎连自己也害怕自己吃好了,石崇却要使世人都知道他吃得多么好。王戎的乐趣是回家后与夫人一起数钱,石崇的乐子是与人豪饮斗富,因此,石崇家里从来是"座上客常满,樽中酒不空"。这篇小品就是写他家宴上的饮酒与劝酒——

石崇每次请客都要大摆宴会,每次宴会都要叫美人劝酒,客人要是没有将杯中酒饮尽,就表明美人劝酒未尽责任,马上命令家中侍者把她们牵出杀头,不少美人因此而丧命。一次,丞相王导与大将军王敦一起去拜访石崇，丞相向来不善饮酒，但他担心美人因自己丧命，就勉强自己把杯中酒喝干，一杯接一杯喝到大醉。每次轮到大将军饮酒时，他却故意坚持滴酒不沾以观察事态发展，接连斩了三个劝酒美人，王敦仍然面不改色，照样还是坚持不饮。丞相王导见此责备王敦，王敦却无所谓地说道："石崇杀他自家人，干你何事？"

过去人们一直将《世说新语》视为小品集，鲁迅把它作为六朝志人小说的代表作。从文体形式上看，它的确更近于小品文，从其着墨于写人来看，也可以说它是一本微型小说集。明人胡应麟认为作者通过语言，将"晋人面目气韵"刻画得"恍忽生动"。鲁迅先生更称它"记言则玄远冷隽，记行则高简瑰奇"。此文真正出场的主角是王导和王敦，石崇家宴及美人劝酒，只是他们二人活动对话的原因与背景，石崇本人则通过"背面敷粉"的方法间接描写。像石崇这样大官兼大款的豪门，宴席有美人劝酒并不稀奇，就像吃饭有佐料一样，而以客人"饮酒不尽"便"交斩美人"的方法，来强行要挟客人喝酒则极不寻常。这远远不是生活的奢华，而是他为人的暴烈凶残。比石崇更凶残的当数王敦，石崇以杀美人要挟客人饮酒固然残酷，可这种残酷的劝酒法，只对有恻隐怜悯之心的人才管用，如王导就宁可把自己灌醉，也不忍心看着美人丧命，可对像王敦这样豺狼本性的人则有反作用——刺激了他嗜杀的动物本能。明明知道自己不饮酒的结果，他偏偏"固不饮以观其变"，看石崇到底能不能狠心杀掉美人。如果说第一次"固不饮"，是出于好奇想一看究竟，那么当主人连"斩三人"以后，他还是"尚不肯饮"，而且脸上居然"颜色如故"，那就比野兽还要冷酷残忍。他看着别人杀掉美人，就像观看屠宰场杀动物一样，引不起他半点悲伤同情。当听到王导责备后，他还振振有词地说："自杀伊家人，何预卿事！"在这些权贵世胄眼中，平民都是奴才和动物，只配供他们役使、作乐、杀戮，杀死美人与杀鸡杀猴别无二致。

　　作者重点写王敦的残忍，处处以王导的仁厚来作反衬：因害怕劝酒美人丧命，王导"素不能饮"却饮至"沉醉"；想看看主人杀自家美人，王敦善饮却"固不饮"。人们常用"见死不救"来形容冷漠自私，王敦借刀杀人则比亲自杀人还要狠毒。

　　对于此事的真假人们各执一词。首先刘孝标注引《王丞相德音记》说，王导和王敦在王恺家听乐，吹笛人一时忘记了曲调，王恺便命内侍当场把乐伎打杀，当场一座改容，只王敦神色不变。这是王恺杀吹笛乐伎，而不是石崇杀劝酒美人。《晋书·王敦传》将杀吹笛乐伎和劝酒美人都归之王敦。石崇在荆州刺史任上杀人越货是家常便饭，他与王恺斗富时曾斩杀向对手通风报信的都督和车夫，石崇和王恺同样奢侈残暴，他们两人做出这种事情都不让人意外。王敦在凶残上比石、王有过之而无不及，挑逗并"观赏"杀人的主角都是王敦更情在理中。刘辰翁和李慈铭都认为，石崇和王恺虽然暴虐，但无论如何也不至于杀人以劝酒。但这可能是后世的书生之见，我觉得他们三人亲手杀人、诱使杀人和"观赏"杀人，即使不符合历史的真实，也符合他们各自为人的真实——杀奴婢这种事情，他们都做得出来。

2. 斗富

　　石崇与王恺争豪，并穷绮丽以饰舆服。武帝，恺之甥也，每助恺。尝以一珊瑚树高二尺许赐恺，枝柯扶疏，世罕其比。恺以示崇；崇视讫，以铁如意击之，应手而碎。恺既惋惜，又以为疾己之宝，声色甚厉。崇曰："不足恨，今还卿。"乃命左右悉取珊瑚树，有三尺、四尺，条干绝世，光彩溢目者六七枚，如恺许比甚众。恺惘然自失。

——《世说新语·汰侈》

石崇与王恺是一对生死冤家，前者是开国元勋之后，后者是当朝皇帝之舅，一个出身奇好，一个背景极硬。傻子也能想象他们是何等富有，可就像一山难容二虎一样，他们都想分出谁是当代首富，所以这两个宝贝常在一起斗富。

这篇小品就是其中一次斗富场面。

朋友，先不看上面的小品，你能猜出谁将是这场斗富的赢家吗？估计许多读者会和我当初的判断一样，更倾向于王恺会取胜——斗富谁还斗得过当朝国舅呢？

这场斗富的结果却让观众大跌眼镜——

仅从《世说新语·汰侈》的记载来看，石崇与王恺的这三次斗富中，王恺前二次与石崇勉强打了平手，最后一次石崇完胜王恺。

第一次是比两家饮食和装潢的奢华。"王君夫以饴糒澳釜，石季伦用蜡烛作炊。君夫作紫丝布步障碧绫裹四十里，石崇作锦步障五十里以敌之。石以椒为泥，王以赤石脂泥壁。"文中"君夫"是王恺的字，"季伦"是石崇的字。王恺用饴糖拌干饭来擦锅，石崇则用蜡烛当柴火做饭。王恺以紫色丝绸为面，以绿色薄绫衬里，做成长达四十里的步障；石崇便用锦缎做成长达五十里的步障来和他争高下。石崇用花椒和泥来涂墙壁，王君夫便用赤石脂来刷墙。可见，石崇与王恺两人处处较劲，对于王、石的资财来说，炊饮、步障、涂墙这三样都属小儿科，所以这次难分胜负。

第二次是比赛两家煮豆粥和驾牛车的速度。"石崇为客作豆粥，咄嗟便办。恒冬天得韭萍虀。又牛形状气力不胜王恺牛，而与恺出游，极晚发，争入洛城，崇牛数十步后，迅若飞禽，恺牛绝走不能及。每以此三事为扼腕。乃密货崇帐下都督及御车人，问所以。都督曰：'豆至难煮，唯豫作熟末，客至，作白粥以投之。韭萍虀是捣韭根，杂以麦苗尔。'复问驭人牛所以驶。驭人云：'牛本不迟，由将车人不及制之尔。急时听偏辕，则驶矣。'恺悉从之，遂争长。石崇后闻，皆杀告者。"韭萍虀是用韭菜和萍捣碎后醃制的调味咸菜。古代没有今天这种高压锅，煮豆粥要花很长时间，可石崇煮豆粥顷刻便好。那时更没有现在的反季节蔬菜，可石崇冬天还有细碎的韭萍调味咸菜。石崇家的牛从形体到气力看上去都比不上王恺家的，而他们一起出去游玩时，数十步之后石崇的牛就像飞禽一样，把王恺的牛远远甩在后面。这三样可不是钱所能办成的，王恺一直感到纳闷和憋气，于是便暗暗收买石崇家的总管和车夫，总管和车夫全都出卖了东家的秘密。王恺照着石崇的法子做，竟然还能后来居上，狠狠地出了一口恶气。石崇得知个中原委后，把泄密的人全都杀了。石崇先以机巧逞能，后来王恺又以谋略争胜。这次所争属于"雕虫小技"，各人的财富倒还在其次。

第三次才是真正的财富较量。话说石崇与王恺比阔斗富，他们都用尽华丽的东西来装饰车马章服。晋武帝司马炎是王恺外甥，常常明里暗里帮助王恺，曾把一株二尺来高的珊瑚树赏赐给王恺，这棵珊瑚树枝条繁茂，世上很少有和它相比的。王恺得意地给石崇看，哪知石崇看过后拿铁如意把它砸得粉碎。王恺不仅深为惋惜，还认为这是石崇嫉妒自己的宝贝，言语之间辞色都很难看。石崇一脸无所谓的样子："不值得遗憾，我现在就还给你。"于是，命令身边的人把珊瑚树都拿出来，有六七株都高三四尺，枝杆繁茂光彩夺目为世所罕见，像王恺那样的珊瑚就更多了。王恺一下看傻了眼，露出怅惘若失的神情。

从这篇小品，我们可以看到石崇是如何富有，也可以见识石崇是如何张狂。珊瑚树那时是价值连城的稀世珍宝，皇帝赐给王恺的珊瑚树高达二尺，更是"世罕其比"。而石崇家的珊瑚树竟然高过三四尺，相比之下，王恺那样的珊瑚树不值一谈，石崇真个"富可敌国"，难怪王恺"惘然自失"了。胆敢把皇帝的御赐击碎，石崇真个是狗胆包天！

从这篇小品，我们还可以看到当时奢靡的士风，以及皇帝对奢靡之风的推波助澜。舅舅与石崇斗富，晋武帝不仅没有制止，反而时常出面力挺舅子，石崇这才敢打碎皇帝的御赐——君既不君，臣也不臣。

3. 身名俱泰

> 石崇每与王敦入学戏，见颜、原象而叹曰："若与同升孔堂，去人何必有间！"王曰："不知余人云何，子贡去卿差近。"石正色云："士当令身名俱泰，何至以瓮牖语人！"
>
> ——《世说新语·汰侈》

该文虽然收在《世说新语·汰侈》章，但它并不是写骄纵奢侈，而是写两位主人公的价值取向和人生理想。不管是正史还是稗史中，石崇和王敦基本都是"反面形象"，他们的人生理想自然不会崇高，价值取向肯定也很卑下——

有一天，石崇和王敦一同去学校游览，他看见学校里颜回和原宪的塑像便感叹道："要是和他们一块做孔夫子的学生，和这些人相比又会有差到哪里去？"听石崇这么说，王敦有点反感："不知其他人如何，子贡倒是和你老兄比较相近。"石崇神色严肃地说："读书人本应当身享大富大贵，又有社会盛誉美名，何至于抬举颜回和原宪这些穷困潦倒的人呢？谁愿意过以破瓮做窗户的穷日子？""身名俱泰"就是我们常说的"名利双收"，也是人们十分鄙薄的"既要名又要利"。

这里还得介绍一下颜回和原宪。他们两人都是孔子的得意门生，也是后世"安贫乐道"的典范。《论语·雍也》中孔子称赞颜回说："贤哉，回也！一箪食，一瓢饮，在陋巷，人不堪其忧，回也不改其乐。贤哉，回也！"住在简陋的破巷子里，一筒冷饭，一瓢冷水，就是一天的全部饮食，别人肯定不堪其忧，而颜回却不改其乐，难怪孔子两次深情地赞叹："贤哉，回也！"《庄子·让王》载，孔子看到颜回一贫如洗，有一次试探地对颜回说："颜回呀，穷成这个样子，干吗不出去当官呢？"颜回回答说："城郭外有田五十亩足以我喝稀饭，城郭内有田十亩足以我织麻穿衣，弹琴足以我消遣，老师所教的道理足以我自得其乐。学生不愿出来当官。"原宪同样也安于贫贱，"家徒四壁"用来形容他家再贴切不过了。由于房子年久失修，苫房顶上的草全都腐烂，里面长出了杂草，门也是用蓬草编扎成的，门轴是用桑木条钉成的，两间房的窗户是用破瓮做成的，瓮口用破粗布糊起来遮风挡雨。这种房子外面下雨他家里也下雨，外面出太阳他家里就出太阳，可原宪却像没事似的，照样正襟端坐弹琴唱歌。一天，子贡乘着大马车穿着大衣来看他，原宪家的小巷子容不下子贡豪华的马车，子贡不得不步行来见原宪。戴着破帽子，穿着破草鞋，拄着旧拐杖，原宪出来迎接老同学。子贡一见原宪这副模样，大吃一惊地问他说："老兄得了什么病呵？"原宪回答说："没钱财那叫'贫'，知'道'却不施行才叫'病'——我是'贫'，不是'病'。"子贡听后满面羞红。

石崇见到颜回和原宪塑像，开始想在王敦面前假装清高，宣称自己要有幸成为孔子的学生，也能像颜回、原宪那样安贫乐道。没料到王敦丝毫不给他面子，说他即使成了孔子学生，与颜回和原宪也是两路人，只会与子贡比较相近。既然伪装也掩盖不住马脚，石崇便干脆扔掉所有遮羞布：聪明的读书人本应该追名逐利，男人成功的标志就是"身名俱泰"，何苦要向颜回和原宪这种穷光蛋看齐？可见，石崇前面说的全是假话，问题不是他能不能成为颜回和原宪，而是他根本就不想成为颜回和原宪。

"身名俱泰"这一价值取向本身并没有错，名与利并没有"原罪"，求名求利更不低俗，孔子不也说过"富而可求也，虽执鞭之士吾亦为之"吗？关键是如何求得名利富贵，我们还是来听听孔子是如何说的："富与贵人之所欲也，不以其道得之不处也。贫与贱人之所恶也，不以其道得之不去也。"

王敦把石崇看成子贡的同类，实在太抬举石崇了。石崇做不了颜回和原宪，同样也做不成子贡。做不了颜回和原宪是他不"想"，做不成子贡是他不"能"。在孔子的弟子中，子贡像颜回和原宪一样有德，像子由一样勇敢，像曾点一样洒脱，像冉有一样多才，像宰予一样善辩，像曾参一样忠诚，但没有一个弟子像子贡那样足智多谋。《史记·仲尼弟子列传》中对子贡着墨最多，在同门中所占篇幅最长，这是由于他的功业、智慧和影响，在同门中无人可及。他是能言善辩的卓越外交家，多次出使不辱使命；是远见卓识的政治家，在鲁、卫两次为相都政治修明；同时他还是商业巨子，《史记》和《论衡》都说子贡能准确地预判市场行情，致使他的家产"富比陶朱"，出行总是"结驷连骑"，"国君无不分庭与之抗礼"，越王勾践甚至"除道郊迎"。石崇无论哪个方面都不能望子贡的项背，政治、外交就不用说了，就是财富也无法与子贡相比。虽然他们两人都富可敌国，但石崇的财富来于抢劫和贪污，灭吴之役中吴国大量财产入于他家私库，而子贡的财富来于他合法的商业经营。其次，他们在如何支配财富上大异其趣，子贡用自己的财富来赞助老师游学，用来赎出被役为奴的鲁人，用来实现自己的政治理想，而石崇却以非法所得，专供自己挥霍奢侈，专门用来与人斗富使气。至于个人的道德品行，石崇与子贡更有天壤之别：抢劫、贪婪、骄纵、奢华和荒淫，这些加起来便是石崇一生的全部"业绩"，而子贡发扬老师的事业，维护老师的声誉，当有人称赞子贡胜过孔子时，子贡马上站出来说："譬之宫墙，赐（子贡）之墙也及肩，窥见室家之好。夫子（孔子）之墙数仞，不得其门而入，不见宗庙之美，百官之富。得其门者或寡矣。"

公开鄙视后世尊为"先师""复圣"的颜回，把"身名俱泰"当作人生的最高理想，这是西晋才特有的精神现象。此时儒家价值大厦已经崩塌，正始名士早就声称"非汤武而薄周孔"，司马氏集团虽然提倡"名教"，可他们的种种丑行又践踏了名教本身。司马氏祖孙欺君篡位，更是对名教准则的嘲弄。尽管统治者用杀戮恐吓压制了反对派和批评者，用威逼利诱笼络收买了许多士人；尽管司马炎名正言顺地取得了政权，并且事实上已经统辖了四境，开国后还不断显示"宽弘""仁恕"，可靠武力和阴谋登上皇位的统治者，不可能树立起自己的道德形象。这时基本上不存在政治上的反对派，嵇康被杀后向秀到洛阳就范，吴亡后陆机兄弟入洛称臣，几乎所有士人都接受晋王朝这一已成的事实。但整个社会没有昂扬向上的活力，朝野士人也缺乏刚直不阿的正气，反而到处弥漫着苟且、贪婪和奢侈之风。礼法之士何曾生活之奢华令人瞠目结舌，石崇敛财斗富更是人所共知，王戎、和峤等人聚敛吝啬近乎病态。士人们生活上以玉食锦衣相夸，以奢侈豪华为荣，而在政治上毫无操守可言，立身处世以保家全身为准则，连史家也感叹朝臣"无忠蹇之操"。因此，石崇所谓"士当身名俱泰"道出了许多士人的心声。

4. 帝甚不平

　　武帝尝降王武子家，武子供馔，并用琉璃器。婢子百余人，皆绫罗绔襧，以手擎饮食。蒸豚肥美，异于常味。帝怪而问之，答曰："以人乳饮豚。"帝甚不平，食未毕，便去。王、石所未知作。

——《世说新语·汰侈》

　　假如你还不明白什么叫"穷奢极欲"，那就来读读这篇小品文，文中主人公的日常生活，就是这个成语最形象生动的演示。

　　文章写的是一千多年的事情，要读懂它就必须了解文中"武帝"和"武子"是什么关系，还要了解绔和襧是些什么衣服，所以话还得从头说起。

　　晋武帝司马炎有个宝贝女儿，从小就瞎了双眼，她就是有名的常山公主。可能因为瞎眼后父亲更加心疼，晋武帝对她格外宠爱，许诺要给她挑选天下无双的驸马爷。当时有个青年才俊名济字武子，出生于太原晋阳王氏豪门，不只是风姿豪爽让人青睐，才智卓绝更叫人倾倒，盘马弯弓勇武过人，更加之他气概雄迈一世，这种鹤立鸡群的青年放在今天肯定是无数美女明星的梦中情人，在晋朝同样也是无数父母的"梦中快婿"。皇帝当然事事都要独占，要为自己挑选天下美女，也要为女儿挑选天下俊男，王武子自然就成了理想的驸马人选，而王武子本人也就无可挑选——不管喜不喜欢，都得尚常山公主。

眼睛不大可脾气很大，双目失明但把丈夫"盯"得很紧，这大概是常山公主的主要优点和特点。王武子的才华、风姿、勇力、气概，没给他带来"桃花运"，却给他招来了"丧门星"——公主只能吵架不能生育。他们是一对名副其实的怨偶，常常在一起吵得天翻地覆，王武子父亲王浑一听到吵架就跑来劝架。公公当然不是怕儿媳大哭大闹，是担心儿子的泰山大人大发雷霆。

一个又瞎又暴躁的女儿，嫁给一个又帅气又有才气的郎君，晋武帝哪里放得下心呢？像许多爱儿爱女的父亲一样，晋武帝也常常去看看女儿，一来给自己的心肝宝贝送去父爱，二来给女儿打气撑腰，三来给亲家和女婿一点面子——如今一个土里土气的县委书记，到本县一个科长家里打秋风，还让科长一家人都感到出人头地，皇帝大人临幸大臣之家，那大臣一家岂不更要鸡犬升天？

这就是文章开头"武帝尝降王武子家"的缘由。岳父司马炎到女婿家，要是平民百姓就是再平常不过的"走亲戚"，可皇帝到驸马家属于屈尊纡贵，所以说是"降"王武子家。皇帝降临接待的规格自然最为隆重，驸马王武子都用琉璃器皿盛美馔佳肴，一百个婢女都身穿绫罗衣裤，所有美食都由婢女双手举起。其中一道蒸乳猪肥嫩鲜美，与平常吃的味道大不相同。连皇帝也没有尝过这种美味，晋武帝问是如何做成的，驸马王武子回答说："这道菜的原料是用人乳喂养的小猪。"司马炎听说后愤愤不平，饭没有吃完就匆匆离开了。即使国中豪富王恺和石崇也不知道这种做法。

这篇小品在写法上突出特点是层层深入，如先写所有美食都装在琉璃器皿中，再写所有菜盘都由婢女双手托起，所有婢女都身着绫罗绸缎，而且婢女有一百多人。完全无须亲临其境，你就能想象出那种排场奢华的场面。日本现在还时兴"人体盛"，就是一场宴席雇用一个美女，将寿司、生鱼片、水果等食物放在美女身上，让食客在满足口腹之欲的同时，又能满足自己的偷窥欲，把性刺激与食欲刺激搭配在一起。这种招徕食客的方法无论如何不敢恭维。再说，一个美女身上又能放多少道菜呢？一百多个身穿绫罗的婢女手托一百多道佳肴，国宴也难见到这么"壮观"的景象，"人体盛"与它相比真寒酸至极，不仅有丰俭之分，而且有雅俗之别。

　　读者可能会好奇地问：家里仅婢女就有一百多个，那男丁又会有多少呢？家宴需要一百多婢女来托菜，那又得多少人来做菜和上菜呢？这大概就是古人所谓"钟鸣鼎食之家，富贵温柔之地"吧？

　　舞台上最后的那出戏才是压轴戏，同样，王武子家宴最后那道菜才是招牌菜。最后上的菜是什么呢？"蒸豚肥美。"皇宫和豪门什么没吃过，蒸乳猪又算什么贵重名菜？一只蒸乳猪又能"美"到那里去呢？作者只轻描淡写地说了句"异于常味"。至于哪里"美"如何"异"，作者一直在给我们"卖关子"。连晋武帝也没有尝过这种味道，一听说"是用人乳喂养的小猪"后，作者仅用四字描写皇帝的反应："帝甚不平。"

　　"帝甚不平"四字大有深意，学者们把"不平"解释成"十分愤慨"，不是无意误解就是有意曲解。"愤慨"是指对坏人坏事的愤怒，认为这些人与事不仁不义，而此文中的"不平"虽然同为愤怒，但这种愤怒中隐含着嫉妒恼怒。此处"不平"的潜台词是：大臣奢侈的规格居然超过朕家，他家尝过的味道寡人竟然未曾尝过，形同僭越，岂有此理！晋武帝的自尊心受到了侮辱，所以饭没有吃完就匆匆离席。司马炎并不是觉得以人乳喂猪有什么不对，而是恼火自己在驸马面前

373

像个乡巴佬。手中握有最高的权力，理所当然就应有最好的享受，权力既要独占，奢华哪能分享。在石崇与王恺斗富的过程中，晋武帝一直明里暗里帮助国舅王恺——皇室哪能输给大臣？"帝甚不平"也是同一心理作怪。晋朝的奢靡之风，始作俑者正是皇室。

有什么样的君，就有什么样的臣。

猪先喝人奶，人再吃猪肉！

王武子真让我们开眼了，见识了什么家族才算豪门，什么场面才算奢华，什么生活才叫醉生梦死。如此君臣，如此生活，西晋要是不灭亡，那谁还相信天理？

初版后记

拙著所用的方法是文本细读，所用的体裁是随笔小品。我希望它能兼顾专业人士和普通读者，一方面想把文章写得有点新意，另一方面也想让文章有点情趣。全书共选一百二十多篇名文，约占原著的十分之一。我尽力以优美机智的语言，阐释原文要旨，品鉴原文神韵。但愿广大读者能尝鼎一脔而口齿留香，以激起他们通读《世说新语》原著的兴趣和欲望。

二十多年前，我邀汤江浩教授合编了一本《世说新语选注》，这次拙著付梓之前，又请汤教授帮我审读了全书，他还仔细地为我一一校对了《世说新语》原文；余祖坤博士几次帮我审读原稿，又帮我再次核对了引文。从字句推敲到标点符号，他们发现了很多我不曾注意的问题。因出版拙著让他俩放下手头的研究工作，请他们接受我深深的谢意和歉意！

博士生刘卓、硕士生李芳、张娜娜、冯之、张梦赟、陈忙忙、左敏行，或帮我校对书稿，或帮我查找资料，校出了书中许多错误，节省了我不少时间。写书虽自有其乐，出书却不胜其烦，我把快乐留给自己，把麻烦带给学生。前年我竟然还成了我们华中师大六七千名研究生"心目中的好导师"，看来，不折腾研究生的导师就成不了"好导师"。

戴建业

2015年10月

华师南门剑桥铭邸

[全书完]

戴建业精读世说新语

作者 _ 戴建业

产品经理 _ 汪超毅　　装帧设计 _ 陆震　　产品总监 _ 贺彦军　　技术编辑 _ 顾逸飞
责任印制 _ 刘淼　　出品人 _ 吴畏

营销团队 _ 毛婷 阮班欢 孙烨　　物料设计 _ 顾逸飞

果麦
www.guomai.cc

以 微 小 的 力 量 推 动 文 明

图书在版编目（CIP）数据

戴建业精读世说新语 / 戴建业著. -- 上海：上海文艺出版社，2019
ISBN 978-7-5321-7216-0

Ⅰ.①戴… Ⅱ.①戴… Ⅲ.①笔记小说－中国－南朝时代
②《世说新语》－小说研究 Ⅳ.①I242.1 ②I207.419

中国版本图书馆CIP数据核字(2019)第096464号

出 版 人：毕　胜
责任编辑：崔　莉
特约编辑：汪超毅
封面设计：陆　震

书　　名：戴建业精读世说新语
作　　者：戴建业
出　　版：上海世纪出版集团　上海文艺出版社
地　　址：上海市闵行区号景路159弄A座2楼　201101
发　　行：果麦文化传媒股份有限公司
印　　刷：嘉业印刷（天津）有限公司
开　　本：660mm×960mm　1/16
印　　张：24.5
字　　数：297千字
印　　次：2019年7月第1版　2022年7月第18次印刷
印　　数：134,001-144,600
ＩＳＢＮ：978-7-5321-7216-0 / Ｉ・5754
定　　价：68.00元

如发现印装质量问题，影响阅读，请联系021—64386496调换。